Auf Befehl des Königs

JULIE GARWOOD

Auf Befehl des Königs

Roman

Aus dem Amerikanischen
von Eva Malsch

Weltbild

Die amerikanische Originalausgabe erschien
unter dem Titel *The Bride*

Besuchen Sie uns im Internet:
www.weltbild.de

Lizenzausgabe mit Genehmigung der Verlagsgruppe
Lübbe GmbH & Co. KG, Bergisch Gladbach für Verlagsgruppe
Weltbild GmbH, Steinerne Furt, 86167 Augsburg

Übersetzung: Eva Malsch
Umschlagsgestaltung: Studio Höpfner-Thoma, München
Umschlagmotiv: Lina Lavy / Agentur Schlück
Gesamtherstellung: GGP Media GmbH,
Karl Marx-Straße 24, 07381 Pößneck
Printed in Germany
ISBN 3-8289-7315-9

2006 2005 2004 2003
Die letzte Zahl gibt die aktuelle Lizenzausgabe an.

Prolog

Schottland, 1100

Die Totenwache war vorbei.

Endlich würde Alec Kincaids Frau ihre letzte Ruhe finden. Die Gesichter der wenigen Clanmitglieder, die sich um die Grabstätte auf dem kahlen Hügel versammelt hatten, wirkten so düster wie der graue Himmel.

Helena Louise Kincaid wurde in ungeweihtem Boden bestattet, denn die junge Frau des mächtigen Clanführers hatte sich das Leben genommen. Deshalb blieb ihr der christliche Friedhof verschlossen. Verstorbene, die eine so schwere Schuld auf sich geladen hatten, durften nicht in geweihter Erde liegen. So lautete ein Kirchengebot. Eine schwarze Seele gleiche einem faulen Apfel, behaupteten die Geistlichen, und der Gedanke, eine faulige Seele könnte all die vielen reinen in ihren Gräbern besudeln, war grauenvoll.

Strömender Regen fiel auf die Trauergäste herab. Die Leiche, in ein rot, schwarz und violett kariertes Kincaid-Tuch gewickelt, war triefnass und seltsam schwer, als sie in den Sarg aus Kiefernholz gebettet wurde. Diese Aufgabe übernahm Alec allein. Kein anderer sollte seine tote Frau berühren.

Vater Murdock, der alte Priester, stand in respektvoller Entfernung von den anderen und fühlte sich sehr unbehaglich angesichts der mangelhaften Zeremonie. An den

Gräbern von Selbstmördern sprach man keine Gebete. Und welchen Trost sollte er den Hinterbliebenen spenden, wenn doch alle wussten, dass sich Helena bereits auf dem Weg zur Hölle befand?

Es war nicht leicht für mich. Ich stehe neben einem Priester, mit ebenso feierlicher Miene wie die anderen Clanmitglieder, und ich bete sogar – aber nicht für Helenas Seele. Nein, ich danke dem Allmächtigen, weil es endlich vorüber ist.

Helena brauchte sehr lange, um zu sterben. Drei ganze Tage voller Schmerz und Ungewissheit musste ich ertragen und verzweifelt hoffen, sie würde die Augen nicht mehr öffnen, die vernichtende Wahrheit niemals aussprechen.

Kincaids Frau bereitete mir Folterqualen, indem sie sich so lange Zeit ließ, ehe sie endlich ihren letzten Atemzug tat. Selbstverständlich peinigte sie mich mit voller Absicht. Doch dann fand ich eine Gelegenheit, das grausame Spiel zu beenden und die wollene Kincaid-Decke auf Helenas Gesicht zu drücken. Es dauerte nur wenige Minuten. Geschwächt, wie sie war, leistete sie kaum Widerstand.

O Gott, welch eine Genugtuung ich in jenem Augenblick empfand! Die Angst, ertappt zu werden, trieb mir den Schweiß aus allen Poren. Und gleichzeitig erschauerte ich vor Freude über meine Tat.

Niemand kann mir den Mord nachweisen. Oh, wie gern würde ich mich mit meiner Tücke brüsten! Aber natürlich darf ich kein Wort sagen. Und ich wage es auch nicht, mein Glück zu zeigen.

Jetzt richte ich mein Augenmerk auf Alec Kincaid. Helenas Witwer steht neben der Grube, die Hände geballt, den Kopf gesenkt. Ist er böse oder traurig über den sündigen

Tod seiner Frau? Man kann nie wissen, was in ihm vorgeht, weil er seine Gefühle stets sorgsam verbirgt.

Was Kincaid jetzt verspürt, kümmert mich nicht. Mit der Zeit wird er über ihren Tod hinwegkommen. Auch ich brauche Zeit, ehe ich ihn auffordern werde, mir meinen rechtmäßigen Platz zuzubilligen.

Plötzlich hustet der Priester. Ein heiseres Krächzen lenkt meinen Blick wieder auf ihn. Er sieht aus, als wollte er weinen, und ich starre ihn an, bis er seine Fassung zurückgewinnt. Dann beginnt er den Kopf zu schütteln. Jetzt weiß ich, was er denkt. Deutlich verrät sein Gesicht den Gedanken, für alle sichtbar.

Kincaids Frau hat sie alle beschämt.

Gott helfe mir, ich darf nicht lachen.

1

England, 1102

Angeblich hatte er seine erste Frau getötet.

Papa meinte, vielleicht sei es nötig gewesen. Eine unglückseligere Bemerkung konnte ein Vater in Gegenwart seiner Töchter gar nicht machen, und Baron Jamison erkannte seinen Fehler, sobald er die Worte ausgesprochen hatte. Natürlich bereute er sie sofort.

Drei seiner vier Töchter hatten sich die üblen Klatschgeschichten über Alec Kincaid bereits zu Herzen genommen. Und was der Vater von dieser Ungeheuerlichkeit hielt, beeindruckte sie wenig. Agnes und Alice, die Zwillinge, schluchzten laut, noch dazu im Gleichklang, wie es ihre ärgerliche Gewohnheit war. Und die ansonsten so sanftmütige Mary eilte erregt um den langen Tisch in der großen Halle herum, wo ihr Vater zusammengesunken vor einem Becher Ale saß, in der Hoffnung, das Getränk würde seine Schuldgefühle lindern. Untermalt vom entrüsteten Geheul der Schwestern, wiederholte sie den Tratsch über die Sünden des Hochland-Kriegers, dessen Besuch in einer Woche erwartet wurde.

Damit spornte sie – vielleicht sogar mit Absicht – die Zwillinge zu noch schrillerem Gekreisch an. Und dieser Lärm konnte sogar die Geduld eines Heiligen auf eine harte Probe stellen.

Papa versuchte den Schotten zu verteidigen. Da er ihn

nicht persönlich kannte und nur das Allerschlimmste über die schwarze Seele des Mannes gehört hatte, sah er sich gezwungen, vorteilhafte Charaktereigenschaften zu erfinden. Vergeblich. Aye, er verschwendete nur seine Mühe, denn seine Töchter beharrten auf ihrem Standpunkt. Das sollte mich nicht überraschen, dachte er und rülpste. Seine Engel nahmen niemals ernst, was er sagte.

Wenn sie sich so aufregten, schaffte er es einfach nicht, sie zu beruhigen. Bis jetzt hatte ihn das nicht sonderlich gestört. Doch nun erschien es ihm sehr wichtig, die Oberhand zu gewinnen. Er wollte nicht wie ein Narr vor seinen ungeladenen Gästen dastehen, mochten sie nun Schotten sein oder nicht. Und man würde ihn gewiss als Narren bezeichnen, wenn die Mädchen seine Anweisungen auch weiterhin missachteten.

Nach seinem dritten Schluck Ale beschloss er, andere Saiten aufzuziehen, und schlug mit der Faust auf den Tisch, um die allgemeine Aufmerksamkeit zu erringen. Und dann verkündete er, das ganze Gerede über die Mordtat des Schotten sei purer Unsinn. Als diese Behauptung auf taube Ohren stieß, wuchs sein Zorn. Also gut, wenn die Gerüchte zutrafen, hatte es Kincaids Frau vielleicht verdient, umgebracht zu werden. Vielleicht hatte er sie anfangs nur verprügeln wollen, und dann war die Situation außer Kontrolle geraten. Diese Erklärung fand der Baron einleuchtend. Seine Ausführungen sicherten ihm endlich das Interesse der Mädchen, aber ihre ungläubigen Mienen enttäuschten seine Hoffnungen. Entsetzt starrten ihn seine geliebten Engel an, als sähen sie eine riesige Rotzglocke aus seiner Nase hängen. Und plötzlich merkte er, dass sie an seinem Verstand zweifelten. Da riss ihm endgültig die Geduld, und er brüllte, die arme Frau habe ihren Herrn vermutlich zu oft herausgefordert, und seine respektlosen Töchter sollten sich gefälligst in Acht nehmen, wenn sie mal verheiratet sein würden.

Er hatte ihnen nur Ehrfurcht vor dem Allmächtigen, ihrem Vater und den künftigen Ehemännern einflößen wollen, musste aber erkennen, dass er kläglich versagt hatte. Die Zwillinge begannen wieder zu schreien, und davon bekam er grässliche Kopfschmerzen. Um sich vor dem gellenden Gekreisch zu schützen, hielt er seine Ohren zu. Dann schloss er die Augen, um Marys durchdringendem Blick zu entrinnen. Immer tiefer sank er in seinem Stuhl hinab, bis seine knorrigen Knie den Boden berührten. Er senkte den Kopf, und aller Mut verließ ihn. Verzweifelt wandte er sich zu seinem treuen Diener Herman und befahl ihm, seine jüngste Tochter zu holen.

Der Auftrag schien den grauhaarigen Mann maßlos zu erleichtern. Er nickte mehrmals, ehe er aus der Halle schlurfte. Der Baron hätte schwören können, er habe den Diener murmeln hören, es sei höchste Zeit für diesen Entschluss.

Knapp zehn Minuten verstrichen, ehe das Kind, das nach Baron Jamison benannt worden war, am Schauplatz des Durcheinanders erschien. Vernichtend starrte er Herman an, um ihn wissen zu lassen, er habe die geflüsterte Kritik wohl vernommen, dann wandte er sich aufatmend seiner jüngsten Tochter zu. Nun würde Jamie das Heft in die Hand nehmen.

Jetzt lächelte er sogar, und er gestand sich ein, dass es unmöglich war, angesichts seiner Jamie mürrisch dreinzuschauen. Bei ihrem erfreulichen, bezaubernden Anblick konnte ein Mann alle seine Sorgen vergessen. Jamie hatte die Schönheit ihrer Mutter geerbt, das rabenschwarze Haar, die violetten Augen, die ihren Papa stets an den

Frühling erinnerten. Und ihre Haut war so makellos und rein wie ihr Herz.

Der Baron behauptete zwar, alle seine Töchter gleichermaßen zu lieben, aber insgeheim bevorzugte er Jamie, seinen ganzen Stolz. Das fand er selbst erstaunlich, da sie nicht sein eigenes Fleisch und Blut war. Ihre Mutter, seine zweite Frau, hatte ihn in hochschwangerem Zustand geheiratet. Jamies Vater war einen knappen Monat nach der Hochzeitsnacht auf dem Schlachtfeld gefallen. Baron Jamison hatte das Kind als sein eigenes angenommen und allen Leuten verboten, es seine Stieftochter zu nennen. Seit er die Kleine zum ersten Mal im Arm gehalten hatte, betrachtete er sich als ihr Vater.

Auch die Zwillinge und Mary waren hübsch, aber auf eher zurückhaltende Art. Ein Mann nahm ihre Schönheit erst wahr, wenn er ihnen öfter begegnete. Aber Jamie brauchte man nur ein einziges Mal anzusehen, und schon verschlug es einem die Sprache. Ihr Lächeln hatte einmal einen Ritter vom Pferd geworfen. Zumindest pflegte ihr Papa diese übertriebene Geschichte seinen Freunden zu erzählen.

Trotzdem gab es keine Eifersüchteleien zwischen den Mädchen. Instinktiv wandten sich Agnes, Alice und Mary an die kleine Schwester, um sich in dringenden Angelegenheiten beraten zu lassen. Und sie vertrauten genauso auf Jamies Klugheit wie der Papa. Seit dem Begräbnis ihrer Mutter galt sie als Hausherrin. Schon in früher Jugend hatte sie ihre Fähigkeiten beweisen müssen. Und der Baron, der zwar gern Befehle erteilte, aber nicht die Gabe besaß, seine Wünsche in allen Situationen durchzusetzen, übertrug ihr bereitwillig die Verantwortung.

Niemals enttäuschte sie ihn. Sie war ein vernünftiges Mädchen, das ihm niemals Kummer bereitete. Seit dem

Tod ihrer Mama hatte sie kein einziges Mal geweint. Alice und Agnes würde es gut anstehen, sich die Disziplin ihrer jüngeren Schwester anzueignen, dachte der Baron oftmals. Wegen jeder Kleinigkeit brachen sie in Tränen aus. Nach seiner Meinung bewahrte sie allein ihr Aussehen vor einem völlig wertlosen Dasein. Aber er bemitleidete schon jetzt die Herren, die seine gefühlsseligen Töchter eines Tages am Hals haben würden.

Um seine Mary sorgte er sich am meisten. Er warf es ihr niemals vor, wusste jedoch, dass sie viel selbstsüchtiger war, als es sich für ein Mädchen schickte. Stets stellte sie ihre eigenen Bedürfnisse über die ihrer Schwestern – schlimmer noch, sogar über die ihres Papas.

Aye, Mary war ein Ärgernis, nicht zuletzt, weil sie immer wieder aus reiner Bosheit Unruhe stiftete. Der Baron hegte den Verdacht, dass Mary in ihren undamenhaften Ideen von Jamie bestärkt wurde. Doch das wagte er nicht auszusprechen, aus Angst, sein Argwohn wäre unbegründet und er würde bei seiner jüngsten Tochter in Ungnade fallen.

Obwohl Jamie sein Liebling war, erkannte er ihre Fehler. Ihr Temperament, das allerdings nur selten mit ihr durchging, konnte einen Waldbrand entfachen. Außerdem neigte sie zum Eigensinn. Von ihrer Mutter hatte sie eine besondere Begabung für die Heilkunst geerbt und nutzte sie bei jeder Gelegenheit, trotz seines ausdrücklichen Verbots. Es gefiel ihm ganz und gar nicht, dass die Leibeigenen und Hausdiener ihre ärztlichen Kenntnisse ständig beanspruchten und sie von ihrer wichtigsten Pflicht ablenkten – nämlich, für die Bequemlichkeit ihres Vaters zu sorgen. Oft wurde sie mitten in der Nacht aus dem Bett geholt, weil sie eine Stichwunde flicken oder neues Leben ans Licht der Welt befördern musste. Diese nächtlichen

Störungen ärgerten den Baron weniger, weil er um diese Zeit schlief und deshalb nicht in Mitleidenschaft gezogen wurde. Um so unangenehmer fand er die Belästigungen, die tagsüber stattfanden – besonders wenn er auf sein Essen warten musste, weil Jamie gerade einen Kranken oder Verletzten betreute.

Bei diesem Gedanken seufzte er auf, jetzt voller Bedauern. Dann merkte er, dass das Geschrei der Zwillinge verstummt war. Offenbar hatte Jamie die Wogen bereits geglättet. Baron Jamison bedeutete seinem Diener, den Kelch nachzufüllen, dann lehnte er sich zurück und beobachtete das Wunder, das seine jüngste Tochter bewirkte.

Sobald sie den Raum betreten hatte, waren Agnes, Alice und Mary auf sie zugelaufen. Jede versuchte eine andere Version von der Geschichte zu erzählen. Sie verstand überhaupt nichts. »Kommt, setzen wir uns zu Papa an den Tisch«, schlug sie mit ihrer etwas rauen Stimme vor. »Dann werden wir das Problem gemeinsam lösen, wie eine vernünftige Familie«, fügte sie mit einem gewinnenden Lächeln hinzu.

»So einfach wird sich keine Lösung finden«, jammerte Alice und wischte sich die Augenwinkel aus.

»Diesmal ist Papa wirklich zu weit gegangen«, fauchte Agnes, die jüngere Zwillingsschwester. Sie zog einen der Schemel unter dem Tisch hervor, nahm Platz und starrte den Vater erbost an. »Alles ist seine Schuld, so wie immer.«

»Ich kann gewiss nichts dafür«, verteidigte sich der Baron, »also schau mich nicht so an, als wolltest du mich auffressen. Ich befolge nur den Befehl meines Königs, das ist alles.«

»Bitte, reg dich nicht auf, Papa«, mahnte Jamie, neigte sich zu ihm und tätschelte seine Hand. Dann wandte sie sich zu Mary. »Du scheinst noch am ehesten die Fassung zu wahren, Agnes, hör zu wimmern auf, damit ich endlich erfahren kann, worum es eigentlich geht. Würdest du es mir erklären, Mary?«

»Papa bekam eine Nachricht von König Henry.« Seufzend fegte Mary eine braune Haarsträhne von ihrer Schulter. »Seine Majestät will an unserem Vater ein Exempel statuieren.«

Sofort begannen die Zwillinge wie aus einem Mund zu schluchzen, und Jamie verdrehte gequält die Augen. »Bitte, sprich weiter, Mary. Ich möchte alles wissen.«

»Nun, nachdem der König diese schottische Prinzessin geheiratet hat ... Wie heißt sie doch gleich, Alice?«

»Matilda.«

»Natürlich, Matilda. Großer Gott, wie konnte ich den Namen der Königin vergessen?«

»Das verstehe ich nur zu gut«, erwiderte Agnes. »Papa nimmt uns nie an den Hof mit, und wir bekommen auch keinen Besuch von bedeutenden Persönlichkeiten. Wir leben mitten im Nirgendwo, so abgeschieden wie Aussätzige.«

»Agnes, du schweifst vom Thema ab«, bemerkte Jamie. Ihre Stimme nahm einen ungeduldigen Klang an. »Nun, Mary?«

»Also, der König scheint zu glauben, wir alle müssten Schotten heiraten.«

Alice schüttelte den Kopf. »Nicht wir alle – nur eine von uns. Und der Barbar soll sich eine aussuchen. O Gott, welch eine Demütigung!«

»Nur eine Demütigung?«, rief Mary. »Die Braut, die er wählen wird, blickt dem sicheren Tod ins Auge. Wenn er seine erste Ehefrau getötet hat, wird er auch die zweite nicht verschonen.«

Erschrocken hielt Jamie den Atem an. »Was?«

Alice beachtete die Frage nicht. »Wie mir zu Ohren kam, hat seine erste Frau Selbstmord begangen.«

»O Papa, wie konntest du nur?«, jammerte Agnes und ballte die Hände. »Du wusstest doch, wie böse der König sein würde, weil du deine Steuern nicht zahltest. Hast du nicht bedacht, dass Seine Majestät sich rächen würde?«

»Agnes, würdest du die Stimme senken?«, bat Jamie. »Dieses Geschrei wird nichts an der Situation ändern. Papa leidet nun mal unter einem schwachen Gedächtnis. Wahrscheinlich hat er einfach nur vergessen, dem König das Steuergeld zu schicken. Ist es nicht so, Papa?«

»Mag sein, mein Engel«, entgegnete der Baron unbehaglich.

»Oh, mein Gott!«, stöhnte Alice. »Er hat das Geld für was anderes ausgegeben!«

Gebieterisch hob Jamie eine Hand. »Mary, würdest du deine Erklärung beenden, ehe *ich* zu schreien anfange?«

»Du musst doch verstehen, wie schwer es uns fällt, angesichts dieses ungeheuerlichen Beschlusses vernünftig zu bleiben. Aber ich will versuchen, dir alles in Ruhe zu erläutern, denn ich sehe, dass du ziemlich verwirrt bist.« Mary nahm sich Zeit, um die Schultern zu straffen, und Jamie hätte sie vor Ungeduld am liebsten geschüttelt. Doch das hätte nichts genützt, denn ihre Schwester neigte zur Weitschweifigkeit und ließ sich nie zur Eile drängen.

»Also, nächste Woche kommt ein Barbar aus dem Hochland zu uns. Eine von uns dreien – Alice, Agnes oder mich – wird er heimführen. Seine erste Gemahlin hat er ermordet. Du wirst im Brief des Königs nicht erwähnt, Jamie.«

»Er hat seine erste Frau ganz sicher nicht umgebracht«, warf Alice ein. »Die Köchin sagt, die arme Seele habe sich das Leben genommen.«

»Nein«, widersprach Agnes. »Sie wurde ermordet. Keine Frau würde freiwillig in den Tod gehen und die ewige Verdammnis auf sich nehmen – gleichgültig wie grausam sie von ihrem Mann behandelt wird.«

»Könnte sie nicht durch einen Unfall umgekommen sein?«, gab Alice zu bedenken.

Mary zuckte die Achseln. »Nun ja, die Schotten sind bekannt für ihre Ungeschicklichkeit.«

»Und ihr seid bekannt dafür, dass ihr alle Klatschgeschichten glaubt«, schimpfte Jamie und versuchte ihr Entsetzen zu verbergen. »Dieser Mann soll also eine von euch dreien heiraten?«

»Und wir haben nichts zu sagen«, ergänzte Mary. »Unsere eigenen Eheverträge gelten nicht, bis er seine Wahl getroffen hat.«

»Wie Pferde müssen wir vor diesem Ungeheuer paradieren!«, wimmerte Agnes.

»Ah, das hätte ich fast vergessen, Jamie!«, sprudelte Mary hervor. »Auch der schottische König Edgar befürwortet diese Heirat. Das hat Papa gesagt.«

»Vielleicht will der Lord gar nicht heiraten und tut's nur, um seinem König zu gehorchen«, meinte Alice.

»Oh, daran habe ich noch gar nicht gedacht!«, kreischte Agnes. »Wenn er nicht heiraten möchte, wird er seine Frau umbringen, ehe er mit ihr in seinem Haus ankommt – wo immer das auch liegen mag!«

»Agnes, beruhige dich!«, mahnte Jamie. »Wenn du dir ständig die Haare raufst, wirst du sie noch alle ausreißen. Außerdem kannst du nicht wissen, wie die erste Frau dieses Mannes gestorben ist.«

»Er heißt Kincaid, Jamie, und er ist ein Mörder. Papa sagte, er hätte seine Frau erschlagen.«

»Ich habe nichts dergleichen gesagt!«, donnerte der Baron. »Ich meinte nur, es wäre möglich ...«

»Emmett erzählte uns, er habe seine Frau von einer Klippe in die Tiefe geworfen«, fiel Mary ihm ins Wort, trommelte mit den Fingerspitzen auf den Tisch und wartete ab, was Jamie dazu sagen würde.

»Emmett ist nur ein Reitknecht und noch dazu ein stinkfauler«, entgegnete Jamie. »Warum hört ihr auf ihn?« Sie holte tief Luft und bekämpfte das flaue Gefühl in ihrem Magen. Obwohl sie sich dagegen wehrte, wirkte die Angst ihrer Schwestern ansteckend. Ein Schauer rann über ihren Rücken, aber sie war klug genug, ihre Befürchtungen zu verschweigen. Wenn sie davon gesprochen hätte, wäre ein Tumult ausgebrochen. Die vertrauensseligen Mädchen starrten sie hoffnungsvoll an. Sie hatten ihr das Problem aufgebürdet, und nun erwarteten sie, dass sie eine Lösung finden würde. Sie wollte ihnen keine Enttäuschung bereiten. »Papa, kannst du unseren König irgendwie umstimmen? Wenn du ihm das Steuergeld schickst, besinnt er sich vielleicht anders.«

Baron Jamison schüttelte den Kopf. »Dazu müsste ich erst meine eigenen Steuern eintreiben, und du weißt ebenso gut wie ich, dass unsere Leibeigenen schon genug Sorgen haben. Die Gerstenernte war schlecht genug. Nein, Jamie, ich kann nichts mehr von ihnen verlangen.«

Jamie seufzte bedrückt, und Mary wisperte: »Emmett sagte, Papa hätte das ganze Geld verbraucht.«

»Emmett ist ein altes Weib, das üblen Tratsch verbreitet«, konterte Jamie.

»Aye«, pflichtete der Baron ihr bei. »Mit der Wahrheit

nimmt er's nicht allzu genau. Ihr solltet seinem Gefasel wirklich keine Beachtung schenken.«

»Warum wurde ich nicht erwähnt, Papa?«, fragte Jamie. »Hat der König deine vierte Tochter vergessen?«

»Nein, nein«, versicherte er hastig, wich ihrem Blick aus und starrte angelegentlich in seinen Kelch, voller Angst, die Jüngste würde die Wahrheit in seinen Augen lesen. König Henry hatte Jamie nicht ausgeschlossen, aber in seinem Schreiben die Bezeichnung »Töchter« verwendet. Und weil Baron Jamison wusste, wie dringend er seinen Liebling hier im Haus brauchte, hatte er einen – wie er meinte – sehr schlauen Ausweg gefunden. »Der König erwähnte nur Maudies Töchter.«

»Das begreife ich nicht«, schnüffelte Agnes.

»Vielleicht, weil Jamie die Jüngste ist ...« Mary zuckte die Schultern und fügte hinzu: »Wer weiß schon, was im Kopf unseres Königs vorgeht? Sei froh, dass du nicht in die Order einbezogen wirst, Jamie. Wenn Kincaid dich wählen würde, könntest du Andrew nicht heiraten.«

»Daran muss es liegen!«, behauptete Agnes. »Baron Andrew ist sehr mächtig und beliebt. Sicher hat er den König in seinem Sinn beeinflusst. Und das sieht doch ein Blinder, wie sehr er Jamie liebt.«

»Das könnte der Grund sein«, murmelte Jamie. »Falls Andrew wirklich so mächtig ist, wie er's uns immer einzureden versucht.«

»Ich glaube, Jamie will ihn gar nicht heiraten«, erklärte Mary den Zwillingen. »Runzle nicht die Stirn, Jamie! Ich habe das Gefühl, du magst ihn gar nicht.«

»Aber Papa mag ihn.« Agnes warf ihrem Vater wieder einen vernichtenden Blick zu, ehe sie fortfuhr: »Vor allem, weil Andrew versprochen hat, er würde hier leben, damit Jamie auch weiterhin ihre Sklavendienste ...«

»O Agnes, fang nicht schon wieder damit an!«, flehte Jamie.

»Ich verstehe nicht, warum es euch so stört, dass ich Jamie auch nach ihrer Hochzeit hier behalten möchte«, warf der Baron ein.

»Es gibt viele Dinge, die du nicht verstehst«, seufzte Mary.

»Hüte deine Zunge, junge Dame!«, mahnte er. »Solche respektlosen Äußerungen verbitte ich mir.«

»Ich kenne den wahren Grund«, verkündete Alice, »und ich werde ihn Jamie verraten. Andrew hat Papa deine Mitgift bezahlt, Schwesterchen, und ...«

»Was sagst du da?«, schrie Jamie und fiel beinahe von ihrem Schemel. »Alice, du musst dich irren. Kein Ritter bezahlt für seine Braut! Papa, du hast doch niemals Geld von Andrew genommen?«

Baron Jamison gab keine Antwort. Langsam ließ er das Ale in seinem Kelch kreisen, und diese Beschäftigung schien seine ganze Aufmerksamkeit zu erfordern. Doch sein Schweigen war aufschlussreich genug.

»Großer Gott!«, wisperte Mary. »Alice, ist dir klar, was du da behauptest? Wenn das stimmt, dann hat unser Vater die arme Jamie an Baron Andrew verkauft.«

»Ihr solltet Jamie nicht aufhetzen«, warnte er.

»Ich habe nicht gesagt, er hätte Jamie an Andrew verkauft«, verteidigte sich Alice.

»Doch, das hast du!«, zischte Mary.

»Aber ich sah, wie Andrew unserem Papa einen Sack voller Goldmünzen gab ...«

In Jamies Kopf pochte es schmerzhaft, und sie beschloss, der Sache auf den Grund zu gehen. »Papa, du hast doch kein Geld für mich genommen?«, fragte sie, unfähig, die Angst in ihrer Stimme zu unterdrücken.

»Natürlich nicht, mein Engel.«

»Papa, weißt du, dass du uns nur deine Engel nennst, wenn du etwas Schändliches getan hast?«, klagte Agnes. »Allmählich beginne ich diesen Kosenamen zu hassen, so wahr mir Gott helfe!«

»Ich sag's euch doch!«, kreischte Alice. »Ich sah, wie Andrew unserem Papa einen Beutel mit Goldmünzen gab.«

»Wie konntest du wissen, was in dem Beutel war?«, fragte Mary herausfordernd. »Hast du das zweite Gesicht?«

»Er ließ den Beutel fallen, und da rollten ein paar Münzen heraus.«

»Es war nur eine kleine Leihgabe!«, brüllte der Baron, um die allgemeine Aufmerksamkeit wieder auf sich zu ziehen. »Und jetzt hört mit diesem Unsinn auf! Als ob ich mein Baby jemals verkaufen würde!«

Erleichtert atmete Jamie auf. »Da siehst du's, Alice. Es war nur eine Leihgabe. Du hast mich völlig grundlos aufgeregt. Wollen wir jetzt zu unserem ursprünglichen Problem zurückkehren?«

»Papa schaut schon wieder so schuldbewusst drein«, meinte Mary.

»Natürlich! Du musst nicht auch noch Salz in seine Wunden reiben«, warf Jamie ihr vor. »Er ist ohnehin schon unglücklich genug.«

Dankbar lächelte der Baron seine jüngste Tochter an. »Das ist mein braver kleiner Engel«, lobte er. »Also, Jamie, du wirst dich verstecken, wenn die Schotten ankommen. Es wäre sinnlos, sie mit irgendwas zu reizen, was sie ohnehin nicht kriegen können.«

Zu spät erkannte er, dass er sich versprochen hatte.

»Die Schotten?«, wiederholte Alice. »Dieser Dämon namens Kincaid bringt also noch seinesgleichen mit?«

»Wahrscheinlich ein paar Verwandte, die an der Hochzeit teilnehmen sollen«, meinte ihre Zwillingsschwester.

»Hast du uns etwas verschwiegen, Papa?« Es fiel Jamie schwer, sich auf die Diskussion zu konzentrieren, denn sie konnte die Goldmünzen nicht vergessen. Warum hatte Papa eine Leihgabe von Andrew angenommen? »Ich habe das Gefühl, du möchtest uns noch etwas sagen.«

»Gütiger Himmel, gibt es denn noch mehr Hiobsbotschaften?«, ächzte Mary.

»Papa, was verheimlichst du uns?«, kreischte Alice.

Jamie bedeutete ihren Schwestern, den Mund zu halten, und das Bedürfnis, ihren Vater am grauen Wams zu packen und kräftig zu schütteln, überwältigte sie beinahe. »Darf ich den Brief des Königs lesen?«

»Wir hätten wirklich auch lesen und schreiben lernen sollen, als Jamies Mama anfing, ihr Unterricht zu geben«, meinte Agnes reumütig.

»Unsinn!«, protestierte Alice. »Feine Damen müssen so was nicht können. Wir hätten lieber lernen sollen, dieses grauenhafte Gälisch zu sprechen, das Jamie so gut beherrscht. Natürlich möchte ich dich nicht kränken, Jamie«, fügte sie hastig hinzu, als sie die gerunzelte Stirn ihrer jüngsten Schwester bemerkte. »Ich bedaure ehrlich, dass ich's nicht zusammen mit dir gelernt habe. Beak erbot sich, uns allen diese Sprache beizubringen.«

»Unserem Stallmeister machte es großen Spaß, mich zu unterrichten«, sagte Jamie. »Und Mama fand es amüsant. Sie war lange vor ihrem Tod bettlägerig und konnte sich kaum um mich kümmern, also war sie froh, dass Beak sich mit mir befasste.«

»Soll das etwa heißen, dass dieses Monstrum aus dem Hochland unsere Sprache nicht versteht?«, klagte Agnes, ehe sie in Tränen ausbrach.

Hätte sie nicht zu weinen begonnen, wäre es Jamie vielleicht gelungen, ihren Zorn zu bezähmen. »Was spielt das schon für eine Rolle?«, fauchte sie. »Der Mann wird nicht lange mit seiner Frau reden, bevor er sie umbringt.«

Mary schnappte nach Luft. »Also glaubst du das Gerücht?«

»Nein«, entgegnete Jamie zerknirscht. »Das war nur ein Scherz.« Sie schloss für einen Moment die Augen, betete stumm um Geduld und wandte sich dann zu Agnes. »Es war sehr unfreundlich von mir, dich so aufzuregen, Schwesterherz, und ich bitte dich um Entschuldigung.«

»Das will ich dir auch raten!«, schrie Agnes.

»Papa, gib Jamie den Brief«, verlangte Mary.

»Nein!«, herrschte der Baron sie an, dann mäßigte er seine Stimme, um die Engel nicht misstrauisch zu machen, was seine Beweggründe betraf. »Du brauchst dich nicht zu bemühen, Jamie. In diesem Schreiben steht nur, dass nächste Woche zwei Schotten hier eintreffen und zwei Bräute mitnehmen werden.«

Sofort begannen die Zwillinge wieder zu heulen wie kleine Kinder, die man unsanft aus dem Schlaf gerissen hatte. Und Mary schrie: »Ich laufe davon!«

»Ich glaube«, begann Jamie mit erhobener Stimme, um den Lärm zu übertönen, »wir müssen sofort einen Plan schmieden und überlegen, wie wir die Bewerber abschrecken können.«

Agnes unterbrach ihr Geschrei. »Hast du irgendeine Idee?«

»Es ist ein tückischer Plan, und ich wage kaum, ihn in Worte zu fassen. Aber immerhin steht euer Wohlbefinden auf dem Spiel. Also – wenn ich auf Brautschau ginge, würde ich bestimmt kein Mädchen wählen, das durch irgendein Gebrechen entstellt wäre.«

Langsam breitete sich ein Grinsen auf Marys Gesicht aus. Sie vermochte Jamies Gedankengängen immer am schnellsten zu folgen – insbesondere, wenn sie boshafte Zwecke verfolgten. »Oder so hässlich, dass man nicht hinschauen kann.« Ihre braunen Augen funkelten mutwillig. »Agnes und Alice, ihr müsst euch ein Leiden zulegen. Und ich werde mich möglichst fett und hässlich präsentieren.«

»Ein Leiden?« Alice blinzelte verwirrt. »Verstehst du, was sie meint, Agnes?«

Ihre Zwillingsschwester lachte, und plötzlich sah sie trotz der rotgeweinten Augen sehr hübsch aus. »Ganz einfach – wir werden krank! Am besten essen wir diese Beeren, die uns nicht bekommen. Aber wir müssen's zum richtigen Zeitpunkt tun, denn der Ausschlag hält nur ein paar Stunden an.«

»Ha, jetzt begreife ich's! Die dummen Schotten sollen glauben, wir hätten immer so grässliche Pickel auf den Gesichtern.«

Agnes nickte. »Ich werde die Pusteln aufkratzen, dann wirken sie noch scheußlicher.«

Die vier Mädchen lachten, und der Baron musterte seine Engel wohlwollend. »Ich hab's euch ja gesagt – es wird sich ein Ausweg finden.« Natürlich hatte er nichts dergleichen gesagt, doch das störte ihn nicht. »Nun werde ich mein Vormittagsschläfchen halten, damit ihr eure Pläne in Ruhe besprechen könnt.« In aller Eile ergriff er die Flucht.

»Vielleicht ist es diesen Schotten egal, wie ihr ausseht«, warnte Jamie, die plötzlich befürchtete, sie hätte falsche Hoffnungen in ihren Schwestern geweckt.

»Wir wollen darum beten, dass sie großen Wert auf Äußerlichkeiten legen«, schlug Mary vor.

»Ist es eine Sünde, wenn wir sie hintergehen?«, fragte Alice.

»Natürlich«, entgegnete Mary.

»Wir sollten es Vater Charles lieber nicht beichten«, wisperte Agnes. »Sonst lässt er uns einen Monat lang Buße tun. Außerdem sind es ja nur Schotten, die wir hinters Licht führen. Deshalb wird der Allmächtige sicher ein Einsehen haben.«

Jamie verließ ihre Schwestern und suchte Stallmeister Beak auf, einen alten Mann mit großer Habichtsnase, der schon seit vielen Jahren ihr Vertrauter war. Niemals plauderte er die Geheimnisse aus, in die sie ihn einweihte. Außerdem war er ein kenntnisreicher Mann, der ihr viele Dinge beigebracht hatte. In gewisser Weise ersetzte sie ihm den Sohn, den er nie bekommen hatte. Nur wenn es um Baron Jamison ging, stimmten sie nicht überein. Beak fand es falsch, wie der Hausherr seine jüngste Tochter behandelte. Und sie verstand nicht, was er daran auszusetzen hatte, denn sie war mit ihrem Leben zufrieden. Da sie in dieser Hinsicht zu keiner Einigung gelangen konnten, mieden sie das Thema.

Sie wartete, bis er Emmett mit irgendeinem Auftrag aus dem Stall geschickt hatte, dann erzählte sie die ganze Geschichte. Beak rieb sich das Kinn, ein sicherer Hinweis seiner ungeteilten Aufmerksamkeit.

»Alles ist meine Schuld«, gestand Jamie.

»Wieso glauben Sie das?«

»Ich hätte Papa veranlassen sollen, die Steuer zu entrichten. Nun müssen meine armen Schwestern den Preis für mein Versäumnis zahlen.«

»Versäumnis!«, murmelte Beak ungehalten. »Das Einzige, wofür Sie keine Verantwortung tragen, sind die Steuern und die Einteilung der Wachtposten, Mädchen.

Sie werden sich noch zu Tode arbeiten. Gott verzeihe mir, dass ich Ihnen jemals was beigebracht habe. Hätte ich Sie nicht reiten und jagen gelehrt, würden Sie die Männer in diesen Künsten nicht übertreffen. So was ist unschicklich für eine Dame. Und ich habe das alles auf mein Gewissen geladen.«

Jamie ließ sich nicht von seiner kummervollen Miene täuschen. »Oft genug haben Sie mit meinen Fähigkeiten geprahlt, Beak. Sie sind sehr stolz auf mich.«

»Aye, das bin ich. Und ich werde nicht zuhören, wie Sie sich wegen der Sünden Ihres Vaters Vorwürfe machen.«

»Aber Beak …«

»Sie werden also nicht in die Brautschau einbezogen?«, unterbrach er sie. »Finden Sie das nicht ein bisschen merkwürdig?«

»Doch, aber unser König wird seine Gründe haben. Es steht mir nicht zu, seine Entscheidungen infrage zu stellen.«

»Haben Sie den Brief gelesen?«

»Nein, Papa wollte mich damit nicht behelligen. Beak, was denken Sie? Plötzlich haben Sie diesen hinterhältigen Ausdruck im Gesicht, und der verheißt nichts Gutes.«

»Ich glaube, Ihr Papa führt was Schändliches im Schilde. Ich kenne ihn schon länger als Sie, Mädchen.«

»Er war immer gut zu mir – so, als wäre er mein leiblicher Vater.«

»Aye, aber das ändert nichts an den Tatsachen.«

In diesem Augenblick schlenderte Emmett in den Stall zurück, und Jamie ging sofort zu Gälisch über, denn sie wusste, wie gern er andere Leute belauschte. »Wie meinen Sie das, Beak?«

Statt zu antworten, erkundigte sich der alte Mann: »Wann kommen meine schottischen Landsleute?«

»In einer Woche. Während sie hier sind, muss ich mich wie eine Gefangene versteckt halten. Papa sagte, es wäre besser, wenn sie mich nicht sehen – wenn ich auch keine Ahnung habe, warum. Natürlich ist das mit Schwierigkeiten verbunden, wo ich doch so viele Pflichten zu erfüllen habe. Wer soll zum Beispiel das Wild für die Mahlzeiten erlegen? Was glauben Sie, wie lange die Schotten hier bleiben werden, Beak? Höchstens eine Woche, nicht wahr? Ich muss noch mehr Schweinefleisch pökeln, wenn sie ...«

»Hoffentlich bleiben sie einen Monat«, fiel er ihr ins Wort. »Sie brauchen wirklich mal ein bisschen Erholung, Jamie, sonst werden Sie noch Ihr eigenes Grab schaufeln, wenn Sie sich von Sonnenaufgang bis Sonnenuntergang abrackern. Ich mache mir große Sorgen um Sie, Mädchen. Noch nie haben Sie sich um Ihr eigenes Wohl geschert, und Sie waren immer viel zu leichtsinnig. Erinnern Sie sich an jenen Tag, wo ich außen am Turm hochklettern musste, um Sie runterzuholen? Damals lebte Ihre Mama noch, Gott hab sie selig. Sie haben nach mir geschrien, Jamie, und mir war da oben so schwindlig, dass ich mein Mittagessen ausspuckte, sobald wir wieder festen Boden unter den Füßen spürten. Sie hatten ein Seil zwischen die beiden Türme gespannt und dachten, Sie könnten drübergehen.«

Jamie lächelte. »Ich weiß noch, wie Sie mir den Hintern versohlten – so kräftig, dass ich zwei Tage lang nicht sitzen konnte.«

»Und Ihrem Papa gegenüber haben Sie's abgestritten, weil Sie dachten, er würde mir die Hölle heiß machen.«

»Das hätte er sicher getan.«

»Und dann wurden Sie auch noch von Ihrer Mama verhauen.« Beak lachte schallend. »Das wäre Ihnen erspart geblieben, hätte sie gewusst, dass Sie ohnehin schon bestraft waren.«

»Damals haben Sie mir das Leben gerettet«, gab Jamie zu.

»Nicht nur damals.«

»Aber jetzt bin ich erwachsen und trage meine Verantwortung. Das versteht sogar Andrew. Warum können Sie's nicht verstehen, Beak?«

Dieses heiße Eisen wollte er nicht anrühren. Er würde sie nur verletzen, wenn er ihr gestand, was er von ihrem Andrew hielt. Eine einzige Begegnung hatte ihm genügt, um den schwachen Charakter des Burschen zu beurteilen. Der dachte nur an sich selber. Und wann immer Beak an den Ehevertrag seiner geliebten Jamie erinnert wurde, drehte sich ihm der Magen um.

»Sie brauchen einen starken Mann, Mädchen, und ich weiß nicht, ob Ihnen jemals der Richtige über den Weg laufen wird. Und Sie haben immer noch diesen ungestümen Drang in sich. Sie wollen frei sein, auch wenn's Ihnen gar nicht bewusst ist.«

»Nun übertreiben Sie aber, Beak. So wild bin ich gar nicht mehr.«

»Glauben Sie, ich hätte Sie nicht auf dem Rücken Ihrer Stute stehen sehen, als sie über die Südwiese galoppierte? Ein Jammer, dass ich Ihnen dieses Kunststück beigebracht habe!«

»Sie haben mich beobachtet, Beak?«

»Irgendjemand muss ja auf Sie aufpassen.«

Jamie seufzte, dann kam sie wieder auf die Schotten zu sprechen. Geduldig hörte er zu und hoffte, es würde ihre Sorgenlast verringern, wenn sie sich alles von der Seele redete.

Als sie ihn dann verließ, um wieder ihren Pflichten nachzugehen, überschlugen sich seine Gedanken. Baron Jamison plante also ein Täuschungsmanöver. Aber das sollte ihm nicht gelingen. Beak beschloss, Jamie zu retten. Zuerst musste er sich natürlich diese Schotten anschauen. Wenn sich einer als anständiger, gottesfürchtiger Mann entpuppte, dem man das Mädchen anvertrauen konnte, würde Beak ihm verraten, dass der Lord nicht nur drei, sondern vier Töchter hatte.

Aye, Beak wollte Jamie vor einem traurigen Schicksal bewahren und ihr zur Freiheit verhelfen.

Gerade hat uns der Priester Murdock erzählt, Alec Kincaid würde mit einer englischen Ehefrau nach Hause kommen. Viele runzeln die Stirn – nicht, weil unser Laird wieder geheiratet hat, sondern weil seine Gemahlin eine Engländerin ist. Einige verteidigen ihn und sagen, er habe nur den Befehl seines Königs befolgt. Und andere wundern sich laut, wieso der Laird eine solche Bürde auf seine Schultern lädt.

O Gott, hoffentlich verliebt er sich in sie! Doch das wäre wohl zu viel von meinem Schöpfer verlangt, denn Alec verabscheut die Engländer genauso wie wir alle.

Trotzdem – es würde den Mord versüßen.

2

Alec Kincaid konnte seine Heimkehr kaum erwarten.

Er hatte König Edgars Wunsch erfüllt und fast einen Monat in London verbracht, um die englische Hofhaltung zu studieren und möglichst viel über den unberechenbaren König von England zu erfahren. Diese Aufgabe war Alec äußerst unangenehm gewesen. Er fand die englischen Aristokraten pompös, die Damen schwachsinnig und König Henry zu wankelmütig. Andererseits zögerte Alec nie, die Vorzüge eines Mannes anzuerkennen. Und er gestand sich ein, dass es ihn tief beeindruckte, wie schnell König Henry die albernen Barone bestraft hatte, die des Hochverrats überführt worden waren.

Wenn sich Alec auch nicht über den Auftrag beklagt hatte, so erleichterte es ihn doch sehr, dass nun alles erledigt war. Als Laird eines großen Clans trug er schon genug Verantwortung. Wahrscheinlich herrschte mittlerweile ein heilloses Durcheinander in seiner zerklüfteten Hochland-Domäne. Die Campbells und MacDonalds würden Ärger machen – und nur Gott mochte wissen, was für Probleme ihn sonst noch erwarteten.

Und jetzt noch eine Verzögerung ... Wenn er die Reise doch bloß nicht unterbrechen müsste, um zu heiraten ...

Die geplante Ehe mit der fremden Engländerin betrachtete er nur als geringfügige Unannehmlichkeit. Er würde die Frau heimführen, um König Edgar einen Gefallen zu erweisen. Und sie würde König Henry gehorchen.

So war das nun einmal in diesen Tagen, wo die beiden Herrscher ein fragiles Bündnis geschlossen hatten.

Henry wünschte ausdrücklich, dass Alec Kincaid zu den Lairds gehörte, die Engländerinnen ehelichen würden. Warum – das wussten sowohl Alec als auch Edgar. Kincaid, obwohl einer der jüngsten schottischen Clanführer, übte große Macht aus. Nach der Zählung unterstanden ihm etwa achthundert wackere Krieger, und dieses Heer konnte er noch verdoppeln, wenn er alle seine verlässlichen Verbündeten zu Hilfe rief. Kincaids Kampfkraft war in England eine geflüsterte Legende, im Hochland ein Triumphschrei.

Henry wusste zudem, dass Alec die Engländer nicht besonders mochte. Und er hatte Edgar gegenüber die Hoffnung geäußert, diese Ehe würde die Einstellung des mächtigen Lairds ändern und vielleicht sogar zu einer gewissen Harmonie führen. Aber Edgar war klüger, als es der englische König vermutete, und erriet dessen Bestreben, Alec auf seine Seite zu ziehen.

Alec und sein König amüsierten sich über Henrys Naivität. Aye, Edgar war Henrys Vasall, seit er vor dem englischen König auf den Knien gelegen und seinen Eid geleistet hatte, und außerdem am Londoner Hof aufgewachsen. Trotzdem sah er sich in erster Linie als schottischer König und zog seine treuen Clans allen anderen vor, insbesondere den Ausländern.

Offensichtlich verstand Henry nichts von Blutsbanden. Ihm ging es nur um die Möglichkeit, einen starken Verbündeten zu ergattern. Doch da beurteilte er Kincaid falsch, denn der würde Schottland und dessen König niemals den Rücken kehren.

Daniel, Alecs Freund seit der Kindheit und der künftige Laird des benachbarten Ferguson-Clans, hatte ebenfalls den Befehl erhalten, eine englische Braut heimzuführen. Auch er hatte einen langweiligen Monat in London verbracht und sehnte sich genauso nach dem Hochland wie Alec.

Seit dem Morgengrauen waren beide Krieger in halsbrecherischer Geschwindigkeit dahingeritten und hatten nur zweimal angehalten, um den Pferden eine Ruhepause zu gönnen. Sie erwarteten, nur zwei Stunden in Jamisons Haus vergeuden zu müssen. Das sollte genügen, um zu essen, die Bräute zu wählen, zu heiraten, falls ein Priester zur Stelle war, und dann die Heimreise fortzusetzen. Sie wollten keine weitere Nacht auf englischem Boden verbringen, und sollten die Bräute andere Pläne haben, spielte das keine Rolle. Weder Alec noch Daniel scherten sich um die Wünsche der Mädchen. Die würden tun, was man ihnen sagte.

Alec errang das Privileg, zuerst seine Wahl treffen zu dürfen, indem er einen Kiefernstamm weiter warf als sein Freund. Aber keinem von beiden war die Sache wichtig genug gewesen, um bei dem Wettkampf seine ganze Kraft aufzubieten.

Drei Tage vor dem vereinbarten Zeitpunkt erreichten der Teufel und sein Schüler Baron Jamisons Haus. Beak entdeckte die schottischen Kriegsherren als Erster und gab ihnen diese passenden Namen. Er saß gerade auf der obersten Sprosse der Heubodenleiter. Es war Nachmittag, und er erwog die Möglichkeit eines Nickerchens, da er seit dem Mittagessen ununterbrochen in der warmen Frühlingssonne gearbeitet hatte. Andererseits hatte Lady Mary ihre Schwester Jamie zur Südwiese geführt, und man konnte nie wissen, welch einen Unsinn die beiden ausheckten. Deshalb musste man sie im Auge behalten.

Seufzend rutschte er von der Leiter hinunter. Als er auf der zweiten Sprosse von oben anlangte, erblickte er die beiden Riesen, die auf ihn zuritten. Fast verlor er das Gleichgewicht und sperrte den Mund auf wie ein junger Spatz, der von seiner Mama gefüttert werden will. Beinahe hätte er sich bekreuzigt. Ein Glück, dass die beiden seine Knie nicht schlottern hörten, als er die restlichen Sprossen hinabkletterte.

Sein Herz schlug wie rasend. Er sagte sich, dass auch in seinen Adern schottisches Blut floss, wenn es auch von seinen Ahnen aus dem zivilisierten Tiefland stammte. Außerdem hielt er sich vor Augen, dass er noch nie einen Menschen nur nach dem Äußeren beurteilt hatte. Keine dieser beiden Tatsachen vermochte ihn angesichts der beiden Giganten, die kurz vor dem Stalltor ihre Pferde gezügelt hatten, zu beruhigen.

Er begann am ganzen Körper zu zittern und entschuldigte seine Feigheit vor sich selbst, indem er argumentierte, er sei ein ganz gewöhnlicher Mann, und beim Anblick dieser zwei Krieger müssten sogar die Apostel eine Gänsehaut bekommen.

Der eine, den er für den Schüler hielt, war groß und breitschultrig, mit dichten Haaren von der Farbe rostiger Eisennägel und meergrünen Augen, von grimmigen Furchen umgeben. So kraftvoll er auch aussah – verglichen mit dem Teufel wirkte er winzig. Der war um einen guten Kopf größer als sein Gefährte, kein Gramm Fett haftete an seiner Herkulesgestalt. Das Haar schimmerte genauso bronzebraun wie die Haut. Als Beak vorwärts stolperte, um das Gesicht genauer zu betrachten, bereute er das sofort. Die Eiseskälte in diesen dunklen Augen hätte sogar ein sommerliches Kleefeld gefrieren können.

Damit war sein närrischer Plan, Jamie zu retten, gescheitert. Lieber wollte er zur Hölle fahren, als das Mädchen einem dieser beiden Barbaren auszuliefern.

»Ich bin Beak, der Stallmeister«, würgte er schließlich hervor. »Sie sind früh dran, Mylords. Deshalb konnte ich die Familie nicht in ihrem Sonntagsstaat vor dem Haus versammeln, um Sie gebührend zu begrüßen.« Nachdem er vergeblich auf eine Antwort gewartet hatte, räusperte er sich beklommen. Wie die beiden Riesen ihn anstarrten, die Stirnen zerfurcht, zerrte immer heftiger an seinen Nerven. Nach einer Weile beschloss er, es noch einmal zu versuchen. »Ich werde mich jetzt um Ihre Pferde kümmern, Mylords, und Sie klopfen am besten an die Haustür.«

»Wir sorgen selbst für unsere Pferde, Alter«, entgegnete der Schüler. Seine Stimme klang nicht besonders angenehm.

Beak nickte und wich um ein paar Schritte zurück. Er beobachtete, wie die Lords abstiegen, ihre Sättel von den Pferderücken nahmen, und er hörte, wie jeder seinem Tier ein gälisches Lobeswort zuflüsterte. Es waren schöne Hengste, einer braun, der andere schwarz, beide makellos, und der Stallmeister entdeckte keinen einzigen Striemen auf den Hinterbacken. Da schöpfte er neue Hoffnung. Schon vor langer Zeit hatte er gelernt, dass man den Charakter eines Mannes nach der Art beurteilen musste, wie er seine Mutter und sein Pferd behandelte. Baron Andrews Hengst wies ständig Peitschenspuren auf. Wenn das kein Beweis für die Richtigkeit dieses Grundsatzes war …

»Warten Ihre Soldaten draußen vor der Mauer?« Beak sprach Gälisch, um zu bekunden, dass er ein Freund und kein Feind war. Seine Mühe schien den Schüler zu erfreuen, denn er lächelte ihn wirklich und wahrhaftig an. »Wir reiten allein.«

»Den weiten Weg – von London bis hierher?«, fragte Beak verdutzt.

»Ja.«

»Niemand hat Ihnen den Rücken gedeckt?«

»Wir brauchen keinen Schutz. Rückendeckung – das ist ein englischer Brauch, nicht unserer – was, Kincaid?«

Der Teufel hielt es für überflüssig, dies zu bestätigen.

»Und wie heißen Sie, Mylords?« Es war eine kühne Frage, die Beak da stellte, aber die Kriegerstirnen hatten sich geglättet, und das machte ihm Mut.

Statt einer Antwort meinte der Schüler: »Sie sprechen unsere Sprache recht gut, Beak. Sind Sie Schotte?«

Stolz straffte der Stallmeister die Schultern. »Das bin ich, und meine Haare waren rot, ehe sie sich grau färbten.«

»Mein Name ist Daniel, und ich stamme vom Clan Ferguson. Und er«, fügte der Schüler mit einem Blick auf seinen Begleiter hinzu, »wird von allen, die ihn gut genug kennen, Alec genannt. Er ist der Anführer des Kincaid-Clans.«

Beak verbeugte sich förmlich. »Es ist mir eine Freude und Ehre, Ihre Bekanntschaft zu machen. Schon seit Jahren habe ich nicht mehr mit einem Vollblutschotten gesprochen«, fuhr er grinsend fort, »und so weiß ich gar nicht, wie ich mich verhalten soll. Ich habe auch vergessen, wie groß die Hochländer sind. Als ich Sie beide gesehen habe, bin ich ziemlich erschrocken.« Er führte die Neuankömmlinge in den Stall, öffnete die Gatter zweier sauberer Boxen, stellte Wassereimer bereit und füllte die Futtertröge. Dann bemühte er sich, die Gäste in ein Gespräch zu verwickeln. »Sie sind tatsächlich um drei Tage zu früh dran, Mylords. Der Haushalt wird in helle Aufruhr geraten.«

Keiner der beiden äußerte sich zu dieser Bemerkung. Aber sie wechselten einen Blick, und der verriet deutlich, wie gleichgültig ihnen die Unruhe war, für die sie sorgten.

»Wer wurde denn erwartet – wenn nicht wir?«, fragte Daniel.

»Erwartet?«, wiederholte Beak verwirrt. »Niemand – das heißt, erst in drei Tagen.«

»Die Zugbrücke war herabgelassen, Mann, und kein einziger Wachtposten zeigte sich.«

»Ach, das meinen Sie.« Beak seufzte tief auf. »Die Zugbrücke ist fast immer heruntergelassen, und bei uns werden keine Wachen postiert. Baron Jamison neigt zur Vergesslichkeit.« Als er die ungläubigen Mienen der Krieger sah, fühlte er sich bemüßigt, seinen Herrn zu verteidigen. »In dieser abgeschiedenen Gegend werden nie welche belästigt. Und der Baron meint, es gibt ohnehin nichts Kostbares zu stehlen.«

»Nichts Kostbares?« Zum ersten Mal ergriff Kincaid das Wort. Seine Stimme klang erstaunlich sanft und doch kraftvoll. Als er Beak anschaute, begannen die Knie des alten Mannes wieder zu beben. »Immerhin hat er Töchter, oder?«

Die dunklen Augen schienen Feuer zu sprühen, und Beak konnte diesem Blick nicht allzu lange standhalten. Deshalb betrachtete er seine eigenen Stiefelspitzen, um sich auf die Unterhaltung zu konzentrieren. »Ja, er hat mehr Töchter, als ihm lieb ist.«

»Und die beschützt er nicht?« Daniel schüttelte verständnislos den Kopf und wandte sich zu Alec. »Hast du so was schon mal gehört?«

»Nein.«

»Was für ein Mann ist Baron Jamison?«, fragte Daniel den Stallmeister.

Diese Frage wurde von Kincaid beantwortet. »Ein Engländer, Daniel.«

»Und das erklärt alles, nicht wahr?«, bemerkte Daniel trocken. »Sagen Sie, Beak – sind die Töchter des Barons so hässlich, dass sie keinen Schutz brauchen? Oder steht es so schlecht um ihre Tugend?«

»Sie sind alle sehr hübsch, und jede ist so rein wie am Tag ihrer Geburt. Ich will tot umfallen, wenn das nicht stimmt. Aber der Vater vernachlässigt seine Pflichten.«

»Wie viele Töchter hat er?«, wollte Daniel wissen. »Wir haben uns nicht die Mühe gemacht, Ihren König danach zu fragen.«

»Sie werden drei zu sehen bekommen, Mylord«, murmelte Beak. Ehe er nähere Erklärungen abgeben konnte, wandten sich die beiden Krieger zum Stalltor. Jetzt oder nie, dachte er, holte tief Atem und rief: »Sind Sie beide mächtige Lairds, oder befehligt nur einer von Ihnen einen größeren Clan?«

Alec hörte die Angst, die in der Stimme des Stallmeisters mitschwang. Das verblüffte ihn dermaßen, dass er sich umdrehte. »Was veranlasst Sie zu dieser unverschämten Frage?«

»Ich wollte nicht respektlos erscheinen«, beteuerte Beak hastig, »und ich habe gute Gründe, mich danach zu erkundigen. Natürlich weiß ich, dass ich meine Befugnisse überschreite. Trotzdem werde ich mich einmischen. Irgendjemand muss die Interessen des Mädchens wahren, und die liegen niemandem so sehr am Herzen wie mir.«

Daniel runzelte verwirrt die Stirn. »In ein bis zwei Jahren werde ich meinen Clan als rechtmäßig gewähltes Oberhaupt übernehmen. Kincaid ist schon jetzt der Laird. Genügt Ihnen diese Antwort?«

»Dann wird er sich also zuerst seine Braut aussuchen?«

»Ja.«

»Und er ist mächtiger als Sie?«

Daniel nickte. »Vorerst«, erwiderte er grinsend. »Haben Sie noch nie vom Kincaid-Heer gehört?«

»Aye, ich kenne alle möglichen Geschichten.«

Der grimmige Tonfall des Stallmeisters belustigte Daniel. Offenbar fürchtete sich der alte Mann vor Alec. »Ich nehme an, die Geschichten beinhalten Kincaids Kampftaktiken?«

»Allerdings, und ich will lieber nicht dran glauben.«

Beak warf einen raschen Blick auf Alec. »Diese Geschichten wurden von Engländern erzählt, und die haben sicher übertrieben, was die Grausamkeit des Lairds betrifft.«

Daniel grinste seinen Freund an. »Zweifellos. Man behauptet also, er kenne keine Gnade – kein Mitleid?«

»Aye.«

»Dann sollten Sie den Geschichten Glauben schenken, Beak, weil sie der Wahrheit entsprechen – was, Alec?«

»Aye«, stimmte Kincaid gleichmütig zu.

»Ihre Fragen erheitern mich, Beak«, fuhr Daniel fort, »wenn ich auch keine Ahnung habe, was Sie eigentlich herausfinden wollen. Möchten Sie sonst noch was wissen?«

Beak nickte eingeschüchtert und musterte Alec, während er überlegte, wie er das Problem erklären sollte, ohne Jamies Vertrauen allzu schändlich zu missbrauchen. Als Alec die Angst in der Miene des alten Mannes las, ging er auf ihn zu. »Was haben Sie mir zu sagen?«

Mit bebender Stimme platzte Beak heraus: »Haben Sie jemals eine Frau misshandelt, Alec Kincaid?«

Diese Frage schien dem Laird nicht sonderlich zu gefallen. In seinen Augen blitzte es zornig auf, und Beak wich instinktiv um einige Schritte zurück und hielt sich an der Stallwand fest.

»Ich war geduldig mit Ihnen, weil Sie ein Schotte sind, Alter, aber wenn Sie noch einmal so mit mir reden, werden das Ihre letzten Worte sein.«

»Natürlich – aber da ich Ihnen ein wunderbares Geschenk machen möchte, muss ich vorher herausfinden, ob Sie seinen Wert erkennen werden, Mylord.«

»Er spricht in Rätseln.« Daniel stellte sich an die Seite seines Freundes und schaute genauso finster drein wie Alec, was dem Stallmeister nicht entging. »Anscheinend sind Sie schon sehr lange in England, sonst würden Sie nicht so dummes Zeug quatschen.«

»Ich weiß, das alles erscheint Ihnen sinnlos«, gab Beak bedrückt zu. »Aber wenn ich zu viel sage, würde ich meine Herrin verraten. Und die wäre durchaus imstande, mir bei lebendigem Leib die Haut abzuziehen.«

»Sie fürchten sich vor einer Frau?«, fragte Daniel. »Tatsächlich?«

Beak beachtete weder das erstaunte Gesicht des jungen Mannes noch den spöttischen Unterton. »Ich fürchte mich vor keiner Frau, aber ich will mein Wort nicht brechen. Das Mädchen bedeutet mir sehr viel, und ich schäme mich nicht, Ihnen zu gestehen, dass ich es wie eine Tochter liebe.« Tapfer versuchte er Alecs hartem Blick standzuhalten, was ihm kläglich misslang. Oh, wäre doch der andere Krieger der mächtigere von den beiden … »Sind Sie stark genug, um zu beschützen, was Ihnen gehört?«, fragte er den Laird, um die Angelegenheit endlich zu beenden.

»Das bin ich.«

»Baron Andrew wird viele Soldaten zusammentrommeln und dem Geschenk nachjagen, wenn ich's Ihnen gegeben habe. Und er ist mit dem englischen König befreundet«, fügte Beak hinzu und hob die Brauen, um dieser Eröffnung Nachdruck zu verleihen.

Kincaid schien wenig beeindruckt. »Das kümmert mich nicht.«

»Wer ist Baron Andrew?«, erkundigte sich Daniel.

»Ein Engländer«, erwiderte Beak.

»Umso besser«, meinte Alec. »Wenn ich beschließe, Ihr Geschenk anzunehmen, lasse ich mich gern von einem Engländer zum Kampf auffordern. Der wird mich wohl kaum in Gefahr bringen.«

Beak atmete sichtlich auf. »Da gibt's kein Wenn.«

»Ist das Geschenk vielleicht ein Pferd?« Daniel blinzelte verwirrt. Er verstand immer noch nicht, was der Stallmeister im Schilde führte.

Kincaid wusste es umso besser. »Es ist kein Pferd, Daniel«

Zufrieden grinste Beak. Der Mann war nicht dumm. »Wenn Sie mein Geschenk gesehen haben, Laird Kincaid, werden Sie's sofort begehren. Mögen Sie blaue Augen?«

»Im Hochland findet man viele blaue Augen, Beak«, warf Daniel ein.

»Nun ja, Blau und Blau – das ist zweierlei«, entgegnete der Stallmeister gedehnt und kicherte, dann räusperte er sich und fuhr fort: »Um Ihnen bei der Lösung des Rätsels zu helfen, Laird Kincaid – Baron Jamison behandelt seine Töchter wie Pferde. Das werden Sie bald selber merken. Die hübschen drei Stuten in diesen drei Boxen sind für die Damen bestimmt. Aber wenn Sie diesem langen Korridor folgen und um die Ecke biegen, finden Sie eine verborgene Box in der Ecke, neben der Seitentür, getrennt von den anderen. Dort verwahrt der Baron seine weiße Schönheit, die auf einen passenden Hengst wartet. Tun Sie einem alten Schotten den Gefallen, und schauen Sie sich das Mädchen mal an. Sie werden Ihre Zeit nicht verschwenden, Mylord.«

»Jetzt hat er mich neugierig gemacht«, gestand Daniel seinem Freund.

Sie ließen sich von Beak zur Box am anderen Ende des Stalls führen. Einen Strohhalm zwischen die Zähne geklemmt, beobachtete der alte Mann, wie temperamentvoll sich die Stute gebärdete, als Alec sie streichelte. Die Nebentür stand einen Spaltbreit offen, und ein Sonnenstrahl fiel herein, in dem die Silbermähne schimmerte. Es dauerte eine Weile, bis sich das prächtige Pferd fügte, doch dann zeigte es dem Laird die sanfte Seite seines Wesens. Beak hoffte, der Krieger würde Jamie ebenso geduldig zähmen.

»Sie ist in der Tat wundervoll«, meinte Daniel.

»Aber noch ziemlich wild.« Jetzt lächelte Alec, und Beak erriet, dass der Laird ein wildes Gemüt nicht als Makel betrachtete.

»Sie heißt Wildfeuer«, erklärte der Stallmeister, »und diesen Namen verdient sie auch. Den Baron lässt sie nicht in ihre Nähe. Und so schenkte er sie seiner jüngsten Tochter, nachdem sich herausgestellt hatte, dass sie als Einzige mit ihr umgehen kann.«

Alec lächelte noch einmal – ein wahres Wunder –, als Wildfeuer in seine Hand zu beißen versuchte. »Ein freches kleines Ding! Wenn sie von einem guten Hengst gedeckt wird, müsste sie eine recht lebhafte Nachkommenschaft gebären.«

Beak musterte ihn aufmerksam und grinste, als er dem Blick des Kriegers begegnete. »Genauso denke ich auch über das Geschenk, das ich Ihnen geben will. Wie ich bereits sagte, Laird Kincaid – der Baron behandelt seine

Töchter wie Pferde. Drei finden Sie in den Boxen da vorn ...« Er gelobte sich, nichts mehr zu sagen. Den Rest des Rätsels musste der junge Schotte allein lösen.

»Beak? Sind Sie da drinnen?«

Sofort erkannte er Lady Jamies Stimme, und vor Schreck verschluckte er beinahe den Strohhalm, an dem er kaute. »Das ist die jüngste Tochter des Barons«, erklärte er den beiden Kriegern, »und da ist die Seitentür«, fügte er flüsternd hinzu. »Durch die erreichen Sie das Haus auf dem schnellsten Weg. Ich werde jetzt erst mal sehen, was meine Jamie will.«

Für seine Jahre bewegte sich Beak erstaunlich schnell. Er bog um die Ecke und fing Jamie und deren Schwester Mary bei den vorderen Boxen ab.

»Haben Sie mit jemandem gesprochen, Beak?«, fragte Mary. »Ich glaubte zu hören ...«

»Ich habe Wildfeuer nur einen kurzen Besuch abgestattet«, log er.

»Jamie meinte, Sie würden schlafen und wir könnten uns reinschleichen, unsere Pferde rausholen und noch mal reiten«, gestand Mary.

»Um Himmels willen, Mary, das musst du ihm doch nicht auf die Nase binden!«, schimpfte Jamie.

»Hast du's nun gesagt oder nicht?«

»Schande über Sie, Jamie!«, tadelte Beak. »Ich schlafe nie während der Arbeitszeit, und Sie sollten nirgends herumschleichen.« Albern grinste er sie an. »Das ist nicht damenhaft.«

»Doch, manchmal schlafen Sie«, entgegnete Jamie und fand sein Lächeln ansteckend. »Heute sind Sie großartig gelaunt, was?«

»Ja, das bin ich«, bestätigte er und versuchte seine Aufregung zu verbergen. Jamie durfte keinen Verdacht schöpfen. Würden die Krieger immer noch bei Wildfeuer stehen? Wenn der Laird Jamies Schönheit auch nicht sehen konnte, ihre sanfte, ein wenig raue Stimme würde gewiss seine Aufmerksamkeit wecken. »Und was haben die Damen an diesem sonnigen Nachmittag vor?«

»Wir wollten ausreiten.« Mary starrte den alten Mann verwirrt an. »Das sagten wir doch gerade. Fühlen Sie sich nicht gut, Beak? Jamie, er sieht so erhitzt aus.«

Jamie berührte seine Stirn mit dem Handrücken. »Er hat kein Fieber.«

»Sie werden spazieren gehen.« Beak verschränkte die Arme vor der Brust, um zu betonen, dass er es ernst meinte.

»Warum können wir nicht ausreiten?«, fragte Mary.

»Weil ich die Stuten gerade zur Ruhe gebettet habe. Sie wurden gefüttert, verwöhnt und in den Schlaf gelullt.« Aus Angst, sie könnten sich überzeugen wollen, ob er die Wahrheit sagte, fuhr er hastig fort: »Außerdem sollten Sie sich auf Ihren Besuch vorbereiten.« Kurzerhand packte er Marys rechten und Jamies linken Arm und zog beide Mädchen zum Haupttor des Stalls.

»Mary hat mir klar gemacht, dass ich mich bei diesem herrlichen Wetter nicht um unsere unwillkommenen Gäste sorgen soll«, erwiderte Jamie. »Reißen Sie doch nicht so an meinem Arm, Beak!«

»Wir haben noch drei Tage Zeit«, warf Mary ein, »und Jamie wird noch genug Muße finden, um den Haushalt in Ordnung zu bringen.«

»Dabei sollten Sie ihr helfen, Mädchen. Das würde Ihnen gut tun.«

»Nörgeln Sie nicht an ihr herum, Beak!«, mahnte Jamie. »Wenn ich Mary bitte, mir beizustehen, wird sie's gewiss tun.«

»Da wir gerade davon reden ...« Mary wandte sich zu dem alten Mann, der sie skeptisch anschaute. »Ich wollte Sie auch um was bitten, Beak.«

»Du solltest ihn jetzt nicht belästigen, Mary«, warnte Jamie.

»O ja, ich werde ihn belästigen, weil ich seine Ratschläge sehr schätze. Außerdem will ich wissen, ob du mir die Wahrheit gesagt hast.«

»Wie niederträchtig von dir!« Aber Jamies fröhlicher Blick zeigte, dass sie nicht ernsthaft böse war.

»Jamie hat mir eine ganze Menge von diesem abscheulichen Schottenvolk erzählt, Beak, und deshalb würde ich gern weglaufen. Was halten Sie von diesem kühnen Plan?«

Er verkniff sich ein Grinsen. »Das hängt davon ab, wohin Sie laufen wollen.«

»Oh, darüber habe ich noch gar nicht nachgedacht ...«

»Warum sollten Sie auch davonlaufen, Mary? Was für Schauergeschichten hat Ihre Schwester erzählt? Glauben Sie ihr etwa?«

»Aber Beak! Wie kommen Sie darauf, ich könnte Mary belügen?« Mühsam bekämpfte Jamie ihren Lachreiz.

»Weil ich errate, was in Ihrem Gehirn vorgeht, Jamie. Also, womit haben Sie Ihre arme Schwester heute wieder gequält? Sie zittert ja vor Angst. Und zufällig weiß ich, dass Sie keine blasse Ahnung von Schottland und seinen Bewohnern haben.«

»Immerhin ist mir bekannt, dass sie Schafsgehirne besitzen.« Jamie zwinkerte ihm zu, unbemerkt von Mary. »Natürlich nur die Hochländer. Die Leute, die im Tiefland geboren wurden, sind sehr klug – so wie Sie, Beak.«

»Versuchen Sie bloß nicht, mich mit Schmeicheleien zu umgarnen!«, warnte er. »Damit richten Sie diesmal nichts aus. Ich sehe doch, wie besorgt Mary ist, wie sie die Hände ringt. Was haben Sie ihr eingeredet?«

»Ich erwähnte nur, ich hätte gehört, die Schotten wären ein genussfreudiges Volk.«

»Das ist doch nicht so schlimm, Mary«, meinte Beak.

»Und sie haben einen gewaltigen Appetit«, fügte Mary hinzu.

»Halten Sie das für eine Sünde?«

»O ja!«, rief Mary.

»Völlerei!«, betonte Jamie lächelnd.

»Außerdem behauptete meine Schwester, sie würden ständig kämpfen«, ergänzte Mary.

»Nein, ich sagte, sie würden meistens kämpfen«, verteidigte sich Jamie. »Wenn du meine Worte wiederholst – dann bitte genau!«

»Kämpfen sie wirklich die ganze Zeit, Beak?«, fragte Mary.

Ehe er antworten konnte, kam Jamie ihm zuvor. Anmutig zuckte sie die Achseln.

»Offenbar fallen sie sehr gern über arglose Leute her.«

Beak bemerkte die zarte Röte auf Jamies Wangen. Anscheinend war sie verlegen, weil ihre Schwester aus der Schule plauderte. O ja, sie neigte zu boshaften Scherzen. Und jetzt schaute sie genauso schuldbewusst drein wie an jenem Tag, wo sie Mary weisgemacht hatte, Papa wolle sie ins Kloster schicken. Immer war sie zu einem Schabernack aufgelegt. Und was für einen Anblick sie bot ... Heute trug sie Königsblau, Beaks Lieblingsfarbe, und das Haar fiel ihr in dichten, wirren Locken auf die schmalen Schultern. Schmutzflecken zierten ihre Nase und ihr Kinn. Er wünschte, Laird Kincaid könnte sie jetzt sehen, denn ihre violetten Augen leuchteten vor Lebenslust.

Auch Mary war recht hübsch in ihrem rosa Kleid, das aber nicht mehr allzu sauber wirkte. Was mochten die beiden Schwestern getrieben haben? Doch Beak entschied, dass er das lieber nicht wissen wollte.

Nun wurden seine Gedanken zum ursprünglichen Thema zurückgelenkt, als Mary herausplatzte:»Jamie sagt, die Schotten würden sich alles nehmen, was sie wollen. Und sie haben eine besondere Schwäche für starke Pferde, fette Schafe und sanfte Frauen.«

»Pferde, Schafe und Frauen?«, vergewisserte sich Beak.

»Ja, in dieser Reihenfolge. Jamie meint, sie schlafen lieber bei ihren Pferden als bei ihren Frauen. Stimmt das? Stehen die Frauen wirklich an letzter Stelle?«

Statt zu antworten, starrte er Jamie an. Mit einem zwingenden Blick forderte er sie auf, die Wahrheit zu bekennen. Er glaubte Schuldgefühle in ihrer Miene zu lesen, wusste aber nicht, ob sie in Gelächter ausbrechen oder um Verzeihung bitten würde.

Die Fröhlichkeit siegte. »Schon gut, Mary, ich wollte dich nur ein bisschen auf den Arm nehmen.«

»Wie ihr ausseht!«, schimpfte Beak. »Ganz schmutzig, wie Bauernmädchen. Feine Damen, in der Tat! Was habt ihr denn auf der Wiese gemacht?«

»Jetzt versucht er mich abzulenken«, erklärte Mary ihrer Schwester. »Aber du wirst dich bei mir entschuldigen, Jamie. Eher rühre ich mich nicht vom Fleck. Und wenn du mich noch ein einziges Mal anschwindelst, erzähl ich's Vater Charles, und der wird dir eine ganz schlimme Buße aufbrummen.«

»Es ist deine Schuld, nicht meine«, wehrte sich Jamie. »Du lässt dich so leicht an der Nase herumführen wie ein junges Hündchen.«

Mary wandte sich wieder zu Beak. »Man sollte glauben,

meine Schwester müsste etwas mehr Mitgefühl angesichts meiner schrecklichen Lage zeigen. Sie braucht ja nicht vor die schottischen Kriegsherren hinzutreten und zu beten, sie möge nicht gewählt werden. Papa will sie verstecken.«

»Nur weil ich im Brief des Königs nicht erwähnt wurde«, warf Jamie ein.

»Da bin ich mir nicht so sicher«, erwiderte Beak. »Papa würde niemals lügen.«

»Was das betrifft, möchte ich kein Urteil abgeben. Mary, offenbar hat Ihre Schwester nur lauter grässliche Dinge über die Schotten behauptet. Aber Sie machen sich grundlose Sorgen.«

»Sie hat mir noch andere Geschichten erzählt, Beak. Und weil die gar so abscheulich klangen, wurde ich misstrauisch. So leichtgläubig bin ich nun auch wieder nicht, wie sie sich's einbildet.«

Die Stirn drohend gefurcht, schaute er Jamie an. »Nun, Mylady?«

Sie seufzte tief auf. »Nun, ich geb's zu – einiges habe ich erfunden. Aber viele Geschichten stimmen wirklich, Beak.«

»Wie können Sie das wissen? Ich habe Ihnen oft genug eingeschärft, Sie sollen nicht auf Klatsch und Tratsch hören.«

»Was ist das für ein Klatsch?«, fragte Mary.

»Die Schotten bewerfen einander mit Kiefernstämmen, nur zum Spaß.«

»O nein.«

»Doch!«, bekräftigte Jamie. »Und wenn das kein barbarisches Ritual ist, dann weiß ich nicht, was man als solches bezeichnen muss.«

»Du meinst tatsächlich, ich würde dir alles glauben, was?«

»Das stimmt teilweise, Mary«, erklärte Beak. »Sie werfen Kiefernstämme – aber nicht aufeinander.«

Mary schüttelte den Kopf. »Ihr Grinsen verrät, dass Sie mich nur aufziehen wollen, Beak ... O ja!«, rief sie mit Nachdruck, als er protestieren wollte. »Und ist es wahr, dass sie Frauenkleider tragen?«

»Was ...« Er hüstelte und hoffte, die beiden Krieger hätten den Stall schon verlassen und würden dieses schändliche Gespräch nicht belauschen. »Ich finde, wir sollten uns draußen weiter unterhalten. Bei diesem schönen Wetter muss man ganz einfach an die frische Luft gehen.«

»Es stimmt.« Jamie ignorierte Beaks Vorschlag. »Die Schotten tragen Frauenkleider – nicht wahr, Beak?«

»Wo haben Sie denn diese Ungeheuerlichkeit gehört?«

»Cholie hat's erzählt.«

»Cholie?«, fauchte Mary. »Wärst du so freundlich gewesen, das zu erwähnen, hätte ich dir kein Wort geglaubt. Du weißt so gut wie ich, dass die Küchenmägde ständig am Alekrug hängen. Wahrscheinlich war Cholie betrunken.«

»O nein, war sie nicht!«

Hastig mischte sich Beak ein, um einen Streit zu verhindern. »Die Schotten tragen Röcke, die bis zum Knie reichen.«

»Ich hab's dir ja gesagt, Mary!«, triumphierte Jamie.

»Diese Röcke heißen Kilts«, fuhr Beak fort, »und dazu gibt's passende Überwürfe, die Tartans genannt werden. Die Schotten halten ihre Tracht hoch in Ehren, und sie wären sicher beleidigt, wenn man sie als Frauenkleidung bezeichnen würde.«

»Kein Wunder, dass sie ständig kämpfen müssen«, meinte Jamie. Sie hatte Cholies Behauptung nicht geglaubt, aber sie schien der Wahrheit zu entsprechen, nach Beaks aufrichtiger Miene zu urteilen.

Mary nickte. »Aye, sie müssen ihre wallenden Kleider verteidigen.«

»Es sind keine wallenden Kleider!«

»Jetzt sieh mal, was du angestellt hast, Jamie!«, tadelte Mary. »Du hast Beak doch tatsächlich dazu gebracht, uns anzuschreien.«

»Tut mir Leid, Beak«, sagte Jamie zerknirscht. »Heute sind Sie aber schrecklich nervös. Ständig schauen Sie über die Schulter. Glauben Sie, dass sich jemand von hinten an uns ranpirschen könnte?«

»Ich habe mein Nickerchen versäumt«, stieß Beak hervor. »Deshalb bin ich schlecht gelaunt.«

»Dann müssen Sie sich jetzt endlich ausruhen«, entschied Jamie. »Komm, Mary! Beak hat uns lange genug ertragen, und ich merke ihm an, dass er sich nicht gut fühlt.« Sie nahm die Hand ihrer Schwester und führte sie zur Tür. »Großer Gott, sie tragen wirklich Frauenkleider! Ich wollte Cholie nicht glauben, aber nun wurde ich eines Besseren belehrt.«

»Ich laufe weg, das steht fest«, verkündete Mary laut genug, sodass der Stallmeister es hören konnte. Plötzlich hielt sie inne und drehte sich um. »Eins muss ich noch wissen, Beak!«

»Ja, Mary?«, entgegnete er vorsichtig.

»Wissen Sie, ob die Schotten dicke Frauen hassen?«

Diese absurde Frage konnte er nicht beantworten. Er zuckte nur die Schultern, und Mary eilte ihrer Schwester nach. Beide Mädchen rafften die Röcke und rannten durch den Burghof. Während er ihnen nachblickte, kicherte er leise.

»Sie trägt einen Männernamen.«

Erschrocken zuckte er zusammen. Er hatte Alec Kincaids Schritte nicht gehört. Nun wandte er sich zu dem riesigen Krieger um. »Damit wollte ihr die Mama einen Platz in dieser Familie sichern. Baron Jamison hat Jamie nicht gezeugt, aber er behandelt sie so, als wäre sie sein Fleisch und Blut. Das muss ich ihm zugestehen. Nun, haben Sie Jamie genau angeschaut?«

Alec nickte.

»Sie gefällt Ihnen, was?«

Kincaid starrte den alten Mann durchdringend an, ehe er antwortete. »Aye. Ich nehme sie.« Die Wahl war getroffen.

3

Jamie erfuhr nichts von der verfrühten Ankunft der Schotten, bis der Rinderhirt Merlin sie aufsuchte und berichtete, im Haus sei der Teufel los, und ihr Papa wolle sie sofort sehen. In seiner gestotterten Erklärung versäumte er es, die beiden Besucher zu erwähnen. Das war nicht seine Schuld, denn die violetten Augen seiner schönen Herrin brachten ihn völlig durcheinander. Nun lächelte sie, und sein Herz begann zu flattern, als wäre er eine alberne kleine Zofe. Aber das störte ihn nicht. Er scheuchte nur alle Gedanken bis auf einen einzigen aus seinem Gehirn – Lady Jamie schenkte ihm ihre ungeteilte Aufmerksamkeit.

Natürlich verschlimmerte sich das Gestammel, doch das spielte keine Rolle. Jamie konnte dem Ruf ohnehin nicht sofort folgen. Eine Verletzung erforderte ihre sofortigen Bemühungen. Der arme alte Silas, dessen Augenlicht so schwach war wie seine Hände, brüllte wie am Spieß, sodass die Ferkel protestierend quiekten. Versehentlich hatte er in seinen Oberarm geschnitten statt in das Lederstück, aus dem er einen Sattelbezug anfertigen wollte. Die Wunde war geringfügig und musste nicht mit einem glühendheißen Messer bearbeitet werden. Trotzdem brauchte Jamie ziemlich lange, um den Alten zu beruhigen, nachdem sie den Schnitt gesäubert und verbunden hatte.

Währenddessen stand Merlin neben der Köchin Cholie, eifersüchtig auf die Fürsorge, die seine schöne Herrin an

Silas verschwendete. Außerdem war er ziemlich verzweifelt, weil er sich nicht an die andere Nachricht erinnern konnte, die er ihr überbringen sollte.

Jamie vollendete ihr barmherziges Werk und ließ Silas in Cholies fähigen Händen zurück. Wie sie wusste, würden die beiden jetzt mindestens einen Krug Ale leeren. Doch sie hielt das für keine Sünde. Der Alte brauchte eine kleine Stärkung, und Cholie kannte keine andere Methode, um ihn zu trösten.

»Ich kann nicht alles gleichzeitig machen«, entgegnete sie, als Merlin zum zweiten Mal auf den Wirbel im Haus hinwies, und lächelte ihn an, um dem Tadel die Schärfe zu nehmen. Dann kehrte sie dem bekümmerten Hirten den Rücken und rannte den Hang zum Haus hinauf, die Röcke bis zu den Knien hochgerafft. Drei verspielte Windhunde sprangen neben ihr her. Weder Jamie noch ihre vierbeinigen Freunde drosselten das Tempo, bis sie durch die offene Tür in die große Halle stürmten.

Abrupt blieb sie stehen. Zwei Krieger lehnten lässig am Kaminsims und erregten sofort Jamies Aufmerksamkeit. Völlig überrumpelt, konnte sie ihre Verblüffung nicht verbergen und riss die Augen auf. Unglücklicherweise klangen die ersten beiden Worte, die ihr entschlüpften, nicht besonders damenhaft. »Oh, verdammt!« Es war nur ein halbersticktes Flüstern, das sich ihrer Kehle entrang, aber da der größere der beiden Riesen die rechte Braue hob, hatte er es offenbar gehört.

Sie wagte nicht zu knicksen, denn hätte sie es versucht, wäre sie wegen ihrer zitternden Knie vermutlich auf dem Bauch gelandet. Und sie konnte ihren Blick nicht von dem größeren Mann abwenden, der nun ihre Beine unter den geschürzten Röcken begutachtete. Nie zuvor hatte sie ein so bösartiges Gesicht gesehen.

Entschlossen redete sie sich ein, sie habe keine Angst. Nein, dafür war sie viel zu wütend. Sie ließ die Röcke fallen, straffte die Schultern und hielt den durchdringenden Augen stand. Schließlich fiel ihr die Grabesstille in der Halle auf. Sie musterte ihre Schwestern. Die drei standen nebeneinander wie Verbrecherinnen, die auf ihre Hinrichtung warteten. Sobald Agnes Jamies mitleidigen Blick auffing, begann sie zu weinen. Alice legte ihr einen Arm um die Schultern, sichtlich bemüht, Trost zu spenden. Dieses Vorhaben schlug fehl, und sie brach ebenfalls in Schluchzen aus. Auch Mary, an Agnes' Seite postiert, schien den Tränen nahe zu sein. Sie hatte die Hände vor der Brust ineinander geschlungen, sah Jamie beschwörend an, als wollte sie sagen: ›Lieber Gott, schau dir die beiden doch an!‹ Dann senkte sie den Kopf.

Irgendetwas musste geschehen. Die Zwillinge durften keine Schande über die Familie bringen.

»Agnes, Alice – hört sofort zu heulen auf!«

Die zwei Schwestern wischten sich über die Augenwinkel und rangen nach Fassung. Erst jetzt bemerkte Jamie ihren Vater. Er saß am Tisch, ergriff einen der beiden Krüge, die vor ihm standen, und füllte seinen Becher. Offenbar lag es an ihr, die Besucher auf höfliche englische Weise zu begrüßen. Aber der Impuls, den Fremden vorzuwerfen, sie seien drei Tage zu früh gekommen, überwältigte Jamie beinahe. Ihr Pflichtgefühl siegte. Außerdem waren die beiden Schotten vermutlich zu dumm, um zu begreifen, wie ungehobelt sie sich benahmen.

Langsam ging sie zu ihnen. Als sie die Hunde neben sich knurren hörte, verscheuchte sie die drei mit einer heftigen Geste, dann brachte sie einen formvollendeten Knicks zustande, der ihrem Status als Hausherrin entsprach. Eine Haarsträhne fiel über ihr linkes Auge, während sie den

Kopf neigte, und verdarb die geplante hochmütige Wirkung. Sie richtete sich auf, warf die Locken nach hinten und lächelte gezwungen. »Ich hätte Sie gern in unserem bescheidenen Heim willkommen geheißen, da kein anderes Familienmitglied die Gebote der Höflichkeit zu beachten scheint«, begann sie. »Aber wir waren nicht auf Ihre Ankunft vorbereitet, und das werden Sie hoffentlich verzeihen, wenn Sie bedenken, dass wir erst in drei Tagen mit Ihrem Erscheinen gerechnet haben.« Während dieser kurzen Rede starrte sie die Kriegerstiefel an, dann blickte sie auf. »Ich heiße ...«

»Lady Jamie«, fiel ihr der kleinere Riese ins Wort.

Sie hatte auf einen Punkt zwischen den beiden gestarrt. Nun wandte sie sich zu dem Mann, der soeben gesprochen hatte. Er sah nicht so gemein aus wie der andere. Das entschied sie, als er lächelte, denn dabei bildete sich ein nettes Grübchen auf einer Wange. Und die grünen Augen funkelten fröhlich. Doch das weckte ihr Misstrauen. Der Mann wirkte viel zu heiter angesichts der betrüblichen Umstände und der heulenden Zwillingsschwestern. Nun, in seiner Beschränktheit versteht er wahrscheinlich nicht, was er angerichtet hat, dachte sie. Er ist ja nur ein Schotte.

»Und Ihr Name, Mylord?«, fragte sie kühl.

»Daniel.« Er wies auf seinen Begleiter. »Und er heißt Alec.«

Sein Grinsen erwies sich als ansteckend. Ein Charmeur, sagte sich Jamie und lächelte unwillkürlich zurück. Mit seinem Begleiter wollte sie eigentlich nicht reden, aber ihr blieb nichts anderes übrig. Mühsam behielt sie ihr Lächeln bei und schaute ihn an.

Sein Blick, heiß wie die Mittagssonne, schüchterte sie mühelos ein. Er schenkte ihr kein Lächeln, und ihr eigenes erlosch. Plötzlich geriet sie in Verlegenheit und wusste nicht, warum. Noch nie war sie sich so verletzlich vorgekommen. Sie spürte, wie ihr das Blut in die Wangen stieg. Seine Miene wirkte so besitzergreifend, und das konnte sie sich nicht erklären. Und dann merkte sie, dass Lord Alec sie nicht so betrachtete, wie es sich für einen manierlichen Herrn schickte, wenn er einer feinen Dame gegenüberstand. Stattdessen musterte er sie genüsslich von Kopf bis Fuß, wobei seine Augen viel zu lange auf ihrem Mund, ihren Brüsten und Hüften verharrten.

Sie hasste ihn. Dieser freche Kerl gab ihr das Gefühl, splitterfasernackt zu sein. Das wollte sie ihm heimzahlen. Ihr Erröten konnte sie nicht verhindern, aber sie hoffte genauso unverschämt dreinzuschauen wie er, während sie ihn ebenso gründlich begutachtete. Unglücklicherweise schien ihn das weniger zu ärgern als zu belustigen. Seine Miene erwärmte sich ein wenig, und er hob wieder eine Braue.

Da war irgendetwas in seinem Blick, das an ihr Herz rührte. Was es war, wusste sie nicht. Aber sie begann zu glauben, er könnte recht hübsch sein, hätte er nicht so gemein und bösartig ausgesehen. Lächerlich, sagte sie sich. Sie hatte bereits beschlossen, ihn zu verabscheuen. Für ihren Geschmack war er viel zu ungeschliffen. Sein rotbraunes Haar musste dringend geschnitten werden. Es reichte bis über den Kragen seines schwarzen Wamses und kräuselte sich ein wenig. Das erinnerte sie an Zeichnungen von griechischen Kriegern, die sie bewundert hatte, aber es milderte die harten Züge seines kantigen Gesichts und das eigenwillige Kinn keineswegs.

Nein, er gefiel ihr nicht. Er wirkte viel zu wild. Warum ihr Herz wie rasend schlug, verstand sie nicht. Und je länger sie seinen Blick erwiderte, desto mühsamer fand sie es, Atem zu holen. Sie begann zu zittern. Und er lächelte.

Baron Jamison brach den Bann, indem er die beiden Krieger an den Tisch bat und zu einem Becher Wein einlud. Sofort entfernte sich Daniel vom Kamin und schlenderte hinüber. Unterwegs zwinkerte er Mary zu.

Alec rührte sich nicht – Jamie ebenso wenig. Sie konnte einfach nicht aufhören, ihn anzuschauen. Und er wollte nicht damit aufhören. »Ist hier ein Priester?« Den gepressten Klang seiner Stimme vermochte er nicht zu verhindern. Die Nähe dieser erstaunlich schönen jungen Frau schnürte ihm die Kehle zu. Ihre Augen glänzten in einem ungewöhnlichen Violett und verrieten einen rebellischen Geist, der ihn ebenso beeindruckte wie ihre äußere Erscheinung. So leicht würde sie sich seinem Willen nicht beugen. Jedenfalls war er noch keinem Mädchen begegnet, das seinem Blick so lange standgehalten hätte.

Sein Lächeln vertiefte sich. Eine würdige Gegnerin, in der Tat. Er wusste, dass sie sich vor ihm fürchtete, denn er hatte sie zittern sehen. Aber sie versuchte tapfer, ihre Angst zu verbergen. Sicher würde sie im rauen Hochland überleben, doch er musste gut auf sie achten. Sie sah so zerbrechlich aus. Und den rebellischen Geist musste er zähmen, ohne ihre innere Kraft zu zerstören. Das würde eine schwierige Aufgabe sein, was ihn allerdings nicht beunruhigte. Er freute sich sogar darauf. Letzten Endes würde er siegen und Jamie veranlassen, sich allen seinen Wüschen zu fügen.

Sie hatte keine Ahnung, was der Krieger dachte. Endlich fand sie ihre Sprache wieder und beantwortete seine Frage. »Ja, hier gibt es einen Priester.« Großer Gott, warum bebte ihre Stimme. »Sie haben also Ihre Wahl getroffen?«

Alec nickte.

»Sicher ist Ihnen die Entscheidung schwer gefallen.«

»Keineswegs.« Das Lächeln erreichte seine Augen.

Die Arroganz seines Tonfalls ärgerte sie ebenso wie sein herausfordernder Blick. »Es muss Ihnen schwer gefallen sein«, beharrte sie. »Meine Schwestern sind alle sehr schön. Und wenn Sie so schnell eine Braut aussuchen, können Sie Ihren Entschluss nicht gründlich genug erwogen haben. Deshalb schlage ich Ihnen vor, noch etwas zu warten, nach Hause zu reiten und in einem Monat wiederzukommen – wenn Sie Zeit zum Nachdenken gefunden haben. Was halten Sie davon, Mylord?«

»Gar nichts.«

»Sie wollen also schon morgen heiraten?«, fragte Jamie.

»Morgen sind wir schon beinahe zu Hause.«

»Tatsächlich?«

»Ja.«

»Dann möchten Sie jetzt gleich heiraten?«, rief sie entsetzt, und Alec nickte. »Aber Sie können doch nicht ...«

»Wir reisen sofort nach der Trauung ab«, unterbrach er sie mit scharfer Stimme.

Plötzlich erschien Lord Daniel an Jamies Seite, zwei gefüllte Becher in den Händen. Einen reichte er seinem Freund, dann wandte er sich zu den drei Schwestern. »Kommen Sie zu uns, Mary!«, rief er lachend. »Wir beißen nicht!«

»Das habe ich auch nicht angenommen«, entgegnete Mary, warf den Kopf in den Nacken und eilte an Jamies Seite.

Daniel und Alec tranken, nickten einander zu, dann boten sie die Becher den Mädchen an. Beide schüttelten den Kopf.

»Nehmen Sie doch einen Schluck, Mary«, bat Daniel. Alec war weniger höflich. »Trinken Sie, Jamie!«, befahl er. »Sofort!«

Vielleicht ist das ein primitives schottisches Ritual, überlegte sie. Als Hausherrin wusste sie, was sie ihren Gästen schuldig war. Außerdem schaute Alec ziemlich entschlossen drein. Sie zuckte die Achseln, nippte am Becher und gab ihn dem Lord zurück. Er hielt ihre Finger fest, strich mit dem Daumen über ihre Handfläche, runzelte die Stirn, betrachtete die Schwielen und Narben.

Mary leerte den Becher. Als sie ihn zurückreichte, ergriff auch Daniel ihre Hand.

Erbost versuchte sich Jamie loszureißen, doch das gelang ihr erst, nachdem die Schotten die Arbeitsspuren auf ihrer Hand mit Marys makelloser weißer Haut verglichen hatten. Welch eine Demütigung ... Sie verstand alles, was die Männer einander auf gälisch sagten, und das verschaffte ihr eine gewisse perverse Genugtuung. Die Hände hinter dem Rücken verborgen, wartete sie auf die nächste Beleidigung.

»Als wir die Becher teilten – war das ein Ritual?«, fragte Mary. »Wir wissen gar nichts über schottische Bräuche.« Nach diesem Geständnis sah sie verlegen zu Boden.

»Also kennen Sie unsere Lebensart nicht, Mary?« Daniel lächelte gewinnend.

»Allerdings nicht.«

»Dann muss ich Sie aufklären. Vor allem sollten Sie erfahren, was wir ganz besonders schätzen.« Offenbar amüsierte er sich königlich.

»Oh, ich wünsche gar nicht, darüber aufgeklärt zu werden«, konterte Mary.

Laird Kincaid beobachtete Jamie, deren Augen bei den Worten seines Freundes groß und rund wurden. Sie schien zu ahnen, worauf Daniel hinauswollte. Welch eine anziehende junge Frau. Ihr Anblick weckte die Sehnsucht, sie zu berühren, sie zu umarmen. Das Lächeln erstarb in Alecs Augen, als er sich eingestand, wie heiß er sie begehrte. Seltsam – dass sie Engländerin war, schreckte ihn kein bisschen ab.

»Süße Mary«, begann Daniel und lenkte die Aufmerksamkeit seines Gefährten wieder auf sich, »sicher haben Sie schon von unserer Wunschliste gehört. Jeder weiß doch, dass die Schotten starke Pferde, fette Schafe und sanfte, willfährige Frauen lieben.« Er sprach gedehnt wie ein altes Weib, das genüsslich die allerneuesten Klatschgeschichten preisgibt.

Und Alec ahmte diesen Tonfall nach, als er hinzufügte: »Natürlich in dieser Reihenfolge.«

»Natürlich«, bestätigte Daniel.

Jamie starrte Alec an. Offenbar hatte Beak bereits mit den Schotten geredet und Marys Befürchtungen erwähnt. Wütend gelobte sie sich, dem alten Mann die Ohren lang zu ziehen, wenn sie ihn das nächste Mal traf.

Plötzlich streckte Daniel eine Hand aus und strich über Marys Wange. Von dieser Liebkosung völlig überrumpelt, gebannt von der Zärtlichkeit in seinen Augen, vergaß sie zurückzuweichen. »Ein starkes Pferd habe ich bereits«, erklärte er,»Und daheim in meinen Bergen grasen viele fette Schafe. Aber eine sanfte, willfährige Frau fehlt mir leider noch. Und die wäre mir sehr wichtig, obwohl sie als Letztes auf meiner Liste steht.«

»Ich bin nicht sanftmütig«, platzte Mary heraus.

»Doch, das sind Sie«, widersprach Daniel. »Und schön wie ein Frühlingsmorgen.«

Ihre Wangen färbten sich feuerrot. »Ich bin weder schön noch willfährig, Mylord«, verkündete sie, verschränkte die

Arme vor der Brust und runzelte die Stirn. Diesen hübschen Teufel musste sie unbedingt entmutigen, aber sie war ziemlich verwirrt, weil seine Schmeicheleien ein seltsames Schwindelgefühl in ihr auslösten. Fand er sie wirklich schön?

Die Zwillinge begannen wieder zu schluchzen. Jamie wollte sie tadeln, dann wurde ihr bewusst, dass Alice oder Agnes zur Braut erkoren worden war. Also war das Geheul der beiden nur zu berechtigt. Sollten sie nur wie die Wölfinnen jaulen – je lauter, desto besser.

Alec wartete einfach nur, bis Jamie die Wahrheit erkennen würde. Er beobachtete den mitleidigen Blick, den sie ihren Schwestern zuwarf. Wie lange würde es dauern, bis sie merkte, dass die beiden sie genauso mitfühlend anstarrten? Sobald Baron Jamison seine Fassung wiedergewonnen hat, wird er sicher ein klärendes Wort mit Jamie sprechen, dachte er. Doch der Mann war immer noch den Tränen nahe. Leidenschaftlich hatte er gegen Alecs beiläufige Mitteilung protestiert, er habe Jamie gewählt.

Aber Alec war unnachgiebig gewesen. Er bezähmte sein Temperament, während Jamison all die selbstsüchtigen Gründe nannte, die nach seiner Ansicht gegen diese Hochzeit sprachen. Nichts davon berücksichtigte Jamies Wohl, und Alecs Zorn wuchs. Die Aufzählung all dieser Pflichten erklärte die schwieligen Hände des Mädchens. Der Baron wollte seine jüngste Tochter nicht aus Liebe bei sich behalten, sondern weil er eine stets verfügbare Sklavin brauchte.

Ein sichtlich verstörter Diener kam in die Halle gelaufen. Dem Baron gönnte er nur einen kurzen Blick, ehe er zu Jamie eilte. Ungeschickt verbeugte er sich, dann flüsterte er: »Der Priester ist schon unterwegs, Mistress. Er hat seinen Hochzeitsornat angelegt.«

Jamie nickte ihm zu. »Es war sehr freundlich von Ihnen, Ihre Pflichten zu vernachlässigen, um Vater Charles zu holen, George. Möchten Sie an der Trauung teilnehmen?«

Anbetend sah er sie an. »Dafür bin ich nicht passend gekleidet.«

»Wir auch nicht«, wisperte Jamie.

»Kleiden Sie sich rasch um, Mary«, schlug Daniel vor. »Goldgelb ist meine Lieblingsfarbe. Wenn Sie ein solches Gewand besitzen, dann tragen Sie es, um mir einen Gefallen zu erweisen. Wenn nicht – auch Weiß wäre angemessen. Ich werde Sie heiraten, Lady Mary.«

Lord Daniel Ferguson fing Lady Mary auf, ehe sie zu Boden sank. Es störte ihn keineswegs, dass seine Braut die Besinnung verloren hatte. Lachend drückte er sie an sich und rief seinem Freund zu: »Sie ist ganz überwältigt vor Dankbarkeit, Alec!«

»Aye, das sehe ich.«

Ungeduldig wandte sich Jamie zu Alec. »Nun, welchen Zwilling nehmen Sie, Mylord?«

»Keinen.«

»Keinen?«

Sie hatte es noch immer nicht begriffen. Alec seufzte. »Ziehen Sie sich bitte um, Jamie. Ich bevorzuge Weiß. Könnten Sie sich beeilen? Es wird immer später. Wir müssen aufbrechen.«

Er hatte absichtlich mehr gesagt als nötig, weil er ihr Zeit geben wollte, sich zu fassen. Und er fand sein Verhalten äußerst rücksichtsvoll.

Anfangs konnte sie den Kriegsherrn nur voller Entsetzen anstarren, und als ihr die Stimme endlich wieder gehorchte, schrie sie: »Ehe ich Sie heirate, müsste im Himmel die Eiszeit einkehren, Mylord!«

»Soeben haben Sie das schottische Hochland im Winter sehr treffend beschrieben, Mädchen. Und jetzt werden Sie mich heiraten.«

Genau eine Stunde später wurde Lady Jamison mit Alec Kincaid getraut.

4

Bei ihrer Hochzeit trug sie ein schwarzes Kleid, um dem Schotten zu trotzen und ihn zu ärgern. Das misslang kläglich, denn als sie in die Halle zurückkam, schaute er sie nur kurz an, dann begann er so schallend zu lachen, dass beinahe die Deckenbalken herunterfielen.

Sie ahnte nicht, wie sehr ihn ihr rebellisches Wesen entzückte, sonst hätte sie sich nicht so bemüht, ihn zu provozieren. Wüsste sie, wie abgrundtief ich Tränen hasse, würde sie wahrscheinlich weinen, dachte er. Doch dabei würde sie nicht so überzeugend wirken wie die Zwillinge … Sie bewegte sich wie eine Königin, mit kerzengeradem Rücken, vor keinem Mann beugte sie den Kopf, und es wäre ihr sicher schwer gefallen, weibliche Schwäche zu mimen.

Trotz ihrer Trauerkleidung sah sie zauberhaft aus. Vor allem die Augen zogen ihn immer wieder in seinen Bann. Würde er sich jemals an ihre Schönheit gewöhnen? Hoffentlich … Nichts durfte ihn von seinen vorrangigen Pflichten ablenken.

Jamie gab ihm Rätsel auf. Wie er wusste, war sie in England geboren und herangewachsen. Trotzdem erschien sie ihm kein bisschen feige. Wie konnte ein solches Wunder zustande kommen? Schließlich entschied Alec, ihre Unschuld und mangelnde Furcht müssten daran liegen, dass sie das sittenlose Leben an König Henrys Hof nicht kannte. Glücklicherweise war Lady Jamie nie mit den Ausschweifungen am Londoner Hof konfrontiert worden.

Eigentlich müsste ich dem Baron danken, weil er die Pflichten gegenüber seinen Töchtern vernachlässigt und sie vom Hof fern gehalten hat, überlegte Alec. Er wollte seine Dankbarkeit in Worte fassen, bezweifelte aber, Gehör zu finden. Jetzt schluchzte der Mann wirklich und wahrhaftig, und Alec fühlte sich zu abgestoßen, um ihn anzusprechen. Es drehte ihm den Magen um. Noch nie war ihm ein erwachsener Mann begegnet, der sich dermaßen gedemütigt hätte.

»Wir stehen unserem Vater alle sehr nahe«, wisperte Jamie, als der Baron die Frage des Priesters, wer die Bräute zum Altar führen solle, nicht beantworten konnte und sein Gesicht in einem nass geweinten Taschentuch vergrub. »Er wird uns sehr vermissen, Mylord. Das alles ist schrecklich schwer für ihn.«

Sie sah Alec nicht an, während sie das schändliche Benehmen ihres Vaters entschuldigte. Aber er hörte den flehenden Unterton in ihrer etwas rauen Stimme und wusste, dass sie ihn um Verständnis bat. Das fand er so hochherzig, dass er seine Meinung über den Schwächling für sich behielt. Soeben hatte sie ihm einen weiteren Einblick in ihren Charakter gewährt, denn ihre Bitte verriet eine ausgeprägte Loyalität gegenüber ihrer Familie, und das hielt er unter allen Umständen für eine lobenswerte Eigenschaft. Angesichts gewisser Mitglieder dieser Familie grenzte Jamies Treue geradezu an die Duldsamkeit einer Heiligen.

Sie wagte ihren Bräutigam nicht anzusehen. Die beiden Schwestern – Seite an Seite – hielten sich an den Händen, um einander zu trösten. Daniel hatte rechts von Mary Stellung bezogen, Alec links von Jamie. Sein

Arm und sein Schenkel streiften sie. Mehrmals, mit Absicht.

Sie konnte ihm nicht ausweichen, denn an ihrer anderen Seite stand Mary, und sie konnte nicht zurücktreten, weil dieser Fluchtweg von Alecs Schulter versperrt wurde. O Gott, wie sie es hasste, Angst zu empfinden! An solche Gefühle war sie nicht gewöhnt. Entschlossen redete sie sich ein, es liege an Laird Kincaids Größe. Wie eine düstere, wütende Wolke überragte er sie. Er roch nach Heidekraut und Leder. Unter erfreulicheren Umständen hätte ihr dieser Duft vielleicht gefallen. Jetzt verabscheute sie natürlich alles an ihm.

Der Priester beendete seine Predigt über das Sakrament der Ehe, dann wandte er sich an Mary. Von Natur aus grundehrlich, veranlasste sie Daniel, laut aufzulachen, weil sie sehr lange über die Frage nachdachte, ob sie ihn zum Mann nehmen wollte. Dabei zog sie die Stirn in Falten, als müsste sie die Bedeutung der normannischen Eroberung von England erklären. Schließlich gestand sie: »Lieber nicht, Vater Charles.«

Jamie näherte sich der Schwelle eines hysterischen Anfalls. Warum mutete man ihr zu, diesen schottischen Kriegsherrn namens Kincaid zu heiraten? Und er erleichterte ihr die Situation keineswegs, denn er stand viel zu dicht neben ihr, sodass sie seine Körperwärme spürte.

Während der Geistliche ihre Schwester bat, die richtige Antwort zu geben, versuchte Jamie von Alec wegzurücken. Im Hintergrund ihres Bewusstseins lauerte der feige Gedanke, den Mann einfach wegzustoßen und davonzulaufen. Offenbar erriet er diesen Plan, denn nun legte er einen Arm um ihre Schultern. Vergeblich versuchte sie sich zu befreien, bevor sie ihm zuflüsterte, er solle sie loslassen. Diese Forderung blieb unbeachtet. Resignierend wisperte sie in Marys Ohr: »Es ist wohl gleichgültig, was wir wollen. Wenn du dich weigerst, Daniel zu heiraten, stellst du dich gegen deinen König.«

»Aber wenn ich sage, ich will ihn zum Mann nehmen, stelle ich mich gegen den Allmächtigen, denn das wäre eine Lüge.«

»Um Himmels willen, Mary, antworte dem Priester!«, fauchte Jamie.

Dieser feindselige Ton kränkte Mary. Sie bedachte ihre Schwester mit einem vernichtenden Blick, dann wandte sie sich wieder zu Vater Charles. »Also gut, ich will ihn nehmen.« In Jamies Richtung zischte sie: »Bist du jetzt glücklich? Du hast mich gezwungen, einen Mann im heiligen Gewand zu beschwindeln.«

»Ich habe dich gezwungen?« Der gepresste Klang ihrer Stimme lag nicht nur am Zorn über den ungerechten Vorwurf. Alecs Hand glitt zu ihrem Nacken, seine Finger streichelten ihre empfindsame Haut.

Der Priester nickte, zufrieden mit Marys Antwort. Nun waren Alec und Jamie an der Reihe. »Ihr voller Name, Mylord?«

»Alec Kincaid.«

Plötzlich hatte es Vater Charles sehr eilig, die Zeremonie hinter sich zu bringen, denn die Blicke der sonst so lieben, guten Jamie nahmen einen mörderischen Ausdruck an. In seiner Verwirrung flocht er das Wort »bereitwillig« ein, als er sie fragte, ob sie Alec zum Mann nehmen würde.

»Bereitwillig?« Sie holte tief Luft, um ihre Meinung zu verkünden, doch da spürte sie, wie Alecs Hand ihren Hals umschloss. Offenbar versuchte er sie einzuschüchtern. Sie griff nach oben, bemühte sich seine Hand wegzuziehen –

ohne Erfolg. Der Druck seiner Finger verstärkte sich, und sie verstand die stumme Botschaft. Wenn sie ihn noch länger provozierte, würde er sie erdrosseln. Und da er Schotte war, durfte man nicht bezweifeln, dass er vor nichts zurückschrecken würde. Ihr Nacken begann zu schmerzen. »Ich nehme ihn«, würgte sie hervor.

Der Priester seufzte erleichtert. Hastig brachte er die Zeremonie zu Ende, und nachdem er den beiden Paaren seinen Segen erteilt hatte, ergriff Mary die Flucht. Aber Daniel fing sie sofort ein, hob sie hoch und küsste sie vor Vater Charles und der versammelten Familie. Danach lehnte sie ermattet an seiner Brust, und Jamie fand, dass ihre Schwester wie eine welke Blume aussah.

Die Zwillinge begannen wieder zu heulen, Papa schnüffelte, und Jamie sehnte einen schnellen Tod herbei.

Alec Kincaid ließ sich Zeit, ehe er das Ehegelübde mit einem Kuss besiegelte. Er stellte sich vor seine Braut hin, die Hände in die Hüften gestemmt, die muskulösen Beine leicht gespreizt, den Blick auf Jamies gesenkten Kopf geheftet. Er sagte kein Wort. Aber seine starre Haltung verriet, dass er die ganze Nacht hier stehen würde, sollte er sie auf andere Weise nicht veranlassen können, ihn anzuschauen. Wenigstens versuchte er nicht mehr, sie zu erwürgen. Sie spürte, wie rasend ihr Herz schlug. Und da ihr Mann ohnehin immer zu erreichen schien, was er wollte, sah sie langsam auf.

Er wirkte tatsächlich beängstigend mit seinen dunkelbraunen Augen, die keinerlei Wärme zeigten. Sie starrte ihn an, so lange sie es vermochte, ohne sich zu krümmen. Dann wollte sie ihm den Rücken kehren. Doch er streckte plötzlich die Arme aus und riss sie an seine Brust. Mit einer Hand umfasste er ihr Kinn, und seine Lippen pressten sich auf ihre – hart, unnachgiebig und viel zu heiß.

Jamie glaubte, die Sonne würde sie versengen. Der Kuss endete, ehe sie auch nur erwägen konnte, Widerstand zu leisten, ehe sie sich überhaupt bewegen wollte. Sprachlos schaute sie ihren Mann an. Hatte der Kuss ihn ebenso überwältigt wie sie?

Ihre sichtliche Verwirrung belustigte ihn. Offenbar war sie noch nicht allzu oft geküsst worden. Jetzt wurde sie rot vor Verlegenheit und schlang die bebenden Finger ineinander. Aye, sie gefiel ihm, und der kurze Kuss hatte auch ihn beeindruckt. Er konnte nicht aufhören, sie anzuschauen, und verdammt, er wollte sie wieder küssen.

Marys Schrei brach den Bann. »Jetzt? Jamie, sie wollen sofort losreiten!«

»Das hat meine Schwester sicher missverstanden«, sagte Jamie zu Alec. »Wir bleiben doch noch hier?«

»Nein«, entgegnete er. »Zu Hause warten viele Pflichten auf Daniel und mich. In einer Stunde reiten wir los.«

Mary und sie selbst wurden in dieser Erklärung nicht erwähnt, Hoffnung keimte in ihr auf, aber sie beschloss, sich erst einmal zu vergewissern, bevor sie sich zu früh freute. »Möchten die Herren vor der Abreise eine bescheidene Mahlzeit mit uns teilen?«

Er wusste, was sie dachte. Die dumme Pute glaubte wirklich und wahrhaftig, er würde sich ohne sie auf den Weg machen. Am liebsten hätte er gelacht, aber er schüttelte mit unbewegter Miene den Kopf.

Es kam ihr so vor, als wäre ein Gefängnistor hinter ihr zugefallen, um gleich wieder aufzuschwingen. Mühsam versuchte sie, ihr Glücksgefühl zu verbergen. Die Ehe war nur aus formellen Gründen geschlossen worden. Oh, warum hatte sie das nicht früher erkannt? Alec und Daniel hatten nichts weiter getan, als den Wunsch der beiden

Könige zu erfüllen. Jetzt würden sie heimkehren, um ihre Pflicht zu tun, was immer das sein mochte, und ihre Frauen da lassen, wo sie hingehörten, nämlich in England.

Das war keine unübliche Regelung. Viele Ehen beruhten auf dieser zufrieden stellenden Grundlage. Jamie ärgerte sich über ihre eigene Dummheit. Das hätte sie sich wirklich früher denken können, dann wäre ihr viel Kummer erspart worden. Vor Erleichterung fühlte sie sich ganz schwach in den Knien. Und da sie es gewohnt war, Geschäfte mit ihrem Schöpfer abzuschließen, versprach sie ihm als Gegenleistung für die wundersame Rettung eine neuntägige Andacht. »Wirst du irgendwann für längere Zeit nach England kommen?«, fragte sie und bemühte sich, nicht zu zeigen, wie grässlich sie diese Möglichkeit fand.

»Dazu bedürfte es eines Krieges.«

»Da sei Gott vor!« Sie warf den Kopf in den Nacken und wandte sich ab. »Der Nachmittag nähert sich dem Ende. Ihr beide solltet bald aufbrechen, Kincaid. Sicher wollt ihr noch eine größere Strecke zurücklegen, ehe es dunkel wird.« Beinahe hätte sie hinzugefügt, es sei ihr ein Vergnügen gewesen, ihn kennen zu lernen, aber um für diese Lüge zu büßen, wäre eine weitere neuntägige Andacht vonnöten gewesen. Und so hielt sie den Mund.

Sie erreichte gerade den langen Tisch, als Alecs harte Stimme ihr nachrief: »Pack deine Sachen und verabschiede dich von deiner Familie, Jamie. Daniel und ich kümmern uns inzwischen um die Pferde. Beeil dich.«

»Und du machst dasselbe, Mary«, verlangte Daniel in seinem fröhlichen Ton, der Jamie allmählich in den Wahnsinn zu treiben drohte.

»Warum diese Hast?«, klagte Mary.

»Alec und ich haben uns gelobt, keine weitere Nacht auf englischem Boden zu verbringen.«

Jamie fuhr herum und sah die beiden Schotten aus der Halle gehen. Sie musste sich an der Tischkante festhalten. »Kincaid? Ich dachte, ich kann hier bleiben. Das ist doch nur eine Zweckheirat.«

Er blieb stehen und drehte sich um. »Natürlich. Diese Ehe dient meinen Zwecken, verstehst du?«

»Nein, ich verstehe es nicht.« Sie gab sich Mühe, genauso hochmütig zu sprechen wie er dreinschaute, aber ihre zitternde Stimme verdarb die beabsichtigte Wirkung.

Alec wusste, wie sehr sie sich fürchtete. Das verriet sein Lächeln. »Bald wirst du es verstehen. Darauf gebe ich dir mein Wort.«

Dieses Versprechen beruhigte sie keineswegs. Doch das spielte wohl kaum eine Rolle für ihn. Sie erkannte, wie sinnlos es wäre, mit ihm zu streiten. Tränen füllten ihre Augen, während er mit Daniel die Halle verließ. Am liebsten wäre sie auf den nächstbesten Stuhl gesunken, um sich auszuweinen.

In ihrer schmerzlichen Erregung schaffte sie es nicht, ihre Sachen zu packen. Die Zwillinge übernahmen diese Aufgabe, und so konnte Jamie die noch verbleibende kostbare Zeit mit ihrem Vater verbringen. Als Agnes und Alice in die Halle zurückkehrten, war Mary am Ende ihrer Nervenkraft angelangt. Sie vermochte nur noch ein paar Abschiedsworte zu stammeln, ehe sie hinausstürmte.

»Die restlichen Sachen schicken wir dir in einer Woche, Jamie«, erklärte Agnes. »Dieses Hochland kann ja nicht allzu weit entfernt sein.«

»Ich packe auch deine schönen Wandteppiche ein«, erbot sich Alice. »Und ich werde bestimmt nichts vergessen. Bald wirst du dich in der Fremde wie zu Hause fühlen.«

»Alice, ich habe bereits gesagt, dass ich das alles in die Hand nehme«, murmelte Agnes. »Also wirklich, du versuchst andauernd, mich in den Schatten zu stellen. Übrigens, Jamie, in den Ranzen mit deinen Arzneien habe ich auch den Schal deiner Mama gelegt.«

»Ich danke euch, meine lieben Schwestern«, flüsterte Jamie und umarmte die beiden. »Oh, ich werde euch so vermissen.«

»Du bist sehr tapfer«, lobte Agnes. »An deiner Stelle wäre ich längst in Ohnmacht gefallen. Noch dazu, wo du mit dem Mann verheiratet bist, der ...«

»Daran musst du sie nicht erinnern«, tadelte Alice. »Wie könnte sie vergessen, dass er seine erste Frau ermordet hat?«

»Das ist nicht erwiesen.«

Jamie wünschte, die Zwillinge würden nicht länger versuchen, sie zu trösten. Dieses kurze Gespräch über Kincaid regte sie nur noch mehr auf.

Baron Jamison zupfte an ihrem Rock, um ihre Aufmerksamkeit auf sich zu ziehen. »Spätestens in einer Woche werde ich sterben. Wer wird für meine Mahlzeiten sorgen? Wer hört sich meine Geschichten an?«

»Agnes und Alice werden dich gut betreuen, Papa.« Sie küsste ihn auf die Wange. »Bitte, sei nicht traurig. Mary und ich werden euch bald besuchen und ...« Nein, diese Lüge brachte sie nicht über die Lippen. Unmöglich konnte sie ihrem Vater versichern, alles würde sich zum Guten wenden. Ihre ganze Welt brach zusammen, was ihr lieb und vertraut war, wurde ihr genommen.

Es war Agnes, die Jamies schlimmste Befürchtung in Worte fasste. »Wir sehen dich nie wieder. Er wird dir verbieten, nach Hause zu reisen, nicht wahr?«

»Irgendeinen Weg werde ich finden – ganz bestimmt«, gelobte Jamie. Neue Tränen brannten in ihren Augen. Wie weh dieser Abschied tat …

Von heftigem Schluchzen unterbrochen, stammelte der Baron, die Schotten würden ihm seine teuren Kinder rauben. Wie um Himmels willen sollte er sich ohne sie zurechtfinden? Jamie versuchte erfolglos, ihm Trost zu spenden. Er wollte sich einfach nicht besänftigen lassen. Je eifriger sie sich bemühte, desto lauter jammerte er.

Beak erschien, um Jamie abzuholen. Es kam zu einem kleinen Handgemenge, als er sie von ihrem Vater trennen wollte. Der Baron weigerte sich, seine Tochter loszulassen, und schließlich konnte der alte Stallmeister das Werk nur mit ihrer tatkräftigen Mithilfe vollbringen. »Kommen Sie, Mädchen, ärgern Sie Ihren Mann nicht. Er wartet geduldig im Hof. Lord Daniel und Lady Mary sind bereits nach Schottland aufgebrochen. Begleiten Sie mich. Für Sie beginnt jetzt ein neues Leben.« Seine sanfte Stimme beruhigte sie ein wenig. Sie nahm seine Hand und ließ sich zum Ausgang führen. Als sie stehen blieb, um ihrer Familie ein letztes Lebewohl zu sagen, zog er sie weiter. »Schauen Sie nicht zurück, Jamie. Und hören Sie zu zittern auf. Denken Sie an Ihre glückliche Zukunft.«

»Meine Zukunft ist es ja, die mir einen Schauer über den Rücken jagt. Beak, ich weiß überhaupt nichts über meinen Mann. Und all die schrecklichen Gerüchte ängstigen mich. Ich will nicht mit ihm verheiratet sein.«

»Was geschehen ist, kann man nicht mehr ändern. Es gibt zwei Möglichkeiten. Entweder Sie gehen mit geschlossenen Augen in diese Ehe, schauen Ihren Gemahl nicht an und sind für den Rest Ihrer Tage todunglücklich. Oder Sie halten die Augen offen, akzeptieren den Laird und machen das Beste aus Ihrem Leben.«

»Ich will ihn ja auch gar nicht hassen.«

Beak lächelte. Ihre Stimme klang so jammervoll. »Dann hassen Sie ihn nicht«, riet er. »Das können Sie ohnehin nicht. Dafür haben Sie ein viel zu gutes Herz. Außerdem ...« Mit sanfter Gewalt zog er sie weiter. »So ungewöhnlich ist das gar nicht.«

»Was?«

»Viele Mädchen heiraten, ohne ihre künftigen Ehemänner zu kennen.«

»Ich fände es nicht so schlimm, wenn er Engländer wäre.«

»Still jetzt!«, befahl Beak. »Dieser Kincaid ist ein anständiger Bursche. Ich hab ihn mir genau angesehen. Er wird Sie gut behandeln.«

»Wie können Sie das wissen?« Jamie wollte stehen bleiben, aber er zerrte an ihrer Hand, sodass sie ihm folgen musste. »Sie wissen doch, welche Gerüchte im Umlauf sind! Angeblich hat er seine erste Frau getötet.«

»Und das glauben Sie?«

»Nein«, lautete die prompte Antwort.

»Warum nicht?«

Jamie zuckte die Achseln. »Das kann ich nicht erklären ...« Seufzend fügte sie hinzu: »Vielleicht halten Sie mich für albern, Beak, aber seine Augen ... Er ist kein schlechter Mensch.«

»Ich weiß, dass die Gerüchte nicht stimmen, weil ich ihn danach gefragt habe.«

»Was?« Verblüfft schnappte Jamie nach Luft. »Sicher war er wütend auf Sie.«

»Darauf nahm ich keine Rücksicht«, prahlte er. »Immerhin ging es um Ihre Zukunft. Natürlich stellte ich diese Frage erst, nachdem er sich für Sie entschieden hatte.«

Sie runzelte die Stirn. »Wann fanden Sie denn Zeit dazu?«

»Das ist doch nicht so wichtig«, entgegnete Beak rasch.

»Außerdem wusste ich, dass Kincaid ein guter Mensch ist, sobald ich sein Pferd gesehen hatte.« Um Jamies Schritte zu beschleunigen, gab er ihr einen behutsamen Stoß zwischen die Schulterblätter. »Dieser Krieger wird mit seiner Frau genauso pfleglich umgehen.«

»Um Himmels willen, Sie sind schon zu lange Stallmeister, alter Freund. Zwischen Frauen und Pferden bestehen gewisse Unterschiede. Aber da Sie so selbstgefällig dreinschauen, scheinen Sie den Unsinn zu glauben, den Sie da reden.«

»Nicht nur das – ich bin sehr zufrieden mit dem Verlauf der Dinge. Immerhin entferne ich Sie aus diesem Haus, ohne Sie wegschleifen zu müssen.«

Diese Bemerkung verwirrte Jamie beträchtlich, und er musste sie erneut weiterziehen.

Alec stand mitten im Hof neben den Pferden. Seine Miene gab nichts von seinen Gedanken preis, aber Jamie bezweifelte, dass er so geduldig wartete, wie Beak es behauptet hatte. Nein, Kincaid wirkte kein bisschen geduldig.

Er musterte sie und fragte sich, wann er sich jemals an diese violetten Augen gewöhnen würde. Blau und Blau – das ist zweierlei. Nun entsann er sich dieser sonderbaren Bemerkung des Stallmeisters, die er erst jetzt verstand. Aber er durfte nicht vollends in ihren Bann geraten. Auch ihr Mund wirkte viel zu anziehend für seinen inneren Frieden. Im Hochland würde sie gewaltiges Aufsehen erregen, ob sie es nun mitbekam oder nicht. Natürlich würde keiner seiner Clansmänner wagen, etwas anzurühren, was ihm gehörte. Aber ihre Gedanken würden ganz sicher in diese Richtung schweifen. Die Frau sah einfach zu begehrenswert aus.

Sie fürchtete sich immer noch vor ihm, und nach Alecs Meinung war das ein guter Anfang. Eine Ehefrau musste sich stets ein bisschen unsicher fühlen, was ihren Mann betraf. Andererseits irritierte ihn Jamies Angst. Er hätte ihr befohlen, möglichst schnell auf ihr Pferd zu steigen, wäre nicht dieses Grauen in ihren Augen gewesen. Sie erinnerte ihn an ein Reh, das Gefahr wittert. Höchste Zeit, die Situation in die Hand zu nehmen, entschied er und schwang sich geschmeidig in den Sattel. Der große schwarze Hengst tänzelte nervös umher und stieß gegen Wildfeuers Flanke. Jamies Stute war ohnehin schon rastlos, weil sie neben dem fremden Pferd gestanden hatte. Erbost bäumte sie sich auf. Alec entriss dem unaufmerksamen Reitknecht die Zügel und sprach besänftigend auf sie ein. Sofort beruhigte sie sich.

Beak hörte, wie Jamie den Atem anhielt. Mit großen Augen starrte sie den schottischen Krieger an, und der Stallmeister argwöhnte, sie könnte in Ohnmacht fallen. Rasch legte er einen Arm um ihre Schultern. »Nehmen Sie sich zusammen, Mädchen. Wenn Sie jetzt umkippen und sich bloßstellen, wird's Ihnen keineswegs besser gehen.«

Ärgerlich schüttelte sie ihn ab. »Natürlich werde ich nicht die Besinnung verlieren! Sie beleidigen mich, wenn Sie mir eine solche Schwäche zutrauen.«

Er verkniff sich ein Lächeln. Jetzt musste er sie nicht

mehr vorwärts schieben. In ihren Augen leuchtete wieder das gewohnte Feuer.

In königlicher Würde hob sie den Saum ihres Kleides und ging zu Wildfeuer. Beak half ihr aufzusteigen, dann tätschelte er ihre Hand. »Und jetzt versprechen Sie mir, dass Sie sich gut mit Kincaid vertragen werden. Eine Ehefrau muss ein heiliges Gebot befolgen und ihrem Mann gehorchen«, fügte er augenzwinkernd hinzu.

»O nein, ...«

»Im Hochland gilt diese Regel immer noch«, ergänzte Alec, und es klang so, als wollte er jeden Verstoß gegen das Gesetz gnadenlos ahnden.

Jamie warf ihm einen vernichtenden Blick zu, ehe sie sich wieder zu Beak wandte.

Der Stallmeister grinste ihren Mann an. »Sie wissen doch noch, was Sie mir versprochen haben, Laird Kincaid?«

Alec nickte, schleuderte Wildfeuers Zügel zu Jamie hinüber und spornte seinen Hengst an. Offenbar beabsichtigte er nicht, auf sie zu warten. Entschlossen verhinderte sie, dass die Stute ihm folgte, denn sie wollte feststellen, wie weit ihr Mann reiten würde, ehe er sich anzuhalten bequemte. Offenbar überhaupt nicht, dachte sie, als Ross und Reiter hinter der Zugbrücke verschwanden. Er hatte nicht einmal über die Schulter geschaut.

»Was meinten Sie, als Sie ihn fragten, oh er sich an sein Versprechen erinnert?« Fast geistesabwesend starrte Jamie über den Burggraben.

»Darüber brauchen Sie sich nicht den Kopf zu zerbrechen«, erwiderte Beak leichthin.

Jetzt richtete sie einen durchdringenden Blick auf ihn. »Heraus mit der Sprache!«

»Ich hab nur ganz kurz mit ihm geredet, Jamie – über Ihre Unschuld.«

»Ich verstehe nicht ...«

»Nun ja, Mädchen, Sie werden eine so genannte Hochzeitsnacht erleben. Und da ich es war, der Ihnen erklärt hat, was zwischen Mann und Frau geschieht, hielt ich es für besser, Ihren Gemahl zu ermahnen ...«

»O Gott, darüber haben Sie mit ihm gesprochen?«

Beak nickte. »Er versicherte mir, er würde beim ersten Mal vorsichtig sein und versuchen, Ihnen nicht wehzutun.«

Sie wurde rot vor Verlegenheit. »Ich lasse mich ohnehin nicht von Kincaid anrühren, also haben Sie sich ganz umsonst bemüht.«

»Jetzt seien Sie nicht so eigensinnig, Jamie! Ich machte mir Sorgen um Sie. Und ich habe Ihnen nicht allzu viel über die Vorgänge beim Liebesakt erzählt. Deshalb erklärte ich Kincaid, Sie wüssten kaum etwas ...«

»Ich will nichts mehr davon hören! Er wird mich niemals anfassen, und damit basta!«

Der alte Mann seufzte laut auf. »Wenn Sie das glauben, wird er Sie eines Besseren belehren, mein Mädchen. Nachdem er Sie so begehrlich angeschaut hat, wird er Sie bei der ersten Gelegenheit in die Arme nehmen. Finden Sie sich damit ab, befolgen Sie seine Anweisungen, dann kann nichts schief gehen.«

»Ich soll seine Anweisungen befolgen?«

»Schreien Sie mich nicht so an! Und jetzt reiten Sie ihm lieber nach.

Jamie schüttelte den Kopf. »Erst müssen Sie mir versprechen, mich sofort aufzusuchen, wenn's hier Schwierigkeiten gibt.«

»Was für Schwierigkeiten?«

Sie konnte ihm nicht in die Augen sehen, als sie erklärte: »Anscheinend hat Papa Goldmünzen von Andrew genommen. Es war eine Leihgabe, und ich weiß nicht, ob er das Geld zurückzahlen kann.«

Beaks Wutschrei erschreckte das Pferd dermaßen, dass es Jamie beinahe abwarf. »Er hat Sie an Baron Andrew verkauft?«

»Nein, nein, das verstehen Sie falsch!«, widersprach sie hastig. »Ich sagte doch – es war eine Leihgabe. Jetzt fehlt uns die Zeit, um darüber zu streiten. Versprechen Sie, mich aufzusuchen, wenn Papa Hilfe braucht.«

»Aye, Mädchen. Sonst noch Probleme?«

»Hoffentlich nicht.«

»Dann verschwinden Sie. Wenn Ihr Mann …«

»Nur eins noch, dann reite ich los.«

»Sie trödeln absichtlich, was? Wollen Sie ihn mit aller Macht ärgern?« Grinsend fügte Beak hinzu: »Aber mittlerweile wird er sich denken können, dass ich gelogen habe.«

»Was haben Sie ihm denn eingeredet?«

»Dass Sie ein süßes, sanftmütiges Mädchen sind.«

»Das bin ich ja auch.«

Er schnaufte verächtlich. »So süß wie Seife, wenn Sie in Wut geraten …«

»Und was haben Sie ihm sonst noch gesagt?«, erkundigte sie sich misstrauisch. »Das muss ich wissen, damit ich mich verteidigen kann.«

»Dass Sie sehr scheu sind.«

»Nein!«

»Ein schwaches Geschöpf, das daran gewöhnt ist, verhätschelt zu werden.«

»Nein!«

»Und dass Sie Ihre Tage in der Kirche oder am Nähtischchen verbringen.«

Jamie musste lachen. »Warum haben Sie solche Märchen erzählt?«

»Weil ich Ihnen gewisse Vorteile verschaffen wollte!« Beaks Stimme überschlug sich beinahe, weil er das Gespräch möglichst schnell beenden wollte. »Übrigens verschwieg ich, wie gut Sie Gälisch verstehen.«

»Das habe ich ihm auch nicht auf die Nase gebunden.« Verschwörerisch zwinkerten sie sich zu, dann fragte Jamie: »Bereuen Sie, dass Sie mich so vieles gelehrt haben?«

»Natürlich nicht. Aber davon wollte ich Ihrem Mann nichts verraten. Wenn er Sie für schwach und unfähig hält, wird er umso besser auf Sie aufpassen und Geduld mit Ihnen haben.«

»Es ist mir gleichgültig, wie er über mich denkt. Aber ich fühle mich in meinem Stolz verletzt, weil Sie mich so herabgewürdigt haben.«

»Das geschah nur zu Ihrem Besten. Verbergen Sie Ihre Talente vor Kincaid, Jamie, und hüten Sie sich, seinen Zorn zu erregen. Einen wilden Hund soll man erst am Schwanz packen, wenn man bereit ist, die Konsequenzen zu tragen.« Besorgt schaute er zur Zugbrücke. »Und jetzt reiten Sie endlich los!«

»Ich lasse mich nicht hetzen. Etwas muss ich Ihnen noch sagen.«

Gequält verdrehte er die Augen. »Ja?«

»Ich habe Sie lieb, Beak, von ganzem Herzen. Sie waren wie ein Vater zu mir.«

Tränen verschleierten seinen Blick. »Und Sie waren die wunderbarste Tochter, die ich mir wünschen konnte. Ich liebe Sie auch, Jamie.«

»Werden Sie mich nicht vergessen?«

Gerührt drückte er ihre Hand. »Niemals.«

Sie nickte nur, brachte kein Wort mehr hervor, weil ein Schluchzen ihre Kehle zuschnürte. Als sie davon ritt, schaute Beak ihr nach und hoffte, sie würde sich nicht umdrehen. In diesem Zustand sollte sie ihn nicht sehen. Großer Gott, er weinte wie ein Mann, der sein einziges Kind verloren hatte. Und in seinem Innern ahnte er die Wahrheit – er würde seinem Liebling nie wieder begegnen.

5

Alec Kincaid befand sich in bester Stimmung. Gemächlich ließ er den Rappen dahintraben, bis Jamie ihn endlich eingeholt hatte. Beinahe wäre er in Gelächter ausgebrochen, denn er wusste, dass seine naive Gemahlin versucht hatte, ihn aus der Fassung zu bringen. Sie nahm sich in der Tat sehr viel Zeit. Soviel Geduld hätte er sich niemals zugetraut, schon gar nicht, wenn es um etwas so Unwichtiges wie eine Frau ging. Aber er fand es sogar amüsant, dass ein weibliches Wesen ihn herauszufordern wagte.

Als er Hufschläge hinter sich hörte, beschleunigte er das Tempo seines Pferdes. Jamie blieb hinter ihm und ignorierte tapfer den Staub, der ihr ins Gesicht flog. Bald rasten sie in wildem Galopp dahin, aber sie passte sich der halsbrecherischen Geschwindigkeit an, ohne zu protestieren. Sie erwartete, ihr Mann würde über die Schulter blicken, um zu sehen, wie sie zurechtkam. Da sie für diesen Fall gerüstet sein wollte, setzte sie eine heitere Miene auf.

Aber Alec Kincaid drehte sich kein einziges Mal um. Jamie war zwar eine geübte Reiterin, aber nicht daran gewöhnt, in einem steifen neuen Sattel zu sitzen. Sie bevorzugte den nackten Pferderücken. Ihre Schenkel begannen zu schmerzen, und die holprige, steinige Straße nach Norden verstärkte das Unbehagen.

Immer wieder musste sie sich zur Seite neigen, um tiefhängenden Zweigen auszuweichen. Ihr Lächeln erstarb, als sie die Überzeugung gewann, dass Alec ihre Anwesenheit nicht zur Kenntnis nehmen würde, und schließlich versprach sie ihrem Schöpfer zwanzig Gebete, wenn er ihren dämonischen Mann veranlasste, etwas langsamer zu reiten.

Aber der Allmächtige war nicht bereit, so ein Geschäft abzuschließen. Das merkte Jamie, als sie Mary und Daniel einholten. Alec übernahm die Führung, ohne das Tempo zu drosseln, und Jamie folgte ihm. Hinter ihr saß Mary zusammengesunken im Sattel, und Daniel bildete die Nachhut.

Jamie wusste, dass er diese hohe Geschwindigkeit aus ganz bestimmten Gründen beibehielt. Man erzählte sich schlimme Geschichten von Räuberbanden, die über ahnungslose Reisende herfielen. Ein Krieger ritt voran, um die Frauen vor einem Überraschungsangriff zu schützen, der zweite gab ihnen Rückendeckung. O ja, sie verstand das alles, aber diese Erkenntnisse befreiten sie nicht von ihrer Sorge um Mary.

Nach zwei Stunden brach ihre Schwester zusammen. Jamie war stolz auf sie, weil sie so lange klaglos durchgehalten hatte. Mary hasste Unannehmlichkeiten und körperliche Anstrengungen.

»Jamie?«, jammerte sie. »Ich muss mich ein bisschen ausruhen.«

»Nein, Mädchen!«, rief Daniel, und Jamie traute ihren Ohren nicht. Wie konnte er so grausam sein? Als sie sich umdrehte, sah sie, dass er entschieden den Kopf schüttelte. Marys schmerzverzerrtes Gesicht bestärkte sie in ihrem Entschluss. Sie schaute wieder nach vorn und wollte ihren Mann um eine kurze Rast bitten. Im selben Augenblick hörte sie einen schrillen Schrei. Erschrocken spähte sie über die Schulter.

Das Pferd ihrer Schwester folgte ihr immer noch – aber ohne Mary. Alle hielten an, sogar der Laird.

Als Alec und Jamie abgestiegen waren, beugte sich Daniel bereits über seine Frau. Die arme Mary lag in einem dichtbelaubten Gebüsch am Rand einer kleinen Lichtung. Behutsam zog er sie auf die Beine. »Bist du verletzt, Mädchen?«, fragte er besorgt.

Sie strich sich das Haar aus den Augen. »Nur ein wenig.«

Blätter hingen in ihren Locken, und er ließ sich Zeit, während er sie herauszupfte. Sein zärtliches Lächeln entging Jamie nicht, und sie beschloss, ihm wenigstens ein paar gute Eigenschaften zu bescheinigen.

»Was zum Teufel ist geschehen?«, fragte Alec hinter ihr.

Beim Klang seiner schrillen Stimme zuckte sie zusammen, dann drehte sie sich zu ihm um. »Mary ist vom Pferd gefallen.«

»Was?«

»Sie ist vom Pferd gefallen.«

Ungläubig starrte er sie an.

»Sie ist Engländerin, mein Freund!«, erklärte Daniel. »Oder hast du das vergessen?«

»Was hat denn das damit zu tun?«, fragte Jamie, blickte von einem Krieger zum anderen und merkte, dass beide die Lippen zusammenpressten, um nicht zu lachen. »Sie hätte sich das Genick brechen können«, murmelte sie.

»Sie lebt noch«, stellte Alec fest.

»Das ist reiner Zufall!«, fauchte sie, wütend über seinen kalten Gleichmut.

»Jetzt ist alles wieder in Ordnung«, meinte Daniel beschwichtigend. »Es geht dir doch gut, Mary?«

»Ja.« Mary errötete, weil sie die allgemeine Aufmerksamkeit auf sich zog.

»Es geht ihr nicht gut!«, widersprach Jamie und wandte sich wieder zu Alec. Inzwischen war er so nahe an sie herangetreten, dass sie gegen ihn stieß. Rasch wich sie zurück, musste aber immer noch den Kopf in den Nacken legen, um in seine Augen zu schauen. »Mary ist aus dem Sattel gestürzt, weil …« Sie verstummte. Soeben hatte sie goldene Punkte in seinen Augen entdeckt, die sie verwirrten. Sie richtete ihren Blick auf seine Brust und versuchte ihre Gedanken zu ordnen.

»Weil?«, fragte er.

»Mary ist zu erschöpft, um weiterzureiten, Mylord. Sie muss sich ausruhen. An so lange Wegstrecken ist sie nicht gewöhnt.«

»Und du? Bist du's gewöhnt, so lange zu reiten?«

»Meine Gepflogenheiten stehen hier nicht zur Debatte. Es geht um Mary. Du siehst doch, wie müde sie ist! Ein paar Minuten können keine allzu große Rolle spielen.« Sie sah kurz in sein Gesicht und überlegte, womit sie die finsteren Furchen in seiner Stirn hervorgerufen hatte. Dann erklärte sie seiner Brust: »Meine Schwester ist eine feine Dame und demzufolge sehr zart besaitet.«

»Und du bist keine feine Dame?«

»Doch – natürlich bin ich das«, stammelte sie. Er drehte ihr mit Absicht das Wort im Mund herum. »Wie unfreundlich von dir, etwas anderes anzudeuten!« Sie wagte wieder einen Blick nach oben und sah Alec lächeln. Offenbar wollte er sie nicht kränken. Sein Lächeln nahm ihr den Atem.

»Bist du immer so ernsthaft?« Seine Frage glich einer Liebkosung, und ihr Herz begann schneller zu schlagen. Großer Gott, wieso übte dieser Barbar eine solche Wirkung auf sie aus? Wahrscheinlich, weil sie genauso müde war wie Mary und ihre Gefühle nicht mehr unter Kontrolle hatte ... Plötzlich fand sie Alec richtig hübsch – selbstverständlich nur in seiner primitiven Art. Eine Locke fiel ihm ins Gesicht und verlieh ihm ein verwegenes Aussehen – unglücklicherweise, denn für kühne Schurken hatte sie schon immer eine Schwäche gehabt.

Deshalb hob sie eine Hand und strich ihm die Strähne aus der Stirn. Sie wollte nicht, dass er wie ein liebenswerter Schurke aussah, sondern gemein und böse. Dann würde ihr Herz sicher aufhören, so heftig zu pochen.

Er rührte sich nicht, aber es gefiel ihm, ihre Finger an seiner Schläfe zu spüren. »Warum hast du das getan?«

»Dein Haar ist zu lang.« Jamie wagte nicht, die Wahrheit zu gestehen.

»Nein.«

»Du musst es abschneiden lassen.«

»Warum?«

»Einem Mann, der das Haar fast so lang trägt wie ich, kann ich nicht trauen.« Diese Antwort klang in ihren eigenen Ohren lächerlich, und sie wurde rot. Um ihre Verlegenheit zu überspielen, runzelte sie die Stirn.

»Ich habe dich vorhin gefragt, ob du immer so ernst bist«, erinnerte er sie grinsend.

»So?« O Gott, sie konnte sich einfach nicht auf das Gespräch konzentrieren. Natürlich war das Alecs Schuld, weil er sie mit seinem Lächeln durcheinander brachte.

»Ja«, bestätigte er und bemühte sich, seine Belustigung nicht allzu deutlich zu zeigen. Jamie sollte nicht glauben, dass er sie verspottete. Aus irgendwelchen Gründen, die ihm selber rätselhaft waren, wollte er ihre Gefühle nicht verletzen. Merkwürdig, überlegte er. Um die Gefühle einer Frau hatte er sich noch nie gekümmert. Nun ja, seine

Frau war ja auch Engländerin und deshalb empfindlicher als die robusten Hochländerinnen.

Sie schlang die Finger ineinander, und er bezweifelte, dass ihr diese verräterische Geste bewusst war. Es war ein Zeichen ihrer Angst, aber sie kämpfte tapfer gegen ihre Schwäche an, indem sie Alecs Blick standhielt. Sie musste genauso müde sein wie ihre Schwester. Keine Frau konnte einen so wilden Galopp unbeschadet überstehen. Doch er hielt diese Eile für unabdingbar. Solange sie sich auf englischem Boden befanden, schwebten sie in Gefahr. Doch seine Gemahlin hatte weder geklagt noch um eine Ruhepause gefleht. Gavin, sein stellvertretender Befehlshaber, würde sagen, sie habe Mumm in den Knochen – das größte Kompliment, das ein Hochländer einer Frau machen konnte. Und Jamie hatte es soeben verdient.

Gavin würde sich vor Lachen ausschütten, wenn er seinen Laird jetzt sähe, dachte Alec. Sein Lächeln erlosch, als er merkte, dass er sich wie ein Einfaltspinsel benahm. Noch nie hatte er so lange mit einer Frau geredet. Und jetzt starrte er seine Gemahlin an, als hätte er nie zuvor in ein hübsches Gesicht geschaut. Und sein Blut floss viel zu schnell durch die Adern. Höchste Zeit, dass er Jamie aus seinen Gedanken verdrängte …

»Warum ringst du die Hände?« Er ergriff ihre Finger, um sie voneinander zu lösen.

»Ich habe mir vorgestellt, sie würden deinen Hals umschließen. Übrigens – ja, ich bin meistens ernst«, fuhr sie hastig fort, um ihn von der Beleidigung abzulenken, die sie gerade ausgesprochen hatte. »Und da ich England verlassen muss, bin ich noch ernster als sonst. Die Trennung von meiner geliebten Heimat fällt mir sehr schwer.«

»Aus dem gleichen Grund lächle ich.«

Er lächelte keineswegs, aber Jamie zog es vor, diese Tatsache nicht zu erwähnen. »Du freust dich, weil du nach Hause reitest?«

»Weil wir nach Hause reiten, Frau.« Seine Stimme nahm wieder einen stählernen Klang an.

»Ich bin in England zu Hause.«

»Dort warst du zu Hause. Jetzt gehörst du nach Schottland.«

»Du wünschst also, dass ich mich zu Schottland bekenne?«

»Ich wünsche es nicht, ich befehle es. Als meine Frau wirst du Schottland ebenso die Treue halten wie mir.«

Auch Jamie hatte in scharfem Ton gesprochen, aber er beschloss, ihr das nicht übel zu nehmen. Sie brauchte Zeit, um ihre Probleme zu meistern. Und weil er so geduldig veranlagt war, wollte er ihr ein bis zwei Stunden gönnen. Er fand, dass er sich überaus höflich verhielt. Natürlich durfte das nicht zur Gewohnheit werden.

»Wir müssen das klarstellen«, begann Jamie. »Du glaubst also, ich ...«

»Ganz einfach, Frau. Wenn du mir treu bist, bist du auch Schottland treu. Und dass es damit seine Richtigkeit hat, wirst du schon noch einsehen, wenn du dich erst mal bei uns eingenistet hast.«

»Wenn ich – was?«, fragte sie gefährlich leise.

»Wenn du dich bei uns eingenistet hast«, wiederholte Alec.

Ihr Hals schmerzte von einem fast übermächtigen Bedürfnis, diesen arroganten Kerl anzuschreien. Aber dann erinnerte sie sich an Beaks Empfehlung, ihren Mann nicht in Wut zu bringen, ehe sie wusste, wie er das aufnehmen würde. »Im Allgemeinen pflegen nur Vögel zu nisten, Kincaid. Ich bin eine Dame, falls du's noch nicht bemerkt hast.«

»Ich hab's gemerkt.«
»Und Damen nisten sich nirgendwo ein.«
»Es ist doch gleichgültig, wie man das nennt, Frau.«
»Keineswegs!«
»Willst du mich herausfordern, Engländerin?« Seine Stimme klang eisig genug, um sie zu erschrecken. Aber er wollte ihr von Anfang an klar machen, in welcher Position sie sich befand.
Er wartete auf eine Entschuldigung, aber sie nickte, sogar mehrmals. »O ja, ich fordere dich heraus.«
Ungläubig starrte er sie an. Er wusste nicht, was er von ihr halten sollte. Ihre Stimme klang gebieterisch, und sie rang auch nicht mehr die Hände. Die hatte sie zu Fäusten geballt. Eine solche Unverschämtheit konnte er nicht dulden. Eine Ehefrau musste sich ihrem Mann stets unterordnen. Offenbar hatte Jamie noch nichts von diesem heiligen Gesetz gehört. Sonst würde sie nicht so gegen ihn aufbegehren und so tun, als wäre sie ihm gleichgestellt. Dieser Gedanke belustigte ihn. Sie war wirklich albern, aber immerhin steckte Mumm in ihren Knochen. »Ich habe mich zu lange in England aufgehalten«, bemerkte er. »Andernfalls würde ich dein Benehmen anmaßend finden, Frau.«
»Könntest du aufhören, mich ›Frau‹ zu nennen? Ich habe einen Namen. Kannst du nicht Jamie zu mir sagen?«
»Das ist ein Männername.«
Am liebsten hätte sie ihn erwürgt. »Es ist mein Name.«
»Wir werden einen anderen finden.«
»Nein.«
»Du wagst es, mit mir zu streiten?«
Jamie wünschte, sie wäre genauso groß wie er. Dann würde er sich nicht erdreisten, sie zu verhöhnen. Sie holte

tief Luft. »Du findest mein Verhalten anmaßend. Aber wenn ich mich bei dir ›eingenistet‹ habe, wie du es feinfühlig ausdrückst, wirst du deine Verwirrung vielleicht überwinden und auch meine Meinung gelten lassen.«

»Das bezweifle ich, denn deine Meinung ist völlig belanglos.«

»Jetzt beleidigst du mich.«

»So?«

»Allerdings.«

Er zuckte die breiten Schultern. »Das ist mein gutes Recht.«

Stumm betete sie um Geduld. »Ich verstehe. Also ist es auch mein Recht, dich zu beleidigen.«

»Keineswegs.«

Sie gab es auf. Der Mann war genauso eigensinnig wie sie. »Haben wir die Grenze schon überquert?«

Alec schüttelte den Kopf. »Sie ist nur mehr einen Steinwurf entfernt.«

»Warum lächelst du?«

»Weil ich mich auf meine Heimat freue.«

»Oh …«

Er wollte sich abwenden, aber sie hielt ihn mit einer Frage zurück. »Du hasst England, nicht wahr?«

Wie sehr sie das verblüffte, war ihrer Stimme anzumerken. Die Vorstellung, jemand könnte ihr Vaterland verabscheuen, überstieg ihr Begriffsvermögen. Jeder musste England lieben, sogar die törichten Schotten, die einander mit Baumstämmen bewarfen. England war das Rom der neuen Zeit, und es gab keinen Zweifel an seiner Größe.

»Meistens hasse ich England«, entgegnete Alec. »Aber es gibt Ausnahmen.«

»Ausnahmen?«

Langsam nickte er.

»Und wann hasst du England nicht?«

»Wenn ich es überfalle und plündere.«

»Eine so schwere Sünde gestehst du ein?«, rief Jamie.

Grinsend musterte er ihre geröteten Wangen. Seine Frau war so erfrischend ehrlich in all ihren Reaktionen. Bei einem Mann wäre das eine gefährliche Schwäche, weil sie anderen seine Gedanken verraten würde. Bei einer Frau, besonders bei seiner eigenen, fand er dies höchst vorteilhaft.

»Nun?«, drängte sie.

Er stieß einen langgezogenen Seufzer aus. Bedauerlicherweise hatte sie überhaupt keinen Humor. Sie merkte es einfach nicht, wenn er scherzte. »Steig auf dein Pferd. Die Sonne geht schon unter. Wenn wir in Sicherheit sind, dürft ihr euch ausruhen.«

»In Sicherheit?«

»In Schottland.«

Jamie wollte sich erkundigen, ob er Schottland und Sicherheit für ein und dasselbe hielt, aber dann besann sie sich anders. Seine Antwort würde sie vermutlich nur ärgern.

Zwei unangenehme Eigenschaften ihres Mannes kannte sie bereits. Erstens – er mochte es nicht, wenn man ihn befragte oder ihm widersprach. Daraus würden sich Probleme ergeben, denn sie war entschlossen, ihm Fragen zu stellen oder zu widersprechen, wann immer es ihr beliebte. Ob es ihm passte oder nicht, kümmerte sie kein bisschen. Zweitens – wenn er die Stirn runzelte, gefiel er ihr überhaupt nicht. Seine Stimmungen waren so wechselhaft wie der Wind. Die harmlosesten Bemerkungen brachten ihn in Wut.

»O nein, Jamie, ich steige nicht mehr auf dieses verdammte Pferd.« Mary rüttelte sie an der Schulter, um ihre

Aufmerksamkeit zu erregen. Obwohl Alec vernahm, was sie sagte, schenkte er ihr keine Beachtung und ging zu seinem Hengst.

Mit schmalen Augen schaute Jamie ihm nach. Er hatte sie einfach stehen lassen wie ein Gepäckstück. »Was für ein ungehobelter Kerl!«, murmelte sie.

»Hörst du mir nicht zu, Jamie?«, klagte Mary. »Du musst verlangen, dass wir hier die Nacht verbringen.«

Jamies Herz flog ihr entgegen. Das Gesicht ihrer Schwester war schmutzig, und sie sah völlig erschöpft aus. Sie selbst war ebenfalls müde, weil sie in der vergangenen Nacht ein krankes Kind betreut und kaum geschlafen hatte. Aber sie besaß ein stärkeres Durchhaltevermögen. Mitgefühl durfte sie jetzt nicht zeigen, Mary brauchte eine starke Hand. Wenn man sie jetzt bemitleidete, würde sie zu weinen anfangen, und dieser Gedanke jagte Jamie einen Schauer über den Rücken. Wenn Mary heulte, war sie noch unerträglicher als die Zwillinge. »Wo bleiben deine Manieren? Es ist undamenhaft, ›verdammt‹ zu sagen. Nur Leibeigene oder Dienstboten benutzen solche Wörter.«

»Um Himmels willen, wie kannst du mir ausgerechnet jetzt eine Lektion erteilen?«, jammerte Mary. »Ich will nach Hause! Ich vermisse meinen Papa!«

»Das reicht!«, schimpfte Jamie. Um den Tadel zu mildern, tätschelte sie den Arm ihrer Schwester und fuhr in sanfterem Ton fort: »Was geschehen ist, lässt sich nicht ändern. Wir sind mit diesen Schotten verheiratet, und damit basta. Führ dich nicht so auf, sonst bringst du Schande über uns. Außerdem ist es nicht sehr weit bis zum Hochland. Alec hat versprochen, wir würden rasten, sobald wir die Grenze überquert haben. Ein paar Minuten wirst du sicher noch durchhalten. Zeig deinem Mann, wie tapfer du bist!«

Mary nickte. »Und wenn er zu dumm ist, um meine Tapferkeit zu bemerken?«

»Dann werde ich ihn darauf hinweisen.«

»Jamie, hättest du je gedacht, dass wir einmal ein so schreckliches Schicksal erleiden und Schotten heiraten würden?«

»Nein, damit habe ich nie gerechnet.«

»Der Allmächtige muss sehr böse auf uns sein.«

»Nicht der Allmächtige«, verbesserte Jamie ihre Schwester, »unser König.«

Von Marys kummervollem Seufzer verfolgt, ging sie zu ihrer Stute. Dann beobachtete sie, wie das Mädchen sich zu Daniel schleppte, und sah ihn lächeln. Sicher belustigte ihn der Anblick seiner jungen Frau, die wie eine Greisin auf wackeligen Beinen wankte.

Verständnislos schüttelte sie den Kopf über die jämmerliche Verfassung ihrer Schwester, bis sie merkte, dass auch ihre eigenen Beine unter ihr einzuknicken drohten. Das lag an dem albernen Sattel, in dem sie sitzen musste, um Alec zu beweisen, was für eine feine Dame sie war.

Sie brauchte drei Versuche, um auf Wildfeuers Rücken zu klettern. Damit machte sie das Pferd nervös. Es begann zu tänzeln und ließ sich nur mit großer Mühe beruhigen. Offenbar missfiel ihm der Sattel ebenso wie der Reiterin.

Daniel hob Mary auf ihre Stute, aber Alec hatte auf eine so höfliche Geste verzichtet. Er gönnte seiner Frau nicht einmal einen Blick. Sie fragte sich, was seine Aufmerksamkeit fesselte, denn er starrte angespannt in die Richtung, aus der sie gekommen waren, und runzelte die Stirn. Doch sie beschloss, ihn genauso zu ignorieren wie er sie, und wandte sich zu ihrer Schwester, um ihr ein aufmunterndes Wort zuzurufen.

Sie hörte Alec nicht auf sich zukommen. Ehe sie es verhindern konnte, zerrte er sie vom Pferd und zu einem zerklüfteten Felsblock neben dem Busch, in den Mary gefallen war. Mit einer Hand presste er Jamie an den Felsen, mit der anderen schlug er auf Wildfeuers Flanke und gab Daniel ein Zeichen.

»Was ...?« Der Rest ihrer Frage blieb unausgesprochen, als Mary gegen ihre Schulter gedrückt wurde. Daniel stellte sich vor beide Frauen, ein breiter Rücken presste sie an den Fels. Als er sein Schwert zog, verstand Jamie die Situation. Atemlos beobachtete sie, wie er seinen Freund ansah und drei Finger hochhielt.

Alec schüttelte den Kopf und hob vier Finger. Da Mary noch immer nicht begriff, was geschah, wollte sie protestieren, aber Jamie hielt ihr blitzschnell den Mund zu.

Vorsichtig ging Alec in die Mitte der kleinen Lichtung. Jamie wischte sich Marys Haar aus dem Gesicht, damit sie ihn besser sehen konnte. Noch hatte er seine Waffe nicht gezogen. Und dann sah sie, dass er kein Schwert hei sich trug. Hatte er es auf der Reise verloren und sich nicht die Mühe gemacht, es zu ersetzen? Natürlich musste sie eingreifen. Alec Kincaid war ihr Mann, und niemand durfte ihm ein Haar krümmen, solange sie noch lebte. Sie weigerte sich, über ihre Beweggründe nachzudenken – jedenfalls wollte sie nicht schon an ihrem Hochzeitstag Witwe werden.

Sie zog einen kleinen Dolch aus ihrem Gürtel und hoffte, genügend Zeit zu finden, um Alec die Waffe zuzuwerfen. Wenn man damit umzugehen wusste, konnte sie tödliche Wunden verursachen. Und Daniel hatte ja immer noch sein Schwert. Inständig hoffte sie, dass er es zu schwingen verstand. Gerade wollte sie ihn bitten, ihrem Gemahl zu helfen, als Alec sich umdrehte und Daniel wieder ein Zeichen gab. Jamie sah sein Gesicht und erschauerte. Seine finstere Miene erschreckte sie. Auch die kraftvollen Muskeln seiner Arme und Beine drückten geballte Wut aus. Nie zuvor hatte sie einen solchen Blick gesehen, und sie erkannte, dass er bereit war zu töten.

»Es ist ein wilder Eber, nicht wahr?«, jammerte Mary.

»Nein«, wisperte Jamie, ohne Alec aus den Augen zu lassen, und drückte den Arm ihrer Schwester. »Reg dich nicht auf, unsere Männer werden uns beschützen.«

Beinahe glaubte sie selber daran, bis sie beobachtete, wie die Banditen langsam auf Alec zugingen. Er hatte sich von seinem Begleiter entfernt, vermutlich, um die Räuber von den Frauen abzulenken. Gemächlich folgten sie ihm. Es sah nicht gut aus. Zwei Männer waren mit verrußten Keulen bewaffnet, die anderen schwenkten Krummsäbel durch die Luft, was pfeifende Geräusche erzeugte. An den Klingen klebte getrocknetes Blut und kündete von früheren erfolgreichen Überfällen.

Jamie fürchtete, ihr würde übel werden. Noch nie war sie Männern mit so grausamen, teuflischen Mienen begegnet. Das mörderische Handwerk schien ihnen Spaß zu machen, denn zwei grinsten sogar. Ihre Zähne waren so schwarz wie die Keulen.

»Daniel, hilf Alec!«, befahl Jamie mit schwacher Stimme.

»Es sind ja nur vier, Mädchen. In einer Minute ist alles vorbei.«

Diese Antwort ärgerte sie maßlos. Wenn er auch schützend vor Mary und ihr selbst stand, so fand sie es trotzdem verwerflich, dass er untätig mit ansehen wollte, wie sein Freund abgeschlachtet wurde. Entschlossen packte sie Daniels Schulter. »Er ist unbewaffnet, gib ihm dein Schwert – oder meinen Dolch!«

»Alec braucht keine Waffe.« Seine Stimme klang so arglos und fröhlich, dass sie an seinem Verstand zweifelte.

»Entweder gehst du zu ihm, oder ich werde meinem Mann beistehen.«

»Also gut, wenn's unbedingt sein muss ...« Er schüttelte Marys Hand von seinem Arm und ging auf die Männer zu, die Alec einkreisten. Aber nach wenigen Schritten blieb er stehen. Jamie traute ihren Augen nicht. Seelenruhig steckte er sein Schwert in die Scheide und verschränkte die Arme vor seiner Brust. Jetzt grinste er Alec wirklich und wahrhaftig an.

Und Alec grinste zurück.

»Wir haben zwei Schwachsinnige geheiratet«, erklärte sie ihrer Schwester, empfand aber mehr Angst als Zorn, und ihre Stimme zitterte.

Plötzlich erregte ein tiefes Gebrüll ihre Aufmerksamkeit. Der Schlachtruf stammte aus Alecs Kehle und löste bei Mary einen Schreikrampf aus.

Die vier Banditen, die Alec umzingelten, kamen immer näher. Er wartete, bis sich der erste in Reichweite befand. Dann bewegte er sich blitzschnell. Jamie sah, wie er den Mann bei den Armen packte, hörte das gespenstische Knacken brechender Knochen. Der Räuber fiel ins Gras und rührte sich nicht mehr.

Zwei andere Männer griffen Alec brüllend von links an. Er schlug ihre Köpfe aneinander und warf sie auf die am Boden hingestreckte Gestalt.

Der letzte Bandit erhoffte sich einen Vorteil, indem er Alec von hinten attackierte. Doch der Laird wirbelte herum und trat ihn in den Bauch, zerrte den gestürzten Räuber hoch und traf sein Kinn mit einem gewaltigen Fausthieb und schleuderte ihn auf den Haufen regloser Schurken.

Daniels Behauptung war keine Prahlerei gewesen. Der Kampf hatte nur eine knappe Minute gedauert. Und Alec rang nicht einmal nach Atem. Diese erstaunliche Tatsache wurde Jamie gerade bewusst, als ein neues Geräusch erklang. Auf der anderen Seite des Felsbrockens sprangen drei große Männer aus dem Gebüsch. Zuvor mussten sie lautlos wie Schlangen im Dickicht gelauert haben.

»Alec!«, rief sie.

»Du musst mich beschützen!«, kreischte Mary, presste sich an den Fels und zerrte Jamie vor ihren Körper. Sie war zwar größer als ihre Schwester, aber weil sie sich duckte und das Gesicht zwischen Jamies Schulterblätter drückte, war sie gut abgeschirmt.

Jamie versuchte nicht, sich zu schützen. Sie kannte ihre Pflichten. An erster Stelle stand Mary, für deren Sicherheit sie sogar ihr Leben opfern würde.

Während die drei Männer heranstürmten, erinnerte sie sich an den Dolch in ihrer Hand und schleuderte ihn auf den größten Banditen. Sie hatte gut gezielt. Er stieß einen ohrenbetäubenden Schrei aus und brach zusammen. Den zweiten schlug Daniel mit einem kräftigen Fausthieb in den Magen nieder. Alec musste einen weiten Weg zurücklegen, um den dritten zu erreichen. Obwohl Jamie wie eine Wildkatze kämpfte, hielt der Räuber sie eisern fest und hielt eine Messerspitze an ihr Herz.

»Halt!«, schrie er Alec an. »Ich habe nichts mehr zu verlieren! Wenn Sie näher kommen, töte ich sie! Es würde mir nicht schwer fallen, ihr den hübschen kleinen Hals zu brechen.«

Langsam schlich Daniel von hinten auf ihn zu. Als der Schurke einen ängstlichen Blick über die Schulter warf, bedeutete Alec seinem Freund, stehen zu bleiben. Um auf die neue Bedrohung zu antworten, packte der Bandit Jamies Haar und riss ihren Kopf nach hinten.

Alec sah nackte Furcht in den Augen des Mannes und die zitternden Hände. Sein Feind war mittelgroß, mit gedunsenem Gesicht. In seiner Panik würde er Jamie zu töten versuchen, wenn er provoziert wurde oder seine Situation für hoffnungslos hielt. Aber sein Tod stand bereits fest. Mit dem Angriff auf Jamie hatte er sein Schicksal besiegelt.

Die Arme lässig vor der Brust verschränkt, bezähmte Alec seine Wut und wartete geduldig auf eine Gelegenheit.

»Ich mein's ernst!«, verkündete der Räuber. »Und sagen Sie der anderen Frau, sie soll still sein! Bei diesem Geheul kann ich nicht klar denken!«

Daniel eilte zu Mary und hielt ihr den Mund zu, ohne ihr einen mitleidigen Blick zu gönnen. Seine ungeteilte Aufmerksamkeit galt dem Mann, der Jamie in seiner Gewalt hatte, und er wartete ebenfalls auf eine günstige Gelegenheit.

Allmählich erlosch die Angst in den Augen des Feindes, und er kicherte. Offenbar fühlte er sich bereits als Sieger. Dieses unbegründete Selbstvertrauen sollte zu seinem Untergang führen. »Ist das Ihre Frau?«, fragte er Alec.

»Ja.«

»Und Sie mögen sie?«

Alec zuckte nur die Achseln.

»Natürlich mögen Sie Ihre Frau.« Der Bandit lachte misstönend. »Sie wollen nicht, dass ich Ihre hübsche Kleine umbringe, was?« Zum Beweis seiner Macht riss er grob an Jamies Haar, weil er glaubte, sie würde gepeinigt aufschreien oder wenigstens das Gesicht vor Schmerzen verzerren. Doch er wurde enttäuscht. Erbost starrte sie ihn an, kein Laut kam über ihre Lippen.

Bis jetzt hatte es Alec vermieden, sie anzusehen. Die Furcht, die er in ihren Augen zu lesen erwartete, hätte ihn in seiner Konzentration gestört und ihn in unkontrollierbare Wut gebracht. Aber als der Bastard so brutal an ihrem Haar zog, schaute Alec sie instinktiv an. In ihrem Blick lag keine Angst – nur heller Zorn. Ihre Tapferkeit verblüffte ihn, und er lächelte beinahe.

»Gebt mir eins von diesen schönen Pferden!«, verlangte der Räuber. »Wenn ich mich sicher fühle und gewiss sein kann, dass ihr nicht hinter mir herschnüffelt, lasse ich die hübsche Kleine frei.«

Alec schüttelte den Kopf. »Nein.«

»Was?«

»Ich sage nein«, erklärte Alec seelenruhig. »Die Frau können Sie haben, aber kein Pferd.«

Jamie stieß einen Wutschrei aus, und ihr Gegner murmelte: »Schweigen Sie, verdammt.« Er hielt ihr das Messer an die Kehle und wandte sich wieder an Alec: »Ich will beides.«

»Nehmen Sie die Frau mit. Ein Pferd kriegen Sie nicht.«

»Ich will beides!« Die Stimme des Banditen klang so schrill wie das Kreischen eines gefangenen Vogels.

»Nein!«

»Gib ihm beides, Alec«, mischte Daniel sich ein. »Die Frau und ihr Pferd kannst du leicht ersetzen.«

Jamie traute ihren Ohren nicht. Sie war den Tränen nahe. »Alec«, wisperte sie, »ist das dein Ernst?«

»Halten Sie gefälligst den Mund!«, befahl der Schurke und zerrte wieder an ihrem Haar. Um sich zu rächen, stieg sie ihm kräftig auf den Fuß.

»Daniel, hol ihr Pferd«, sagte Alec.

»Die Frau soll's holen«, schrie der Räuber, aber Daniel ignorierte ihn und ging zu Wildfeuer.

Jamie hätte schwören können, dass sie ihn fröhlich pfeifen hörte. Sie wusste, wie wenig die Schotten von den Engländern hielten, aber dieses Benehmen war einfach unglaublich. Verzweifelt bekämpfte sie ihre Angst – eine Aufgabe, die Alec ihr keineswegs erleichterte. Nur ein einziges Mal hatte er ihr einen kurzen Blick zugeworfen und sogar gelangweilt dreingeschaut. Erst seit der Bandit ein Pferd verlangte, wirkte ihr Mann ein bisschen verärgert.

Cholie hat also doch Recht, dachte sie. Pferde bedeuten den Schotten mehr als Frauen. Wäre ihr Magen nicht leer gewesen, hätte sie sich übergeben müssen. Der Kerl, in dessen Gewalt sie sich befand, stank wie ein vergessener Nachttopf. Wann immer sie Atem holte, würgte sie.

Daniel kam zurück, und Alec nahm ihm die Zügel aus der Hand. So nah wie möglich führte er Wildfeuer an seinen Gegner heran.

Was dann geschah, verwirrte Jamie dermaßen, dass sie keine Zeit fand, um darauf zu reagieren. Plötzlich flog sie durch die Luft, und während sie in Daniels Armen landete, hörte sie den Schmerzensschrei des Räubers. Sie sah, wie Alec seinem Feind dessen eigenen Dolch in den Hals stieß, und würgte wieder.

Hastig stellte Daniel sie auf die Füße. Mary rannte über die Lichtung und warf sich auf ihre Schwester. Obwohl die Gefahr gebannt war, schrie sie immer noch hysterisch. Jamie zitterte wie ein welkes Blatt im Wind, und ihre Beine drohten einzuknicken. Sie schloss die Augen und versuchte ihr Herz zu beruhigen, das wie rasend schlug. Schluchzend klammerte sich Mary an sie und presste ihr beinahe die Luft aus den Lungen.

»Jetzt kannst du die Augen aufmachen.«

Sie erkannte die Stimme ihres Mannes, und als sie gehorchte, sah sie ihn dicht vor sich stehen. Seine Augen wirkten nicht mehr so schrecklich kalt. Er lächelte sogar, und das ergab keinen Sinn. Soeben hatte er mehrere Männer getötet – mühelos, ohne mit der Wimper zu zucken. Und nun lächelte er ... Sie wusste nicht, ob sie vor ihm fliehen oder ihn erdrosseln wollte.

Während sie ihren Mann anstarrte, hörte sie Daniels ärgerliche Stimme. Er befahl ihrer Schwester, endlich still zu sein, und dann spürte Jamie, wie er Marys Finger von ihr löste. Sie war zu schwach, um ihm dabei zu helfen.

»Es ist vorbei«, sagte Alec sanft.

»Vorbei?«, wiederholte sie und schaute auf den Mann, den er soeben niedergestreckt hatte. Rasch trat er zur Seite, um ihr die Sicht zu versperren, dann hob er ihren Dolch auf.

»Der gehört doch dir?« Die Furcht in ihren Augen, die ihm unvernünftig schien, verwirrte ihn.

»Ich will ihn nicht mehr. Wirf ihn weg. In meinem Ranzen habe ich noch einen.« Sie spähte an ihm vorbei auf den Räuber.

»Er ist tot, Frau. Du brauchst ihn nicht anzusehen, er kann dir nichts mehr tun.«

»Aye, er ist tot. Alec, du hast mich in die Luft geschleudert wie ...«

»Wie einen Kiefernstamm?«

Sie nickte. »Und wie du ihn getötet hast – als wäre es ein Kinderspiel gewesen.«

»Wie nett, dass du das bemerkt hast ...«

Ungläubig schüttelte sie den Kopf und wich vor ihm zurück.

»Du bildest dir ein, ich will dich loben? Wirf endlich den Dolch weg! Ich möchte ihn nicht mehr sehen.«

»Stört dich der Anblick?« Er verstand ihr Verhalten nicht. Vorhin hatte sie wie eine Tigerin gegen den Banditen gekämpft. Und jetzt benahm sie sich wie ein verschrecktes Kind.

»Das Blut macht mich ganz krank.« Sie war zwar daran gewöhnt, Blut zu sehen, denn sie hatte schon genug Wunden verbunden, aber nicht das Blut, das Sterbende vergossen ... Doch sie fand es zu mühsam, das zu erklären. Sie stand immer noch unter der Einwirkung des Schocks, den ihr die Ereignisse versetzt hatten. Es war grausig gewesen, die ungeheure Stärke ihres Mannes zu beobachten, erleben zu müssen, dass er sie dem Banditen bereitwillig überlassen hätte. Ihre Stute bedeutete ihm tatsächlich mehr als seine Frau. Diese Erkenntnis würde monatelange Albträume verursachen.

Plötzlich nahm er sie in die Arme. »Wenn du noch einen Schritt nach hinten machst, wirst du über den Räuberhaufen stolpern.« Seltsam, wie sanft er jetzt mit ihr umging ... Kraftlos lehnte sie an seiner Brust.

»Hast du es ernst gemeint, Alec?«, flüsterte sie.

»Was, Frau?«

»Du sagtest diesem grässlichen Mann, er könnte mich haben – aber kein Pferd ...«

»Nein.« Wie konnte sie einen solchen Unsinn glauben? »Ich wollte ihn nur in Sicherheit wiegen, damit ich ihn leichter überwältigen konnte.«

»Also hast du ihn belogen?«

»Natürlich.« Einen Arm um ihre Schultern gelegt, führte er sie zu der Stelle, wo Daniel die Pferde versammelt hatte, und hob sie in Wildfeuers Sattel. »Du hast großen Mut bewiesen, Frau. Ich bin zufrieden mit dir.«

»Aber ich nicht mit dir, du arroganter Schotte!«

»Das spielt keine Rolle. Warum hattest du solche Angst?«

»Ich hatte keine Angst, ich machte mir nur Sorgen.«
»Warum?«
»Willst du die Wahrheit wissen?«
»Allerdings.«
»Als du mit den Banditen kämpftest, dachte ich, dass ich niemals deinen Zorn erregen darf. Deiner übermenschlichen Kraft wäre ich nicht gewachsen. Aber – irgendwann werde ich dich sicher ärgern.«
»Du ärgerst mich jetzt schon.«
»Oh ...«
»Jamie, ich werde dir niemals wehtun.«
»Nicht einmal, wenn dich dein Temperament übermannt? Die Schotten geraten sehr schnell in Wut. Das gibst du doch zu?«
»Was dich betrifft, werde ich nie die Beherrschung verlieren. Das verspreche ich dir.«
»Und wenn es trotzdem passiert?«
»Auch dann werde ich dich nicht verletzen.«
Endlich glaubte sie ihm. »Ich habe gehört, alle Schotten schlagen ihre Frauen.«
»Dasselbe habe ich von den Engländern gehört.«
»Manche tun's, andere nicht.«
»Ich tu's nicht. Als wir uns das erste Mal trafen, las ich diese unvernünftige Angst in deinen Augen. Es ist zwar gut und richtig, wenn sich eine Frau vor ihrem Mann fürchtet, aber ...«
»Verzeih, dass ich dich unterbreche. Es ist keineswegs gut und richtig, wenn sich eine Frau vor ihrem Mann fürchtet. Und wie ich bereits sagte – ich hatte keine Angst, ich machte mir Sorgen. – Natürlich würden sich die meisten Frauen vor dir fürchten. Aber ich bin aus härterem Holz geschnitzt.«
»Warum?«

»Was – warum?« Sein Grinsen verwirrte sie, und ihr Herz pochte viel zu heftig.

»Warum würden sich die meisten Frauen vor mir fürchten?«

»Weil du – so groß bist. Der größte Krieger, den ich je gesehen habe.«

»Hast du schon andere gesehen?«

»Eigentlich nicht ...«

»Es ist also meine Größe, die dir – Sorge bereitet?«

»Und deine Stärke. Soeben hast du vier Männer getötet, als wären sie nur Fliegen gewesen.«

»Nur einen.«

»Nur einen?« Misstrauisch schaute sie in seine Augen, die seltsam funkelten. Machte er sich über sie lustig?

»Nur den Mann, der es wagte, dir das Messer an die Kehle zu halten. Die anderen sind nur bewusstlos. Soll ich sie auch umbringen?«

»Großer Gott, nein! Und der Mann, den Daniel niederschlug, als sie Mary angreifen wollten?«

»Frag ihn doch.«

»Das will ich nicht.«

»Die Bastarde wollten auch über dich herfallen.«

»Mary ist wichtiger.«

»Glaubst du diesen Unsinn wirklich?«

»Es war schon immer meine Pflicht, meine Schwestern zu beschützen.«

»Das hat sich jetzt geändert. Übrigens, warum erkundigst du dich nicht nach dem Mann, den du mit deinem Dolch getötet hast? Du kannst gut zielen ...«

»Darüber will ich nicht reden!«, schrie sie und ließ Wildfeuers Zügel fallen.

Verwundert schüttelte er den Kopf. Ging es ihr so nahe, dass sie einen Menschen ins Jenseits befördert hatte?

Diese Gefühle würde sie überwinden müssen. Im rauen Hochland wurde immer wieder Blut vergossen. Es ließ sich nicht vermeiden. Nur die Stärksten überlebten. Obwohl ihm Jamies gütiges Herz gefiel, beschloss er, sie abzuhärten. Sonst würde sie nicht einmal den ersten bitteren Winter überstehen. »Also gut, Frau. Vorerst reden wir nicht darüber.« Als sie im Sattel schwankte, legte er einen Arm um ihre Taille.

»Ich muss Marys Leben verteidigen – und mein eigenes«, erklärte sie. »Vater Charles würde es allerdings nicht verstehen. Wenn er es erführe, würde er mich zwingen, bis ans Ende meiner Tage Schwarz zu tragen.«

»Der Priester, der uns getraut hat?«

Jamie nickte.

»Du machst dir über die sonderbarsten Dinge Sorgen«, meinte er, »und das ist ein Fehler.«

»Glaubst du? Dann geh doch zu Vater Charles, erzähl ihm, was ich getan habe, und dann sag mir, ich hätte mir grundlose Sorgen gemacht. Der Mann ist sehr einfallsreich, wenn er armen Sündern Bußen auferlegt.«

Alec begann zu lachen, hob sie vom Pferd und trug sie zu seinem Rappen.

Sie schlang die Arme um seinen Hals. »Was machst du denn?«

»Du wirst mit mir reiten.«

»Warum?«

»Wirst du immer alles infrage stellen, was ich tue oder sage?«, seufzte er.

Als sie den Kopf in den Nacken legte, um ihn anzuschauen, blieb er abrupt stehen. Ihr sanftes Lächeln verwirrte ihn.

»Wirst du mir jedes Mal böse sein, wenn ich dich befrage?«

»Ich werde dir niemals böse sein.«

»Was für einen erstaunlichen Mann ich geheiratet habe! Er wird nie die Beherrschung verlieren und mir niemals böse sein ...«

»Wagst du es schon wieder, mich herauszufordern, Engländerin?« Sein Blick konzentrierte sich auf ihren Mund. Er wollte ihre Unterlippe zwischen die Zähne saugen, ihre Zunge mit seiner berühren, den süßen Honig schlecken, der jetzt ihm gehörte. Ihre Finger streichelten seinen Nacken, und er überlegte, ob es unbewusst geschah. Er spürte, wie sich ihre vollen, runden Brüste an ihn schmiegten. Und da sagte er sich, dass ein Mann nur bis zu einer gewissen Grenze provoziert werden konnte. Als er den Kopf hinabneigte, kam sie ihm auf halbem Weg entgegen.

Ihre Lippen waren so weich, wie er sie in Erinnerung hatte, und genauso aufregend. Aber der Kuss dauerte nicht lange genug. Sobald er versuchte, mit seiner Zunge in Jamies Mund einzudringen, drehte sie das Gesicht zur Seite. Wie selbstzufrieden sie aussah ... Mühsam verbarg er seine Enttäuschung. So schön und tapfer sie auch sein mochte – vom Küssen verstand sie überhaupt nichts. Aber das würde er ihr schon noch beibringen.

»Danke, Alec.«

»Wofür dankst du mir?« Er setzte sie in seinen Sattel und stieg hinter ihr auf.

»Für deine Rücksichtnahme.«

Alec missverstand die Antwort. Sie war ihm dankbar, weil er sich mit einem kurzen, zarten Kuss begnügt hatte. Doch er erwiderte: »Offensichtlich bist du keine geübte Reiterin. Ich werde dir Unterricht geben.«

Sie widersprach ihm nicht. Wenn sie ihm erklärt hätte, sie könne sehr gut reiten und es sei nur der neue Sattel, der ihr Schwierigkeiten bereite, hätte er ihr vermutlich nicht geglaubt. Und wenn sie ihm sagte, dass sie lieber ohne Sattel ritt, würde er das undamenhaft finden.

Frauen sind ein Ärgernis, dachte Alec, aber diese da … Sie roch so angenehm und fühlte sich so weich in seinen Armen an. Als sie versuchte seine Hände hinabzuschieben, die direkt unter ihren Brüsten lagen, lächelte er. Sobald er mit ihr geschlafen hatte, würde sie ihre Scheu vergessen. Plötzlich konnte er es kaum mehr erwarten, das Nachtlager aufzuschlagen.

Jamie lehnte sich an den Rücken ihres Mannes. Sie fühlte sich sicher und geborgen. Bis vor kurzem hatte sie ihn abgrundtief gehasst. Und jetzt mochte sie ihn beinahe. Vielleicht würde sie sich sogar wieder küssen lassen – in ein oder zwei Tagen. Und wenn er den Vorstellungen entsprach, die sie sich von einem guten Ehemann machte, würde sie sogar mit ihm schlafen – natürlich erst, nachdem er sie lange genug umworben hatte. Ein Glück, dass er so geduldig war. Sie würde ihm die Gründe ihrer Zurückhaltung erklären, und er würde auf ihre Bedingungen eingehen.

6

Eine Stunde später schlugen sie am Ufer eines Teichs ihr Lager auf. Während Alec und Daniel die Pferde versorgten, packte Jamie den Korb aus, in dem die fürsorgliche Agnes das Abendessen verstaut hatte. Mary lehnte ermattet an einem Baumstamm und beobachtete, wie ihre Schwester arbeitete.

Jamie breitete eine Decke aus, setzte sich darauf und ordnete ihre Röcke, sodass die Fußknöchel nicht zu sehen waren. Dann bedeutete sie Mary, bei ihr Platz zu nehmen. Beide versuchten, ihre Männer zu ignorieren, die sich im Teich wuschen.

Als Alec ohne sein Wams ins Lager zurückschlenderte, störte es Jamie nicht. Aber der Anblick von Alecs nackter Brust raubte ihr den Atem. Die Muskeln in den Armen und Schultern erinnerten sie an seine unbezwingbare Kraft, dunkles Kraushaar auf der bronzebraunen Haut betonte seine überwältigende Männlichkeit. Der Haarwuchs spitzte sich zum flachen Magen hin zu und verschwand im Gurtband der schwarzen Hose.

»Ich will nicht, dass Daniel mich anfasst«, wisperte Mary.

»Es ist nur natürlich, wenn du ein bisschen Angst hast«, erwiderte Jamie und bemühte sich, so zu tun, als wüsste sie, wovon sie sprach.

»Er hat mich geküsst.«

Jamie lächelte. Was das Küssen betraf, wusste sie ausreichend Bescheid. »Alec mich auch. Schon zweimal, wenn man den Hochzeitskuss mitzählt. Eigentlich fand ich's ganz nett.«

»Hat er dich so geküsst, wie ein Mann eine Frau küsst, wenn er mit ihr schlafen will, und deine Zunge mit seiner berührt?«

Was meinte Mary damit? Jamie hatte keine Ahnung, doch das verriet sie nicht. Um sich eine Antwort zu ersparen, fragte sie: »Hat's dir gefallen?«

»Es war eklig.«

»O Mary ...« Jamie seufzte tief auf. »Sicher wirst du bald Freude an Daniels Küssen finden.«

»Vielleicht hätte es mir gefallen, wenn Daniel nicht so wütend gewesen wäre. Ständig runzelte er die Stirn.«

»Das bildest du dir sicher nur ein.«

»O nein. Würdest du mit ihm reden und herausfinden, warum er so böse auf mich ist?«

Ehe Jamie antworten konnte, setzte sich Daniel neben ihre Schwester. Sie stieß Mary an und zeigte auf das Essen. Mary verstand die stumme Botschaft und bot ihrem Mann eine Portion an.

In einiger Entfernung saß Alec im Gras, an einen dicken Baumstamm gelehnt, ein Bein angewinkelt, sodass die kraftvollen Muskeln im Oberschenkel noch stärker hervortraten. Krampfhaft versuchte Jamie, nicht so nervös auszusehen, wie sie sich fühlte. Er starrte sie unentwegt an, und sie redete sich ein, ihr Unbehagen rühre nur daher, dass sie es nicht gewöhnt war, die ungeteilte Aufmerksamkeit eines Menschen zu erregen.

Sie bedeutete ihm, auf der Decke Platz zu nehmen, aber er schüttelte den Kopf und befahl, sie solle zu ihm kommen. Nun, es war vermutlich ihre Pflicht zu gehorchen. Sie brachte ihm ein Stück Käse, eine Scheibe knuspriges Brot und einen der drei Lederbeutel, die mit Ale gefüllt waren. Wortlos nahm er seine Mahlzeit entgegen. Sie wollte zu den anderen zurückkehren, aber er zog sie neben sich ins Gras. Nachdem er gegessen und getrunken hatte, schlang er besitzergreifend einen Arm um ihre Taille. Kerzengerade saß sie da, die Hände im Schoß gefaltet.

»Fürchtest du dich schon wieder vor mir, Engländerin?«

»Ich habe mich nie gefürchtet, Schotte, ich war nur besorgt.«

»Bist du immer noch besorgt?«

»Nein.«

»Warum versuchst du dann meinen Arm wegzuschieben?«

»Es ist unanständig, sich so zu berühren – in Gegenwart anderer.«

»So?«

Sie ignorierte den belustigten Klang seiner Stimme. »Ja. Übrigens, ich heiße Jamie. Warum redest du mich nicht mit meinem Namen an?«

»Es ist ein Männername.«

»Also sind wir wieder bei diesem Thema?«

»Aye.«

Entschlossen weigerte sie sich, ihn anzuschauen, bevor sein Gelächter verstummt war, und sagte dann: »Mein Name scheint dich sehr zu amüsieren. Es freut mich, dass du so gut gelaunt bist, denn ich muss dich um etwas bitten. Vielleicht wird es dich ärgern. Aber wenn du mir zugehört hast, wirst du meine Entscheidung sicher billigen.«

Ihr ernsthafter Ton verwirrte ihn. »Worum möchtest du mich bitten?«

»Dass du mich nicht – anrührst. Ich kenne dich noch nicht gut genug, um dir solche Freiheiten zu erlauben.«

»Erlauben?« Ihre Wortwahl schien ihm zu missfallen.

»Du willst doch keine Frau haben, die sich dir nur gezwungenermaßen hingibt, nicht wahr?«

»Fragst du mich oder deine Hände?«

»Dich.«

»Dann schau mich an!«, befahl er schroff, und sie musste ihren ganzen Mut zusammennehmen, ehe sie gehorchte. Es wäre leichter gewesen, hätte er nicht so dicht neben ihr gesessen. Und so oft sie sich auch darum bemühte, sie konnte sich nicht von seinem Arm befreien.

Als sie ihm in die Augen schaute, gewann sie den Eindruck, dass er ihre Gedanken zu lesen versuchte. Ihr wurde heiß und kalt, und ihre Verwirrung wuchs. »Du willst doch keine Frau haben, die sich dir nur gezwungenermaßen hingibt«, wiederholte sie.

»Eigentlich will ich überhaupt keine Frau.«

Diese Antwort kränkte sie. »Du hast aber eine.«

»Aye, noch dazu eine Engländerin.«

Jamie schlang die Finger so fest ineinander, dass sie schmerzten. »Du sprichst das Wort ›Engländerin‹ aus, als wäre es ein Schimpfwort.«

»Das ist es auch.«

»Nein!« Als sie merkte, dass sie ihn angeschrien hatte, wurde sie puterrot. Unsicher beobachtete sie seine gerunzelte Stirn. »Also kannst du eine Engländerin niemals mögen?«

»Mögen?«

»Du weißt, was ich meine.«

»Erklär es mir.«

Der Mann war wirklich strohdumm. »Ich spreche von Liebe!«, fauchte sie und merkte, dass Mary und Daniel sie anstarrten. »Könntest du eine englische Frau lieben?«, wisperte sie.

»Das bezweifle ich.«
»Du bezweifelst es.«
»Schrei doch nicht so!« Alec fand ihren Zorn höchst amüsant. »Ärgerst du dich über meine Ehrlichkeit?«
Sie holte tief Atem. »Nein, aber deine Heiterkeit beleidigt mich. Wir reden über ein ernstes Thema.«
»Nach deiner Meinung ist es ernst. Nicht nach meiner.«
»Du findest die Ehe also unwichtig?«
»Nein, aber du bist ein unwichtiger Teil meines Lebens, Frau.«
»Ich war auch nicht gerade darauf versessen, dich zu heiraten, Kincaid!«, zischte sie.
»Das habe ich gemerkt. Immerhin trägst du Schwarz an deinem Hochzeitstag.«
»Dieses Kleid gefällt mir ...« Jamie hielt inne, um Staub vom Saum zu wischen. »Ich werde es noch sehr oft anziehen.«
»Dann wirst du mich auch in Zukunft nicht mögen?«
»Vermutlich nicht.«
Alecs dröhnendes Lachen erinnerte sie an ein Erdbeben.
»Meine Ehrlichkeit scheint dich zu belustigen«, meinte sie.
»Sogar sehr.«
»Ich möchte dieses Gespräch nicht fortsetzen. Wenn du deine Mahlzeit beendet hast, werde ich das Essen einpacken.«
»Das soll deine Schwester machen.«
»Ich bin dafür verantwortlich.«
»So wie für ihre Sicherheit?«
»Ja.«
»Mary glaubt diesen Unsinn auch, was?«

»Unsinn? Seit wann ist es unsinnig, wenn man seine Pflicht erfüllt?«

»Daniel und ich hörten, wie deine Schwester beim Angriff der englischen Bastarde verlangte, du solltest sie beschützen, und dich als Schild benutzte.«

»Das waren keine englischen Bastarde.« Jamie beschloss, sich auf diesen Teil seiner Bemerkung zu konzentrieren. Ihre Beziehung zu Mary würde er ohnehin nicht verstehen, und sie hatte keine Lust, mit ihm darüber zu streiten. »Sicher kamen sie aus ...« Sie wollte behaupten, die Banditen stammten aus Schottland, besann sich aber eines Besseren. »Sie gehörten keinem Land an. Deshalb werden sie ja auch als Außenseiter der Gesellschaft bezeichnet.«

»Mag sein.« Beharrlich kehrte er zum früheren Thema zurück. »Du bist Baron Jamisons jüngste Tochter. Trotzdem hat Mary dich gezwungen, ihr als Schutzschild zu dienen.«

»O nein, sie hat mich nicht gezwungen.«

»Doch.«

»Du begreifst das nicht, Alec. Ein Schotte kann nicht wissen, wie die Engländer solche Dinge regeln. Jedenfalls war ich schon immer dazu verpflichtet, meine älteren Schwestern zu beschützen. Wahrscheinlich ist das in allen englischen Familien so.«

»Deine Ansichten missfallen mir.«

Das störte sie nicht. Um ihre Gleichgültigkeit zu zeigen, zuckte sie die Achseln.

»Du bist das Nesthäkchen. Also müsste deine ältere Schwester auf dich aufpassen.«

Sie schüttelte den Kopf. Warum versuchte er mit aller Macht, ihr seine Meinung aufzuzwingen? »Es ist umgekehrt.«

»Der Starke muss den Schwachen schützen, Frau, und der Ältere den Jüngeren. Und das ist überall so, auch in deinem kostbaren England.«

Fasziniert beobachtete Alec, wie sich Jamies violette Augen verdunkelten. Was er da sagte, passte ihr ganz und gar nicht. Erbost schlug sie mit ihrer Faust auf seine Schulter. »Ich bin nicht schwach!«

Er widerstand der Versuchung, sie in die Arme zu reißen und ihren Zorn mit heißen Küssen zu besänftigen. »Nein, das bist du nicht.«

»Wie nett von dir, das zuzugeben!«

»Trotzdem hattest du Angst vor mir.«

»Musst du immer wieder damit anfangen? Das ist sehr unfreundlich.«

»O nein.«

Ihr prompter Widerspruch verblüffte ihn. »Wieso sagst du das?«

»Du warst sehr duldsam, als mein Vater sich so albern aufführte. Die meisten Männer hätten kein Mitgefühl aufgebracht.«

Jamie glaubte, ihr Lob würde ihn freuen. Statt dessen brach er in höhnisches Gelächter aus.

»Es ist unhöflich, so laut zu lachen, wenn man ein Kompliment erhält, Alec. Verdammt unhöflich!«

»Ein Kompliment? Frau, du hast mich beleidigt. Nie zuvor wurde ich als mitfühlend bezeichnet.«

»Das ist doch keine Beleidigung!«

»Eine Ehefrau darf ihrem Mann niemals widersprechen.«

»Wenn sie es für nötig hält, muss sie ihre eigene Meinung vertreten. Nur so kann man eine gute Ehe führen, Alec.« Als er sie ungläubig anstarrte, wich sie seinem Blick aus.

»Hör endlich auf, meinen Arm wegzuschieben! Du gehörst jetzt mir, und ich verbiete dir, dich zu wehren, wenn ich dich anfasse.«

»Ich habe dir bereits erklärt, dass ich noch nicht bereit bin, dir zu gehören.«

»Es spielt keine Rolle, ob du dazu bereit bist oder nicht.«

»Alec, ich werde erst mit dir schlafen, wenn ich dich besser kenne. Das musst du doch verstehen.«

»Natürlich verstehe ich's.«

Sie schaute ihn an und sah die Belustigung in seinen Augen. Ihre Verlegenheit schien ihn sehr zu erheitern.

»Du errötest wie eine Jungfrau«, bemerkte er.

»Das bin ich ja auch.«

Ihre Antwort klang so beschämt, als würde sie eine schwere Sünde gestehen, und er musste wieder lachen. »Würdest du endlich aufhören, mich zu verspotten? Das ist eine Beleidigung.«

»Deine Jungfräulichkeit ist keine Schande, Jamie.«

Endlich hatte er sie wieder einmal beim Vornamen genannt, und darüber freute sie sich so, dass sie lächelte. »Hättest du mich auch geheiratet, wenn ich nicht mehr unberührt wäre?«

»Ja.«

»Wirklich?«

»Aye! Du solltest nicht verlangen, dass ich mich wiederhole.«

»Du bist ein ungewöhnlicher Mann. Die meisten Ritter würden eine Frau ablehnen, die sich bereits einem anderen geschenkt hat.«

»Natürlich hätte ich den Namen des Mannes herausgefunden, der sie vor der Hochzeit entehrt hat.«

»Und dann?«

»Dann hätte ich ihn getötet.«

Jamie sah keinen Grund daran zu zweifeln. Sie erschauerte. Offenbar machte es ihm nicht das Geringste aus, Blut zu vergießen.

»Aber die Frage ist bedeutungslos, weil du noch Jungfrau bist«, fügte er hinzu.

»Ja, sicher. Nun, bist du bereit zu warten, bis ich dich näher kenne?«

Plötzlich empfand er den Wunsch, ihr die Angst zu nehmen – wenn er auch nicht wusste, warum. Selbstverständlich wollte er mit ihr schlafen, aber er wollte nicht, dass sie in kaltem Entsetzen vor ihm zurückschreckte. Und so entschloss er sich zu einer diplomatischen List. »Wir warten, bis du das Tuch der Kincaids trägst, Jamie.«

»Gibst du mir dein Wort darauf?«

»Soeben hab' ich's dir gegeben.« Er drückte sie an sich, hob ihr Kinn hoch und zwang sie, in seine Augen zu blicken. »Ich will mich nicht ständig wiederholen.«

Jamie wollte nicken, aber er hielt ihr Kinn fest. Langsam beugte er sich herab und küsste sie. Sie war zu verwirrt, um Widerstand zu leisten. Sein Mund fühlte sich hart an, aber auch wunderbar warm. Erst als sie den Kuss zu erwidern begann, richtete er sich auf.

»Ich danke dir für dein Verständnis«, sagte sie leise.

»Deine Gefühle kümmern mich nicht. Du bist einfach nur meine Frau – mein Besitz, genauso wie mein Pferd. Wenn du das nicht vergisst, werden wir ganz gut miteinander auskommen.«

»Wie dein Pferd ...«, würgte sie hervor. Noch nie war sie so gedemütigt worden.

»Wie mein Pferd«, bestätigte er.

»Du tust dein Bestes, um mich zu ärgern, was?« Grinsend nickte er.

»Warum?«

»Um dir zu zeigen, dass du in deiner Wut sagen und tun kannst, was du willst – ich werde nie die Geduld verlieren. Damit du das begreifst, habe ich dir diese Lektion erteilt.«

»Unser Gespräch war also eine Lektion für deine unwissende englische Frau?«

Wieder nickte er, und Jamie begann zu lachen. »Du würdest deine Beherrschung auch dann wahren, wenn ich dir sagte, dass du der grässlichste Krieger bist, dem ich je begegnet bin?«

»Ja.«

»Du hast versichert, du würdest erst mit mir schlafen, wenn ich dein Tuch trage. Und jetzt will ich dir auch etwas versprechen. Du wirst den Tag bereuen, wo du geprahlt hast, du würdest nie die Geduld mit mir verlieren.« Ehe er antworten konnte, schob sie seinen Arm von ihrer Taille und sprang auf. »Jetzt muss ich baden. Mein schrecklicher Mann hat mich angefasst, und ich will mich abschrubben, bis ich mich wieder sauber fühle. Möchtest du mir noch ein paar Beleidigungen an den Kopf werfen, ehe ich gehe?«

»Nein.«

Sie betrachtete ihn und erkannte, dass er ihr keine Angst mehr einjagte. Aber sie wusste nicht, warum sich ihre Einstellung zu ihm geändert hatte. Er hat seine erste Frau nicht getötet – dieser Gedanke kam ihr plötzlich in den Sinn, gefolgt von einem zweiten, der sie sehr verwirrte: Ich vertraue ihm, voll und ganz.

Als sie sich abwandte, sagte er: »Jamie, ich muss dich warnen. Das Wasser ist ziemlich kalt.«

»Wir Engländer sind nicht so zimperlich, wie die Schotten glauben!«, rief sie über die Schulter, während sie davonschlenderte.

Sie holte saubere Kleider, Seife und eine Haarbürste, dann trat sie ans Ufer. Endlich allein, dachte sie. Daniel war mit Mary in den Wald gegangen, und Jamie hoffte, dass sich das Mädchen vernünftig benahm. Es widerstrebte ihr, sich in die Angelegenheiten der beiden einzumischen, falls er die Gefühle ihrer Schwester verletzte. Ein Glück, dass ich nicht so zart besaitet hin, überlegte sie. Aber ehe ich Alecs Tuch trage, muss erst mal die Sonne auf die Erde fallen. Es wird ihm nichts anderes übrig bleiben, als mich zu umwerben, wie es jeder anständige Mann tun würde...

Plötzlich runzelte sie die Stirn. Er mochte sie ja gar nicht. Warum sollte er dann um sie werben? Verdammt, jetzt brannten Tränen in ihren Augen. Sie wünschte nicht, dass Alec sie anfasste. Aber sie wollte von ihm begehrt werden. Und das ergab keinen Sinn.

Sie zog sich aus bis aufs Hemd, und weil sie von ihren verwirrenden Gedanken beherrscht wurde, vergaß sie, das Wasser mit der Fußspitze zu prüfen, packte ihre Seife und sprang in den Teich.

Alec hörte das Plätschern und gleich darauf den Wutschrei seiner Frau. Seufzend stand er auf. Vermutlich würde sie in wenigen Minuten seine Hilfe brauchen.

Die eisige Kälte nahm ihr den Atem. Als sie ihr Haar mit der nach Rosen duftenden Seife gewaschen und ihren Körper abgeschrubbt hatte, zitterte sie unkontrolliert. Sie warf die Seife ins Gras am Ufer und versuchte aus dem Teich zu klettern, aber plötzlich bekam sie einen schmerzhaften Krampf im rechten Fuß. »Alec!«

Sofort spürte sie seine starken Arme, die sie umschlangen und aus dem Wasser zogen. Er setzte sich und nahm

Jamie auf seinen Schoß. Stöhnend drückte sie auf ihren Fuß, und er stieß ihre Hand weg, um die Sohle durchzukneten. Damit er nicht sah, wie nahe sie den Tränen war, presste sie ihr Gesicht an seinen Hals.

»Ist es jetzt besser?«, flüsterte er in ihr Ohr, und sie nickte. Seine andere Hand lag auf ihrem seidigen Schenkel. Sie hatte wunderschöne lange Beine, und durch das dünne Hemd spürte er ihre weichen Brüste mit den harten Knospen. Heißes Verlangen stieg in ihm auf. An solche Gefühle wollte er nicht denken, aber sein Körper weigerte sich, den Befehl seines Gehirns zu befolgen.

»Hättest du mich nicht gerettet, wäre ich ertrunken«, wisperte Jamie.

»Das wird immer wieder passieren.«

»Was?«

»Dass ich dich retten muss.«

Sie rückte ein wenig von ihm ab, um in sein Gesicht zu schauen, und entfernte eine nasse Haarsträhne von ihren Augen. »Vielleicht werde ich dich auch ein- oder zweimal retten.«

»Das wäre großartig.«

Lächelnd kuschelte sie sich an ihn. »Ich darf mir doch ein bisschen was von deiner Körperwärme ausleihen? Es ist verdammt kalt heute Abend, nicht wahr?«

»Ich finde es ungewöhnlich mild.« Er lächelte über ihren abgrundtiefen Seufzer, dann fragte er: »Badest du immer im Hemd?«

»Nein, aber es könnte jemand kommen, ich bin sehr schamhaft.«

Da das nasse dünne Hemd an ihrem Körper klebte, wirkte sie genauso aufreizend, als wäre sie nackt gewesen. »Du bist schon ganz blau. Zieh das feuchte Ding aus.« Nachdem er diesen Vorschlag gemacht hatte, musste er sie wohl oder übel loslassen. Sie sprang auf, und er kehrte ihr den Rücken, als sie zu ihren Kleidern lief. Langsam ging er ins Lager zurück.

Jamie schlüpfte aus dem nassen Hemd und streifte ein trockenes über ihren zitternden Körper. Ihre Finger waren völlig gefühllos, und sie konnte das Seidenband nicht verknoten. Der tiefe Ausschnitt entblößte einen Großteil ihrer Brüste. Doch dass sie unsittlich aussah, war ihr gleichgültig. Sie hatte eine Gänsehaut, und die Tropfen, die aus ihrem Haar auf den Rücken rannen, fühlten sich an wie winzige Eisdolche.

Ihre Zähne klapperten, als sie hastig ihr Haar bürstete. Sie hatte es zu eilig, um ihr Kleid, die Strümpfe und Schuhe anzuziehen, und kannte nur noch einen einzigen Gedanken – sich am Feuer zu wärmen, das Alec im Lager entzündet haben musste.

Während sie auf die kleine Lichtung rannte, drangen die letzten Sonnenstrahlen zwischen den Zweigen hindurch. Ihre Hoffnung wurde bitter enttäuscht. Sie sah keine lodernden Flammen, und Alec hatte nicht auf sie gewartet. In seine karierte Wolldecke gewickelt, schien er tief und fest zu schlafen.

Was sollte sie tun? Verzweifelt sah sie sich nach einem Plätzchen um, das ihr Schutz vor dem Nachtwind bieten würde. Aber was spielte es schon für eine Rolle, wo sie sich hinlegte? Vor dem Morgen würde sie sicher erfrieren. Schließlich ging sie zu ihrem Mann und stieß schüchtern mit der Zehenspitze gegen sein Bein. »Alec?«

Blinzelnd öffnete er die Augen und beschloss, sie nicht zu einer demütigenden Bitte zu zwingen. Sie bebte wie Espenlaub, Tränen glänzten in ihren Augen. Bald würde sie die Fassung verlieren. Er hob die Decke hoch und breitete die Arme aus.

Jamie zögerte nicht. Sie ließ sich einfach fallen und landete undamenhaft auf seiner Brust. Er hüllte sie in die Decke, drückte sie fest an sich. Ihre zarte Haut verströmte einen Duft, als hätte sie soeben in Wildblumen gebadet. Zufrieden seufzte sie auf, als sich ihr Körper erwärmte. Eigentlich ist er gar nicht so übel, obwohl er aus Schottland stammt, dachte sie. Bei ihm werde ich mich immer sicher fühlen. Sie lächelte, eine Wange an seine Brust geschmiegt. Morgen werde ich mich vielleicht wieder küssen lassen, überlegte sie.

Beinahe war sie eingeschlafen, als er zu sprechen begann. »Jamie?«

»Ja, Alec?«, wisperte sie.

»Du trägst das Kincaid Tuch.«

7

Der Mann war ein Bastard. Nachdem er diese ungeheuerliche Feststellung getroffen hatte, wagte er auch noch zu lachen. Hätte sie seine Gedanken erraten, wäre sie beruhigt gewesen. Natürlich begehrte er sie, doch er würde nicht mit ihr schlafen, so lange sie sich vor ihm fürchtete. Er wünschte sich ihre rückhaltlose Hingabe, ihr heißes Verlangen.

Jamie legte ihre Hände auf seine Brust, stützte ihr Kinn darauf und starrte in seine Augen. »Dein Humor ist gerade abartig.«

Statt zu antworten, betrachtete er ihren Mund, und damit brachte er sie in Verlegenheit. Instinktiv fuhr sie mit der Zunge über ihre Lippen.

»Sobald ich weiß, was in deinem Gehirn vorgeht, wirst du mich nicht mehr so leicht übertölpeln können«, prophezeite sie.

»Dieser Tag wird niemals anbrechen.«

»Warum starrst du mich so an?«

»Wie denn?«

»Als wolltest du mich küssen. Ich küsse gut, nicht wahr?«

»Nein.« Die Zärtlichkeit in seiner Stimme milderte die Beleidigung. »Aber du wirst es bald lernen, Baby.«

»Sag nicht ›Baby‹ zu mir! Das schickt sich nicht. Papa nannte mich manchmal so. Aber da klang es ganz anders.«

Alec lächelte. »Hoffentlich ...«

Trotz ihres Ärgers erwiderte sie sein Lächeln. »Wenn ich nicht gut küssen kann, ist das vielleicht deine Schuld – nicht meine. Was hältst du von dieser Möglichkeit?«

»Ich glaube, du hast den Verstand verloren.«

»Hör mal, ich weigere mich, die Verantwortung zu übernehmen. Du bist der einzige Mann, den ich je geküsst habe, also liegt es an dir.«

»Hat dich der Mann, mit dem du verlobt warst, nie geküsst? Soviel ich weiß, habt ihr euch mehrmals gesehen.«

»Was weißt du über Andrew?«

Er zuckte die Achseln und begann Jamies Hüften zu streicheln. Mühsam versuchte er, sich *nicht* vorzustellen, wie wundervoll es sein würde, sie ganz zu besitzen. Er musste sie vorsichtig behandeln. Es wäre ehrenhafter, erst im Hochland mit ihr zu schlafen. Der Ritt dorthin würde sie ziemlich anstrengen. Und falls er die Ehe schon jetzt vollzog, würde sie womöglich Schmerzen empfinden, wenn sie im Sattel saß.

Ja, es wäre angebracht, noch zu warten. Doch das wollte er nicht. Morgen würde er die Reise etwas langsamer fortsetzen. Zu diesem Zugeständnis war er bereit. Mit jeder Minute wuchs seine Begierde. Und wenn Jamie noch ein paar Mal die Hüften umherwand, würde er seinen Entschluss, behutsam mit ihr umzugehen, vergessen.

»Alec? Was weißt du über Andrew?«, wiederholte sie.

»Was gibt es da zu wissen?«

»Nichts.«

»Antworte mir!« Seine Stimme war so hart wie der Ausdruck in seinen Augen.

»Er hat mich nie geküsst. Wir wurden einander versprochen, als wir noch sehr jung waren. Ich kenne ihn schon lange, und ich mag ihn. Das ist meine Pflicht.«

»Es war deine Pflicht«, verbesserte er sie.

»Nun ja«, gab sie zu und hoffte, seine Stirn würde sich wieder glätten. »Er ist ein guter Freund meiner Familie, und da ich mit ihm verlobt war, musste ich ihn doch mögen.«

Jetzt runzelte er nicht mehr die Stirn. Er war sehr zufrieden mit Jamie, weil sie diesem Engländer nicht ihr Herz geschenkt hatte. Warum das eine so große Rolle spielte, wusste Alec nicht. Jedenfalls war es äußerst wichtig.

»Andrew benahm sich immer sehr korrekt«, fuhr sie fort. »Wenn er mich besuchte, wurden wir nie allein gelassen. Das war wohl der Grund, warum er mich kein einziges Mal küsste.« Als er lachte, hob sie die Brauen. »Was erheitert dich denn so? Dass Andrew mich niemals küsste oder dass wir nie allein waren?«

»Wäre er ein Schotte, hätte er Mittel und Wege gefunden. Dann wärst du längst Mutter geworden.«

»Andrew ist sehr rücksichtsvoll.«

»Nicht rücksichtsvoll«, widersprach Alec, »eher dumm.«

»Er ist ein vornehmer Engländer, der die Gefühle einer Frau versteht. Ständig macht er mir Komplimente, und er ist ...«

»Er war ...«

»Warum bestehst du darauf, über den Mann zu reden, als wäre er tot?«

»Weil er jetzt nicht mehr zu deinem Leben gehört. Du wirst seinen Namen nie wieder erwähnen, Frau.«

Warum sprach er in so zornigem Ton? Sie wollte von seinem Körper herabgleiten, aber er hielt ihre Hüften fest. Es war unanständig, so auf ihm zu liegen. Doch es fühlte sich gut an, und deshalb bat sie ihn nicht, sie loszulassen.

Inzwischen war die Sonne untergegangen. Der Mond schien hell genug, sodass Jamie das Gesicht ihres Mannes betrachten konnte. Er wirkte friedlich und entspannt. Vielleicht schlief er schon. Aus diesem Grund wehrte sie sich nicht, als er seine Hände unter ihr Hemd schob. Wahrscheinlich wusste er gar nicht, was er tat.

Sie schmiegte ihr Gesicht an seine warme Brust, das Kraushaar kitzelte sie in der Nase. »Alec?«, wisperte sie. »Ich würde gern wissen, wie es ist.«

Seine Hände hörten auf, sie zu streicheln, und sie spürte, wie sich seine Muskeln anspannten. »Was, Jamie?«

»Wenn ein Mann eine Frau küsst, mit der er schlafen will ... Das muss anders sein als die Küsse, die du mir bisher gegeben hast.«

Seufzend schüttelte er den Kopf. Diese Unterhaltung war lächerlich. Und sehr aufregend. »Aye, es ist anders«, stimmte er zu.

»Daniel benutzt seine Zunge, wenn er küsst ...«

»Was?«

»Du brauchst nicht so zu schreien, Alec.«

»Wieso weißt du, dass Daniel ...?«

»Mary hat es mir erzählt. Sie fand es eklig.«

»Du wirst bestimmt anders darüber denken.«

Ihr Atem stockte. »Wie – kannst du das behaupten?«

»Weil du dich nach mir sehnst, seit wir uns kennen.«

»Nein!«

»Weil ich deine Leidenschaft spüre, weil dein Körper auf meinen Blick antwortet, wann immer ich dich ansehe. Weil ...«

»Du machst mich verlegen ...«

»Nein, ich wecke dein Verlangen.«

»Das ist nicht wahr!«

»Doch.«

»So darfst du nicht mit mir reden!«, entgegnete sie in gebieterischem Ton.

»Verdammt, ich rede so mit dir, wie's mir passt, Jamie. Ich will dich haben.«

Ehe sie Luft holen konnte, um zu widersprechen, umfasste er ihr Gesicht, ein fordernder Kuss erstickte ihre Stimme. Entschlossen presste sie die Lippen zusammen. Aber seine Finger übten einen sanften Druck auf ihr Kinn aus und zwangen sie, den Mund zu öffnen. Sofort schob Alec seine Zunge zwischen ihre Zähne. Verwirrt wollte sie sich losreißen, aber er hielt sie eisern fest.

Seine Zunge war heiß und hungrig, als sie erforschte, wie Jamies Mund schmeckte. Alec Kincaid weiß, wie man küsst – das war ihr letzter klarer Gedanke. Sie erwies sich als gelehrige Schülerin. Hingebungsvoll begann sie die Zärtlichkeiten seiner Zunge zu erwidern. Als er ihre Schenkel ergriff, versuchte sie sich zu wehren, doch er spreizte seine starken Beine und klemmte ihre Hüfte dazwischen ein, sodass sie die pochende Härte seiner Erregung fühlte. Erschrocken wollte sie zur Seite rücken. Aber sein verzehrender Kuss besiegte ihre Widerstandskraft, und schließlich sehnte sich ihr ganzer Körper nach intensiveren Liebkosungen.

Wie süß sie war ... Das leise, sinnliche Stöhnen, das aus ihrer Kehle drang, schürte sein Verlangen. Sie kämpfte erst wieder gegen ihn an, während er langsam die Träger ihres Hemds über die Schultern nach unten schob. Da löste sie ihre Lippen von seinen, und sie beschloss, ihm Einhalt zu gebieten. Aber als ihr Körper dem Befehl ihres Verstands zu gehorchen anfing, war das Hemd schon bis zu ihrer Taille hinabgerutscht.

Ihre nackten Brüste schmiegten sich an seine heiße Haut, die Knospen erhärteten sich, gereizt von der erotischen Berührung des Kraushaars. »Hör jetzt auf!«, flüsterte sie.

Er achtete nicht auf ihren schwachen Protest. Sein Mund glitt über ihren Hals, seine Zungenspitze streichelte ein Ohr. Um ihm besseren Zugang zu verschaffen, drehte Jamie den Kopf zur Seite. Als er das Ohrläppchen zwischen die Zähne nahm, hielt sie den Atem an. Alec murmelte verführerische Versprechungen, die heiße Wünsche in ihr weckten. So etwas hatte sie nie zuvor empfunden.

»Alec!«, hauchte sie, während er das Hemd über ihre Hüften hinabzog. »Darunter habe ich nichts an.«

»Ich weiß, mein Mädchen.«

»Sollten wir jetzt nicht aufhören?«

»Noch nicht, Jamie.« Seine Stimme war samtweich. Er drehte sie auf den Rücken, neigte sich über sie, küsste ihren Hals, ihre Schultern, ihren Mund. Als sie vor Begierde zitterte, stand er auf. Sie hörte ein leises Rascheln und wusste, dass er seine restliche Kleidung ablegte. In diesem kurzen Augenblick der Trennung stieg verzweifelte Angst in ihr auf.

Sie wollte fliehen, aber ehe sie sich aufrichten konnte, bedeckte Alec ihren Körper mit seinem. Ein heißer Kuss erhitzte ihr Blut von neuem, und als sie sich ihm entgegenhob, wusste er, dass ihre Leidenschaft die Furcht überwunden hatte. Zufrieden stöhnte er, während sie ihre Finger in seinen muskulösen Rücken grub.

Aufreizend rieb er seine Brust an ihrer. Sie versuchte der drängenden Härte zwischen seinen Schenkeln auszuweichen, spürte sie aber dann an ihrem Bauch, da gab sie den Kampf auf. Ein seltsamer, prickelnder Schmerz breitete sich in ihrem Unterleib aus.

Alec streichelte ihre Brüste, seine Daumen strichen über die geschwollenen Knospen, und sein Stöhnen verriet ihr, wie sehr er diese intimen Berührungen genoss. Sie war ehrlich genug, sich einzugestehen, dass sie von wildem Entzücken erfüllt wurde.

Als er die rosige Spitze einer Brust in den Mund nahm und daran saugte, glaubte sie den Verstand zu verlieren. Sie schloss die Augen und überließ sich ihren berauschenden Gefühlen. Ungeduldig presste sie ihre Schenkel an seine.

Er holte tief Atem, um seine Lust zu bezähmen, stützte sich auf die Ellbogen und schaute in Jamies Gesicht. Sofort spürte sie die Veränderung, die in ihm vorgegangen war, hob die Lider und sah ihm in die Augen. Sie strich über sein Kinn, die Bartstoppeln kitzelten ihre Finger, aber sie lächelte nicht. Noch nie war sie einem imposanteren Mann begegnet. Die Mondstrahlen milderten seine Züge nicht. Er wirkte hart und entschlossen.

»Hast du beschlossen, aufzuhören«, wisperte sie.

»Möchtest du das?«

Jamie wusste nicht, was sie antworten sollte. Natürlich will ich, dass er aufhört, sagte sie sich. Eine frischverheiratete Frau müsste ihre Hochzeitsnacht in einem schönen weichen Bett verbringen, nicht wahr? »Nein, Alec.« Dass sie diese Worte ausgesprochen hatte, merkte sie erst, als er lächelte. »Du verwirrst mich«, klagte sie. »Wenn du mich auf diese Weise berührst, kann ich nicht mehr klar denken. Vielleicht sollten wir doch aufhören.«

»Noch nicht ...« Fordernd schob er mit einem Knie ihre Beine auseinander. Sein Blick hielt ihren fest, während seine rechte Hand zwischen ihre Schenkel glitt.

»Nein!« Von neuer Angst erfasst, versuchte sie seine Finger wegzustoßen. »Das darfst du nicht!«

Doch er ließ sich nicht beirren, und als er die weiche, warme Feuchtigkeit spürte, vermochte er sich kaum noch zu beherrschen. »Du bist bereit für mich, Jamie. Wie süß du dich anfühlst ...«

Ihr Verstand wollte den überwältigenden Liebkosungen ein Ende bereiten, aber ihr Körper kannte keine Hemmungen mehr. Begierig hob sie ihm die Hüften entgegen, als er seine Hand zurückzog. »Hörst du jetzt auf?«

»Noch nicht«, flüsterte er und lächelte über die Verwirrung, die in ihrer Stimme mitschwang, dann nahm er ihre Hand, zog sie zu seinem harten Glied und schloss ihre Finger darum. »Halt mich fest«, flüsterte er. Sie erschauerte, und um ihr die Angst zu nehmen, liebkoste er sie wieder zwischen den Schenkeln.

Als er die süße Qual nicht länger ertrug, schob er ihre verführerische Hand beiseite und küsste voller Glut ihre Lippen. Bald war Jamie ebenso erregt wie er. Er wusste genau, wo er sie berühren und was er tun musste, damit sie in seinen Armen dahinschmolz.

»Wir hören doch nicht auf, Alec?«

»Nein, Liebste.« Seine Finger drangen tiefer in ihre weiche Wärme ein, und sie schrie leise auf. »Nein, nicht! Das tut weh.«

»Still, Liebes!«, beschwichtigte er sie. »Ich will es dir nur erleichtern.«

Sie verstand nicht, was er meinte. Wieder verschloss ihr ein langer, heißer Kuss den Mund, dann wanderten seine Lippen über ihren Hals, die Brüste und den Bauch und noch tiefer hinab. Als er das Dreieck aus weichen schwarzen Locken erreichte, das ihre Jungfräulichkeit abschirmte, versuchte sie stöhnend seinen Kopf wegzuschieben. Aber ohne Erfolg. Entschlossen setzte er mit seiner Zunge die intimen Liebkosungen fort, die seine Finger begonnen hatten.

Jamie konnte sich nicht mehr wehren, ging völlig in den

Feuerströmen auf, die Alec durch ihren Körper jagte, und klammerte sich zitternd an seine Schultern. Ihre Schenkel spannten sich an, dann hieß sie eine überwältigende Ekstase willkommen, die ihren Unterleib erschütterte.

Sobald er ihre ersten Zuckungen spürte, richtete er sich auf, spreizte mit beiden Händen ihre Schenkel und drang kraftvoll in sie ein. Gequält schrie sie auf, und er hielt sofort in seinen Bewegungen inne. Mühsam bezwang er sein Verlangen, ließ ihr Zeit, damit sie sich an das neue Gefühl gewöhnen konnte. »Sei ganz ruhig«, flüsterte er in ihr Ohr und küsste behutsam salzige Tränen von ihren Wangen. »Tut es immer noch weh?«

Sie nickte. »Der Schmerz wird doch nachlassen?«

»Ja, natürlich.« Langsam begann er sich zu bewegen, und sie spürte, wie das Brennen einer wachsenden Lust wich.

»Hör nicht auf!«, hauchte sie und schlang die Beine um seine Hüften, um ihn noch tiefer in sich hineinzuziehen. »Hör nicht auf ...«

»Nein«, versprach er.

Danach konnten sie beide nicht mehr sprechen. Immer wieder drang er in sie ein, immer schneller, und sie hob ihm fordernd die Hüften entgegen. Er wollte sanft mit ihr umgehen, doch das erlaubte sie nicht. Sie merkte nicht, dass sie die Fingernägel in seine Schultern bohrte, und es störte ihn nicht. Als sie ihren Höhepunkt erreicht hatte, glaubte sie zu sterben an den gewaltigen heißen Wellen, die durch ihren Körper jagten. Mit aller Kraft klammerte sie sich an ihren Mann und schrie seinen Namen.

»Folge mir, Liebste«, flüsterte er, »komm mit mir ...«

Sie wusste nicht, wohin er sie geleitete, wusste nur, dass sie sicher und geborgen in seinen Armen lag, und gab sich glücklich ihrer süßen Erfüllung hin.

Nie zuvor hatte er eine so überwältigende Leidenschaft empfunden. Er war entschlossen gewesen, seiner Frau die Sterne zu zeigen. Statt dessen hatte sie ihn weit über die Sterne hinausgeführt – in den Himmel.

Die Morgensonne schien auf die Wiese, als Jamie erwachte. Sie öffnete die Augen, und als sie sich an die Ereignisse der vergangenen Nacht erinnerte, stieg ihr die Schamröte ins Gesicht.

Nie wieder würde sie Alec in die Augen schauen können. Wie eine Dirne hatte sie sich benommen und ihm sogar gesagt, er solle nicht aufhören ...

Verlegen hob sie den Kopf und sah ihren Mann am anderen Ende der Lichtung stehen, zwischen den bereits gesattelten Pferden.

Wildfeuer gebärdete sich wie ein liebeskrankes Mädchen. Immer wieder stieß sie die Nüstern an Alecs Arm und wollte gestreichelt werden.

Plötzlich sehnte sich auch Jamie nach einer Liebkosung. Sie glaubte, dass sie in dieser Nacht Alecs Wohlgefallen erregt hatte. Unglücklicherweise war sie eingeschlafen, ehe er eine Gelegenheit gefunden hatte, ihr das zu sagen.

Irgendwie würde sie ihre Verlegenheit meistern müssen. Da er nicht zu ihr herübersah, schlug sie die karierte Wolldecke zurück, stand auf und schlüpfte rasch in ihr Hemd. Sie war zwar unzulänglich bekleidet, aber sie wollte vor Alec keine Scheu zeigen. Das würde er als Schwäche auslegen.

Er gönnte ihr keinen Blick, als sie zum Teich ging – so würdevoll, wie es der Schmerz zwischen ihren Beinen zuließ. Sie wusch sich, schlüpfte in das hellblaue Kleid, das sie am Vorabend ans Ufer gelegt hatte, und flocht ihr Haar. Auf dem Rückweg ins Lager besserte sich ihre Stimmung.

Ein neuer Tag, ein neuer Anfang ... Außerdem – sie hatte nur ihre Pflicht als Ehefrau getan, als sie bereit gewesen war, mit Alec zu schlafen.

Glaubt sie, dass ich aus Eisen bin, fragte er sich, als sie zum Wasserrand ging, ohne ihn zu beachten.

Noch nie hatte eine Frau so heftiges Verlangen in ihm erregt. Früher war es seine Devise gewesen, sich mit den Mädchen zu vergnügen und sie dann zu vergessen. Aber Jamie konnte man unmöglich vergessen. Als sie aufgestanden war, um ihr Hemd anzuziehen, hatte ihn sofort wieder wilde Lust erfasst. Wirr und zerzaust fielen ihr die Locken auf die Schulter, und er erinnerte sich, wie er in der Nacht einzelne Strähnen hochgehalten hatte, um sie vom Wind trocknen zu lassen. Währenddessen hatte sie geschlafen. Sie war nicht einmal aufgewacht, als er ihre weiche Haut gestreichelt hatte.

Er selbst fand keinen Schlaf. Wann immer sie sich bewegte, begehrte er sie von neuem. Doch er beherrschte sich, denn wenn er all das mit ihr getan hätte, was er wünschte, würde sie eine Woche lang nicht gehen können. Er musste ihr ein wenig Zeit geben, bis die kleine Wunde verheilte. Deshalb hatte er beschlossen, sie erst wieder anzurühren, wenn sie sein Heim erreicht hatten. Ein Entschluss, den er schon jetzt bereute ...

Nein, er war keineswegs aus Eisen. Aber das verstand seine unschuldige kleine Frau noch nicht. Hätte sie gewusst, was in ihm vorging, wäre sie nicht so unbefangen in ihrem dünnen Hemd an ihm vorbeigeschlendert. Oder sie weiß es, überlegte er. Vielleicht versuchte sie ihn zu verführen, ohne aussprechen zu müssen, dass sie sich nach ihm sehnte? Nein, sie war zu naiv, um zu erkennen, wie mühelos sie ihn zu reizen vermochte. Das würde er ihr natürlich erklären, sobald sie daheim waren.

»Alec? Danke, dass du deine Wolldecke mit mir geteilt hast.«

Er drehte sich zu ihr um und betrachtete ihren gesenkten Kopf. »Sie gehört dir, Jamie.«

»Ein Hochzeitsgeschenk?«

Obwohl sie nicht aufschaute, bemerkte er ihre geröteten Wangen. Ihre offensichtliche Verlegenheit amüsierte ihn. In seinen Armen hatte sie sich wie eine Wildkatze aufgeführt. Er hätte ihr genügend Kratzer auf seinen Schultern zeigen können, um das zu beweisen. Und jetzt tat sie so, als würde sie in Ohnmacht fallen, wenn er ein unschickliches Wort sagte. Er zuckte die Achseln. »So könnte man's nennen«, erwiderte er, hob ihren Ranzen vom Boden auf und band ihn an Wildfeuers Sattel fest.

»Ich habe elf Shilling, Alec. Gibt es einen Priester in deinem Hochland?«

Erstaunt wandte er sich zu ihr. Offenbar hatte sie Mut gefasst, denn nun starrte sie nicht mehr auf seine Stiefel, sondern auf seine Brust. »Ja. Warum fragst du?«

»Ich möchte einen meiner Shillings verwenden, um dir ein Ablassgebet zu kaufen«, verkündete sie.

»Ein was?«

»Ein Ablassgebet. Als Hochzeitsgeschenk.«

»Ich verstehe«, entgegnete er und versuchte, nicht zu lachen. Anscheinend glaubte sie, sein Seelenheil wäre in Gefahr. Das fand er sehr komisch, aber ihre ernsthafte Miene bewog ihn, Rücksicht auf ihre Gefühle zu nehmen. Andererseits – was kümmerten ihn ihre Gefühle? Diese lächerlichen Bedenken musste er überwinden.

»Freust du dich darüber?«, fragte sie hoffnungsvoll, und als er statt einer Antwort nur die Schultern hob, fuhr sie fort: »Ich dachte, das wäre ein passendes Geschenk, weil du gestern versehentlich einen Mann getötet hast. Das

Ablassgebet wird die Zeit, die du im Fegefeuer verbringen musst, um die Hälfte abkürzen. Das hat mir Vater Charles erklärt.«

»Es geschah nicht versehentlich, Jamie. Und du hast auch einen Mann getötet.«

»Nein.«

»Doch.«

»Du brauchst keinen so fröhlichen Ton anzuschlagen«, tadelte sie. »Wenn ich ihn getötet habe, war es eben notwendig, deshalb muss ich für mich selbst kein Ablassgebet kaufen.«

»Es ist also nur meine Seele, um die du dich sorgst?«

Jamie nickte, und er seufzte beim Gedanken an all die Münzen, die Vater Murdock einstecken würde, wenn sie ihrem Mann für jeden, den er tötete, ein Ablassgebet kaufte. Am Jahresende würde der Geistliche reicher sein als der König von England.

Wie unhöflich er ist, dachte sie. Mit keinem einzigen Wort hatte er seine Dankbarkeit bezeugt. »Gibt es bei dir auch einen Schmied?« Er nickte und wartete ab, was nun kommen würde. Nur der Allmächtige mochte wissen, was in Jamies Gehirn vorging. Seltsamerweise stellte er fest, dass es ihn interessierte. Auch das war eine Schwäche, die er überwinden musste. »Dann werde ich dir mit meinen restlichen Shillings ein zweites Hochzeitgeschenk kaufen.« Sie schaute kurz auf und lächelte, denn nun hatte sie zweifellos seine Neugier erregt. »Sicher wirst du dich darüber freuen.«

»Was willst du mir denn schenken?« Ihr Eifer wirkte ebenso anziehend wie ihr Lächeln, und er hatte nicht das Herz, ihr mitzuteilen, dass sie im Hochland mit ihren Shillings nichts bezahlen konnte. Das würde sie bald selber herausfinden.

»Ein Schwert.«

Alec blinzelte, und sie glaubte, seine offenkundige Verblüffung würde ihrer Großzügigkeit gelten. Um zu bekräftigen, wie ernst sie es meinte, nickte sie, dann schaute sie wieder zu Boden.

Hatte er richtig gehört? »Ein – was?«

»Ein Schwert. Das ist doch ein wunderbares Geschenk, nicht wahr? Jeder Krieger sollte ein Schwert bei sich tragen. Als uns die Räuber überfielen, sah ich, dass du keins hast. Das erschien mir ungewöhnlich, denn ich dachte, alle Krieger wären bewaffnet. Aber da du Schotte bist, wurdest du vielleicht nicht im Schwertkampf unterrichtet ... Warum starrst du mich denn so an?«

Er brachte kein Wort hervor.

»Freust du dich nicht über mein Geschenk?«

Ihre Stimme klang so enttäuscht, dass er hastig nickte, und sie lächelte erleichert.

»Ich wusste ja, dass du dich freuen würdest.«

Wieder nickte er, dann musste er sich abwenden. Zum ersten Mal in seinem Leben war Alec Kincaid sprachlos. Jamie schien das nicht zu merken. »Dein Freund Daniel trägt ein Schwert. Sicher kann er dir zeigen, wie man mit einer solchen Waffe umgeht und sie bei einer Schlacht wirksam einsetzen kann.«

Alecs Stirn sank auf Wildfeuers Sattel. Sein Gesicht konnte sie nicht sehen, aber sie beobachtete, dass seine Schultern zitterten. Innige Dankbarkeit schien ihn zu überwältigen, und Jamie war sehr stolz auf sich selbst. Ihre freundschaftliche Geste wurde akzeptiert. Jetzt würde sich ihre Beziehung zu Alec sicher bessern. Er würde bald vergessen, dass sie aus England stammte, und sie mögen.

Sie ging davon, denn sie wollte noch mit ihrer Schwester sprechen, ehe sie weiterritten. Nachdem sie nun herausgefunden hatte, wie sie ihren Mann behandeln musste, sollten diese Erfahrungen auch Mary zugute kommen. Die vergangene Nacht würde sie natürlich nicht erwähnen. Es war Daniels Aufgabe, seine Frau mit diesen Aspekten der Ehe vertraut zu machen. Oder vielleicht wusste Mary ohnehin schon Bescheid.

Es ist beinahe so, als hätte ich soeben die tiefsten Geheimnisse der Welt ergründet, dachte sie lächelnd. Freundlichkeit wird mit gleicher Münze vergolten. Man beißt die Hand nicht, die einen streichelt …

»Komm her, Jamie!«

Der Befehl klang ein wenig zu brüsk für ihren Geschmack, aber ihr Lächeln erlosch nicht, während sie zu Alec zurückkehrte, seine Brust fixierte und darauf wartete, was er ihr zu sagen hatte.

Er legte einen Finger unter ihr Kinn und hob ihr Gesicht hoch. »Wie fühlst du dich, Frau? Kannst du heute reiten?«

Jamie verstand nicht, worauf er hinauswollte. »Ja, es geht mir gut.«

»Hast du keine Schmerzen?«

Ihr Erröten verriet, dass sie nun begriff, was er meinte. »Darüber solltest du nicht reden«, wisperte sie.

Er konnte der Versuchung nicht widerstehen. »Worüber?«

»Über – über meine Schmerzen.«

»Ich weiß, dass ich dir letzte Nacht wehgetan habe.« Alec wirkte nicht sonderlich zerknirscht, eher arrogant.

»Ja, du hast mir wehgetan. Möchtest du noch weitere intime Fragen stellen?« Seine Lippen streiften ihre, und es war ein so zärtlicher Kuss, dass ihr vor Rührung Tränen in den Augen brannten. Jetzt würde er das Lob aussprechen, nach dem sie sich so verzweifelt sehnte.

»Wenn mir noch welche einfallen, werde ich mich an dich wenden«, verkündete er, bevor er ihr Kinn losließ.

»Wenn dir – was einfällt?«

Offenbar war sie unfähig, bestimmten Gedankengängen länger als ein paar Sekunden zu folgen. »Intime Fragen«, erklärte er und schwang sich in seinen Sattel. »Mach dich fertig, wir reiten weiter.«

»Warten wir nicht auf Mary und Daniel?«

»Die sind schon vor zwei Stunden aufgebrochen.«

»Ohne uns?«, rief sie ungläubig.

»Ja.«

»Warum hast du mich nicht geweckt?«

Alec grinste. Sie sah sehr reizvoll aus. Ein paar Strähnen hatten sich aus ihrem Zopf gelöst und flatterten um ihr Gesicht. »Du hast deinen Schlaf gebraucht.«

»Die beiden haben sich nicht einmal verabschiedet«, klagte Jamie. »Wie unhöflich!« Sie ging zu Wildfeuer, tätschelte den Hals der Stute, stieg auf und schnitt eine Grimasse, als die Bewegung ihren Schmerz verstärkte. »Wollen wir versuchen, sie einzuholen?«

Alec schüttelte den Kopf. »Mittlerweile haben sie die Nordstraße verlassen.«

Sie konnte ihre Enttäuschung nicht verbergen. »Wie lange müssen wir noch reiten?«

»Drei Tage.«

»Drei!«, stieß sie erschrocken hervor.

»Ja – wenn wir uns beeilen, Frau.«

»Und wir schlagen eine andere Richtung ein als Daniel und Mary? Werde ich meine Schwester nie wiedersehen?«

»Schau nicht so unglücklich drein, Jamie. Ihr neues Heim liegt nur eine Reitstunde von unserem entfernt. Ihr könnt euch besuchen, so oft ihr wollt.«

»Nur eine Reitstunde? Warum setzen wir die Reise dann nicht gemeinsam fort?«

»Daniel muss die Gebiete befreundeter Clans durchqueren, und mein Weg führt zu anderen Clans, die ich als Laird von Kincaid begrüßen muss.«

»Warum können wir nicht zu viert ...?«

»Es gibt gewisse Clans, die mich am liebsten tot sehen würden.«

Das verstand sie nur zu gut. Wenn er mit den Clans ebenso ungeduldig umging wie mit ihr, würde er bitteren Hass säen. »Und Daniel ist mit einigen deiner Feinde befreundet?« Als er nickte, fragte sie: »Warum nennst du ihn dann einen Freund? Seine Freunde müssten auch deine sein, wenn er zu dir steht.«

Er gab es auf. Jamie würde seine Erklärungen nicht begreifen, also zuckte er nur die Achseln. »Haben wir viele Feinde, Alec?«

»Wir?«

»Ich bin jetzt deine Frau, falls ich dich daran erinnern muss. Deshalb sind deine Feinde auch meine, nicht wahr?«

»Aye«, stimmte er zu.

»Warum lächelst du? Gefällt es dir denn, so viele Feinde zu haben?«

»Ich lächle, weil ich soeben festgestellt habe, dass du echt schottische Wesenszüge besitzt.«

Jetzt erwiderte sie sein Lächeln, aber ihre Augen funkelten boshaft, und er rechnete mit einer entsprechenden Antwort. Er wurde nicht enttäuscht. »Ich werde niemals eine echte Schottin sein. Aber du, Mylord, zeigst gewisse Züge eines englischen Edelmanns, und das freut mich.«

Warum er lachte, wusste er nicht, denn sie hatte ihn tief

beleidigt. »Bald wirst du erkennen, wie falsch alle deine Ansichten sind.«

»Alle meine Ansichten?« Jamie runzelte die Stirn. »Allmählich verstehe ich, wieso du so viele Feinde hast.« Sie beendete das Gespräch, indem sie die Fersen in Wildfeuers Flanken drückte und davongaloppierte. Als Alec nach ihr rief, ignorierte sie ihn – fest entschlossen, an diesem Tag die Führung zu übernehmen. Sollte er doch den Staub schlucken, den die Hufe ihrer Stute hochwirbelten.

Plötzlich tauchte er an ihrer Seite auf, packte wortlos Wildfeuers Zügel und schwenkte das Pferd herum. Dann warf er Jamie die Zügel wieder zu.

»Was ist los?«, fragte sie.

»Du bist in die falsche Richtung geritten«, erwiderte er sichtlich verärgert. »Es sei denn, du wolltest nach England zurückkehren.«

»Das wollte ich nicht.«

»In diesem Fall lässt dein Orientierungssinn zu wünschen übrig.«

»Ich habe einen sehr guten Orientierungssinn.«

»Bist du schon weit genug herumgekommen, um dieses Talent zu erproben?«

»Nein. Aber da du mich gerade so böse anschaust, muss ich dir eine andere Frage stellen. Warst du letzte Nacht mit mir zufrieden?« Er sah aus, als wollte er in Gelächter ausbrechen, und Jamie beschloss, ihn umzubringen, wenn er das wagte. »Nun? War ich gut? Untersteh dich, nähere Erklärungen zu verlangen! Du weißt genau, wovon ich rede.« Wenn er jetzt entgegnete, sie habe sein Missfallen erregt, würde sie sterben. Nervös umklammerte sie die Zügel und bereute, dass sie dieses Thema angeschnitten hatte.

»Mit der Zeit wirst du dich bessern.«

Er wusste genau, was er sagen musste, um sie in Wut zu bringen. Und sein Blick verriet deutlich, dass er merkte, wie wichtig ihr seine Antwort war. »Ich – werde mich bessern!«, würgte sie hervor. »Oh – du ...«

»Daheim werden wir üben, Jamie, Nacht für Nacht – bis du's kannst.« Nach diesem Versprechen spornte er seinen Hengst an, und sie folgte ihm verwirrt. Was sollte sie von seinen Worten halten? Eigentlich hatte er sie gekränkt. Doch die Zärtlichkeit in seinen Augen bewog sie, sich auf die gemeinsamen Nächte zu freuen. Aber wie man es auch betrachtete – sie gelangte immer wieder zu derselben Schlussfolgerung. Alec Kincaid besaß das Feingefühl eines Ziegenbocks.

Andererseits war es sehr nett von ihm gewesen, sie an diesem Morgen so lange schlafen zu lassen. Diese Erholung hatte sie dringend gebraucht, und wenn Alec auch die Schuld an ihrer Erschöpfung trug, so hatte er doch immerhin ein bisschen Barmherzigkeit gezeigt.

Vielleicht war ihr Mann kein so hoffnungsloser Fall, wie sie geglaubt hatte.

Am späten Nachmittag änderte sie ihre Meinung über Alec wieder. Stundenlang waren sie durch den Wald geritten, und nun hielten sie an, um sich an einem plätschernden Fluss zu erfrischen.

Alec sprach nicht mit ihr, war in seine eigenen Gedanken versunken. Mehrmals versuchte Jamie ihn in ein Gespräch zu verwickeln, doch er ignorierte ihre Fragen, und sein rüpelhaftes Benehmen ärgerte sie. Er stand am Gras bewachsenen Ufer, die Hände hinter dem Rücken verschränkt. Offenbar drängte es ihn, den Ritt fortzusetzen.

»Wartest du, bis die Pferde ausgeruht sind?«, rief sie, als sie das Schweigen nicht länger ertrug. »Oder auf mich?«

»Die Pferde sind bereit.« Er machte sich nicht einmal die Mühe, sie anzuschauen. Sollte sie ihn in den Fluss stoßen, um seine Aufmerksamkeit zu erregen? Doch diesen Gedanken verwarf sie sofort wieder. Wenn er nicht ertrank, würde er in helle Wut geraten, und sie hatte schon genug Probleme mit den Schmerzen zwischen ihren Schenkeln.

Sie stieg in den Sattel. »Wir können weiterreiten. Danke für die kurze Rast.«

»Du hast darum gebeten.«

Jamie blinzelte überrascht. »Wenn ich einen Wunsch habe, brauche ich also nur zu bitten, du mögest ihn erfüllen?«

»Natürlich!«

Verdammt, auf diese sonderbare Regel hätte er sie früher hinweisen sollen. »Und du wirst meine Wünsche immer befriedigen?«

Ehe er antwortete, schwang er sich in den Sattel. »Wenn es möglich ist.« Die Pferde standen so nah beieinander, dass Alecs Knie Jamies Schenkel streifte.

»Wieso hast du dann nicht aufgehört, als ich dich letzte Nacht darum ersucht habe?«, platzte sie heraus.

Grinsend legte er eine Hand in ihren Nacken und neigte sich zu ihr hinüber. »Weil du es nicht wolltest.«

»Oh, du arroganter ...« Ein Kuss erstickte ihre Stimme. Eigentlich hatte er sie nur daran erinnern wollen, dass er der Laird und sie seine unbedeutende Gemahlin war. Aber ihre weichen, warmen Lippen schmeckten so süß. Deshalb dauerte es eine Weile, bis er sich davon lösen konnte. »Ich sagte, ich würde deine Wünsche erfüllen, wenn es möglich ist, Jamie. Letzte Nacht war es unmöglich.«

»Wirklich?«

Diese Frau würde ihn noch in den Wahnsinn treiben, wenn sie ständig verlangte, dass er all seine Worte wiederholte. »Du kannst vorausreiten, Jamie«, seufzte er ungeduldig.

Sie nickte und lenkte Wildfeuer um seinen Hengst herum. Als sie den Kopf zwischen die Schultern zog, um einem tiefhängenden Zweig auszuweichen, erschien Alec neben ihr und nahm ihr die Zügel aus der Hand. Sofort erkannte sie ihren Fehler. Weder er noch sie erwähnten ihren unzulänglichen Orientierungssinn.

Bei Sonnenuntergang blieben sie inmitten einer großen Wiese stehen. Alec ergriff Wildfeuers Zügel und blickte starr geradeaus.

»Sind wir in Gefahr?« Jamie konnte nicht verhindern, dass ihre Stimme besorgt klang.

Er schüttelte den Kopf. Würde er mitten auf einer so riesigen offenen Fläche anhalten, wenn Gefahr bestünde? Jamies Frage kam ihm absurd vor, doch dann fiel ihm ein, dass sie nichts von Kampfmethoden wusste. Sie wollte absteigen, um sich ein bisschen die Beine zu vertreten, aber er legte eine Hand auf ihren Schenkel. Was er ihr damit bedeuten wollte, verstand sie, aber sein Benehmen gab nach ihrer Ansicht keinen Sinn. Gottergeben schlang sie die Finger um den Sattelknauf und wartete geduldig auf eine Erklärung.

Ein leiser Pfiff erklang im Wald, der an die Wiese grenzte, dann tauchten Männer in braungelbem Karo auf und kamen näher. Dass sie Alecs Knie umfasste, merkte Jamie erst, als er beruhigend ihre Hand tätschelte. »Das sind Verbündete.«

Sofort ließ sie ihn los und straffte die Schultern. »Das dachte ich mir«, log sie. »Sogar aus dieser Entfernung sehe ich sie lächeln.«

»Nicht einmal ein Adler könnte ihre Gesichter erkennen«, entgegnete er trocken.

»Wir Engländer haben sehr gute Augen.«

Alec schaute sie an und hob die Brauen. »Soll das ein Scherz sein, Frau?«

»Das musst du entscheiden – Mann.«

»Offenbar ist es ein Scherz. Den englischen Humor kenne ich bereits.«

»Und was hast du darüber herausgefunden?«

»Er existiert nicht.«

»Da irrst du dich aber. Wir haben einen wunderbaren Humor.« Gekränkt wandte sie den Kopf ab.

»Jamie ...«

»Ja?«

»Wenn die Männer bei uns ankommen, schau sie nicht an – nur mich. «

»Ich soll keinen dieser Männer ansehen?«

»So ist es.«

»Warum verlangst du das?«

»Kümmere dich nicht um meine Beweggründe, Frau.« Seine Stimme war so kühl wie der Wind, der über die Wiese wehte.

»Kann ich mit ihnen sprechen?«

»Nein.«

»Dann werden sie mich unhöflich finden.«

»Sie werden dich für eine zurückhaltende, unterwürfige Ehefrau halten.«

»Das bin ich nicht.«

»Bald wirst du's werden.«

Das Blut stieg ihr in die Wangen, und sie starrte Alec wütend an. Doch diese Mühe hätte sie sich sparen können, denn er schaute geradeaus. »Vielleicht sollte ich absteigen und neben deinem Hengst niederknien«, schlug sie vor.

»Dann würden deine Verbündeten sehen, wie unterwürfig ich bin.«

»Eine gute Idee«, meinte er, und es klang nicht so, als wollte er Witze machen. Zu ihrem tiefsten Bedauern fiel ihr keine passende Antwort ein.

Aber vor diesen Fremden mochte sie nicht zeigen, wie sehr sie sich über ihren Mann ärgerte. O ja, sie würde die gehorsame Gattin spielen. Aber sobald sie wieder mit Alec allein war, sollte er einiges zu hören bekommen.

Als die Verbündeten vor ihnen stehen blieben, richtete sie ihren Blick auf das markante Profil ihres Gemahls und bemühte sich um ein ausdrucksloses Gesicht. Ein heiteres Lächeln zur Schau zu tragen – das wäre wirklich zu viel verlangt gewesen.

Alec wandte sich kein einziges Mal zu ihr, während er mit seinen Freunden eine Unterredung in gälischer Sprache führte. Jamie verstand fast alles, obwohl sich der Dialekt von dem Tiefland-Gälisch unterschied, das Beak ihr beigebracht hatte.

Wie gut sie Alecs Muttersprache beherrschte, wusste er nicht, und das verschaffte ihr eine gewisse Genugtuung. Niemals würde sie es ihm verraten.

Seine Verbündeten boten ihm Speisen, Getränke und Obdach an, doch er lehnte alles ab – ganz der harte, unnachgiebige, mächtige Kriegsherr. Dann berichteten sie von den neuesten Ereignissen in den Kreisen der Clans. Jamie spürte, dass sie neugierig gemustert wurde, und es kostete sie große Mühe, ihre unbewegte Miene beizubehalten. Verzweifelt bat sie ihren Schöpfer, er möge ihr helfen, diese demütigende Tortur zu überstehen, und versprach ihm als Gegenleistung eine lange Litanei.

Alec schämte sich ihrer. Diese plötzliche Erkenntnis trieb ihr beinahe Tränen in die Augen. Doch ihr Selbstmitleid wurde bald von Wut verdrängt. Wie konnte er es wagen, sich ihrer zu schämen? Sie war zwar nicht besonders hübsch, aber keineswegs hässlich. Papa hatte sie sogar als Schönheit bezeichnet. Natürlich waren seine Augen von heißer Liebe getrübt worden. Aber im Allgemeinen pflegten sich die Leute nicht von ihr abzuwenden, weil sie ihren Anblick unerträglich fanden.

Als Alec nach Wildfeuers Zügeln griff, wurde Jamies Aufmerksamkeit wieder auf das Gespräch gelenkt, und sie hörte einen Verbündeten fragen, wer sie sei.

»Meine Frau.« Nicht der geringste Stolz schwang in Alecs Stimme mit. Genauso gut hätte er seinen Hund vorstellen können. Nein, dachte sie, sein Hund bedeutet ihm wahrscheinlich viel mehr. Aber er ist auch nicht an seinen Worten erstickt, überlegte sie, weil sie verzweifelt versuchte, irgendetwas in seiner Haltung zu entdecken, das zu ihren Gunsten sprach.

Er wollte seinen Hengst durch die Kriegerschar lenken, doch da rief ein anderer Mann: »Wie heißt sie, Kincaid?«

Es dauerte eine ganze Weile, bis er antwortete. Langsam ließ er seinen Blick über sein Publikum wandern, und sein Gesicht erschreckte Jamie. Er wirkte wie aus Stein gemeißelt. Schließlich entgegnete er: »Sie heißt – mein Eigentum!« Es hörte sich an wie ein Kriegsschrei.

8

Sie begann zu glauben, dass er kein Mensch war. Niemals schien er hungrig, durstig oder müde zu werden. Er machte erst wieder Rast, als Jamie ihn darum bat – obwohl sie es hasste, einen Wunsch zu äußern.

Ein Engländer hätte gewiss besser für die Bedürfnisse seiner Frau gesorgt. Alec fiel es offenbar schwer, sich daran zu erinnern, dass er verheiratet war. Und Jamie fühlte sich so unwillkommen wie ein Stachel, der in seinem Fleisch steckte.

Sie war todmüde und befürchtete, wie eine Greisin auszusehen. Doch ihre äußere Erscheinung spielte keine Rolle. Mit seiner Weigerung, den Verbündeten den Namen seiner Frau zu verraten, hatte Alec deutlich zu erkennen gegeben, was er von ihr hielt. Sie gefiel ihm überhaupt nicht.

Nun, er selber bot auch keinen großartigen Anblick. Sein Haar war fast so lang wie ihres, um Himmels willen! Ein klarer Beweis für seinen primitiven Geschmack ...

Jamie hätte etwas freundlichere Gefühle für ihren Mann empfunden, wäre er ein bisschen netter zu ihr gewesen. Offenbar färbte die Bergluft auf ihn ab, denn je höher sie hinaufritten, desto kühler wurde seine Miene.

Er hat mehr Fehler als der Satan persönlich, sagte sie sich. Und er konnte nicht einmal zählen. Ausdrücklich hatte er ihr versichert, sie würden sein Heim in drei Tagen erreichen. Jetzt schlugen sie schon zum fünften Mal ein

Nachtlager auf, und noch immer tauchte kein Kincaid-Tartan auf. War sein Orientierungssinn genauso jämmerlich wie seine rechnerische Fähigkeit? Jamie war zu erschöpft, um sich deshalb Sorgen zu machen. Sobald er anfing, die Pferde festzubinden, ging sie zu einem See, um ein paar ungestörte Minuten mit sich allein zu sein. Sie zog sich aus bis aufs Hemd und wusch sich in dem eisigen Gewässer, das Alec »Loch« nannte. Dann streckte sie sich auf der Gras bewachsenen Uferböschung aus. Ehe sie sich wieder anzog, wollte sie nur für eine kleine Weile die Augen schließen. Sie war so müde, dass sie die kalte Luft kaum spürte.

Dichter Nebel zog auf die Lichtung. Alec ließ Jamie so viel Zeit, wie sie seiner Meinung nach für ihr Bad brauchte. Aber als die grauen Schwaden seine nackten Füße einhüllten, rief er nach Jamie und befahl ihr, zu ihm zu kommen.

Sie antwortete nicht, und sein Herz begann schneller zu schlagen. Dass seine Feinde sie überfallen hatten, musste er nicht befürchten. Sie befanden sich bereits auf dem Grund und Boden der Kincaids. Niemand außer seinen eigenen Leuten würde sich hierher wagen. Aber warum rührte sie sich nicht? Er rannte durch die Büsche, die das Ufer des Sees abschirmten, und blieb abrupt stehen. Jamies Anblick nahm ihm den Atem. Sie schlief tief und fest, und sie sah aus wie eine schöne Göttin. Der Nebel umwallte sie und verlieh ihr eine mystische Aura – eine Wirkung, die von den schwachen Sonnenstrahlen noch verstärkt wurde, denn sie überzogen ihre Haut mit einem goldenen Schimmer. Sie lag auf der Seite, das Hemd, bis zur Hüfte hochgerutscht, entblößte ihre langen Beine.

Lange stand er da und genoss das bezaubernde Bild.

Die Sehnsucht, die in ihm aufstieg, schmerzte beinahe. Deutlich erinnerte er sich, wie sie ihre Beine um seine Hüften geschlungen und wie es sich angefühlt hatte, in ihr zu versinken.

Seine Frau. Heißer Besitzerstolz erfüllte ihn. Er würde keine weitere Nacht ertragen, ohne sie zu lieben, sein Versprechen nicht halten, erst daheim wieder mit ihr zu schlafen. Aber diesmal wollte er ganz langsam und sanft vorgehen, ein zärtlicher, rücksichtsvoller Liebhaber sein – selbst wenn es ihn umbrachte.

Er betrachtete sie, bis die Sonne vollends erlosch. Jamie begann plötzlich die Böschung herabzugleiten, und er eilte zu ihr, fing sie im letzten Moment auf, ehe sie ins Wasser fallen konnte.

Wie vertrauensselig sie war ... Er wusste, dass sie nicht mehr schlief, aber ihre Augen blieben geschlossen. Als er sie hochhob, schlang sie die Arme um seinen Hals, schmiegte sich an ihn und seufzte leise.

Er trug sie ins Lager, wickelte sich zusammen mit ihr in eine Decke, und sie streckten sich am Boden aus.

»Alec?«, flüsterte sie gähnend.

»Ja?«

»Bist du mir böse?«

»Nein.«

»Bestimmt nicht?« Sie wünschte, sie könnte sich aufrichten und ihm ins Gesicht schauen, doch er hielt sie eisern fest, und sie war unfähig, sich zu rühren.

»Bestimmt nicht.«

»Heute Abend bin ich so müde. Es war ein beschwerlicher Ritt, nicht wahr?«

Obwohl er anders darüber dachte, stimmte er zu. »Aye.«

»Ich möchte dich etwas fragen ...« Sie unterbrach sich

und stöhnte leise, als er ihre Hüften an seine harten Schenkel presste. Offenbar taten ihr alle Knochen weh, und sie befand sich nicht in der richtigen Verfassung, um ihre ehelichen Pflichten zu erfüllen. Also würde er sich gedulden müssen, so schwer es ihm auch fallen mochte.

»Schlaf jetzt. Du musst dich erholen.«

»Ich weiß gar nicht, wie ich liegen soll. Meine Kehrseite schmerzt ...«

»Anscheinend wurde deine Ausbildung sträflich vernachlässigt. Du bist die schlechteste Reiterin, die ich kenne.

»Das behauptest du nur, um mich in Wut zu bringen, damit ich nicht weine. Gerade hat meine Stimme verdächtig gezittert. Und du hasst heulende Frauen. Das merkte ich, als meine Schwestern sich so albern aufführten. Da hast du dich sehr unbehaglich gefühlt.«

»Das stimmt«, gab er zu.

»Und damit ich nicht in Tränen ausbreche, beleidigst und ärgerst du mich. Mein Geschrei hörst du wohl lieber als mein Schluchzen.«

»Allmählich lernst du mich kennen, Jamie.«

»Du solltest mich ebenfalls besser kennen lernen.«

»Das ist nicht nötig.«

»Oh, doch! Wenn du mich kennen würdest, wüsstest du, dass ich eine gute Reiterin bin und besser mit Pfeil und Bogen umgehen kann als die meisten deiner Krieger. Und wenn ich ohne Sattel reite, würde ich ihnen davon galoppieren.«

»Jetzt machst du Witze. Du vermagst dich doch kaum im Sattel zu halten.«

»Deine Meinung über mich steht also fest?«

Alec ignorierte diese Frage. »Was wolltest du denn vorhin wissen?«

»Wenn wir dein Zuhause erreichen – muss ich mich dann auch so verhalten wie bei der Begegnung mit den Verbündeten? So sehr du dich meiner auch schämst – ich werde nicht ständig schweigen können, ich bin es gewohnt, kein Blatt vor den Mund zu nehmen, und ich ...«

»Du glaubst, ich schäme mich deiner?«

Sie hörte, wie erstaunt seine Stimme klang. Sein Griff hatte sich etwas gelockert, und sie hob den Kopf, um im Mondlicht sein Gesicht zu betrachten. »Ich müsste strohdumm sein, wenn ich nicht wüsste, warum du mir verboten hast, mit deinen Freunden zu sprechen. Du findest mich hässlich. Und außerdem stört es dich, dass ich Engländerin bin. Merkst du denn nicht, wie oberflächlich es ist, eine Frau nur nach ihrem Aussehen und ihrer Herkunft zu beurteilen?« Sein schallendes Gelächter unterbrach die Lektion. »Deine Unhöflichkeit ist noch viel schlimmer als mein Äußeres«, fügte sie hinzu.

»Und deine Rechthaberei setzt allem die Krone auf, Frau.«

»Die ist belanglos, verglichen mit deinen Fehlern.«

»Du bist nicht hässlich.« Ihre gerunzelte Stirn verriet, dass sie ihm nicht glaubte. »Wie kommst du bloß darauf, ich könnte dich für hässlich halten, Jamie?«

»Das habe ich bereits erwähnt. Es war mir sofort klar, als ich deine Freunde nicht anschauen und nichts sagen durfte und als du meinen Namen nicht nennen wolltest. Nur damit du dir nichts einbildest, Alec – es ist mir völlig gleichgültig, ob du mich hübsch oder hässlich findest.«

Er umfasste ihr Kinn. »Wenn du einen dieser Männer – bewusst oder unbewusst – etwas länger angeschaut hättest, wäre er zu der Überzeugung gelangt, er könnte dich haben. So einem Kerry kann man nicht trauen. Er hätte mich zum

Kampf um dich herausgefordert. Das ist so einfach, dass es sogar eine Engländerin verstehen müsste. Einige meiner Verbündeten hätten gedacht, deine violetten Augen besäßen Zauberkräfte, andere hätten dein Haar berühren wollen, um festzustellen, ob es sich so seidig anfühlt, wie es aussieht.«

»Jetzt übertreibst du aber.«

»Keineswegs. Und ich wollte nicht kämpfen, weil ich weiß, wie tief es dich bekümmert, wenn Blut vergossen wird.«

»Alec …« Sie schluckte, schob seine Hand von ihrem Kinn und legte ihre Wange auf seine warme Schulter. »Du findest mich also nicht hässlich?«

»Natürlich nicht.«

»Es freut mich, dass ich dir gefalle.«

»Das habe ich nicht gesagt.« Er strich ihr das Haar aus der Stirn. »Dein Gesicht ist von der Sonne verbrannt, deine Nase feuerrot, du gefällst mir überhaupt nicht.«

»Wirklich nicht?«, fragte sie scheinbar erschrocken.

»Es sollte ein Scherz sein«, seufzte er.

»Das wusste ich«, gestand sie lächelnd, dann gähnte sie ausgiebig und erinnerte ihn wieder an ihre Müdigkeit.

»Schlaf jetzt, Jamie.« Er begann ihren steifen Rücken zu reiben, und sie stöhnte wohlig. Geistesabwesend strich sie über seine Brust und spürte seinen Herzschlag unter ihren Fingerspitzen. Plötzlich packte er ihre Hand und hielt sie fest. Offenbar ist er kitzlig, dachte sie. Und Alec überlegte, ob sie ihn um den Verstand bringen wollte. »Hör auf!«, befahl er mit rauer Stimme.

Wann sie eingeschlafen war, wusste sie nicht. Umso intensiver erlebte sie ihr Erwachen. In einem wunderbaren Traum hatte sie völlig nackt auf einer Blumenwiese gelegen und ihre Haut von der Sonne wärmen lassen. Die sinnliche Hitze beschleunigte ihren Puls, ein heftiges Verlangen zwischen ihren Schenkeln forderte Befriedigung. Ihr eigener sehnsüchtiger Seufzer weckte sie.

Alec war die Sonne, die das Fieber in ihrem Blut erzeugte, und sie lag nicht inmitten von Blumen, sondern auf einer Wolldecke. Ihr Hemd war verschwunden, und sie fragte sich, warum. Doch dann erschien ihr dieses Problem nicht mehr wichtig. Alec forderte ihre ganze Aufmerksamkeit, denn er streichelte ihren Körper und küsste ihren Hals. Er liebkoste sie ... Jetzt war sie hellwach. Sie sah ihn nicht im nächtlichen Dunkel, aber sie hörte seinen keuchenden Atem, der sich mit der Melodie des Windes mischte. Jamie wollte ihn bitten, ihr nicht wehzutun, aber das vergaß sie, als sein Mund zu ihren Brüsten wanderte, als seine Finger zwischen ihre Beine glitten und wildes Entzücken erregten.

Er wusste genau, wie er sie berühren musste, um ihre Lust zu steigern. Ihre Lippen fanden sich, und sie saugte begierig an seiner Zunge. Beharrlich setzten seine Finger ihr aufreizendes Spiel fort. »Du bist so heiß und feucht«, flüsterte er an ihrem Mund.

»Ich kann nichts dagegen tun«, hauchte sie.

»Das sollst du auch nicht.« Er schob ihre Schenkel auseinander und drang langsam in sie ein. »Es ist gut, dass du heiß und feucht bist – für mich.«

Ungeduldig hob sie die Hüften hoch, wollte ganz von ihm ausgefüllt, von seiner Glut verbrannt werden.

»Ich werde mich bemühen, dir nicht wehzutun«, versprach er, »aber du bist so eng gebaut ...«

Stöhnend bäumte sie sich auf, und da vergaß er seine guten Vorsätze, zog ihre Beine bis zu seiner Taille hoch und überließ sich dem drängenden Rhythmus, den seine Leidenschaft verlangte. Er verlor den letzten Rest seiner

Beherrschung, wusste nicht, ob er Jamie Schmerzen zufügte oder nicht, war unfähig, aufzuhören. Sein Mund erstickte jeden Protest, den sie vielleicht zu äußern versuchte.

Als er spürte, dass er seinen Höhepunkt nicht länger hinauszögern konnte, schob er eine Hand zwischen seinen und ihren Körper, um sie mit den Fingern zu reizen, um auch ihr Erfüllung zu schenken. Ob es ihm gelang, wusste er nicht. Erstaunlich kraftvoll umspannten ihre Schenkel seine Hüften und jagten ihn zum Gipfel des Glücks empor.

Danach dauerte es lange, bis er die Kraft fand, von ihr hinabzugleiten, in ihr Gesicht zu schauen. Sein erster klarer Gedanke galt der Sorge, dass er zu grob mit ihr umgegangen war. »Jamie«, flüsterte er, »habe ich dir wehgetan?«

Sie antwortete nicht, und er musterte sie bestürzt.

Seine Angst war unbegründet. Sie schlummerte tief und fest, und ihr Lächeln sagte ihm, dass er sie voll und ganz befriedigt hatte.

Am nächsten Tag musste sie den schwierigsten Teil der Reise bewältigen. Der Weg führte durch eine schöne Wildnis mit Seen und Moorgebieten, wo das Gras smaragdgrün leuchtete. Dichte Blattpflanzen, wilder Lauch genannt, überzogen einen Teil des bergigen Gebiets und verströmten einen sonderbaren Geruch, wenn sie von den Pferdehufen zertrampelt wurden. Die Majestät des Hochlands erweckte in Jamie den Eindruck, sie würde geradewegs in den Himmel reiten.

Aber gegen Mittag verlor die Landschaft ihren Reiz, wurde immer kälter, und Jamie zog sich ihren Winterumhang fester um die Schultern. Sie war so müde, dass sie fast vom Pferd fiel.

Als Alec seinen Hengst an ihre Seite lenkte und sie in seinen Sattel hinüberzog, rührte sie sich nicht – auch nicht, als er ihr Cape wegriss und zu Boden warf. Dann wickelte er sie in seine schwere Wolldecke.

Gähnend fragte sie: »Warum hat du meinen Umhang weggeworfen?«

»Du sollst meine Farben tragen, um dich zu wärmen.« Seine Lippen berührten ihre Schläfe, und er dachte wieder einmal, was für eine erstaunliche Frau er hatte. Von einer Sekunde zur anderen konnte sie einschlummern. Es gefiel ihm, ihren weichen Körper an seinem zu spüren, ihren weiblichen Duft einzuatmen. Und am besten gefiel ihm das Wissen, dass er ihr Vertrauen besaß.

Den leidenschaftlichen Liebesakt der letzten Nacht hatte er nicht mehr erwähnt. Jamies Erröten am Morgen war eine eindringliche Warnung gewesen, dieses Thema nicht anzuschneiden. Ihre Schüchternheit belustigte ihn.

Nun schlief sie tief und fest. Er musste sie dreimal anstoßen, um sie zu wecken. »Jamie, wach auf. Wir sind zu Hause.«

»Zu Hause?«, wiederholte sie verwirrt.

Geduldig wich er ihren Ellbogen aus, während sie sich den Schlaf aus den Augen rieb. »Fällt es dir immer so schwer, aufzuwachen?«

»Keine Ahnung. Ich war noch nie so müde.« Sie blickte sich um und runzelte die Stirn. »Machst du Witze, Alec? Ich sehe nur Bäume.«

»Schau zu dem Grat dort drüben. Dahinter steigt Rauch aus meinem Schornstein.«

Sie beobachtete die Rauchwolke, die sich zu den Wolken emporschlängelte und entdeckte auch die Spitze eines Turms. Alec lenkte seinen Hengst den steilen Hang hinauf und führte Wildfeuer am Zügel hinter sich her. Endlich kamen die Mauern in Sicht, die seine Burg umgaben. Ein Teil der Festung war anscheinend in die Felswand des Berges hineingebaut worden, sie bestand aus Stein, im Gegensatz zu den Holzhäusern, die von den meisten englischen Baronen bevorzugt wurden. Die Zugbrücke überspannte einen breiten Graben. Rings um die Mauer waren alle Bäume gefällt worden, kein Grashalm milderte die kahle Strenge des Felsbodens.

Tintenschwarzes Wasser füllte den Burggraben. Die hölzerne Brücke war herabgelassen, der Laird und seine Frau ritten durch das Tor und dann einen Hang hinauf.

Das Gebäude war viel großartiger als Baron Jamisons bescheidenes Heim. Alec muss ein reicher Mann sein, dachte Jamie. Der Haupttrakt wurde nicht nur von einem, sondern von zwei stolzen Türmen geschmückt, und jeder wusste, wie viel es kostete, ein solches Bauwerk zu errichten. Dieser Luxus überraschte sie, denn sie hatte geglaubt, alle Schotten würden in Stroh gedeckten Steinhütten mit festgestampftem Erdböden wohnen, so wie die Leibeigenen in England. Das war ein Vorurteil gewesen. Doch nun entdeckte sie auch solche Hütten zwischen den Bäumen am Hang, mindestens fünfzig. Offenbar gehörten sie den Mitgliedern der Clans und ihren Familien.

»Deine Burg ist wirklich eindrucksvoll, Alec«, meinte sie. »Lebst du allein hier? Ich sehe keinen einzigen Soldaten.«

»Meine Männer erwarten mich im Hof.«

»Die Frauen auch?«

»Ein paar. Die meisten sind mit den Kindern zum Frühlingsfest auf Gillebrids Burg geritten, und die Hälfte meiner Soldaten hat sie begleitet.«

»Also deshalb ist es hier so still.« Lächelnd drehte sie sich zu Alec um. »Wie viele Leute dienen dir?« Doch sie vergaß ihre Frage sofort, als sie seine strahlenden Augen sah. »Du freust dich, weil du wieder zu Hause bist, nicht wahr?«

»Fünf- bis sechshundert Männer unterstehen mir. Ja, Engländerin, ich bin glücklich über meine Heimkehr.«

»Fünf- bis sechshundert?«, rief sie ärgerlich. »Willst du mich verhöhnen?«

»Es ist die Wahrheit, Jamie. Der Kincaid-Clan ist sehr groß.«

»Nun, ich weiß, was von deinen Rechenkünsten zu halten ist. Das Zählen bereitet dir offenbar große Mühe.«

»Wie meinst du das?«

»Du sagtest, wir würden drei Tage brauchen, um deine Burg zu erreichen. Aber es hat viel länger gedauert.«

»Aus Rücksicht auf deinen Zustand ritt ich langsamer, als ich es ursprünglich geplant hatte.«

»Aus Rücksicht auf meinen Zustand?«

»Du hattest Schmerzen – erinnerst du dich?« Ihr Erröten zeigte, dass sie es nicht vergessen hatte. »Und du bist ziemlich erschöpft.«

»Das bin ich nicht.« Sie sah, wie er die Brauen zusammenzog, und bereute sofort ihren Widerspruch. Bald würde sie seine Verwandten kennen lernen, und deshalb wollte sie ihn bei Laune halten. »Ich glaube dir auch, wenn du mir erzählst, siebenhundert Männer würden dir dienen.«

Er grinste, also war es ihr gelungen, ihn zu besänftigen. Nun stieß er einen schrillen Pfiff aus, der sofort beantwortet wurde. Zahlreiche Krieger stürmten aus den Hütten oder kamen von weiter her, um über die Mauer zu klettern. Alec hat nicht übertrieben, dachte Jamie verdutzt. Und wenn die Hälfte der Soldaten mit den Frauen und Kindern unterwegs war, mussten dem Clan noch viel mehr angehören als sechshundert.

Alec nickte zufrieden, hob eine Faust, und da stimmten seine Leute ein ohrenbetäubendes Jubelgeschrei an. Erschrocken griff Jamie nach dem anderen Arm ihres Mannes, der schützend ihre Taille umschlang. Obwohl sie wusste, dass sie sich unhöflich benahm, gaffte sie die Männer an, unfähig, ihren Blick von ihnen loszureißen. Sie war in ein Land gekommen, das von Giganten bevölkert wurde. Sie erschienen ihr so lang wie die Kiefernstämme, mit denen sie so gern um sich warfen. Ihre Größe wirkte ebenso beängstigend wie ihre wilden Augen, aber ihre Kleidung verwirrte Jamie am allermeisten.

Cholie war nicht betrunken gewesen. Die Schotten trugen tatsächlich Frauenkleidung – knielange karierte Röcke und Überwürfe in Alecs Farben. Manche hatten safrangelbe Hemden darunter an, andere nichts. Die meisten waren barfuß.

»Möchtest du sie zählen?«, fragte Alec und spornte seinen Hengst an. »Ich glaube, es sind zweihundert.«

»Eher fünfhundert«, wisperte Jamie.

»Jetzt übertreibst du aber.«

Der Weg durch den Hof wurde von Soldaten gesäumt, und Jamie sprach im Flüsterton, um nicht belauscht zu werden. »Wenn das die Hälfte deiner Leute ist, musst du eine Legion besitzen.«

»Nein, eine Legion besteht aus dreitausend – oder sogar sechstausend. So viele Männer kann ich nur zusammentrommeln, wenn ich meine Verbündeten zu Hilfe rufe. Du brauchst dich nicht zu fürchten.«

»Wie kommst du darauf, dass ich mich fürchte?«

»Du zitterst.«

»Unsinn! Aber – sie starren uns alle an.«

»Weil sie neugierig sind.«

»Waren sie nicht auf unsere Ankunft vorbereitet?«, fragte sie unbehaglich.

»Meine Krieger sind immer vorbereitet.«

»So sehen sie aber nicht aus.«

»Du meinst ihren Aufzug? Wir nennen diese Tracht nicht ›Kleider‹.«

Erstaunt hob sie die Brauen. »Hat Beak dir etwa erzählt …?«

»Ich war in eurem Stall.«

»Nein!«

»Doch!«

»O Gott!« Beklommen versuchte sie sich an jenes Gespräch mit Mary und dem Stallmeister zu erinnern. »Was hast du sonst noch gehört?«

»Dass die Soldaten Schafsgehirne haben und einander mit Baumstämmen bewerfen.«

»Ich wollte nur scherzen. Und ich dachte, Cholie sei betrunken gewesen, als sie behauptete … Alec, ziehen sich deine Leute immer so unanständig an, dass man die Knie sieht?«

Er lachte. »Du wirst dich dran gewöhnen.«

»Aber du kleidest dich nicht so?«

»Oh, doch.«

»Jetzt trägst du doch auch eine Hose, und deshalb dachte ich …«

»Die habe ich nur an, weil ich in England war. Jetzt werde ich dieses unbequeme Kleidungsstück mit einem Kilt vertauschen.«

Jamie musterte wieder die schottischen Krieger. »Wie schaffen sie es nur, die Hosenbeine hochzukrempeln, sodass sie nicht unter dem Rocksaum hervorlugen?«

»Das tun die Männer nicht.«

»Nicht?« Sie drehte sich zu Alec um, und als sie sein teuflisches Grinsen sah, wollte sie es lieber nicht wissen. »Schon gut«, fügte sie hastig hinzu. »Es ist mir gleichgültig, was sie unter den Kilts tragen.«

»Ich würde es dir gern erzählen.« Er lächelte schurkisch, und Jamie fand es gar nicht damenhaft, dass sie sich ausgerechnet in diesem Augenblick unwiderstehlich zu ihm hingezogen fühlte.

»Später«, wisperte sie. »Nachts, wenn es dunkel ist – wenn du meine Verlegenheit nicht siehst. Legen sie Kettenhemden an, bevor sie kämpfen?«, fragte sie, um ihn von der mangelhaften Unterbekleidung der Soldaten abzulenken.

»Sie tragen niemals Panzer. Die meisten begnügen sich mit der karierten Tracht. Und die erfahrenen Krieger bevorzugen die alte Sitte.«

»Und was heißt das?«

»Sie haben gar nichts an.«

Machte er schon wieder Witze? Als sie sich nackte Reiter vorstellte, die in den Krieg zogen, musste Jamie unwillkürlich lachen. »Für so naiv solltest du mich nicht halten, Alec. Diese verrückte Geschichte glaube ich nun wirklich nicht. Hör auf zu scherzen. Außerdem bist du unhöflich, weil du deine Leute so lange ignorierst.« Sie schaute wieder nach vorn, lehnte sich an seine Brust und zwang sich, den Soldaten, an denen sie vorbeiritten, eine heitere Miene zu zeigen. Doch das fiel ihr sehr schwer, nachdem Alec ihr so schändliche Gedanken in den Kopf gesetzt hatte.

Er legte sein Kinn auf ihren Scheitel. »Du musst lernen, keine Befehle zu erteilen, Frau.« Es war nur ein sanfter Tadel, und Alecs leise Stimme jagte ihr einen wohligen Schauer durch den Körper.

»Ich möchte mich gern richtig verhalten, mein Gemahl, und du solltest das auch tun. Unhöflichkeit ist überall verwerflich, sogar in Schottland.«

Geschrei hallte zwischen den Baumstämmen hindurch, als sie eine Lichtung erreichten. Nervös tänzelte Wildfeuer, und Alec zog ihre Zügel straff. Dann stieg er ab und führte sie, ebenso wie den Hengst, in dessen Sattel Jamie saß, zur wartenden Soldatenschar.

Ein blonder Mann, etwa so groß wie sein Laird, kam ihnen entgegen. Er sah Alec ähnlich, und deshalb hielt Jamie ihn für einen Verwandten. Er musste der stellvertretende Befehlshaber sein und auch ein Freund, denn er umarmte das Oberhaupt der Kincaids und schlug ihm erfreut auf den Rücken.

Der gewaltige Hieb hätte einen schwächeren Mann zu Boden gestreckt, aber Alec zuckte mit keiner Wimper. Der Soldat sprach einen so ausgeprägten Dialekt, dass Jamie nicht alles verstand. Doch was sie hörte, ließ sie erröten. Die beiden Riesen begrüßten einander mit derben Beleidigungen. Offenbar entsprach das einer weiteren merkwürdigen schottischen Sitte.

Dann wurde das Gespräch ernst, und sie erriet, dass der Krieger ihrem Mann keine guten Neuigkeiten mitteilte. Alecs Stimme nahm einen scharfen Klang an, und er runzelte erbost die Stirn.

Sie setzten ihren Weg fort, und er beachtete Jamie nicht mehr, bis sie den Innenhof erreichten. Dort warf er Wildfeuers Zügel einem der Männer zu und hob seine Frau aus dem Sattel. Er gönnte ihr nicht einmal einen kurzen Blick und sprach wieder mit dem blonden Mann.

Die Neugier der Soldaten galt teils Jamie, teils Wildfeuer. Mehrere umringten die Stute, und die Aufmerksamkeit, die sie erregte, gefiel ihr gar nicht. Schließlich schlug sie sogar aus.

Wie eine Mutter, die ihr unartiges Kind zur Vernunft bringen will, eilte Jamie zu Wildfeuer – so schnell, dass Alec sie nicht zurückhalten konnte. Sie schob sich an ihrem Mann und seinem Hengst vorbei, drängte sich zwischen zwei gigantischen Männern hindurch und blieb wenige Schritte vor ihrem Pferd stehen. Eine Zurechtweisung war überflüssig. Sie streckte nur eine Hand aus und wartete.

Sofort beruhigte sich Wildfeuer, und die Krieger beobachteten fasziniert, wie die stolze weiße Schönheit auf ihre Herrin zutrottete und sich streicheln ließ.

Alec erschien plötzlich an Jamies Seite und legte einen Arm um ihre Schultern. »Normalerweise benimmt sich Wildfeuer nicht so schlecht«, erklärte sie ihrem Mann. »Aber jetzt ist sie müde und hungrig. Vielleicht sollte ich …«

»Donald wird sich um sie kümmern.«

Vor seinen Leuten wollte sie nicht mit ihm streiten. Er ergriff Wildfeuers Zügel und übergab sie dem Mann, der ihm gefolgt war.

Jamie fand, er sei viel zu jung für einen Stallmeister. Aber nachdem er Wildfeuers Vorzüge gepriesen hatte, beschloss sie seinen Fähigkeiten zu vertrauen. Offensichtlich verstand er etwas von Pferden. Und er hatte eine sanfte Stimme, die in schroffem Gegensatz zu seinem widerspenstigen roten Haar stand, und ein gewinnendes Lächeln.

Wildfeuer hasste ihn trotzdem. Sie versuchte sich zwischen Jamie und Alec zu schieben, doch Donald bewies eiserne Entschlossenheit. Als der Laird einen schroffen Befehl hervorstieß, gelang es dem Stallmeister, das temperamentvolle Pferd unter Kontrolle zu bringen und davonzuführen. Jamie schaute ihm nach wie eine besorgte Mutter, die von ihrem Baby getrennt wird.

»Sie wird sich schon einnisten.«

Diese Bemerkung ihres Mannes brachte sie in Wut. Genauso hatte er von ihr gesprochen. Anscheinend stellte er sie auf dieselbe Stufe wie ihre Stute. »Ja *sie* vielleicht«, antwortete sie mit besonderer Betonung.

Sie gingen zur Treppe, die zum Burgtor hinaufführte. Alec hatte Jamie noch immer nicht mit seinen Männern bekannt gemacht. Würde er es vergessen? Vielleicht wartete er auf den richtigen Augenblick.

Vor dem Tor blieb er endlich stehen, den Arm immer noch um Jamies Schultern gelegt, und drehte sich mit ihr um. Sofort wurde es still im Hof. Die Krieger neigten die Köpfe, jeder presste eine Hand auf seine Brust.

Der große Moment war gekommen. Hoch aufgerichtet stand Jamie da und wartete auf die wundervolle Rede, die ihr Mann jetzt halten würde. Nun musste er ihr Loblied singen, ob er wollte oder nicht. Sie beschloss, sich jedes einzelne Wort zu merken, um sich genüsslich daran zu erinnern, wenn er sie wieder einmal ärgerte.

Es war eine kurze Rede und schon vorbei, ehe Jamie merkte, dass Alec den Mund geöffnet hatte. Laut hallte seine Stimme von den Mauern wider. »Meine Frau!«

Das war alles? Sonst wusste er nichts zu sagen? Als er schwieg, erkannte sie, dass er tatsächlich nichts hinzufügen würde. Da er gälisch gesprochen hatte und sie ihre diesbezüglichen Sprachkenntnisse nicht verraten wollte, konnte sie ihren Zorn über seine knappe Erklärung nicht zeigen. Er gab den Männern ein Zeichen, worauf sie ihre Schwerter zogen und wieder in gellendes Geschrei ausbrachen.

Jamie rückte näher an Alec heran und knickste. Der neue Jubel, der jetzt aufklang, verwirrte sie. »Was hast du ihnen gesagt?«, wisperte sie, obwohl sie es genau wusste. Sobald er geantwortet hatte, würde sie erklären, er hätte sie etwas ausführlicher vorstellen müssen. Doch dazu kam sie nicht.

»Ich habe verkündet, dass du Engländerin bist«, log er und drückte sich an sie.

»Und deshalb jubeln sie? Weil ich Engländerin bin?«

»Nein, Frau, deshalb brüllen sie«, entgegnete er, und sie seufzte gequält. »Wie gefallen dir meine Leute?«, fragte er.

Ohne ihn anzuschauen, erwiderte sie: »Alle tragen Schwerter. Und du hast keins, Kincaid.«

Sie hat in der Tat Mumm in den Knochen, dachte er grinsend.

Die Soldaten gafften Jamie ungeniert an, und Alec wusste, dass sie einige Zeit brauchen würden, um sich an ihren Anblick zu gewöhnen. Er selbst hatte das ja auch noch nicht geschafft.

Um einem Wink seines Herrn zu gehorchen, rannte der blonde Mann die Treppe hinauf, den Jamie für den stellvertretenden Befehlshaber hielt. Er blieb vor ihr stehen und wartete darauf, ihr vorgestellt zu werden.

»Das ist Gavin, Frau. Er führt das Kommando, wenn ich nicht daheim bin.«

Gavin schaute ihr in die Augen, und sie lächelte ihm zu. Doch während er fortfuhr, sie anzustarren, erstarb ihr Lächeln. Musste sie jetzt etwas sagen und irgendeine Formalität erledigen? Er sah gut aus und erinnerte sie an Daniel, ihren Schwager, denn als er endlich grinste, funkelten seine grünen Augen belustigt. »Es ehrt mich, Sie kennen zu lernen, Lady Kincaid.« Ohne den Blick von ihr abzuwenden, beglückwünschte er ihren Mann: »Du hast eine gute Wahl getroffen, Alec. Wie konntest du sie Daniel wegschnappen?«

»Wir schleuderten Kiefernstämme, um zu bestimmen, wer sich zuerst eine Braut aussuchen sollte. Und ich gewann. Meine Frau ist die beste vom ganzen Wurf.«

»Die beste vom ganzen Wurf?« Empört wandte sich Jamie zu ihm. »Soll das ein Scherz sein, Alec, oder willst du mich vor deinem Freund bloßstellen?«

»Ich scherze nur.«

»Er scherzt ständig«, teilte sie Gavin mit, um das ungeheuerliche Benehmen ihres Gemahls zu entschuldigen.

Gavin blinzelte verblüfft. In all den Jahren war nie ein Scherzwort über Alecs Lippen gekommen, aber natürlich durfte man der neuen Lady Kincaid nicht widersprechen.

Er sah, wie der Laird seiner Frau zuzwinkerte. »Sie ist müde, Gavin. Ein gutes Essen und ein langer Schlaf – das ist alles, was sie jetzt braucht.«

»Zuerst will sie ihr neues Heim sehen«, erklärte Jamie ärgerlich. »Sie ist nämlich sehr neugierig.«

Alec und Gavin grinsten über den subtilen Tadel, den sie ihrem Mann erteilte, nachdem er über sie gesprochen hatte, als wäre sie nicht vorhanden. Auch sie lächelte, denn sie war sehr zufrieden mit der Art und Weise, wie sie ihn in seine Schranken gewiesen hatte.

»Darf ich auch baden, Alec?«, fragte sie.

»Ich kümmere mich darum, Mylady«, erbot sich Gavin, ehe der Laird antworten konnte.

Amüsiert beobachtete Alec seinen Freund, der Jamie anscheinend nicht aus den Augen lassen wollte. Unverhohlene Bewunderung lag im Blick des jungen Mannes.

»Danke, Gavin«, erwiderte sie. »Aber Sie sollten mich

nicht so förmlich anreden. Nennen Sie mich einfach Jamie.«

Gavin zog verwirrt die Stirn in Falten. »Sagten Sie – Jane?«

»Nein – Jamie.«

Der Soldat wandte sich zu Alec und platzte heraus: »Aber das ist doch ein Männername!«

9

»Hast du ihm das eingeredet, Alec?«

Er machte sich nicht die Mühe, diese absurde Frage zu beantworten. Jamie trug nun mal einen Männernamen, und er hatte wichtigere Dinge zu tun, als vor seiner Tür zu stehen und dieses alberne Thema zu diskutieren.

Und so ließ er sie einfach stehen und stieg mit seinem Freund die drei Stufen zur Halle hinab. Zuvor hatte er Gavin allerdings einen kräftigen Stoß versetzen müssen. Jamie folgte ihnen und sah sich interessiert um. Eine Holztreppe führte zu einem Balkon hinauf, der die Breite einer ganzen Seitenwand einnahm. Drei Türen gingen davon ab, offenbar in die Schlafgemächer des Lairds und seiner Verwandten.

Die geräumige Halle – passend zu den Riesen, die darin hausten – wurde von knisternden Flammen erwärmt, die im massiven Steinkamin gegenüber dem Tor brannten. Sie war erheblich größer als Baron Jamisons Halle und durch Schilfmatten geteilt, die sich vom Eingang zur Feuerstelle erstreckten. Zur Linken stand ein langer Tisch mit etwa zwanzig Stühlen, rechts ein zweiter von ähnlichen Ausmaßen, vor einer hölzernen Trennwand, hinter der Jamie die Durchreiche zur Küche vermutete.

An diesem Tisch nahmen Alec und Gavin Platz. Keiner der beiden Krieger beachtete die neue Lady Kincaid, und so schlenderte sie zu der Holzwand und spähte dahinter. Überrascht starrte sie ein Bett auf einer hohen Plattform an. Der Größe der Kleidungsstücke, die an Wandhaken hingen, entnahm sie, dass ihr Mann hier schlief, hoffte aber, sich zu irren.

Ein Soldat ging an ihr vorbei und legte ihr Gepäck aufs Fußende des Podestes, und da wusste sie, dass sie sich nicht täuschte. Der Mann gaffte sie verwirrt an, als sie ihm dankte, dann bedeutete er ihr, Platz zu machen. Ein anderer trug eine große runde Wanne hinter den Wandschirm und stellte sie in eine Ecke. Jamie beschloss, so leise zu baden wie noch nie. Die mangelnde Privatsphäre störte sie empfindlich. Die Holzwand würde ihren nackten Körper zwar vor neugierigen Blicken schützen. Aber jeder, der die Halle betrat, würde ein Plätschern hören und merken, was Alecs Frau gerade tat.

Sie ging zu ihrem Mann, um herauszufinden, wo die Küche lag, um das Essen zu bestellen. Einige Minuten lang blieb sie neben ihm stehen, ohne dass er ihre Anwesenheit zur Kenntnis nahm. Gavin erstattete seinem Laird Bericht und genoss dessen volle Aufmerksamkeit. Schließlich sank Jamie auf einen Stuhl, faltete die Hände im Schoß und wartete geduldig. Es wäre unhöflich gewesen, das Gespräch zu unterbrechen, und sie durfte sich nicht beklagen. Immerhin war sie die Ehefrau eines mächtigen Clanführers, und so würde sie bis zum Morgengrauen hier sitzen – falls er nicht früher geruhte, sich mit ihr zu befassen.

Bald wurde sie zu schläfrig, um ans Essen zu denken. Gerade wollte sie aufstehen, als zwei Frauen in die Halle eilten. Sie trugen Kleider in den Kincaid-Farben, und ihre Haltung verriet, dass sie nicht zu den Dienstboten gehörten. Beide hatten dunkelblondes Haar und braune Augen, und sie lächelten fröhlich – bis sich ihre Blicke auf Jamie richteten.

Sofort erstarb das Lächeln, und die größere schaute sie feindselig an. Jamie starrte zurück. Sie war zu erschöpft, um sich mit einem solchen Unsinn abzugeben. Morgen wollte sie versuchen, die Freundschaft der Frau zu gewinnen. Jetzt würde sie sich nur ihrer Haut wehren, um dann ins Bett zu fallen.

Ein Soldat, der den beiden glich, kam in die Halle. Direkt hinter den beiden hielt er inne, legte ihnen eine Hand auf die Schultern und musterte Jamie mit finsterer Miene. Anscheinend hat er bereits beschlossen, mich zu hassen, dachte sie. Vielleicht, weil ich aus England stamme und demzufolge eine Außenseiterin bin ... Es würde einige Zeit dauern, bis Alecs Clan sie akzeptierte. Und sie selbst würde bestimmt genauso lange brauchen, um sich an diese Leute zu gewöhnen.

Alec bemerkte die Neuankömmlinge erst, als sie ihn mit dem Fuß anstieß. Ärgerlich über die Störung, runzelte er die Stirn, dann entdeckte er das Trio, das beim Eingang wartete, und lächelte. »Kommt doch her! Marcus, deinen Bericht höre ich mir nach der Mahlzeit an«, versprach er dem schwarzhaarigen Krieger. »Hast du Elizabeth mitgebracht?«

»Ja«, erwiderte Marcus kurz angebunden und trat mit der größeren Frau an den Tisch.

»Wo ist sie denn?«

»Sie wollte in ihrer Hütte auf Nachricht von Angus warten.«

Alec nickte und erinnerte sich an Jamie, als Marcus sie wieder musterte. »Meine Frau Jamie«, erklärte er beiläufig. »Jamie, das sind Marcus und Edith – Bruder und Schwester, der Vetter und die Base von Helena.«

Dass die beiden Geschwister waren, hatte sie bereits erraten. Einer schaute genauso düster drein wie der andere. Aber vorerst fand sie keine Zeit, um sich über diese Unhöflichkeit zu ärgern, weil sie über etwas anderes nachdachte. Wer waren Elizabeth und Helena?

Alec unterbrach ihre Überlegungen, indem er auf die zweite Frau zeigte. »Und das ist nicht zuletzt meine Annie. Komm doch her, Mädchen!«, rief er fast liebevoll. »Du sollst deine neue Herrin kennen lernen.«

Annie näherte sich dem Tisch. Sie war höchstens ein bis zwei Jahre jünger als Jamie, hatte aber noch ein unschuldiges Kindergesicht. Verlegen knickste sie und lächelte, dann fragte sie Alec mit einer hohen Kleinmädchenstimme: »Muss ich sie mögen?«

»Ja.«

»Warum?«

»Weil ich es wünsche.«

»Dann werde ich sie mögen, obwohl sie Engländerin ist«, antwortete Annie. Ihr Lächeln vertiefte sich. »Ich habe dich vermisst, Mylord.«

Ehe er etwas erwidern konnte, eilte sie zum anderen Ende des Tischs und nahm ihren Platz zwischen Marcus und Edith ein.

Jamie beobachtete sie. Offenbar gehörte Annie zu den Menschen, die Zeit ihres Lebens Kinder blieben. Ihr Herz flog dem Mädchen entgegen – und auch Alec, weil er es so freundlich behandelt hatte.

»Ist Annie auch Marcus' Schwester?«, fragte sie.

»Nein, Helenas Schwester.«

»Und wer ist Helena.«

»Sie war meine Frau. «Alec richtete seine Aufmerksamkeit wieder auf Gavin, bevor Jamie weitere Fragen stellen konnte.

Mehrere Dienerinnen eilten geschäftig in die Halle, und Jamies Magen begann zu knurren, als sie die Speisen sah, die sie hereintrugen. Eine große Platte mit Hammelfleisch wurde direkt vor ihr auf den Tisch gestellt. Der Geruch erregte heftige Übelkeit in ihr, und sie musste sich zusammenreißen, um nicht zu würgen. Sie verabscheute Hammelfleisch und rührte es nicht mehr an, seit sie als kleines Mädchen nach dem Verzehr einer verdorbenen Keule krank geworden war. Große gelbe und orangerote Käsestücke wurden angerichtet, Kuchen mit dunkelvioletten Beeren belegt, und braune Brotlaibe, Krüge mit Ale oder Wasser vervollständigten die Mahlzeit.

Alec ignorierte die gedeckte Tafel, bis die Dienerinnen seine Halle verlassen hatten. Als einige Soldaten eintraten, nickte er ihnen kurz zu, dann richtete er weitere Fragen an Gavin. Der Stellvertreter schien ihn zu irritieren. Er gab zwar prompte, aufschlussreiche Antworten, schenkte dem Laird aber nicht seine ungeteilte Aufmerksamkeit. Mehrmals wanderte sein Blick zu Jamie. Diese unbeabsichtigte Beleidigung bewirkte, dass Alecs Stimme einen immer schärferen Klang annahm.

Schließlich erkundigte sich Jamie: »Missfallen dir die Neuigkeiten, Alec?«

»Angus wird vermisst.«

»Angus?«

»Einer meiner Soldaten«, erklärte Alec. »Er nimmt den gleichen Rang ein wie Gavin, hat aber andere Pflichten zu erfüllen.«

»Ist er auch dein Freund?«

Er brach ein Stück Brot entzwei und bot ihr eine Hälfte an, ehe er entgegnete: »Ein guter Freund.«

»Wer ist Elizabeth? Ich hörte, wie du Marcus nach ihr fragtest ...«

»Angus' Frau.«

»Oh, die Ärmste!«, rief Jamie mitfühlend. »Sicher macht

sie sich große Sorgen. Wäre es nicht möglich, dass er sich einfach nur verspätet hat?«

Alec schüttelte den Kopf. Er verstand nicht, warum Jamie sich darum kümmerte. Sie kannte den Mann doch gar nicht. Aber aus irgendeinem Grund freute ihn ihre Anteilnahme. »Mit einer Verspätung würde er mich schwer beleidigen, Frau. Nein, es muss ihm etwas zugestoßen sein.«

»Er ist tot, oder er wäre hier«, warf Gavin ein und zuckte die Achseln.

»Genau«, pflichtete Alec ihm bei.

Die anderen Soldaten hatten aufmerksam zugehört, und nun nickten sie zustimmend. Offenkundig beherrschten sie die englische Sprache ebenso gut wie ihr Laird.

»Ihr könnt nicht wissen, ob er tot ist«, meinte Jamie, der die Kaltblütigkeit dieser Männer geradezu barbarisch erschien. »Es ist herzlos, so über euren Freund zu reden.«

Gavin runzelte die Stirn. »Warum?«

Sie ignorierte die Frage. »Wieso sucht ihr ihn nicht?«

»Einige Soldaten halten in den Bergen nach ihm Ausschau«, erwiderte Alec.

»Morgen werden wir wahrscheinlich seine Leiche finden«, prophezeite Gavin.

»So herzlos können Sie doch nicht sein, Gavin!«, klagte Jamie. »Sie sollten lieber glauben, Ihr Freund wäre in Sicherheit.«

»Sollte ich?«

»Das sollten alle.« Jamie blickte in die Runde. »Man darf die Hoffnung nie aufgeben.«

Alec unterdrückte ein Lächeln. Erst vor einer knappen Stunde hatte sie seine Burg betreten, und schon erteilte sie den Leuten Anweisungen. »Es wäre eine falsche Hoffnung. Du brauchst dich nicht so aufzuregen, Frau.«

Er forderte die Soldaten auf, ihre Meinungen zu äußern. Es gab zwar verschiedene Auffassungen bezüglich der Frage, was ihm widerfahren war, aber in einem Punkt herrschte Einstimmigkeit – Angus war tot.

Während der restlichen Mahlzeit schwieg Jamie und hörte den Männern nur mehr zu. Der Vermisste schien ihnen viel zu bedeuten. Trotzdem gaben sie ihn verloren. Weder Edith noch Annie hatten etwas zu sagen und schauten kaum vom Tisch auf.

Alec berührte den Arm seiner Frau. Als sie ihn ansah, reichte er ihr ein Stück Hammelfleisch, und sie schüttelte den Kopf.

»Nein, danke.«

»Du wirst das essen.«

»Nein.«

Ungläubig hob er die Brauen. Sie wagte es tatsächlich, ihm vor seinen Leuten zu widersprechen.

»Ich mag kein Hammelfleisch«, erklärte sie hastig, sobald sie den Zorn in seinen Augen las. »Aber ich danke dir für das Angebot.«

»Du wirst das essen!«, befahl er. »Nach der anstrengenden Reise musst du sehen, dass du wieder zu Kräften kommst.«

»Ich fühle mich stark genug«, flüsterte sie. »Alec, ich bring einfach keinen Bissen Hammelfleisch hinunter, und ich würde es bestimmt erbrechen. Allein schon vom Geruch wird mir übel. Der Käse und das Brot haben mir gut geschmeckt, aber jetzt bin ich satt.«

»Dann geh jetzt, und nimm dein Bad. Bald bricht die Dunkelheit herein, und die nächtliche Kälte wird dir bis auf die Knochen dringen, wenn du dann noch nicht im Bett liegst.«

»Und du wirst nicht frieren?«

»Nein«, antwortete er grinsend. »Wir Schotten sind aus härterem Holz geschnitzt.«

Jamies melodisches Lachen erregte die Aufmerksamkeit aller Anwesenden. »Du benutzt meine Ausdrucksweise.«

Dazu sagte er nichts, und sie fragte: »Wo soll ich schlafen?«

»Bei mir.« Sein Tonfall verriet, dass er keine Widerworte dulden würde.

»Aber wo, Alec? Hinter dieser Holzwand oder in einem der oberen Räume?« Sie wandte sich zum Balkon, und da stockte ihr Atem. Erst jetzt entdeckte sie die Waffen, die zu beiden Seiten des Eingangs hingen. Am großartigsten war das Schwert, das direkt darüber prangte, mit einem Griff, den rote und grüne Juwelen schmückten. Sie zählte vier weitere Schwerter, dann betrachtete sie die Streitkolben, Keulen und Lanzen.

Er besaß also fünf Schwerter. Wie musste er über sie gelacht haben, als sie sich erboten hatte, ihre mühsam gesparten Shillings auszugeben und eine Klinge für ihn schmieden zu lassen ... Zu verlegen, um ihn anzuschauen, starrte sie unverwandt auf die Wand. »Gavin – gehört dieses ganze Arsenal meinem Mann?«

»Aye«, bestätigte Gavin und beobachtete Alecs Reaktion auf Lady Kincaids sonderbares Verhalten. Es musste dem Laird doch auffallen, dass ihre Stimme bebte, dass sich ihre Wangen gerötet hatten.

Langsam verzogen sich Alecs Lippen zu einem Lächeln, als sie sich endlich zu ihm wandte. Sie stemmte die Hände in die Hüften, und Gavin staunte über den Kampfgeist, der plötzlich aus ihren violetten Augen strahlte. Wusste sie denn nicht, welch ein wildes Temperament der Laird hatte? Sicher nicht, entschied Gavin, sonst würde sie es nicht wagen, ihn herauszufordern.

»Gavin!«, begann sie. »In England gehört das Eigentum eines Mannes auch seiner Frau. Ist es hier genauso?«, fragte sie, ohne den Blick von ihrem Mann zu lösen.

»Ja«, entgegnete Gavin. »Warum wollen Sie das wissen, Mylady? Möchten Sie etwas Bestimmtes haben?«

»Ja.«

»Was denn?«

»Das Schwert.«

»Ein Schwert, Mylady?«

»Nicht irgendein Schwert, sondern das über der Tür.« Alle schnappten nach Luft, und Gavins Kinnlade klappte hinunter. »Das – das gehört dem Laird«, stammelte er, »aber Sie können sicher ...«

Alecs Gelächter unterbrach diese Erklärung. »Eine Frau wäre nicht einmal imstande, dieses Schwert zu heben. Jede Frau wäre zu schwach dazu, insbesondere eine, die nicht mal Hammelfleisch essen kann.«

Jamie schenkte ihm ein sanftes Lächeln. »Könnte sie mit ihren armseligen Kräften einen Dolch heben?«

»Natürlich. Aber es wäre nicht schwer, einen Dolch aus ihren kleinen Händen zu schlagen.«

Zustimmend nickte sie, und er war ein bisschen enttäuscht, weil er das Wortgefecht so mühelos gewonnen hatte. Jamie stand auf, verneigte sich vor ihm und ging zu der hölzernen Trennwand. Wohlgefällig beobachtete er ihren anmutigen Hüftschwung, bis er merkte, dass sich auch die anderen Männer daran weideten. Er räusperte sich, um die Aufmerksamkeit der Krieger zu erregen und sein Missvergnügen zu bekunden.

Beinahe war Jamie schon hinter dem Wandschirm verschwunden, als sie über die Schulter rief: »Es sei denn, du schläfst, Alec! Dann wären meine kleinen Hände stark genug, um dir einen Dolch ins Herz zu stoßen, nicht wahr? Gute Nacht, teurer Gemahl! Ich wünsche dir angenehme Träume!«

Sein schallendes Lachen folgte ihr hinter die Holzwand.

»Habe ich das falsch verstanden?«, fragte Gavin. »Oder hat deine Frau soeben gedroht, sie würde dich ermorden?«

»Du hast es nicht missverstanden.«

»Trotzdem lachst du?«

»Hör auf, die Stirn in Falten zu ziehen! Meine Frau würde niemals versuchen, mir etwas anzutun. Das widerspricht ihrem Wesen.«

»So? Sie ist Engländerin, Alec.«

»Wenn du sie besser kennst, wirst du es begreifen.«

»Sie ist sehr schön.« Gavin grinste. »Das konnte mir unmöglich entgehen.«

»Dass dir das nicht entgangen ist, habe ich gemerkt.«

»Nun, es wird lange dauern, bis ich mich an sie gewöhne.« Gavin geriet in Verlegenheit, weil dem Laird aufgefallen war, wie oft er die Lady angestarrt hatte. »Die Männer würden ihr Leben geben, um die Sicherheit deiner Frau zu gewährleisten. Aber ich weiß nicht, ob sie treu zu ihr stehen werden. Immerhin stammt sie aus England.«

»Das habe ich nicht vergessen«, erwiderte Alec. »Ihr Akzent erinnert mich jedes Mal daran, wenn sie den Mund aufmacht. Vielleicht wird es ihr gelingen, das Vertrauen der Leute zu gewinnen. Ich möchte nichts von ihnen fordern.«

»Anfangs fand ich sie eher schüchtern. Aber jetzt kommen mir gewisse Zweifel.«

»Sie ist genauso schüchtern wie ich, fürchtet sich vor fast nichts und spricht freimütig aus, was sie denkt. Gavin, du musst sie beschützen, wann immer ich unterwegs bin. Du darfst sie nicht aus den Augen lassen.«

»Rechnest du mit Schwierigkeiten?«

»Nein. Tu einfach, was ich dir befehle, ohne Fragen zu stellen.«

»Natürlich.«

»Sie soll sich hier möglichst reibungslos einfügen. Allzu stark ist sie nicht. Sie kann nicht einmal den Anblick von Blut ertragen.«

»Oder den Geruch von Hammelfleisch.«

Beide lachten, aber nicht lange. Sobald Alec in die Runde blickte, verstummte sein Gelächter. Alle Soldaten gafften auf die Trennwand. Sie mochten der Frau ihres Lairds nicht trauen, waren aber sichtlich fasziniert.

Jamie ahnte nicht, welche Aufregung sie hervorgerufen hatte. Geduldig wartete sie, während die Dienstboten dampfendes Wasser in die Wanne gossen, beaufsichtigt von einer grauhaarigen Frau mit sanfter Stimme namens Frieda.

Als die Dienerin gehen wollte, erkundigte sich Jamie, wo die Küche sei.

»Weit weg, Mistress.«

»Sie meinen – in einem anderen Gebäude?«

Eifrig nickte Frieda, und der graue Haarknoten auf ihrem Oberkopf wackelte hin und her. »Manchmal ist der Winter so schlimm, dass wir bis zu den Knien im Schnee waten, wenn wir rüber müssen. Und es wird mächtig kalt.«

»Zeigen Sie mir morgen die Küche?«

»Warum wollen Sie die sehen?«

»Ich bin jetzt die Hausherrin. Vielleicht möchte ich einige Neuerungen einführen. Jedenfalls müsste die Küche näher beim Hauptgebäude liegen. Meinen Sie nicht auch?«

»O ja!« Friedas Augen strahlten vor Begeisterung, dann senkte sie die Stimme zu einem Flüstern herab. »Aber an Ihrer Stelle würde ich nicht über Veränderungen reden, zumindest nicht vor Edith. Sie sieht sich gern als Herrin, und sie ist sehr gebieterisch.«

Jamie lächelte. »Auch das werden wir ändern müssen«, erwiderte sie und entnahm Friedas Miene, dass sie eine Verbündete gewonnen hatte.

»Baden Sie jetzt, bevor das Wasser kalt wird«, riet die Dienerin und zog sich zurück.

Während Jamie sich auszog, dachte sie über Friedas Eröffnungen nach. Lautlos stieg sie in die Wanne. Da Alec und seine Soldaten auf der anderen Seite der Trennwand saßen, wollte sie möglichst wenig Geräusche verursachen. Aber als sie den Körper abgeschrubbt und das Haar gewaschen hatte, war sie zu müde, um sich darum zu kümmern, oh man sie hörte oder nicht. Sie nahm ein sauberes Nachthemd aus ihrem Gepäck, schlüpfte hinein und verknotete die hübschen rosa Bänder am Hals. Dann kletterte sie in das riesige Bett.

Es dauerte eine halbe Stunde, bis sie ihr Haar gebürstet und einigermaßen getrocknet hatte. Dabei musste sie immer wieder an Alecs Schwert denken. Sie fand es demütigend, dass er sie lang und breit über die Waffe hatte reden lassen, die jeder Ritter brauche. Trotzdem lächelte sie, denn sie konnte ihm niemals lange böse sein. Als sie sich erinnerte, wie sie ihm empfohlen hatte, bei Daniel Unterricht im Schwertkampf zu nehmen, musste sie sogar leise lachen. Wahrscheinlich glaubte Alec, seine Frau wäre es, die ein Schafsgehirn besaß.

Ihr letzter Gedanke vor dem Einschlafen verwirrte sie,

denn sie wünschte, Alec würde zu ihr ins Bett kommen. Der Himmel möge ihr beistehen – sie begann sich in den barbarischen Schotten zu verlieben …

Ich sehe, wie Alec ständig auf den Wandschirm schaut. Diese englische Hexe hat schon jetzt erreicht, dass er sie begehrt. War seine Liebe zu Helena so schwach? Kann er seine erste Frau so leicht ersetzen?

Er denkt nicht an die Lektion. Vielleicht hat er der Engländerin schon sein Herz geschenkt. O Gott, das hoffe ich. Dann wird ihn ihr Tod umso schmerzlicher treffen.

Und ich muss nicht warten, ehe ich sie töte.

10

Das Flüstern weckte Jamie. Zunächst wusste sie nicht, wo sie sich befand. Die Kerzen brannten immer noch und warfen tanzende Schatten auf den Wandschirm. Eine Zeit lang beobachtete sie das Flackern, dann kehrte die Erinnerung zurück.

Wieder wehten die Flüsterstimmen durch die Luft. Als Jamie ein paar Worte verstanden hatte, war sie hellwach und zitterte vor Angst. Jetzt wusste sie, was sie belauschte, die zeremoniellen Worte, die eine Seele ins Jenseits begleiteten.

Offenbar hatte man Angus gefunden. Hastig bekreuzigte sie sich, stieg aus dem Bett und zog einen Morgenmantel an, dann eilte sie an der Trennwand vorbei, um am Gebet teilzunehmen. Wenn sie auch als Außenseiterin betrachtet wurde – sie war Alecs Frau und kannte ihre Pflichten. Wenn ihr Mann von seinem Freund Abschied nahm, musste sie ihm beistehen.

Er hörte ihre Schritte nicht. Während sie zu ihm ging, beobachtete sie den Priester. Auf dem Tisch am anderen Ende der Halle lag eine reglose Gestalt, und davor las der alte Geistliche die Messe. Er trug einen schwarzen, violett eingefassten Ornat, sein Gesicht war so grau wie sein Haar, tiefe Trauer sprach aus seiner Stimme.

Alec stand am anderen Ende des Tisches, an den Längsseiten hatten sich Soldaten postiert, beim Kamin Annie, Edith und eine dritte Frau.

Das muss Elizabeth sein, dachte Jamie und empfand tiefes Mitleid mit ihr. Sie sah Tränen auf den bleichen Wangen glänzen, aber kein Schluchzen war zu vernehmen, und sie bewunderte die Haltung der unglücklichen Frau. Unter solchen Umständen würde sie selbst wahrscheinlich unkontrolliert weinen.

Sie stellte sich hinter Alec und spähte an ihm vorbei auf den Mann, der betrauert wurde. Zunächst glaubte sie, er wäre tot. An den Anblick von Wunden war sie gewöhnt. Deshalb erschrak sie nicht über das grausige Bild, das sich ihr bot. Der Körper war blutüberströmt, und so konnte sie das Ausmaß der Verletzungen nicht genau erkennen. Ein langer, gewundener Schnitt zog sich über die Brust des Kriegers, sein linker Unterarm schien oberhalb des Handgelenks gebrochen zu sein.

Alle Gliedmaßen wiesen ältere Kampfspuren auf, eine große Beule auf der Stirn verlieh seinem kantigen Gesicht ein groteskes Aussehen, und Jamie fragte sich, ob ein Schlag auf den Kopf den Tod herbeigeführt hatte.

Plötzlich verzerrten sich seine Züge – nur ganz leicht, sodass es ihr entgangen wäre, hätte sie ihn nicht so aufmerksam betrachtet. Hoffnung stieg in ihr auf, und sie konzentrierte sich auf den Atem des Kriegers.

Er atmete sehr flach, aber fast lautlos – ein gutes Zeichen, denn wenn der Tod ein neues Opfer beanspruchte, war meistens ein rasselndes Keuchen zu hören.

Es schien eine halbe Ewigkeit zu dauern, bis der Priester seine Gebete beenden würde. So lange wollte Jamie nicht warten. Wenn sie den Verletzten nicht sofort behandelte, würde er zu fiebern beginnen und noch vor dem Morgengrauen sterben.

Sie berührte Alecs Schulter. Sofort drehte er sich um und trat zur Seite, um ihr die Sicht auf den verwundeten

Soldaten zu versperren, nicht allzu erfreut über ihre Anwesenheit.

»Ist es Angus?«, wisperte sie, und er nickte. »Geh wieder ins Bett, Jamie.«

»Er ist nicht tot.«

»Aber er liegt im Sterben.«

»Das bezweifle ich.«

»Geh ins Bett.«

»Alec ...«

»Sofort!«, stieß er hervor, und es erschien ihr vorerst sinnlos, ihm zu widersprechen. Langsam kehrte sie zum Wandschirm zurück und stellte in Gedanken eine Liste von den Gegenständen auf, die sie brauchen würde, um Angus zu retten.

Mehrere Gefäße mit Arzneien in den Armen, eilte sie wieder zu Alec. In einer Tasche ihres Morgenmantels steckte eine Nadel mit Faden, drei weiße Strümpfe hingen aus der anderen. Sie war fest entschlossen, dem Krieger zu helfen, mit oder ohne Zustimmung ihres Mannes. Sie hoffte nur, Alec würde kein allzu großes Aufhebens machen, ehe er nachgab.

Der Priester erteilte Angus seinen abschließenden Segen und kniete nieder. Alec gab seinen Männern ein Zeichen, drehte sich um und warf Jamie versehentlich fast zu Boden. Rasch hielt er sie fest. Sein Gesicht verriet deutlich, wie sehr er sich über sie ärgerte, und sie geriet ebenfalls in Wut. »In England haben wir eine merkwürdige Sitte«, fauchte sie. »Wir betrauern einen Menschen erst, wenn er tot ist, und wir rufen nur dann einen Priester, wenn es keine Hoffnung mehr gibt.« Jetzt hatte sie seine ungeteilte Aufmerksamkeit errungen. »Du kannst nicht wissen, dass Angus sterben wird«, fuhr sie eindringlich fort. »Erlaube mir, nach ihm zu sehen. Wenn der Allmächtige beschlossen hat, ihn zu sich zu nehmen, werden meine Bemühungen ohnehin nichts daran ändern.«

Sie schüttelte Alecs Hand ab und musste lange auf eine Antwort warten. Er starrte sie an, als zweifelte er an ihrem Verstand. Vergeblich versuchte sie sich an ihm vorbeizuschieben. Er versperrte ihr erneut den Weg. »Da ist soviel Blut, Jamie.«

»Ich weiß.«

»Dir wird doch übel, wenn du Blut siehst.«

»Wie kommst du bloß darauf?« Da er nicht auf diese Herausforderung einging, versicherte sie: »Mir wird bestimmt nicht übel.«

»Und wenn doch? Dann wäre ich sehr unzufrieden mit dir.«

Und wenn deine Stimme noch zorniger klingt, wird sie vermutlich einen Blitzschlag auslösen, dachte sie und entgegnete: »Ich werde mich jetzt um Angus kümmern, ob du es gestattest oder nicht. Geh endlich beiseite!«

Er rührte sich nicht von der Stelle. Ihr gebieterischer Ton nahm ihm fast den Atem, und er schien zu überlegen, ob er sie erdrosseln sollte. Vielleicht war es der falsche Weg, dem Laird Befehle zu erteilen, und so versuchte sie es auf andere Weise. »Alec, habe ich dir erklärt, wie du mit den Banditen kämpfen müsstest, die uns auf der Reise überfallen haben?« Diese Frage fand er so lächerlich, dass er stumm blieb, und Jamie gab selbst die Antwort: »Natürlich nicht, weil ich keine Ahnung vom Kämpfen habe.

Dafür verstehe ich eine ganze Menge von der Heilkunst. Und deshalb werde ich Angus helfen. Geh jetzt bitte zur Seite, dein Freund hat Schmerzen.«

Diese letzte Bemerkung gab ihm offenbar zu denken. »Wieso kannst du das behaupten?«

»Ich sah, wie sich sein Gesicht verzerrte.«

»Bist du sicher?«

»Völlig sicher!« Ungeduldig fauchte sie ihn an, und er blinzelte verdattert. Würde sie sich vor seinen Augen in eine Tigerin verwandeln? »Also gut, tu, was in deiner Macht steht.«

Seufzend trat sie an den Tisch, stellte ihre Arzneien darauf und beugte sich über Angus, um ihn zu untersuchen. Erbost kehrten die Krieger zu ihrem verletzten Gefährten zurück, und Alec rechnete mit einem Aufstand. Er verschränkte die Arme vor der Brust und ließ seinen Blick über die Gesichter schweifen, die sich alle herausfordernd zu ihm wandten. Offensichtlich erwarteten sie, er würde die respektlose Einmischung seiner Frau unterbinden.

Jamie beachtete die Soldaten nicht. Vorsichtig tastete sie über die Beule auf Angus' Stirn, dann inspizierte sie die Brustwunde. »Genauso, wie ich's mir gedacht habe.«

»Was?«, fragte Alec.

»Es sieht schlimmer aus, als es ist.«

»Also wird er nicht sterben?« Es war der Priester, der diese Frage stellte. Mühsam erhob sich der alte Mann von den Knien und starrte Jamie verdutzt an.

»Immerhin besteht eine gewisse Hoffnung, Vater«, erwiderte sie und hörte eine Frau aufschreien – vermutlich Elizabeth.

»Ich würde Ihnen gern helfen«, erbot sich der Geistliche.

»Das weiß ich zu schätzen.« Sie ignorierte das feindselige Gemurmel der Krieger und wandte sich wieder zu ihrem Mann. »Ich nehme an, du wolltest mit deinen Leuten weggehen, aber ich könnte deinen Beistand gebrauchen.«

»Wir müssen eine Kiste bauen«, erklärte er.

»Eine Kiste.«

»Fürs Begräbnis«, warf der Priester ein.

Jamie blinzelte ungläubig. Am liebsten hätte sie Angus die Ohren zugehalten, damit er dieses entmutigende Gerede nicht länger mit anhören musste. »Um Himmels willen, wollt ihr ihn noch vor seinem letzten Atemzug beerdigen?«

»Nein, wir warten noch«, entgegnete Alec. »Du glaubst wirklich, dass du ihn retten kannst, nicht wahr?«

»Wie kann ich Ihnen helfen?«, fragte Gavin, ehe Jamie ihrem Mann antworten konnte.

»Ich brauche mehr Licht, Leinenstreifen, einen Kelch und mehrere Schüsseln mit warmem Wasser, außerdem zwei Holzleisten – etwa so breit und so lang.« Sie hob beide Hände, um die Maße zu zeigen.

Falls man ihre Anweisungen für unsinnig hielt, wurde es nicht erwähnt.

»Der Arm ist gebrochen«, bemerkte der Priester. »Wollen Sie ihn abschneiden, Mädchen?«

Ein Soldat hinter Jamies Rücken murrte: »Lieber würde Angus sterben, als seinen Arm zu verlieren.«

»Nein, ich werde ihn nicht abschneiden«, erwiderte sie, »sondern den Bruch einrichten.«

»Das können Sie?«, rief der Priester erstaunt.

Die Krieger traten näher, und Gavin drängte sich zwischen ihnen hindurch zu seiner Herrin. »Hier ist der Kelch mit warmem Wasser, Mylady. Die Schüsseln stehen hinter Ihnen.«

Jamie öffnete einen ihrer Tiegel, zerrieb braunes Pulver zwischen Daumen und Zeigefinger und vermischte es mit dem Wasser im Kelch. Als sich die Flüssigkeit dunkel verfärbt hatte, drückte sie das Gefäß in Gavins Hand. »Bitte, halten Sie das mal.«

Er schnupperte daran. »Was ist das denn, Mylady?«

»Ein Schlaftrunk, der Angus' Schmerzen lindern wird.«

»Er schläft ohnehin schon!«, rief ein anderer Soldat in ärgerlichem Ton.

»Aye, er schläft«, bestätigte jemand. »Das sieht man doch.«

»Er schläft nicht.« Jamie zwang sich zur Geduld. Wenn sie die Hilfe dieser Männer beanspruchen wollte, musste sie erst einmal ihr Vertrauen gewinnen.

»Warum redet er dann nicht mit uns? Warum schaut er uns nicht an?«

»Er hat zu starke Schmerzen. Alec, würdest du seinen Kopf halten, damit er trinken kann?«

Außer Gavin schien er der Einzige zu sein, der ihre Handlungsweise billigte. Er näherte sich dem Tisch und hob den Kopf seines Freundes hoch. Jamie umfasste das Gesicht des Verwundeten mit beiden Händen. »Angus, öffnen Sie die Augen, und schauen Sie mich an!« Dreimal musste sie die Forderung wiederholen, und zuletzt schrie sie beinahe. Endlich gehorchte der Krieger.

Ringsum erklang überraschtes Stimmengewirr.

»Angus, Sie müssen das trinken«, befahl Jamie. »Es wird Ihre Schmerzen mildern.« Eine Zeit lang redete sie auf ihn ein, und schließlich nahm er einen Schluck. Zufrieden atmete sie auf. »Es dauert nur ein bis zwei Minuten, dann wirkt die Arznei.« Sie blickte auf und sah Alec lächeln. »Er könnte immer noch Fieber bekommen und sterben«, wisperte sie, aus Angst, sie würde zu große Hoffnungen wecken.

»Das wird er nicht wagen.«

»Nein?«

»Nicht, nachdem du ihn so angebrüllt hast.«

Jamie wurde rot. »Ich musste die Stimme erheben – um seine Aufmerksamkeit auf mich zu lenken.«

»Ich glaube, jetzt schläft er«, warf Gavin ein.

»Mal sehen ...« Sie neigte sich wieder über Angus. »Lässt der Schmerz nach?«

Langsam hob er die Lider, und sie sah, dass die Medizin zu wirken begann, denn seine braunen Augen waren glasig geworden. »Bin ich im Himmel?«, flüsterte er heiser. »Sind Sie mein Schutzengel?«

Jamie lächelte. »Nein, Angus, Sie sind immer noch im Hochland.«

Entsetzt hielt er den Atem an. »Allmächtiger! Nicht im Himmel! Ich bin in der Hölle! Welch ein grausames, teuflisches Trugbild! Sie sehen wie ein Engel aus, aber – Sie sprechen wie eine Engländerin!«

Erregt wollte er sich aufrichten. Jamie beugte sich zu seinem Ohr hinab und wisperte auf gälisch: »Seien Sie ganz ruhig, mein Freund, Sie befinden sich in schottischen Händen. Malen Sie sich Ihren nächsten Kampf mit den Engländern aus, wenn Sie das erleichtert, aber sprechen Sie nicht mehr. Lassen Sie sich von der Arznei in den Schlaf lullen.«

Der Akzent, zu dem sie sich zwang, klang in ihren eigenen Ohren grässlich, aber Angus schien er zu besänftigen. Die Augen fielen ihm wieder zu, und er schlief ein. Vielleicht zählt er die englischen Soldaten, die er töten will, dachte sie.

»Was haben Sie ihm gesagt, Mylady?«, fragte ein Krieger über ihrer Schulter.

»Dass er viel zu eigensinnig ist, um dem Ruf des Todes zu folgen.«

»Wieso wissen Sie, dass er eigensinnig ist?«, fragte Gavin verwundert.

»Er ist Schotte, nicht wahr?«

Gavin schaute Alec an, um festzustellen, ob Lady Kincaids Worte als Beleidigung aufgefasst werden sollten oder nicht. Der Laird grinste, also schien die Herrin nur gescherzt zu haben. Die Stirn des blonden jungen Mannes zog sich in Falten. Wie lange mochte es dauern, bis er diese ungewöhnliche Engländerin verstehen würde? Ihre sanfte Stimme wirkte ebenso täuschend wie ihre äußere Erscheinung. Sie war so zierlich gebaut, reichte nicht einmal bis zur Schulter ihres Gemahls. Und wenn man nicht aufpasste, konnte sie mit diesem weichen Tonfall bewirken, dass man ihr jeden Wunsch erfüllte.

»Ich würde Ihnen auch gern helfen.« Dieses tränenerstickte Angebot kam von Elizabeth. Die blonde Frau stand auf der anderen Seite des Tisches, immer noch verängstigt, aber auch entschlossen.

Zögernd erwiderte sie Jamies Lächeln. »Angus ist mein Mann. Ich tue alles, was Sie mir sagen.«

»Ich bin sehr dankbar für Ihre Hilfe. Befeuchten Sie diesen Lappen, und drücken Sie ihn auf Angus' Stirn.« Jamie gab ihr einen der Leinenstreifen, die Gavin gebracht hatte, dann zog sie die drei Strümpfe aus der Tasche. Einen wickelte sie um die erste der beiden Holzleisten, die inzwischen ebenfalls bereitlagen. Ehe sie damit fertig war, hatte ein Soldat die zweite Leiste umwickelt. Jetzt begannen ihre Hände zu zittern, denn die Aufgabe, vor der ihr am meisten bangte, ließ sich nicht länger hinausschieben – sie musste den Bruch in Angus' Unterarm einrichten. »In England ist es üblich geworden, einen Schwamm mit einem Betäubungsmittel zu tränken und auf die Nase des Mannes zu pressen, den man einschläfern will. Aber von dieser Behandlungsmethode halte ich nichts. Ich hoffe, Angus wird trotzdem fest schlafen.«

»Würde er besser schlafen, wenn Sie den Schwamm benutzten?«, fragte ein Krieger.

Jamie nickte. »Aber er würde vielleicht nicht mehr aufwachen. Und dieser Nachteil wiegt schwerer als alle Vorzüge – meinen Sie nicht auch?«

Eifrig stimmten die Soldaten zu.

»Jetzt musst du mir helfen, Alec, denn dazu fehlt mir die Kraft«, fuhr sie fort. »Gavin, ich brauche lange Leinenstreifen, um die Holzleisten zusammenzubinden.« Sie zog den dritten Strumpf über Angus' geschwollene Hand, schnitt fünf Löcher in die Zehenspitze und bugsierte die Finger hindurch. Immer wieder schaute sie besorgt in das Gesicht des Verletzten, um festzustellen, ob er aufwachte. »Alec, halt seine Hand fest. Gavin, Sie ergreifen den Oberarm. Und jetzt bitte ganz langsam dran zerren, damit ich den Knochen begradigen kann. Elizabeth, jetzt müssen Sie sich abwenden, Sie sollen das nicht sehen.«

Erst nach drei Versuchen war sie zufrieden. Nun fügten sich die Enden des gebrochenen Knochens einwandfrei ineinander. Sie spannte den Arm zwischen die Schienen, und Alec hielt beide fest, während sie die Leinenstreifen darum wand. Dann seufzte sie erleichtert. »So, das Ärgste ist überstanden. «

»Aber die Brust, Mylady«, erinnerte sie der Priester. »Diese tiefe Wunde …« Von einem Hustenanfall geschüttelt, unterbrach er sich.

»Die sieht schlimmer aus, als sie ist.« Als Jamie um helleres Licht bat, wurde sie fast geblendet von den zahlreichen Kerzen, die von den Soldaten hochgehalten wurden. Sie ließ sich noch einen Kelch mit warmem Wasser geben, streute orangegelbes Pulver hinein und reichte die Mixtur dem verwunderten Geistlichen. »Trinken Sie das, es wird Sie von Ihrem Husten kurieren. Ich glaube, der bereitet Ihnen starke Schmerzen.« Er war sprachlos, völlig überwältigt von ihrer Fürsorge. Vorsichtig nahm er einen Schluck und schnitt eine Grimasse. »Sie müssen alles trinken, Vater!«, befahl Jamie.

Wie ein Kind zauderte er noch eine Weile, dann gehorchte er. Jamie konzentrierte ihre Aufmerksamkeit auf Angus' Brustverletzung. Getrocknetes Blut und Schmutz verkrusteten den Schnitt. Jamie arbeitete sehr gewissenhaft, denn ihre Mutter hatte ihr eingeschärft, ein winziger Schmutzrest, der in einer Wunde zurückbliebe, könne schrecklichen Schaden anrichten. Nach der gründlichen Säuberung nähte sie die Wundränder mit Nadel und Faden zusammen.

Inzwischen hatte Alec ein Bett in die Halle bringen lassen. Er wusste, Jamie würde ihren Patienten in der Nähe behalten wollen, und Angus' Hütte lag ziemlich weit entfernt.

Während der langen Nacht hatte Elizabeth kein Wort mehr gesprochen. Doch sie beobachtete aufmerksam, was die neue Hausherrin tat. Jamie beachtete sie kaum. Sie hatte sich so lange über den verletzten Krieger gebeugt, dass ihr Rücken heftig schmerzte, als sie sich endlich aufrichtete. Sie schwankte, und ehe sie ihr Gleichgewicht wiedererlangen konnte, wurde sie von einem Dutzend hilfreicher Hände gestützt.

»Elizabeth, würden Sie mir helfen, die Brust Ihres Mannes zu verbinden?«, bat sie, um die unglückliche Ehegattin in das heilsame Werk einzubeziehen.

Eifrig befolgte Elizabeth alle Anweisungen. Als die Aufgabe vollbracht war, trug Alec seinen Freund zu Bett, gefolgt von den beiden Frauen.

»Wenn er aufwacht, wird er höllische Schmerzen haben«, prophezeite Jamie. »Ich fürchte, Sie müssen einen wilden Bären bändigen, Elizabeth.«

»Aber er wird aufwachen.« Ein schwaches Lächeln schwang in dieser Antwort mit.

»Ganz sicher«, bestätigte Jamie. Sie wartete, bis Elizabeth eine Decke über ihren Mann gebreitet hatte, und fragte dann: »Wohin sind Edith und Annie gegangen?«

»In ihre Hütte – um zu schlafen.« Liebevoll strich Elizabeth über die Stirn des Schlafenden. »Ich soll die beiden wecken, wenn Angus – wenn er stirbt.«

Jamie warf Alec einen verwunderten Blick zu.

Plötzlich lenkte Vater Murdock die allgemeine Aufmerksamkeit auf sich. Er saß auf einem Stuhl, den er an den Tisch gerückt hatte, und schnarchte laut. »O Gott!«, murmelte Jamie. »Ich habe vergessen, ihm zu sagen, dass ihn die Medizin müde machen würde.«

»Er kann getrost hier schlafen«, meinte Alec und wandte sich zu Angus' Frau. »Ruh dich jetzt auch aus. Bis zu deiner Rückkehr werden Gavin und ich abwechselnd bei unserem Patienten Wache halten.«

Elizabeths bestürzte Miene zeigte unverhohlen, dass sie ihren Gemahl nicht verlassen wollte. Aber sie nickte und ging zur Tür. Der Gehorsam gegenüber dem Laird ist anscheinend wichtiger als alles andere, dachte Jamie seufzend und berührte Alecs Arm. »Wenn du krank wärst, würde ich nicht von deiner Seite weichen. Wieso kann sie nicht hier schlafen – in einem Sessel oder in einem der oberen Räume?«

Aufatmend drehte sich Elizabeth um. »Oh, das wäre wunderbar!«

Alec schaute von einer Frau zur anderen, dann nickte er. »Hol die Sachen, die du brauchst, und geh nach oben, Elizabeth. Aber denk an deinen Zustand. Angus wird sehr böse sein, wenn er aufwacht und dich völlig erschöpft sieht.«

Förmlich knickste sie. »Danke, Mylord.«

»Marcus!«, rief er. »Begleite Elizabeth zu ihrer Hütte! Sie will ein paar Sachen hierher bringen.«

Jamie stand neben dem Bett und beobachtete den Patienten. Zögernd trat Elizabeth zu ihr. »Ich muss Ihnen danken, Mistress.«

»Sie brauchen Edith und Annie nicht zu wecken.«

»Nein«, stimmte Elizabeth lächelnd zu. Nach einer kleinen Pause fuhr sie fort: »Wenn mein Sohn zur Welt kommt, soll er den Namen des Vaters tragen.«

»Wann wird das freudige Ereignis stattfinden?«

»In sechs Monaten. Und wenn es ein Mädchen werden sollte ...«

»Ja?«

»Dann soll es so heißen wie Sie, Mylady.«

Jamie hätte gelacht, wäre sie nicht zu müde gewesen. »Hast du dieses Versprechen gehört, Alec? Elizabeth scheint nicht zu glauben, dass Jamie ein Männername ist.«

Elizabeth sah Alec an, der das Gesicht verzog, und fragte: »Jamie? Ich dachte, Sie heißen Jane, Mylady.«

Er grinste, und Elizabeth drückte Jamies Hand, um ihr zu bedeuten, dass sie nur gescherzt hatte. Dann verließ sie mit Marcus die Halle.

»Lächelt dieser Mann niemals?«, erkundigte sich Jamie, als sie mit Alec allein war?«

»Wer?«

»Marcus.«

»Nein – niemals.«

»Er hasst mich.«

»Aye.«

Diese prompte Zustimmung trug ihm einen strafenden Blick ein. Jamie mischte eine Arznei, die gegebenenfalls das Fieber senken sollte. Danach fiel ihr ein, dass sie Angus' untere Körperhälfte nicht untersucht hatte. Aus Schicklichkeitsgründen bat sie ihren Mann, diese Aufgabe zu übernehmen, was er bereitwillig tat. Währenddessen schloss sie die Augen.

»Ich kann keine weiteren Wunden finden«, verkündete Alec.

Ihre Erleichterung war nur von kurzer Dauer. Als sie die Lider hob, starrte sie in das belustigte Gesicht ihres Gemahls. »Du errötest, Jamie ... Beantworte mir eine Frage – wäre er weiter unten verletzt, was würdest du tun?«

»Ich würde ihn behandeln, mit hochroten Wangen. Bedenk doch, dass ich nur eine Frau bin.«

Sie wartete auf einen Widerspruch, aber er nickte. »Aye, das bist du.« Offenbar wollte er noch etwas hinzufügen, konnte sich aber nicht dazu durchringen.

»Sehe ich sehr hässlich aus, Alec? Ich fürchte schon ...«

»Hässlich bist du nie. Aber du siehst grauenhaft aus.«

Weil er lächelte, nahm sie an, dass dies keine Beleidigung sein sollte. Oder doch? Er hatte einen so merkwürdigen Humor. Je länger er sie betrachtete, desto nervöser wurde sie. Schließlich drückte sie ihm den Kelch mit der Arznei in die Hand. »Angus soll das trinken.«

»In den letzten Stunden hast du Befehle erteilt wie ein Kommandant auf dem Schlachtfeld. Und jetzt senkst du schüchtern den Kopf. Warum?«

»Deinetwegen. Wenn du mich so anschaust, machst du mich ganz verlegen.«

»Das ist gut zu wissen.«

»Nein, ganz und gar nicht.« Sie entriss ihm den Kelch, rannte zu Angus und flößte dem schlafenden Mann die Medizin ein.

»In Zukunft sollst du meine Farben tragen, Jamie«, bemerkte Alec.

»Wieso?«

»Weil du jetzt zu mir gehörst«, erläuterte er geduldig.

»Ich trage deine Farben, wenn dir mein Herz gehört, Kincaid, und keine Minute früher. Was hältst du davon?«

»Ich könnte dir befehlen ...«

»Aber du wirst es nicht tun.«

Er lächelte. Jamie begann ihn zu verstehen. Und er lernte allmählich ihre Gedankengänge kennen. Die dumme Frau wusste nicht, dass er bereits ihr Herz besaß. »Hast du's ernst gemeint, was du zu Elizabeth sagtest? Würdest du nicht von meiner Seite weichen, wenn ich krank wäre?«

»Natürlich nicht.« Ohne einen Blick über die Schulter zu werfen, fügte sie hinzu: »Grins nicht so selbstgefällig! Jede Frau würde bei ihrem kranken Mann bleiben. Das ist ihre Pflicht.«

»Und du tust immer deine Pflicht?«

»Ja.«

»Ich gebe dir zwei Wochen Zeit zur Besinnung, Jamie. Und dann wirst du meine Farben tragen.« Während er sie beobachtete, gelangte er zu einer seltsamen Erkenntnis. Er wünschte sich ihre Liebe, wenn er auch entschlossen war, dieses Gefühl nicht zu erwidern – aus ganz einfachen Gründen: Ein Krieger liebte seine Frau nicht, er besaß sie. Die Liebe würde eine Ehe nur komplizieren und konnte einen Laird daran hindern, seine Aufgaben zu erfüllen. Nein, er durfte Jamie niemals lieben. Aber er wollte verdammt sein, wenn sie ihm nicht ihr ganzes Herz schenken würde. »Zwei Wochen«, wiederholte er.

»Du bist ziemlich arrogant«, entgegnete sie.

»Freut mich, dass du's gemerkt hast.«

Ehe sie ihren Lachreiz bekämpfen konnte, verließ er die Halle. Seine Soldaten warteten im Hof und an der Außenmauer der Burg, um zu erfahren, wie es ihrem verletzten Freund ging. Ehe sie schlafen gingen, würden sie Angus noch einmal sehen wollen. Das war ihr gutes Recht, und der Laird konnte es ihnen nicht verweigern.

Angus erwachte aus seinem Drogenschlaf, als Jamie gerade die Augen schloss. Sie kauerte am Boden, die Füße unter den Saum ihres Morgenmantels versteckt, das lange Haar auf dem Rücken ausgebreitet. Stöhnend bemühte er sich, seinen pochenden Arm zu bewegen, wollte darüber streichen und den Schmerz wegwischen. Doch das ging nicht, weil seine Hand festgehalten wurde.

Er blinzelte, und da sah er die Frau. Ihr Kopf ruhte neben seinem Schenkel, die Lider waren gesenkt. Wieso, wusste er nicht, aber er glaubte sich zu entsinnen, dass sie violette Augen hatte. Ein klares, leuchtendes Violett ... Sie schien zu schlafen, doch als er seine Hand zu befreien suchte, gelang es ihm nicht.

Soldaten begannen sich in der Halle zu versammeln und erregten seine Aufmerksamkeit. Alle seine Freunde lächelten ihn an, und er tat sein Bestes, um die Grüße zu erwidern. Er hatte Schmerzen, aye, aber die heiteren Gesichter verrieten, dass er nicht sterben würde. Vielleicht waren die Worte der Letzten Ölung, die er vernommen hatte, für eine andere scheidende Seele bestimmt gewesen.

Alec und Gavin standen in der Nähe des Eingangs. Der Laird starrte auf seine Frau, sein Stellvertreter beobachtete die Männer.

Ein magischer Augenblick, dachte Gavin. Die Soldaten

waren wie gebannt von dem Bild, das sich ihnen bot. Alle wussten, dass Lady Kincaid den Gefährten vor dem sicheren Tod bewahrt hatte. Und jetzt bestätigte Angus' schwaches Lächeln dieses Wunder.

Die Halle bot nur einem Drittel aller Krieger Platz. Doch als der erste niederkniete und den Kopf neigte, folgten die anderen der Reihe nach seinem Beispiel, bis auch der letzte draußen im Hof auf die Knie fiel. Eine eindeutige Demonstration ihrer Loyalität – und Alec wusste, dass sie nicht Angus galt. Nein. Angus war ihnen gleichgestellt, vor ihm würden sie nicht knien. Mit dieser Geste brachten sie das rückhaltlose Vertrauen zum Ausdruck, das sie Lady Kincaid schenkten, und ihre unwandelbare Treue. Und während sie dieses stumme Gelübde ablegten, schlief die Gemahlin des Lairds.

»Und ich habe behauptet, sie würde sehr lange brauchen, um die Leute für sich zu gewinnen«, flüsterte Gavin. »Dabei hat es nicht einmal einen Tag gedauert.«

Marcus drängte sich mit seiner Schwester Edith in die Halle. Sie warteten neben Gavin, bis Elizabeth sie einholte, die Annie an der Hand führte.

»Siehst du, Annie?«, wisperte sie. »Ich sagte dir doch, dass es Angus besser geht.« Dann ließ sie die Hand des Mädchens los und eilte zu ihrem Mann. Inzwischen hatten sich die Soldaten von den Knien erhoben und gingen langsam am Krankenlager vorbei. »Lady Kincaid hat Angus gerettet«, erklärte Gavin, zu Marcus gewandt. »Dies ist ein Tag der Freude, nicht des Zorns. Warum runzelst du die Stirn?«

»Angus wäre auch ohne Lady Kincaids Hilfe am Leben geblieben. Der Allmächtige hat diese Entscheidung getroffen – nicht die Lady.«

Marcus' scharfe Stimme weckte Alecs Aufmerksamkeit.

»Akzeptierst du meine Frau nicht?«, fragte er täuschend sanft.

»Ich akzeptiere sie, weil sie deine Gemahlin ist, und werde sie mit meinem Leben verteidigen, Alec. Aber meine Loyalität wird sie nicht so leicht erringen.«

Annie und Edith, die neben Marcus standen, schauten ebenso finster drein wie er. Und Alecs Antwort galt nicht nur dem Krieger, sondern auch den beiden Frauen: »Ihr alle werdet Jamie willkommen heißen – verstanden?«

Sofort nickten Annie und Edith, aber Marcus gab sich nicht so leicht geschlagen. »Hast du unsere Helena so schnell vergessen, Alec?«

»Fast drei Jahre sind seit ihrem Tod vergangen«, wandte Gavin ein.

»Ich habe sie nicht vergessen«, versicherte der Laird.

»Warum hast du dann …?«

»Ich habe wieder geheiratet, um meinem König zu gefallen. Das weißt du verdammt gut, Marcus. Und ehe du meiner Frau den Rücken kehrst, solltest du bedenken, dass auch Jamie diese Ehe nur eingegangen ist, um ihrem König zu gehorchen. Ihr Wunsch war es ebenso wenig wie meiner, aber sie tat ihre Pflicht. Allein schon deshalb solltest du sie respektieren.«

»Sie wollte dich wirklich nicht heiraten?« Annies braune Augen spiegelten ihre Überraschung wider.

»Nein, sie wollte es nicht«, bestätigte Alec. »Und ich bespreche das nur mit dir, weil ich das Andenken deiner Schwester Helena in Ehren halte. Jamie war einem anderen versprochen. Warum hätte sie danach streben sollen, meine Frau zu werden?«

»Dabei muss man auch berücksichtigen, dass die Engländer uns genauso verabscheuen wie wir sie«, ergänzte Gavin.

»Deine Gemahlin weiß nicht, wie glücklich sie ist, Alec«, bemerkte Annie schüchtern.

Ihre Stimme klang so aufrichtig, dass er lächelte. Er ging zu seiner schlafenden Frau, hob sie hoch und drückte sie an seine Brust.

Gavin folgte ihm, um die Wache an Angus' Bett zu übernehmen. »Wie lange wird es dauern, bis deine Lady uns akzeptiert, Alec?«

»Nicht lange«, prophezeite der Laird, trug Jamie zum Bett und rief über die Schulter: »Bald wird sie sich einnisten, Gavin! Du wirst es schon sehen!«

11

In der ersten Woche entfesselte sie beinahe drei Kriege.

Jamie hegte durchaus ehrenwerte Absichten. Sie hatte beschlossen, das Beste aus ihrer Situation zu machen und sich damit abzufinden, dass sie die Gattin eines Lairds war. Und sie wollte ihre Pflicht erfüllen, für das Wohl ihres Mannes und seines Haushalts sorgen. So schwer es Alec auch fallen mochte, sich an die Ehe zu gewöhnen – sie selbst würde alle ihre Aufgaben meistern.

Und sie hoffte, möglichst bald die notwendigen Veränderungen vornehmen und diese Hochländer irgendwann sogar zivilisieren zu können.

Natürlich weigerte sie sich, die Schuld an den Konflikten auf sich zu nehmen. Nein, dafür waren die Schotten und ihre lächerlichen Gebräuche verantwortlich, ihr Eigensinn und vor allem ihr unbeugsamer Stolz. Durfte man ihr denn übel nehmen, dass sie sich nicht zur Vernunft bringen ließ?

Am Tag, nachdem sie Angus vor dem Grab bewahrt hatte, schlief sie bis in den Nachmittag hinein, im Glauben, sie hätte die lange Ruhepause verdient. Doch dann fiel ihr ein, dass Sonntag war. Sie hatte den Gottesdienst versäumt. Selbstverständlich zählte es zu ihren Pflichten, die Messe zu besuchen, und sie ärgerte sich, weil es niemand für nötig gehalten hatte, sie rechtzeitig zu wecken. Nun würde sie einen Shilling ausgeben müssen, um ein Ablassgebet zu kaufen.

Sie zog ein rubinrotes Kleid an und schlang einen Gürtel so locker um ihre Mitte, dass er auf den Hüften saß, wie es der Mode entsprach. Obwohl sie nie am Londoner Hof gewesen war, so wusste sie doch Bescheid über die Stilrichtungen – wenn sie es auch ziemlich lästig fand, sich darum kümmern zu müssen. Doch die Schotten sollten nicht glauben, sie wäre eine ungebildete Landpomeranze. Als Frau eines Lairds musste sie immer modisch gekleidet sein. Sie bürstete ihr Haar, kniff sich in die Wangen, um ihnen etwas Farbe zu verleihen, und eilte hinter der Trennwand hervor. Sie wollte nach ihrem Patienten sehen, danach den Priester aufsuchen und das Problem ihrer Sünde in seine Hände legen. Bang sah sie der Buße entgegen.

Sie hatte Glück, denn es ging Angus gut, und an seinem Bett saß der Geistliche, der gerade bei ihm Wache hielt. Als sie näher kam, erhob er sich.

»Oh, behalten Sie doch Platz«, bat sie lächelnd.

»Wir wurden noch nicht richtig miteinander bekannt gemacht, Lady Kincaid. Ich bin Vater Murdock.«

Es fiel ihr schwer, ihn zu verstehen. Seine Stimme war so dünn wie sein Haar, und er sprach mit starkem schottischem Akzent. Außerdem hörte sich seine Stimme so an, als müsste er dringend husten. »Hat der Schmerz in Ihrer Brust nachgelassen, Vater?«, fragte sie.

»O ja, Mylady. So gut wie in der letzten Nacht habe ich lange nicht mehr geschlafen. Das lag an Ihrer Medizin.«

»Ich werde eine Salbe mischen, mit der Sie Ihre Brust einreiben müssen. Dann sind wir den Husten am nächsten Wochenende los.«

»Vielen Dank, dass Sie sich solche Mühe mit mir altem Mann geben, Mylady.«

»Ich muss Sie allerdings warnen. Der Gestank dieser Paste wird Ihre Freunde in die Flucht schlagen.«

Er lächelte. »Das stört mich nicht.«

»Hat Angus die letzten Stunden gut überstanden?«

»Jetzt schläft er, aber vorhin musste Gavin ihn festhalten, weil er sich den Verband vom Arm reißen wollte. Vor lauter Sorge wollte Elizabeth Sie sogar wecken, Mylady. Aber Gavin befahl ihr, ins Bett zu gehen.«

Jamie runzelte die Stirn und betrachtete die geschwollenen Finger des gebrochenen Arms, deren Farbe aber keinen Anlass zur Beunruhigung bot. Dann berührte sie die Stirn des Kriegers. »Er fiebert nicht. Ihre Gebete haben ihn gerettet, Vater.«

»Nein, Mädchen«, widersprach der Priester, »Sie waren es, die ihn am Leben erhielt. Gott muss beschlossen haben, Angus noch eine Weile bei uns zu lassen, und in seiner Weisheit schickte er Sie zu uns.«

Verlegen senkte sie den Kopf. »Dann hat er eine Sünderin geschickt«, gestand sie, um die gefürchtete Angelegenheit hinter sich zu bringen, und drückte dem Geistlichen einen Shilling in die Hand. »Bitte, nehmen Sie diese Münze für ein Ablassgebet. «

»Aber Mistress ...«

»Ehe Sie die Buße bestimmen, möchte ich gern die Gründe für mein Versäumnis erklären. Ich wäre sicher zur Messe gegangen, hätte Alec mich rechtzeitig geweckt.« Jamie stemmte die Hände in die Hüften und warf ihr Haar über die Schultern nach hinten – eine Geste, die Vater Murdock bezaubernd fand. »Und wenn ich es recht bedenke, ist es eigentlich auch Alecs Sünde – was meinen Sie?« Er fand keine Zeit, um zu antworten, denn sie fuhr bereits fort: »Und je länger ich mir das vor Augen führe, desto fester wird meine Überzeugung, dass Alec Ihnen eine Münze geben müsste. Es ist wirklich nur seine Sünde.«

Vater Murdock hatte große Mühe, diesen Gedankengängen zu folgen, und es kam ihm so vor, als wäre ein Wirbelwind durch die Halle geweht – aber ein Wirbelwind voller Sonnenschein. Am liebsten hätte der Priester laut aufgelacht vor Freude. Die Düsternis, die Alecs Burg seit Helenas Tod erfüllte, würde jetzt verfliegen. Daran zweifelte er nicht. Er hatte in dieser langen Nacht gesehen, wie der Laird seine Frau anschaute – genauso freudig überrascht wie die anderen.

»Nun, Vater?«, fragte sie. »Was halten Sie von meinem Problem?«

»Keiner von euch hat gesündigt.«

»Keiner?«

Vater Murdock lächelte über das Staunen, das er mit seiner Erklärung hervorgerufen hatte. »Sie sind sehr fromm, nicht wahr, Lady Kincaid?«

Es wäre eine schwere Sünde gewesen, den Geistlichen zu täuschen. »O gütiger Himmel, nein! Das dürfen Sie nicht glauben, denn es wäre eine Lüge. Aber unser Priester daheim, nun ja, er ist schrecklich gottesfürchtig, und die Bußen, die er uns auferlegte, waren einfach grauenvoll. Ich glaube, er ging vor allem aus Langeweile so streng mit uns um. Einmal zwang er Agnes, ihr Haar abzuschneiden, und sie weinte eine ganze Woche lang.«

»Agnes?«

»Eine meiner lieben Schwestern.«

»Dann muss sie ja eine schreckliche Untat begangen haben.«

»Sie schlief einmal bei seiner Predigt ein«, vertraute Jamie dem Geistlichen an, und er musste sich sehr beherrschen, um nicht zu lachen.

»Hier sind wir nicht so streng, und ich werde Sie niemals

veranlassen, Ihr Haar abzuschneiden, Mylady, das verspreche ich Ihnen.«

»Welch ein Jammer, dass Sie nicht unser Priester waren! Seit Agnes ihr Haar abschneiden musste, kräuselt es sich nicht mehr.«

»Wie viele Geschwister haben Sie?«

»Wir waren zu fünft, lauter Mädchen. Aber Eleanor, die Älteste, starb bereits, als ich erst sieben war. Deshalb erinnere ich mich kaum an sie. Dann kamen die Zwillinge Agnes und Alice, danach Mary, und ich bin die Jüngste. Papa zog uns nach dem Tod meiner Mutter allein auf.«

»Das scheint mir eine wunderbare Familie zu sein. Sind Ihre Schwestern so hübsch wie Sie?«

»Oh, viel hübscher«, erwiderte Jamie. »Meine Mama ging mit mir schwanger, als sie Papa heiratete. Er hatte seine Frau verloren und sie ihren Mann, kurz nach der Hochzeit. Aber für Papa spielte das keine Rolle. Seit ich geboren bin, liebt er mich wie sein eigenes Fleisch und Blut.«

»Ein guter Mensch«, meinte Vater Murdock.

»O ja«, stimmte sie seufzend zu. »Wenn ich von meiner Familie rede, wird mir erst so richtig bewusst, wie sehr ich sie vermisse.«

»Dann wollen wir das Thema wechseln. Bitte, nehmen Sie diese Münze zurück und verwenden Sie sie für einen besseren Zweck.«

»Es wäre mir lieber, Sie würden den Shilling behalten. Die Seele meines Gemahls könnte gewiss etwas Aufmerksamkeit vertragen. Da er ein Laird ist, muss er so manchen Mann im Kampf töten. Bitte, missverstehen Sie mich nicht, Vater. Alec würde niemals grundlos Blut vergießen. Ich kenne ihn zwar nicht so gut wie Sie, aber ich glaube, er sucht nicht absichtlich Händel mit diesem oder jenem Gegner. In meinem Herzen weiß ich, dass er nicht schlecht ist. Bitte legen Sie beim Allmächtigen ein gutes Wort für ihn ein, Vater.«

Alec kam gerade rechtzeitig in die Halle, um mit anzuhören, wie Jamie seinen Charakter verteidigte.

»Sicher ist er nicht schlecht, Mylady, da pflichte ich Ihnen bei.« Der Geistliche hob den Kopf, sah Alecs gequälte Miene und unterdrückte ein Grinsen.

Erleichtert atmete sie auf. »Das freut mich. Es ist zwar schändlich, so etwas zuzugeben – aber ich bin es leid, ständig an meine Seele zu denken. Vater Charles zwang uns, sogar alle Gedanken zu beichten. Und wie ich gestehen muss – manchmal erfand ich ein paar, um den Mann zufrieden zu stellen. Er ist ein höchst gewissenhafter Priester, und wir führten ein sehr ruhiges Leben. Da konnten wir kaum sündigen.«

Vater Murdock hielt diesen Kollegen für einen üblen Fanatiker. »Hier nehmen wir es nicht so genau, Lady Kincaid.«

»Das beruhigt mich. Jetzt, wo ich verheiratet bin, muss ich ja auch noch für die Seele meines Mannes sorgen, und wenn das nicht ausreicht, um mein Haar vor der Zeit grau zu färben … Vater, ich glaube, wir beide müssten gute Freunde werden. Und damit sollten wir am besten anfangen, indem Sie mich Jamie nennen. Finden Sie nicht auch?«

»Ich finde vor allem, dass Sie ein goldenes Herz haben, Jamie. Und Sie bringen frischen Wind in dieses alte Gemäuer. Den hat es dringend nötig.«

»Aye, Vater, sie hat ein goldenes Herz«, mischte sich Alec ein. »Diesen Fehler muss sie überwinden.«

»Ein gutes Herz ist kein Fehler.« Sie war froh, dass sie

bei dieser Äußerung den Priester angeschaut hatte, sonst wäre ihr die Sprache weggeblieben. Entgeistert starrte sie ihren halbnackten Mann an. Als einziges Zugeständnis an die Zivilisation verhüllte ein weißes Hemd seinen kräftigen Oberkörper. Teilweise wurde es von einem Tartan über einer Schulter verdeckt. Dazu trug er einen Faltenrock aus dem gleichen karierten Stoff, in der Taille von einem Gürtel festgehalten. Die schwarzen Stiefel, an abgewetzten Stellen grau, verdeckten nur teilweise die muskulösen Beine. Seine Knie waren nackt wie ein Babyhintern.

Alec glaubte, seine Frau würde jeden Augenblick in Ohnmacht fallen. Er verbarg seinen Ärger und wartete geduldig, bis sie sich von ihrem Entsetzen über seine Kleidung erholt hatte. Dann fragte er: »Wie geht es Angus?«

»Wie, bitte?« Jamie starrte immer noch auf seine Knie.

»Wie geht es Angus?«, wiederholte er etwas lauter.

»O ja, Angus – natürlich.« Sie nickte ein paar Mal. »Es geht ihm gut.«

»Schau mir ins Gesicht, wenn du mit mir redest, Frau.«

Alecs scharfe Stimme verwirrte sie, und sie gehorchte hastig.

Seine Augen verengten sich, als er ihre hochroten Wangen bemerkte. »Wie lange wird es wohl dauern, bis du dich an meinen Aufzug gewöhnt hast?«

Sie hatte ihre Fassung ziemlich schnell wiedergewonnen. »Welchen Aufzug?«

Erbost beschloss er, sie in noch größere Verlegenheit zu bringen. »Frau, du hast mich bereits gänzlich unbekleidet gesehen, und jetzt führst du dich auf …«

Jamie rannte zu ihm und presste eine Hand auf seinen

Mund. »Ich habe deinen nackten Körper gespürt, mein Gemahl, aber nicht gesehen. Das ist ein gewaltiger Unterschied.« Als ihr bewusst wurde, was sie tat, ließ sie ihre Hand rasch sinken und trat zurück. »Du solltest dich in Gegenwart eines Priesters an deine Manieren erinnern.«

Er verdrehte die Augen, und sie nahm an, dass er den Himmel um Geduld anflehte.

»Nun, was wolltest du mir sagen, Alec?«

»Ich will mit Angus sprechen«, erklärte er und ging auf das Krankenbett zu, aber sie versperrte ihm den Weg, die Hände wieder in die Hüften gesetzt.

»Er schläft jetzt. Du kannst dich später mit ihm unterhalten.«

Alec traute seinen Ohren nicht. »Weck ihn!«

»Das hast du vermutlich soeben getan«, murmelte sie.

Er holte tief Luft. »Weck ihn!« Etwas sanfter fügte er hinzu: »Und – Jamie ...«

»Ja?«

»Sag mir nie wieder, was ich tun und was ich lassen soll.«

»Warum nicht?«

»Wie bitte?«

Ehe sie den Mut aufbrachte, ihm zu antworten, rief sie sich sein Versprechen, nie die Geduld mit ihr zu verlieren, ins Gedächtnis zurück. »Warum soll ich dir nicht sagen, was du tun und was du lassen sollst?«

Offensichtlich missfiel ihm diese Frage. Seine Kinnmuskeln spannten sich an und zuckten. Jamie überlegte, ob er schon immer an dieser nervösen Angewohnheit gelitten oder ob er sie erst in jüngster Zeit entwickelt hatte.

»So ist das hier nun mal«, platzte Vater Murdock heraus,

stand auf und eilte zu Lady Kincaid. Seine Sorge war begründet. Er kannte Alec schon lange – ebenso den Ausdruck, den er jetzt in den Augen des Lairds sah. Deshalb mischte er sich Jamie zuliebe ein, ehe das Temperament mit ihrem Mann durchging. Sicher würde sie bald lernen, wie gefährlich es war, Zweifel an den Worten eines so mächtigen Kriegsherrn zu äußern. Bis dahin werde ich auf sie aufpassen, beschloss der Priester. »Deine Frau ist noch nicht lange in Schottland, Alec. Es lag sicher nicht in ihrer Absicht, dich herauszufordern.«

Alec nickte, und Jamie schüttelte den Kopf. »Doch, ich wollte ihn herausfordern, Vater – wenn ich auch nicht unverschämt erscheinen möchte. Er soll mir erklären, warum ich ihm nicht sagen darf, was er tun und lassen soll. Er sagt es mir oft genug.«

»Ich bin dein Mann und dein Laird. Genügt dir das?« Die Kinnmuskeln zuckten wieder. Fasziniert starrte sie darauf und überlegte, welche Arznei sie ihrem Mann geben könnte, um ihn von diesem kleinen Gebrechen zu heilen. Aber warum sollte sie sich seinetwegen bemühen, wenn er sie so böse anstarrte?

»Nun?« Drohend trat er einen Schritt auf sie zu.

Statt angstvoll zurückzuweichen, kam sie ihm sogar entgegen. Alec blinzelte verblüfft. Er vermochte erwachsene Männer in die Flucht zu schlagen. Und diese zierliche Frau wagte es, ihm die Stirn zu bieten.

Wieder versuchte der Priester einzugreifen. »Lady Kincaid, wollen Sie ihn unbedingt erzürnen?«

»Er wird nicht die Geduld mit mir verlieren«, erwiderte sie und schaute ihrem Mann fest in die Augen. »Das hat er mir versichert.« Weil sie Alec ansah, entging ihr die erstaunte Miene des Geistlichen. »Und er würde niemals sein Wort brechen.«

Alec fragte sich, ob er sie erdrosseln oder küssen sollte. »Möchtest du, dass ich mein Versprechen bereue, Frau?«

»O nein. Aber deine Einstellung macht mir Sorgen. Wie sollen wir miteinander auskommen, wenn du dich so unnachgiebig zeigst? Ich bin deine Frau. Erlaubt mir diese Position nicht, dir zu sagen ...?«

»Nein!«, unterbrach er mit harter Stimme. »Wenn hier jemand nachgibt – dann du. Habe ich mich klar genug ausgedrückt?«

Sein Blick riet ihr, den Streit zu beenden, doch das widerstrebte ihr. »Eine Ehefrau darf also nie ihre Meinung sagen?«

»Niemals«, bestätigte er seufzend. »Du verstehst noch nicht, wie es hier zugeht, Jamie, und deshalb verzeihe ich dir heute dein freches Benehmen. Aber in Zukunft ...«

»Ich bin nicht frech, ich bemühe mich nur, das alles mit meinem winzigen Gehirn zu begreifen. Erklär mir doch die Pflichten, die ich als deine Frau erfüllen muss. Damit will ich so bald wie möglich anfangen.«

»Du hast keine Pflichten.«

Jamie starrte ihn an, als hätte er sie geschlagen, dann las er hellen Zorn in ihren Augen. Sie war ihm ein Rätsel. Erkannte sie denn nicht, wie rücksichtsvoll er sie behandelte? Offenbar nicht, denn sie widersprach ihm erneut: »Jede Ehefrau hat Pflichten, selbst wenn sie ihre Meinung nicht äußern darf.«

»Du nicht.«

»Nach dem schottischen Gesetz – oder nach deinem?«

»Nach meinem. Die Schwielen an deinen Händen müssen verschwinden. Hier wirst du nicht arbeiten wie eine Sklavin.«

Empört schnappte sie nach Luft. »Deutest du etwa an, ich sei daheim eine Sklavin gewesen?«

»Nein!«

Sie schrie beinahe. »Bin ich dir so unwichtig, dass du mir nicht gestattest, meinen Platz in deinem Haus zu finden?«

Er gab keine Antwort, denn er wusste beim besten Willen nicht, worüber sie sich beschwerte.

Mit einem ohrenbetäubenden Befehl weckte er Angus, den er dann auf gälisch befragte. Der Kopf des verwundeten Kriegers war erstaunlich klar. Seine Stimme klang noch etwas schwach, aber er vermochte präzise zu erklären, was Alec zu wissen verlangte. Als das Verhör beendet war, brachte er ein schwaches Lächeln zustande und fragte, ob er an der Jagd teilnehmen dürfe.

Das lehnte Alec grinsend ab. Jamie hörte, wie er erklärte, der Soldat könne in seine Hütte zurückkehren, sobald es ihm besser gehe, und sich von Elizabeth betreuen lassen. Er wandte sich zum Gehen, ohne noch einmal mit seiner Frau zu sprechen, aber sie lief ihm nach. »Alec?«

»Was gibt's?« Unwillig drehte er sich zu ihr um.

»In England gehört es zu den Gepflogenheiten eines Ehemanns, seine Gemahlin am Morgen mit einem Kuss zu begrüßen«, log sie.

»Wir sind nicht in England.«

»So etwas geziemt sich überall.«

»Es geziemt sich, dass eine Frau die Farben ihres Mannes trägt.«

»So ist das also?«

»Ich bin nicht schwerhörig, also solltest du dir's ersparen, die Stimme zu heben.«

Ihre Enttäuschung war offenkundig. Sie sehnte sich

nach Zärtlichkeiten, und er beschloss skrupellos, das auszunutzen. Warum hatte er nicht schon früher daran gedacht? Am Wochenende würde sie seine Farben tragen, wenn er sich in der Zwischenzeit weigerte, sie anzurühren.

»Wo soll ich meine Münzen verwahren?«, fragte Jamie.

»Hinter dir auf dem Kaminsims steht ein Geldkästchen. Leg deine Shillings hinein.«

»Darf ich mir ein paar von deinen Münzen nehmen, wenn ich sie brauche?«

»Das kümmert mich nicht«, erwiderte er über die Schulter, bereits auf dem Weg zur Tür.

Ärgerlich starrte sie auf seinen Nacken. Er hielt es nicht einmal für nötig, sich von ihr zu verabschieden. Als er sein Schwert von der Wand nahm, fragte sie sich, was er beabsichtigen mochte. Sobald er die Halle verlassen hatte, eilte sie zu dem alten Priester, der wieder seinen Platz am Krankenlager eingenommen hatte.

»Wissen Sie, wohin er gegangen ist, Vater?«

»Auf die Jagd.«

»Vermutlich nicht, um Wild für unsere Mahlzeiten zu erlegen ...«

»Nein, Mylady. Er macht Jagd auf die Männer, die Angus so zugerichtet haben. Wenn er sie findet – dann gnade ihnen Gott.«

Jamie wusste, dass solche Racheakte in Kriegerkreisen als ehrenwert galten. Trotzdem missfielen sie ihr. Gewalt würde nur immer neue Gewalt erzeugen. Auch in dieser Beziehung würde sie niemals mit ihrem Mann übereinstimmen. Resignierend seufzte sie. »Ich hole Ihnen noch weitere Münzen. Wer weiß, wie viele Ablassgebete er am Ende dieses Tage brauchen wird ...«

Der Geistliche unterdrückte ein Lächeln und überlegte, ob Alec wusste, welch eine gute Wahl er bei seiner Brautschau getroffen hatte. »In unseren Bergen wird sich einiges ereignen«, bemerkte er, als er mit Angus allein war.

»Ganz sicher«, flüsterte der Krieger.

»Hast du mitbekommen, wie Alec und seine Frau sich angeschrien haben?«

»Es war nicht zu überhören.«

»Was hältst du von deiner Retterin?«

»Sie wird ihn verrückt machen.«

»Aye, es ist an der Zeit, dass ein neues Leben beginnt.« Angus nickte. »Kincaid hatte genug Kummer.«

»Er weiß nicht, wie er sie beurteilen soll. Das erkenne ich an der Art, wie er sie anschaut.«

»Wird sie dir jedes Mal eine Münze geben, wenn er sie ärgert, Vater?«

»Ich glaube schon.« Der Priester schlug sich kichernd auf die Knie. »Es dürfte eine Weile dauern, bis sie sich an unseren Lebensstil gewöhnt hat. Und es wird mir ein Vergnügen sein, sie dabei zu beobachten.«

Jamie kam zurück, reichte ihm zwei weitere Münzen und fragte, warum er lächle.

»Ich dachte an all die Veränderungen, mit denen Sie sich abfinden müssen, Mädchen. Es wird Ihnen nicht leicht fallen. Aber Sie werden diesen Clan bald genauso lieben wie ich.«

»Haben Sie schon einmal die Möglichkeit erwogen, dass auch der Clan gewisse Veränderungen hinnehmen müsste?« Jamies Augen funkelten boshaft.

Er glaubte, sie würde scherzen. »Da haben Sie sich ein unerreichbares Ziel gesteckt.«

»So unerreichbar, als wollte ich ganz allein einen riesigen Bären aufessen?«

»Genauso.«

»Ich könnte es schaffen.«

Sofort ging er ihr in die Falle. »Wie denn?«

»Indem ich einen Bissen nach dem anderen verspeise.«

Er brach in lautes Gelächter aus, dem ein Hustenanfall folgte. Jamie lief in ihre Schlafecke, rührte die übelriechende Paste an, die sie dem Priester versprochen hatte, und brachte sie ihm. »Sie müssen die Salbe ein bis zwei Stunden ziehen lassen, ehe Sie Ihre Brust damit einreiben, Vater.«

Stirnrunzelnd nahm er den Tiegel entgegen. »Das stinkt ja wie der Tod.«

»Der Geruch ist unwichtig. Diese Paste wird Sie von Ihrem Husten heilen.«

»Das glaube ich Ihnen, Jamie.«

»Vater? Meinen Sie, es würde Alec etwas ausmachen, wenn ich mich im Oberstock umsehe?«

»Bestimmt nicht. Dies ist jetzt Ihr Heim.«

»Sind die Räume bewohnt?« Als er den Kopf schüttelte, verkündete sie: »Dann werde ich meine Sachen hinauftragen.«

»Das wird Alec nicht gefallen.«

»Ich denke dabei auch an ihn. Hier unten sind wir niemals ungestört. Sicher wird er sich in einem der oberen Räume wohler fühlen. Würden Sie ihn an meiner Stelle danach fragen?«

Diese Bitte konnte er ihr nicht abschlagen. Lady Jamie hatte ein bezauberndes Lächeln. »Gut, das will ich tun.«

Zufrieden blieb er an Angus' Bett sitzen und genoss die beschauliche Ruhe. Beinahe wäre er eingeschlafen, als er von einem lauten scharrenden Geräusch aufgescheucht wurde. Er richtete sich auf und sah, wie Jamie eine große

Truhe aus einem Zimmer im Oberstock schleifte. Hastig stand er auf und eilte die Stufen hinau. »Was machen Sie da?«

»Ich möchte den vorderen Raum benutzen. Da gibt es ein schönes großes Fenster.«

»Aber warum schaffen Sie diese Truhe heraus?«

»Sie nimmt zu viel Platz weg. Bemühen Sie sich nicht, Vater, Sie brauchen mir nicht zu helfen. Ich bin stark genug.«

Er ignorierte diese Prahlerei, und mit vereinten Kräften schoben sie die Truhe ins Nebenzimmer. »Sie hätten das Ding vorher leer räumen sollen«, meinte er.

Jamie schüttelte den Kopf. »Es steht mir nicht zu, sie zu öffnen. Der Inhalt gehört mir nicht, und jeder hat ein Recht auf seine Privatsphäre.«

»Die Truhe war Helenas Eigentum. Ich nehme an, Sie können sie jetzt als Ihres betrachten, Jamie.« Ehe sie darauf antworten konnte, wandte er sich ab. »Jetzt gehe ich besser zu Angus zurück. Ich soll auf ihn aufpassen, bis Gavin mit Elizabeth zurückkommt.«

»Danke für Ihre Hilfe!«, rief Jamie ihm nach, während er die Treppe hinabstieg.

Das Mädchen braucht endlos lange, dachte er eine knappe Stunde später. Immer wieder schaute er zum Balkon hinau. Was mochte Jamie da oben treiben? Sobald Elizabeth die Halle betrat, beschloss er nachzusehen, womit sich die Hausherrin beschäftigte.

Sie hielt sich immer noch im zweiten Raum auf. Zwei Kerzen brannten, und Jamie kniete vor der Truhe. Sie schloss gerade den Deckel, als Vater Murdock die Schwelle überquerte. »Haben Sie etwas Brauchbares gefunden?«, erkundigte er sich. Sie sah zu ihm auf, und da merkte er, dass sie weinte. »Was ist denn los?«

»Ich bin so albern … Sie ist tot, und ich habe sie nicht einmal gekannt. Trotzdem trauere ich um sie, als wäre sie meine Schwester gewesen. Würden Sie mir von Helena erzählen, Vater?«

»Das wäre Alecs Aufgabe.«

»Bitte!«, flehte Jamie. »Ich muss wissen, was geschehen ist. Alec hat sie sicher nicht getötet.«

»Großer Gott, nein! Wo haben Sie diesen Unsinn gehört?«

»In England.«

»Helena nahm sich das Leben. Sie sprang von der Klippe oberhalb der Weide in die Tiefe hinab.«

»Könnte sie einen Unfall erlitten haben? Vielleicht ist sie ausgeglitten und hinuntergestürzt.«

»Es war kein Unfall. Sie wurde beobachtet.«

Jamie schüttelte den Kopf. »Das verstehe ich nicht, Vater. War sie so unglücklich?«

Der Priester senkte den Kopf. »Sie muss sehr unglücklich gewesen sein, aber sie verbarg ihre Gefühle. Jetzt weiß ich, dass wir nicht genug auf sie geachtet haben. Annie und Edith glauben, sie hätte den Selbstmord bereits an ihrem Hochzeitstag geplant.«

»Glaubt Alec das auch?«

»Ich nehme es an.«

»Ihr Tod muss ihn tief getroffen haben.«

Vater Murdock stimmte nicht zu, aber in seinem Herzen gab er ihr Recht. Alec weigerte sich immer noch, über Helena zu sprechen, und das wies darauf hin, dass er den Verlust noch nicht überwunden hatte.

»Warum bringt eine Frau all ihren kostbaren Besitz ins Haus ihres Mannes mit, wenn sie freiwillig aus dem Leben scheiden will? Sogar Babysachen hat sie eingepackt. Und schöne Leinenstoffe. Finden Sie das nicht merkwürdig, Vater?«

»Vielleicht war sie nicht ganz klar im Kopf.«

»Das bezweifle ich. Es war kein Selbstmord, sondern ein Unfall.«

»Sie haben ein weiches Herz, Mädchen, und wenn es Sie erleichtert, diese Version für richtig zu halten, werde ich auch daran glauben.«

Er half ihr auf die Beine, und sie blies die Kerzen aus. Dann stieg sie mit ihm die Treppe hinab. »Ich werde jeden Abend für ihre Seele beten, Vater«, versprach sie.

Eine Dienerin rannte in die Halle, entdeckte Jamie und meldete: »Ihre Schwester ist da, Mylady!«

Jamie drückte die Hand des Priesters. »Mary stattet mir einen Besuch ab. Würden Sie mich entschuldigen?« Ehe er nicken konnte, stürmte sie zum Ausgang. »Ich werde sie mit Ihnen bekannt machen!«, rief sie über die Schulter.

Sobald sie ihre Schwester erblickte, erlosch ihr freudiges Lächeln, denn Mary war in Tränen aufgelöst. Jamie hielt vergeblich Ausschau nach Daniel. Offenbar war seine Frau allein hergekommen.

»Wie hast du zu mir gefunden?«, fragte Jamie, nachdem sie ihre Schwester umarmt hatte.

»Du bist es, die sich ständig verirrt – nicht ich.«

»Ich verirre mich nie«, protestierte Jamie. »Hör jetzt zu weinen auf.« Sie merkte, dass sie von einigen Kincaid-Soldaten beobachtet wurden. »Gehen wir spazieren, dabei können wir ungestört reden. Du musst mir erzählen, was dich so bedrückt.«

Mary ließ sich zur Außenmauer der Burg hinabführen.

»Drei von Daniels Männern zeigten mir den Weg hierher«, berichtete Mary, als sie sich gefasst hatte. »Ich behauptete, mein Mann habe mir erlaubt, dich aufzusuchen.«

»Du hättest nicht lügen dürfen. Warum hast du Daniel nicht einfach gesagt, dass du mich sehen willst?«

»Diesem Mann kann man nichts sagen.« Mary wischte über ihre Augen. »Ich hasse ihn, und ich bin ihm davongelaufen.«

»Das meinst du doch nicht ernst!«

»Schau nicht so entsetzt drein. Ich hasse ihn wirklich. Er ist grausam und gemein. Wenn ich dir schildere, was geschehen ist, wirst du ihn auch verabscheuen.«

Sie erreichten eine schmale Maueröffnung und setzten sich auf ein steinernes Sims.

»Sag mir, was passiert ist«, bat Jamie. »Hier sind wir ganz allein.«

»Es ist mir so peinlich. Aber du bist der einzige Mensch, dem ich mich anzuvertrauen wage.«

»Ja?«

»Daniel hat nicht verlangt, dass ich mich ihm hingebe.«

»Nannte er seine Gründe?«

Mary nickte. »Anfangs dachte ich, er wollte nur rücksichtsvoll sein. Er sagte, er würde mir Zeit lassen, damit ich ihn besser kennen lerne.«

»Das war doch sehr nett von ihm«, meinte Jamie und fragte sich, warum Alec nicht so viel Feingefühl gezeigt hatte.

Ihre Schwester brach wieder in Tränen aus. »Zunächst fand ich das auch. Dann erklärte er, ich hätte sein Missfallen erregt, weil ich dich beim Überfall dieser grässlichen Banditen als Schild benutzte. Statt dessen hätte ich dich beschützen sollen.«

»Warum?«

»Weil du die Jüngere bist.«

»Hast du nicht entgegnet, ich sei in solchen Dingen geschickter als du?«

»Das versuchte ich, aber er wollte nicht auf mich hören. Er beleidigte mich, und ich zahlte es ihm mit gleicher Münze heim – das muss ich zugeben.«

»Was sagte er?«

»Dass ich wahrscheinlich kalt wie ein Fisch bin. Alle Engländerinnen seien so.«

»O Mary, das war sehr unfreundlich von ihm.«

»Das ist noch nicht das Schlimmste. Als wir in seiner Burg ankamen, wurde er von einer dicken, hässlichen Frau erwartet, die sich in seine Arme warf. Er tat nichts, um ihren Annäherungsversuch abzuwehren, und sie küssten sich vor meinen Augen.«

»Du hast Recht, Schwesterherz.«

»Inwiefern?«

»Ich verabscheue ihn.«

»Das hab ich dir ja prophezeit. Und was soll ich jetzt machen? Den Heimweg zu Papa kann ich niemals finden, und Daniels Krieger werden mir sicher nicht glauben, wenn ich ihnen einrede, er habe mir gestattet, nach England zurückzukehren.«

»Vermutlich nicht«, stimmte Jamie zu.

»Ich will zu Papa!«

»Ich vermisse ihn genauso, und manchmal habe ich ebenfalls Heimweh.«

»Denkt Alec, du wärst kalt wie ein Fisch?«

Jamie zuckte die Achseln. »Das hat er nicht gesagt.«

»Hat er eine Geliebte?«

»Keine Ahnung. Vielleicht ... O Gott!«, flüsterte Jamie. »An diese Möglichkeit habe ich noch gar nicht gedacht.«

»Darf ich bei dir bleiben?«

»Willst du das wirklich?« Mary nickte, und ihre Schwester fuhr fort: »Als wir unsere Männer zum ersten Mal sahen, dachte ich, Daniel wäre der nettere. Er lächelte dauernd und wirkte so fröhlich.«

»Das fand ich auch. Aber wenn er Recht hat? Wenn ich tatsächlich kalt wie ein Fisch bin? Es gibt Frauen, die nichts spüren, wenn ein Mann sie anfasst. Ich glaube, Tante Ruth war so. Erinnerst du dich, wie garstig sie ihren Gemahl behandelt hat?«

»Sie war zu allen Leuten eklig.«

»Ich weiß, ich bringe dich in Verlegenheit, aber ich frage mich ...«

»Was denn?«

»Sind alle Männer so wie Daniel, oder ist Alec ...? Ach, wie soll ich es bloß in Worte fassen? Jetzt hab ich grässliche Angst vor Daniels Berührung, und das ist ganz allein seine Schuld.«

Jamie wusste nicht, wie sie Mary helfen konnte, aber sie versuchte es. »Ich muss Alec finden, ehe er auf die Jagd geht.«

»Brauchst du seine Erlaubnis, um mich hier zu behalten?«, fragte Mary erschrocken. »Und wenn er es verbietet?«

»Ich benötige seine Erlaubnis nicht«, prahlte Jamie und bemühte sich, ihrer Lüge einen wahrhaftigen Klang zu verleihen. »Aber ich habe etwas anderes mit ihm zu besprechen. Geh in die Halle und warte dort auf mich. Schließ Bekanntschaft mit unserem Priester, Vater Murdock. Runzle nicht die Stirn, du wirst ihn mögen. Er ist ganz anders als Vater Charles. Sobald ich mit Alec geredet habe, komme ich zu dir.«

Jamie schaute ihrer Schwester eine Weile nach, ehe sie vor das Tor trat und zur Straße hinabblickte, um festzustellen, ob Alec und seine Leute bereits aufgebrochen waren. Als sie über die Brücke gehen wollte, versperrten ihr Soldaten den Weg.

»Warum lassen Sie mich nicht vorbei?«, fragte sie den rothaarigen Riesen, der direkt vor ihr stand.

»Wir haben unsere Befehle, Mistress.«

»Und wer hat sie Ihnen erteilt?«

»Laird Kincaid.«

»Oh ...« Jamie versuchte ihren Ärger zu verbergen. »Ist mein Mann schon weggeritten?«

»Nein.« Die Lippen des Kriegers verzogen sich zu einem Lächeln. »Er steht hinter Ihnen.«

Sie drehte sich um und starrte auf Alecs breite Brust. »Du kannst dich an einen ranschleichen wie eine Katze.«

»Wohin wolltest du?«

»Ich habe dich gesucht. Warum müssen mich deine Männer hier festhalten?«

»Um deine Sicherheit zu gewährleisten.«

»In deiner Abwesenheit bin ich also eine Gefangene?«

»Wenn du es so betrachtest ...«

»Ich würde nachmittags gern ausreiten Natürlich würde ich dir versprechen, nicht zu fliehen.«

»Das traue ich dir auch nicht zu.«

»Trotzdem willst du mir verbieten, die Burg zu verlassen? Warum?«

»Weil du dich verirren könntest.«

»Und wenn ich dir schwöre, mich nicht zu verirren?«

Seine Miene verriet unverhohlen, wie dumm er diese Frage fand. Gavin kam heran und führte Alecs Hengst am Zügel. Ehe Jamie erklären konnte, sie habe mit ihrem Mann zu reden, schwang er sich in den Sattel, und sie trat ihm rasch in den Weg. »Mary ist hier.«

»Ich habe sie gesehen.«

»Alec, bevor du aufbrichst, muss ich mit dir über meine Schwester sprechen. Es ist sehr wichtig, sonst würde ich dich nicht belästigen.«

»Ich höre.«

»Wir sollten das unter vier Augen erörtern.«

»Warum?«

Jamie runzelte die Stirn. Dieser unnachgiebige Mann machte es ihr wirklich nicht leicht. Seufzend legte sie eine Hand auf sein Knie. »Du sagtest, du würdest alle meine Wünsche erfüllen, sofern es möglich ist. Und ich verlange sicher nicht zu viel, wenn ich dich um ein vertrauliches Gespräch bitte.«

Während er seine Entscheidung abwog, starrte sie zu Boden. Dann hörte sie, wie er tief Luft holte, und ehe sie wusste, wie ihr geschah, umschlang er ihre Taille und hob sie zu sich aufs Pferd. Der Hengst galoppierte über die Brücke und zur Straße hinab, und Alec zügelte ihn erst, als sie sich ziemlich weit von den Männern entfernt hatten.

Sie waren von Bäumen umgeben, und Jamie schaute sich nach allen Seiten um. Nachdem sie festgestellt hatte, dass sie allein waren, wandte sie sich zu Alec. »Warum wolltest du nicht warten, bevor du mit mir schliefst?«

Auf diese Frage war er nicht vorbereitet.

»Daniel wartet immer noch – aus Rücksicht auf Marys Gefühle«, fuhr sie fort. »Er möchte, dass sie ihn erst einmal näher kennen lernt. Was hältst du davon?«

»Wahrscheinlich begehrt er sie nicht sonderlich, sonst hätte er die Ehe längst vollzogen. Und ich habe dich begehrt. Du mich doch auch?«

»Ja«, gab Jamie zu. »Ich meine – am Anfang nicht, aber ... Hör mal, Alec, wir müssen Marys Probleme lösen, nicht meine.«

Er ignorierte ihre Verlegenheit. »Es hat dir gefallen, nicht wahr?«

Obwohl sie wusste, dass seine Arroganz außer Kontrolle geraten würde, gestand sie die Wahrheit. »Ja.«

»Schau mich an.«

»Lieber nicht …«

»Ich will es aber.«

Langsam hob sie den Kopf und zwang sich, seinen Blick zu erwidern. Er sah sie erröten, konnte nicht widerstehen und küsste ihre gerunzelte Stirn. »Worüber machst du dir Sorgen?«

»Hat es dir gefallen?«

»Hast du das nicht gemerkt?«

»Daniel behauptet, die Engländerinnen seien kalt wie Fische …«

Als Alec lachte, schimpfte sie: »Das ist nicht komisch! Würdest du bitte meine Frage beantworten?«

»Welche Frage?«, neckte er sie.

»Bin ich kalt wie ein Fisch?«

»Nein.«

Erleichtert seufzte sie auf. »Ab und zu muss eine Frau solche Worte hören.«

»Möchtest du jetzt mit mir schlafen?«

»Am helllichten Tag? Großer Gott, nein!«

»Wenn du deine Hände nicht wegnimmst, muss ich dich lieben«, erklärte er heiser, und sie merkte, dass sie seine nackten Schenkel umklammerte. Sofort ließ sie ihn los.

»Dann würde es also keine Rolle spielen, ob ich deine Farben trage, wie du es vorgeschlagen hast, oder nicht?«

»Ich habe keinen Vorschlag gemacht, sondern eine Tatsache festgestellt. Ehe ich dich wieder anrühre, wirst du meine Farben tragen. Sonst noch Fragen?«

»Bist du mir böse?«

»Nein.«

»Deine Stimme hört sich aber so an.«

»Hör auf, mich herauszufordern.«

»Hast du eine andere Frau?«

In diesem Augenblick sagte er sich, dass er Jamies Gedankengänge niemals verstehen würde. Sie hatte die absurdesten Probleme. »Würde dich das stören?«

Sie nickte. »Hättest du etwas dagegen, wenn ich mich mit einem anderen Mann einließe?«

»Das würde ich niemals gestatten.«

»Ich würde dir auch keine Liebschaft mit einer anderen erlauben.«

»Du sprichst so, als stündest du auf derselben Stufe wie ich, Frau.«

Jamie wusste, dass sie ihn geärgert hatte, und es drängte sie, die Furchen auf seiner Stirn wegzuwischen. »Du hast meine Frage nicht beantwortet, Alec.«

»Es gibt keine andere Frau in meinem Leben.« Sie lächelte, und er fügte hinzu: »Du bist nicht kalt. Wenn du solche Zweifel hast, beleidigst du mich.«

»Wieso dich?«

»Weil es meine Pflicht ist, heiße Leidenschaft in dir zu erregen. Und du warst doch sehr leidenschaftlich, nicht wahr, Jamie?«

Seine Arroganz tröstete sie irgendwie, wenn sie auch nicht die leiseste Ahnung hatte, warum. »Vielleicht«, flüsterte sie und starrte auf seinen Mund. »Vielleicht auch nicht. Ich fürchte, ich hab's vergessen.«

Da beschloss er, sie daran zu erinnern. Mit beiden Händen umfasste er ihr Gesicht, neigte sich zu ihr, und sie schloss erwartungsvoll die Augen. Seine Lippen pressten sie auf ihre, seine Zunge glitt in ihren Mund, immer wieder – ein sinnliches Ritual, das ihr Herz wie rasend schlagen ließ. Als sie spürte, wie ihr Körper kapitulierte, wollte sie sich losreißen. Doch das verhinderte Alec. Er küsste sie hungrig, bis sie ihre Gegenwehr vergaß.

Und sie sehnte sich nach viel mehr, antwortete auf das Spiel seiner Zunge, erst schüchtern, dann immer kühner. Sie stöhnte, versuchte sich an ihn zu schmiegen. Und da wusste er, dass es an der Zeit war, den Kuss zu beenden. Sonst würde er seine aufgewühlten Gefühle nicht länger kontrollieren können. Seufzend schob er Jamie von sich und musste ihre Hände mit sanfter Gewalt von seinen Schultern lösen. Sie drückte das Gesicht an seinen Hals und rang nach Atem, als wäre sie eine weite Strecke bergauf gelaufen. Und sie merkte, dass auch er kaum Luft bekam. Der Kuss musste ihn genauso erregt haben wie sie.

Doch ihre Hoffnung wurde zunichte, als er erklärte: »Wenn du mir keinen albernen Fragen mehr stellen willst, würde ich mich jetzt gern um wichtigere Dinge kümmern.«

Wie konnte er es wagen, nach diesem wundervollen intimen Moment einen so gelangweilten Ton anzuschlagen? »Du brauchst nicht so zu tun, als wäre ich nur ein lästiges Ärgernis.«

»Das bist du aber«, entgegnete er und. setzte seinen Hengst in Bewegung. Diese Frau musste endlich lernen, welchen Platz sie in seinem Leben einnahm. Er war ihr Herr, und je eher sie das begriff, desto besser.

»Bist du ...?«

»Frag nicht schon wieder, ob ich dir böse bin«, unterbrach er sie mit donnernder Stimme.

Natürlich war er böse. Großer Gott, die Ohren würden ihr noch wochenlang dröhnen. »Schrei mich nicht so an! Ich wollte nur wissen, ob du einverstanden bist, wenn Mary ...«

»Behellige mich nicht mit den Problemen deiner Schwester!«, befahl er und fügte etwas leiser hinzu: »Deine Verwandtschaft darf dich jederzeit besuchen.«

An einen Besuch dachte sie eigentlich nicht, aber sie entschied, dass sie für diesen Tag lange genug an seinen Nerven gezerrt hatte. »Es ist so schwierig, deine wechselhaften Stimmungen zu beurteilen«, meinte sie, als sie zur Mauer zurückgekehrt waren. Er stieg ab und half ihr aus dem Sattel. »Alec?«

»Was ist denn jetzt schon wieder?«

»Ich glaube, ich werde jeden Tag der zwei Wochen nutzen, die du mir gegeben hast, bevor ich deine Farben trage. Vielleicht solltest du in dieser Zeit lernen, mich – ein bisschen zu mögen ...«

Er umfasste ihr Kinn. »Dich mögen? Sei froh, dass ich dich nicht hasse!« Weil er glaubte, sie wollte ihn wieder einmal herausfordern, waren ihm diese harten Worte entschlüpft. Aber er bereute sie sofort, als er den Schmerz in ihren Augen las.

Abrupt kehrte sie ihm den Rücken. »Ich mag dich auch nicht besonders, Kincaid.«

Alec legte grinsend eine Hand auf ihre Schulter und drehte sie zu sich herum. »Du lügst.«

»Ich lüge nie.«

»Jetzt lügst du, und das merkt man.«

Erbost riss sie sich los und ging über die Zugbrücke. Er schaute ihr nach und überlegte, wie hübsch sie in seinen Farben aussehen würde. Plötzlich wandte sie sich zu ihm. »Du wirst doch auf dich aufpassen?«

Er nickte, um die Angst zu beschwichtigen, die in ihrer Stimme mitschwang. Und dann sagte er, weil er der Versuchung nicht widerstehen konnte: »Ich dachte, du magst mich nicht. Oder hast du dich so schnell anders besonnen?«

»Nein.«

»Warum ...?«

»Hör mal, Kincaid, ich habe jetzt keine Zeit für längere Diskussionen.« Jamie lief zu ihm zurück, damit die Soldaten nicht lauschen konnten. »Du willst zu deiner Jagd aufbrechen, und ich muss für Marys Bequemlichkeit sorgen. Ich bitte dich nur, vorsichtig zu sein.«

Inzwischen war er wieder aufs Pferd gestiegen, und sie streichelte sein Knie. Alec bezweifelte, dass ihr bewusst wurde, was sie tat. »Wenn du wütend bist, nennst du mich immer Kincaid.«

»Ich werde nie wütend – nicht einmal, wenn du mir keine Pflichten zubilligst. Darf ich während deiner Abwesenheit neue Regelungen im Küchenbereich treffen? Dann hätte ich eine Beschäftigung. Natürlich sollen andere die eigentliche Arbeit leisten. Ich werde sie nur beaufsichtigen.«

Er hatte nicht das Herz, ihr diesen Wunsch abzuschlagen. »Du wirst keinen Finger rühren?«

»Keinen einzigen.«

»Gut.« Ehe sie ein weiteres Anliegen vorbringen konnte, schob er ihre Hand von seinem Knie und ritt davon, gefolgt von seinen Soldaten. Entschlossen verdrängte er Jamie aus seinen Gedanken und konzentrierte sich auf seine Aufgabe.

Erst wenige Stunden später erinnerte er sich an die Ankündigung seiner Frau, sie würde für Marys Bequemlichkeit sorgen. Offensichtlich plante ihre Schwester einen längeren Besuch. Oder sie wollte für immer bleiben.

Diese Vermutung wurde zur Gewissheit, als Gavin ihm nachritt und meldete, Lady Kincaid gewähre ihrer Schwester Zuflucht. Deren Mann habe vergeblich versucht, Mary zurückzuholen, und seinen Nachbarn den Krieg erklärt.

Alec konnte sich vorstellen, wie erzürnt Daniel war. Er schickte Gavin nach Hause mit dem Auftrag, die Lady im Auge zu behalten, betraute einen erfahrenen Soldaten mit dem Oberkommando während der Jagd und ritt zum Ferguson-Gebiet.

An der Grenze, die beide Ländereien teilte, traf er Daniel. Laird Kincaid war allein gekommen, um seine friedlichen Absichten zu bekunden. Aber sein Freund wurde von einem kleinen, bis an die Zähne bewaffneten Heer begleitet.

Alec zügelte seinen Hengst und überließ es Ferguson, den ersten Schritt zu tun. Lange brauchte er sich nicht zu gedulden, denn Daniel zog sein Schwert und schleuderte es durch die Luft, sodass sich die Spitze direkt vor den Hufen von Kincaids Pferd in den Boden grub. Diese Geste bekräftigte die Kriegserklärung.

Nun erwartete Daniel mit ausdrucksloser Miene, dass Alec die Aktion wiederholen würde. Dann blinzelte er verwirrt, weil sein Gegenüber den Kopf schüttelte. »Du weigerst dich zu kämpfen?«, schrie er. Vor Wut traten die Adern an seinen Schläfen hervor.

»Allerdings.«

»Das kannst du nicht.«

»Soeben habe ich es getan.«

»Was für ein Spiel treibst du mit mir?« Es hörte sich an, als würde Daniel glühende Asche spucken.

»Ich kämpfe nicht in einem Krieg, den ich nicht gewinnen will.«

»Du willst nicht gewinnen? Warum nicht, zum Teufel?«

»Glaubst du wirklich, ich möchte zwei Engländerinnen in meinem Haus haben?«

Diese Frage besänftigte Daniels Zorn ein wenig. »Aber …«

»Wenn ich siege, würde Mary für den Rest meiner Tage bei Jamie bleiben. Du verlangst zu viel von mir, mein Freund.«

»Also hat Jamie meine Frau nicht mit deiner Zustimmung aufgenommen?« Die Andeutung eines Lächelns erschien auf Daniels Lippen.

»Natürlich nicht!«, stieß Alec hervor.

»Deine Frau hat es gewagt, Mary vor mir zu beschützen. Vor mir! Und das dumme Ding verkriecht sich wie ein Kind hinter Jamies Rücken.«

»Die beiden stammen aus England. Das hast du leider vergessen.«

»Das stimmt«, gab Daniel seufzend zu. »Aber ich will nicht, dass meine Frau sich wie ein erbärmlicher Feigling benimmt. Es ist einfach schändlich, wie sie ihre kleine Schwester …«

»Sie ist nicht feige, sie wurde zu diesem Verhalten erzogen. Jamie machte alle ihre Schwestern glauben, sie würde ihnen jederzeit Schutz bieten.«

Daniel grinste. »Alle beide sind schrecklich albern.«

»Aye, und wir sind zu lange befreundet, um diesen Weibern zu erlauben, einen Keil zwischen uns zu treiben. Ich bin nur hergekommen, um dich zu bitten – nein, um zu verlangen, dass du deine Frau aus meiner Burg holst.«

»Ist das ein Befehl?«

»Genau.«

»Und wenn ich lieber kämpfen will?«

»Dazu bin ich bereit. Aber vorher müssen die Bedingungen geändert werden.«

»Inwiefern?«

»Der Sieger nimmt beide Frauen.«

Nun warf Daniel den Kopf in den Nacken und brüllte vor Lachen. Alec hatte ihm geholfen, vor seinen Männern das Gesicht zu wahren und auf einen Kampf zu verzichten, ohne als Verlierer dazustehen. »Niemals würdest du dich von deiner Beute trennen, mein Freund. Aber es erwärmt mir das Herz zu wissen, dass du es mit deiner Frau auch nicht so leicht hast.«

»Sie wird sich schon noch einnisten.«

»Was Mary betrifft, hege ich gewisse Zweifel.«

»Sie braucht nur eine strenge Hand.«

Daniel schickte seine Soldaten weg, ehe er auf Alecs Bemerkung antwortete. »Eine strenge Hand und einen Knebel. Seit wir in meinem Haus angekommen sind, hat sie nicht aufgehört, sich zu beklagen. Sie regt sich sogar darüber auf, dass ich eine Geliebte habe.«

Alec lachte. »In dieser Hinsicht sind sie komisch.«

»Vielleicht lasse ich sie bei Jamie ...«

»Dann bricht ein Krieg aus. Sie gehört zu dir, Daniel.«

»Du hättest die beiden sehen sollen.« Ferguson hob sein Schwert vom Boden auf und steckte es in die Scheide. »Deine Frau stand schützend vor Mary und schleuderte mir eine Beleidigung nach der anderen ins Gesicht. Sie nannte mich sogar ein Schwein.«

»Du wurdest schon mit schlimmeren Schimpfnamen bedacht.«

»Ja, aber nur von Männern, und die blieben nicht lange am Leben.«

»Jamie ist sehr temperamentvoll«, gab Alec lächelnd zu.

»Ich wünschte, ein bisschen was davon würde auf Mary abfärben. Die führt sich auf wie ein verängstigter Hase.«

Um ein wichtigeres Thema anzuschneiden, erklärte Alec: »Als ich über dieses Problem informiert wurde, war ich gerade unterwegs, um Angus' Angreifer aufzuspüren.«

»Ich habe gehört, was geschehen ist. Soll ich dich begleiten? Soviel ich weiß, sind die Bergbarone verantwortlich.« Damit meinte Daniel eine Bande von Männern, die von ihren Clans ausgestoßen worden waren und sich zusammengerottet hatten. Sie wurden Barone genannt, weil die Engländer diesen Titel schätzten und weil er im Hochland als schmachvolle Bezeichnung galt. Diesen Namen fand man passend, denn die Bergbande war wie die Engländer ein übles Gesindel, das ohne Ehre und Gewissen kämpfte.

»Du bist mir willkommen«, erwiderte Alec, »aber zuerst musst du Mary in dein Haus zurückbringen. Wir treffen uns dann am Peak.«

Schweigend ritten sie zu Alecs Burg. Mitten im Hof stand Jamie neben ihrer Schwester. Angesichts der Miene des Lairds erlosch ihr Lächeln.

»O Gott, Daniel sieht aus, als wollte er mich umbringen«, wisperte Mary und rückte näher an ihre Schwester heran.

»Du musst lächeln. Das wird ihn verwirren.«

Alec stieg vom Pferd und ging langsam auf seine Frau zu. Sie holte tief Atem. »Ist deine Jagd beendet?«

Die Frage blieb unbeachtet. »Hast du Lady Ferguson Zuflucht gewährt?«

»Zuflucht? So habe ich es nicht gesehen.«

»Antworte!«

»Mary wollte hier bleiben, und ich erlaube es ihr. Wenn du das Zuflucht nennst – bitte. Ich werde sie stets beschützen.«

Ungläubig hob er die Brauen. »Vor ihrem Ehemann?«

»Aye – weil dieser Mann ein herzloser Rüpel ist.« Jamie warf Daniel einen vernichtenden Blick zu und wandte sich dann wieder zu ihrem Gemahl. »Er hat ihre Gefühle tief verletzt. Was hätte ich denn tun sollen?«

»In Zukunft wirst du dich nur um deine eigenen Angelegenheiten kümmern.«

»Er hat sie grausam behandelt.«

»Aye!«, schrie Mary, vom Kampfgeist ihrer Schwester angesteckt. »Wenn ich nicht hier bleiben darf, werde ich den Rückweg nach England finden.«

»Ich könnte dich sicher hinführen.« Jamie schlang die Finger ineinander und wartete ab, wie ihr Mann diese Drohung aufnehmen würde.

»Dann werdet ihr beide in der Normandie landen«, prophezeite er, starrte Mary an, bis sie eingeschüchtert von ihrer Schwester wegtrat, und zog Jamie in die Arme. Sie versuchte sich loszureißen, wusste aber, dass ihre Mühe zwecklos gewesen wäre. Außerdem hatte sie Vater Murdock auf den Eingangsstufen entdeckt, und ein Mann im heiligen Gewand sollte sie nicht bei einem undamenhaften Gerangel beobachten.

»Ich gehe nicht mit dir, Daniel!«, kreischte Mary.

Die Herausforderung blieb nicht unbeantwortet. Daniel ritt auf sie zu, und ehe sie sich's versah, hatte er sie hochgezerrt und quer über seinen Sattel geworfen, wie einen Sack Hafer. Mary brüllte wie am Spieß.

»Ich kann nicht untätig zusehen, wie er sie so demütigt«, flüsterte Jamie.

»Doch, das kannst du«, erwiderte Alec.

»Unternimm doch etwas!«

»Ich werde mich ebenso wenig einmischen wie du. Mary kommt ohnehin glimpflich davon. Daniel besitzt ein fast so wildes Temperament wie ich, und sie hat Schande über ihn gebracht.«

Unglücklich starrte Jamie ihrem Schwager nach, der mit Mary durch das Tor zur Zugbrücke ritt. »Er wird ihr doch nichts antun?«

Alec fand ihre Angst unvernünftig. »Er wird sie bestimmt nicht verprügeln.«

»Sie hat ihr Pferd vergessen.«

»Das braucht sie nicht.«

»Vielleicht bringe ich's ihr morgen. ... Alec – wenn ich dir davonliefe – würdest du mich auch zurückholen?« Da er keine Antwort gab, fauchte sie: »Natürlich nicht! Ich bin zu unwichtig, was?«

Ohne sie loszulassen, bestätigte er: »Nein, ich würde dich nicht zurückholen.«

Rasch senkte sie den Blick, um ihm nicht zu zeigen, wie weh ihr seine Antwort tat. Spielte es überhaupt eine Rolle, ob er sie heimholen würde oder nicht? Der Mann war ein schottischer Barbar, der ihr nichts bedeuten dürfte.

»Ich würde dir jemanden nachschicken«, fuhr er fort. »Aber da du nicht weggelaufen bist, sind diese Überlegungen müßig, nicht wahr?«

»Ich mag dich immer weniger, Kincaid.«

»Du solltest dein zorniges Temperament im Zaum halten, Engländerin.« Er strich mit einem Finger über ihre Wange. »Mach keinen Ärger während meiner Abwesenheit.«

Mit zärtlichen Abschiedsworten konnte sie wohl nicht rechnen. Er schob sie von sich, ging zu seinem Pferd und stieg auf. Sie starrte ihm nach, als er davonritt, und strich über die Wange, die er berührt hatte. Dann ließ sie hastig ihre Hand sinken. Beinahe verabscheute sie ihn. Beinahe ...

Sie erinnerte sich, dass er ihr erlaubt hatte, Veränderungen in der Küche vorzunehmen. Es war nur eine geringfügige Aufgabe, aber immerhin ein Anfang. Wenn er sah, wie hübsch sie sein Heim gestaltete, würde er ihr bald Vertrauen schenken.

Jamie straffte die Schultern und ging ins Haus.

12

Die Kunde von Lady Kincaids bemerkenswerten Heilkünsten breitete sich wie ein Lauffeuer im Hochland aus. Die Geschichte von Angus' Genesung bedurfte keiner Übertreibung, denn die Wahrheit war eindrucksvoll genug und musste nicht ausgeschmückt werden.

Die Mitglieder des Kincaid-Clans, die das Frühlingsfest in Gillebrids Burg besuchten, erfuhren einen halben Tag, nachdem sie von Angus' Tod gehört hatten, auf welch wunderbare Weise er gerettet worden war. Lydia Louise, seine jüngere Schwester, hatte eben noch verzweifelt geschluchzt, und nun vergoss sie Freudentränen. Schließlich war sie am Ende ihrer Nervenkraft. Man gab ihr starken Wein zu trinken und brachte sie dann ins Bett.

Keiner von den McPhersons erschien zu den Festlichkeiten. Der einzige Sohn des Clanführers, ein drei Monate alter Junge, war so krank und schwach, dass niemand an seinem baldigen Tod zweifelte. Eigensinnig wie der Vater, hatte das Baby plötzlich heftige Abneigung gegen die Muttermilch entwickelt. Wann immer es gestillt wurde, übergab es sich, und schließlich fehlte ihm die nötige Kraft, um an den Brustwarzen zu saugen.

Laird McPherson ergriff die Flucht und suchte Trost in seinen geliebten Wäldern. Wie ein Kind weinte er, denn er erwartete, bei seiner Rückkehr sein Söhnchen begraben zu müssen.

Die Fergusons waren mit den McPhersons gegen die verhassten Fischer, die McCoys, verbündet. Diese Fehde währte nun schon so viele Jahre, dass sich niemand an ihren Beginn erinnerte. Hingegen waren die Kincaids mit den McCoys verbündet, seit ein McCoy-Krieger eine Kincaid-Tochter aus dem Fluss gefischt und vor dem Ertrinken bewahrt hatte. Das Gebot der Ehre verlangte es, dass die Kincaids den McCoys in allen Kämpfen gegen die McPhersons zur Seite standen.

Aber als Lady Cecily McPherson von Lady Kincaids Heilkunst hörte, missachtete sie alle Gesetze des Hochlands. Um ihr Kind zu retten, hätte sie sogar mit dem Teufel einen Pakt geschlossen. Ohne irgendjemanden in ihren Plan einzuweihen, brachte sie das Baby zur Ferguson-Burg und flehte Lady Ferguson um Hilfe an. Mary zeigte großes Verständnis für die Notlage der armen Frau. Und da Daniel noch auf der Jagd nach Angus' Feinden war, brauchte sie ihren Gatten nicht um Erlaubnis zu bitten. Ohne zu zögern, ritt sie mit dem Kind zu Jamie.

Natürlich wussten alle Kincaid-Soldaten, zu wem das Baby gehörte, so wie jeder in den Bergen über die Angelegenheiten aller anderen Leute im Bilde war. Aber niemand teilte der Herrin mit, dass sie den Sohn eines Feindes verarztete. Die Mannen errieten, dass dieser Umstand keine Rolle für Lady Jamie spielen würde. Sie war nur eine Frau und würde ihren Mutterinstinkt wichtiger nehmen als die Kriegsgefahr. Außerdem vermochte sie die Bedeutung einer Clanfehde nicht zu verstehen, und nach der Art und Weise zu urteilen, wie sie bei Angus' Letzter Ölung ihren Willen durchgesetzt hatte, würde sie auch diesmal tun, was ihr richtig erschien.

Aber Gavin ahnte, was geschehen würde, sollte das Baby auf dem Grund und Boden der Kincaids sterben. Nachdem er dem bedauernswerten Kind einen kurzen Blick zugeworfen hatte, hielt er einen Krieg für unvermeidlich. Er befahl seinen Soldaten, sich für einen Kampf zu rüsten, schickte zwei Boten mit dem Auftrag los, Alec aufzuspüren, und wartete geduldig auf den Angriff der McPhersons.

Vier Tage später lag das Baby lebhaft und kugelrund in Jamies Armen, als die gesamte McPherson-Armee anrückte, um die Herausgabe der Leiche zu fordern.

Gavin gestattete nur dem Laird und zwei Begleitern Zutritt. Zusammen mit Marcus stand er auf den Eingangsstufen.

Gerade hatte Jamie das Kind auf Alecs Bett gelegt, um es schlafen zu lassen. Plötzlich erklangen laute Stimmen im Hof, und sie rannte hinaus, um den Grund der Aufregung festzustellen. Drei Begleiter mit finsteren Mienen näherten sich. Da sie nicht die Kincaid-Farben trugen, mussten sie einem anderen Clan angehören.

»Ich gehe nicht ohne die Leiche!«, brüllte der bullige Mann in der Mitte. »Und wenn ich nach dem Begräbnis wiederkomme, wird das Kincaid-Blut all diese Mauern besudeln.«

»Ist jemand gestorben, Gavin?«, fragte Jamie.

Der stellvertretende Befehlshaber antwortete, ohne sich zu ihr umzudrehen. Offenbar wollte er die Fremden nicht aus den Augen lassen, und das konnte sie ihm nicht verübeln. Die drei sahen so aus, als würden sie jeden Gegner niedermetzeln, sobald er ihnen den Rücken kehrte. »Laird McPherson möchte seinen Sohn holen.«

Gavins ärgerliche Stimme verwirrte Jamie. Sie spürte, welche Spannung in der Luft lag, dann merkte sie, dass die Neuankömmlinge sie ungeniert angafften. Entschlossen straffte sie die Schultern, um dieser Unhöflichkeit zu begegnen.

»Ist das Kincaids Frau?«, bellte der Mann in der Mitte.

»Das ist sie«, bestätigte Gavin.

»Dann muss sie diejenige sein, die meinen Sohn gestohlen hat!«

Konnte dieser Laird nicht sprechen, ohne zu schreien? Jamie konnte kaum glauben, dass das der Vater eines so sanftmütigen Babys war. Seine äußere Erscheinung wirkte nicht sonderlich einnehmend. Die buschigen Brauen verdeckten beinahe seine dunklen Augen, und sie vermutete, dass er genauso unangenehm roch, wie er aussah.

Marcus wandte sich zu Jamie, mit ausdruckslosem Gesicht. »Holen Sie das Kind.«

»Beeilen Sie sich, Frau!«

Jamie wollte gerade ins Haus zurückkehren, als der Laird ihr diesen lautstarken Befehl erteilte. Langsam drehte sie sich um. »Ich werde mir soviel Zeit lassen, wie ich es für nötig erachte.«

»Ich will die Leiche haben!« Er brüllte wie ein verwundeter Bär. Mühsam bezwang sie ihren Zorn. Immerhin hielt der Mann seinen Sohn für tot, und so war es verständlich, dass er über seinem Gram alle Manieren vergaß.

Grabesstille herrschte im Hof, bis Jamie aus dem Haus zurückkam. Eine dicke Wolldecke verhüllte den kleinen McPherson, um ihn vor dem scharfen Wind zu schützen. Das Gesicht des alten Lairds zeigte keine Regung. Jamie trat an seine Seite und zog den Deckenzipfel vom Gesicht des Babys.

»Geben Sie mir meinen Sohn!«

»Sie werden jetzt sofort zu brüllen aufhören, Mylord«, erwiderte sie sanft. »Wenn Sie das Kindchen wecken, nachdem ich es mühsam in den Schlaf gelullt habe, mache ich Ihnen die Hölle heiß – verstanden?«

»Das Kindchen wecken?«

»Ich sagte doch, Sie sollen nicht so brüllen.« Jetzt fing Jamie beinahe selber zu schreien an, was sie sofort bereute, denn das Baby öffnete die Augen und wand sich unruhig in ihren Armen. Beschwichtigend lächelte sie es an, dann schaute sie wieder zu seinem Vater auf. »Da sehen Sie, was Sie angerichtet haben! Jetzt ist das Baby wach.« Sie drückte es an ihre Schulter und klopfte ihm behutsam auf den Rücken. Sofort rülpste es laut und vernehmlich. »Das ist aber ein braver Junge!«, lobte sie und küsste das kahle Köpfchen. Vorwurfsvoll starrte sie den Laird an. »Nie werde ich begreifen, warum der Allmächtige ausgerechnet Sie mit einem so lieben Sohn gesegnet hat. Gerade hat er sein Mittagsmahl zu sich genommen, und wenn Sie ihn so aufregen, wird er es ausspucken.«

McPherson schluckte und sagte nichts. Widerstrebend gab sie ihm das Baby und sah, dass seine Hände zitterten. »Bevor Sie uns verlassen, muss ich Ihnen noch ein paar Anweisungen geben«, erklärte sie.

Er schwieg immer noch. Blinzelnd betrachtete er seinen Sohn und rang nach Fassung. Natürlich durfte er keine Freude zeigen, denn das würde ihn in den Augen der Kincaids herabwürdigen. Aber der Anblick, der sich ihm bot, verlangte sehr viel von seiner Selbstbeherrschung. Der Kleine rülpste noch einmal laut in der tiefen Stille, dann lächelte er liebreizend, als spürte er die Gefühlskämpfe seines Vaters und wollte sie auf eine zusätzliche Probe stellen.

»Er ist nicht tot!«

»Und er wird noch lange am Leben bleiben, wenn Sie ihn nicht mit Ihrem Geschrei umbringen«, erwiderte

Jamie. »Und jetzt hören Sie bitte zu, Sir. Sagen Sie Ihrer Frau, sie darf ihn nur mit Ziegenmilch füttern.«

»Das werde ich nicht tun!«

Blitzschnell riss sie ihm das Baby aus den Armen.

»Dann müssen Sie ohne Ihren Sohn heimreiten, McPherson. Sie werden ihn nicht mit Ihrer Ignoranz töten. Kommen Sie wieder, wenn er alt genug ist, um sich selber seiner Haut zu wehren.«

Verblüfft riss er die Augen auf, schaute zu Gavin hinüber und wandte sich dann wieder an Lady Kincaid. »Geben Sie ihn her!«

»Nur wenn Sie versprechen, dass er ausschließlich Ziegenmilch trinken wird.«

»Er kriegt die Milch von seiner Mama, Frau!«

»Diese Milch mag er nicht.«

»Haben Sie soeben meine Gemahlin beleidigt?«

Jamie wünschte, sie hätte die Kraft, um ein bisschen Verstand in den alten Mann hineinzuprügeln. »Ich erkläre Ihnen doch nur, welche Regeln Sie befolgen müssen, um das Baby am Leben zu erhalten. Also – habe ich Ihr Wort?«

Er nickte stumm, und sie reichte ihm seufzend das Kind. »Sie sind der undankbarste Mensch, der mir je begegnet ist.«

»Undankbar?«

Jetzt brüllte er wieder. Erbost stemmte Jamie die Hände in die Hüften. »Aye, undankbar! Sie sollten mir versichern, dass Sie meine Hilfe zu schätzen wissen, statt mich anzuschreien.«

Seine Augen verengten sich zu Schlitzen, und sie merkte, wie tief sie seinen Stolz verletzt hatte, begriff aber nicht, warum.

»Sie müssen sich bei mir entschuldigen, weil Sie meinen

Sohn aus meinem Haus geholt haben!«, donnerte er. »Und wenn Sie sich weigern, erkläre ich Kincaid den Krieg!«

»Sie werden bestenfalls einen Tritt in den Hintern bekommen, wenn Sie mir keine Achtung erweisen!«, schrie Jamie zurück.

»Sie haben mir mein Kind weggenommen!«

Sein Pferd war genauso widerwärtig wie der Reiter. Als er die Zügel lockerte, versuchte es nach Jamies Schulter zu schnappen, und er schien das Biest ebenso wenig im Zaum halten zu wollen wie sein Temperament. »Sie werden sich entschuldigen!«

»Wie können Sie es wagen, so etwas zu verlangen?«, entgegnete Jamie und schlug nach dem Pferd. »Ich habe Ihren Sohn nicht aus Ihrem Haus geholt, und das wissen Sie sehr gut. Sie können hier warten, bis Sie schwarz werden – ich entschuldige mich niemals!« Das Baby begann zu weinen, und sie fuhr mit etwas leiserer Stimme fort: »Bringen Sie den Kleinen zu seiner Mama, und lassen Sie sich erst wieder hier blicken, wenn Sie bessere Manieren gelernt haben.«

Nur um ihr zu trotzen, hielt er die Zügel noch lockerer. Der Hengst versuchte erneut, in Jamies Schulter zu beißen, und sie gab ihm einen noch heftigeren Schlag.

»Habt ihr das gesehen?«, brüllte McPherson. »Kincaids Frau misshandelt mein Pferd! Die Frau eines Mannes darf man beleidigen – aber sein Pferd zu schlagen ...«

»Verschwinden Sie endlich, bevor ich Sie schlage!«, fiel Jamie ihm ins Wort.

Als der Soldat zur Linken des Lairds nach seinem Schwert griff, zog sie ihren Dolch aus dem Gürtel und zielte damit auf den Soldaten. »Lassen Sie die Waffe los, sonst steckt diese Klinge in Ihrem Hals, ehe Sie den nächsten Atemzug tun können. Und falls ich Sie nur verletze, werde ich Sie nicht kurieren.«

Der Krieger zögerte nur kurz, dann gehorchte er. Jamie nickte. »Und jetzt verschwinden Sie hier alle!«, rief sie, während sie ihren Dolch wieder in den Gürtel schob. Plötzlich fühlte sie sich sehr müde. Schon lange war sie nicht mehr in solche Wut geraten, und sie schämte sich ein wenig für ihr Benehmen. Glücklicherweise hatten außer den McPhersons nur Gavin und Marcus beobachtet, wie sie aus der Rolle gefallen war.

Natürlich trug nur Laird McPherson die Schuld daran. Der Mann verfügte über die Manieren eines Höhlenbewohners und vermochte sogar einen Heiligen bis zur Weißglut zu reizen.

Sie hielt es für ratsam, den Rückzug anzutreten. Ohne ein weiteres Wort an die McPhersons zu verschwenden, wollte sie ins Haus gehen. Aber als sie sich umdrehte, erstarrte sie beim Anblick eines Kincaid-Soldaten. Da standen sie in Reih und Glied, zum Kampf gerüstet. Und in ihrer Mitte Alec ... Offenbar hatte er die unerfreuliche Szene im Hof verfolgt. Jamie war so zerknirscht, dass sie am liebsten kehrtgemacht hätte, um nach England zu laufen.

Alec hatte die Arme vor der Brust verschränkt, und seine Miene verhieß nichts Gutes. Trotzdem glaubte sie vorerst nichts befürchten zu müssen. Wenn er sie umbringen wollte, würde er das nicht vor aller Augen tun. Sie war zu unwichtig, als dass er ihretwegen ein Spektakel veranstaltet hätte. Wahrscheinlich würde er sie noch eine Weile am Leben lassen.

Er sagte kein Wort, als sie zu ihm ging, schob sie hinter seinen Rücken und trat einen Schritt hervor. Sofort wurde Jamie von seinen Kriegern umringt. Sie versperrten ihr die

Sicht, und es nützte ihr auch nichts, sich auf die Zehenspitzen zu stellen und über Marcus' Schulter zu spähen.

Zornige Worte flogen wie Pfeile zwischen den beiden mächtigen Clanführern hin und her. Verblüfft hörte Jamie, wie Alec sie verteidigte. Er fühlte sich tief beleidigt, weil ein McPherson es gewagt hatte, in Lady Kincaids Gegenwart seinen Schwertgriff zu berühren. Sie schickte ein stummes Dankgebet zum Himmel, weil sein Zorn ausnahmsweise einmal nicht ihr galt.

Erneut brüllte McPherson das verhasste Wort »Krieg«, und Alec stimmte begeistert zu.

O Gott, was hatte sie getan?

Niemals würde Alec glauben, dass sie diese Entwicklung nicht verschuldete. Hätte sie ihre Wut bezähmt, wäre es ihr vielleicht gelungen, das Schlimmste zu verhindern.

Die Soldaten entfernten sich erst von ihr, als die McPhersons die Burg verließen. Jamie beschloss zu verschwinden, ehe ihr Mann seine Aufmerksamkeit auf sie richtete. Selbstverständlich wollte sie nicht vor ihm fliehen. Sie brauchte nur etwas Zeit, um ihre Gedanken zu ordnen. Wenn sie Glück hatte, würde sie nur ein bis zwei Tage dafür benötigen.

Sie eilte zur Eingangstreppe und wollte hinaufsteigen, doch da wurde sie unsanft am Arm gepackt und herumgerissen. Da Marcus und Gavin zuschauten, wollte sie lächeln, besann sich aber anders, als sie Alecs Gesicht sah.

»Würdest du bitte eine Erklärung abgeben?« Seine Stimme klang wie das Gähnen eines Löwen.

»Lieber nicht«, entgegnete Jamie.

Diese Antwort missfiel ihm sichtlich. Die Muskeln in seinem Kinn bebten, der Griff um Jamies Arm verstärkte sich. Obwohl sie beschlossen hatte, seinen Blick zu erwidern und keine Angst zu zeigen, hielt sie es nicht einmal bis zu ihrem ersten Wimpernzucken durch. »Das Baby war krank«, teilte sie ihm mit.

»Und?«

»Ich habe es gesund gepflegt.«

»Wie kam McPhersons Sohn hierher?«

»Das habe ich mich auch schon gefragt.«

»Sprich, verdammt noch mal!«

Jamie versuchte ihn zu beschwichtigen, ohne eine direkte Antwort zu geben. »Alec, ich wollte doch nur Gutes tun. Selbst wenn ich gewusst hätte, dass dieses liebe kleine Kind einem so grässlichen alten Ekel gehört, hätte ich es kuriert. Es stand solche Qualen aus. Hätte ich ihm den Rücken kehren sollen?«

»Ich habe dich etwas gefragt.«

»Du würdest mit Mary schimpfen, wenn ich's dir sage ...«

»Mary hatte also ihre Hand im Spiel?« Alec schüttelte den Kopf. »Das dürfte mich nicht überraschen.«

»McPhersons Frau kam mit dem kranken Baby zu Mary und bat um Hilfe. Und meine Schwester brachte es zu mir.«

Endlich ließ er ihren Arm los, und sie widerstand dem Impuls, die schmerzende Stelle zu reiben. »Bist du jetzt böse auf Mary?«

Er würdigte sie keiner Antwort. Gavin schaute sie mitfühlend an, dann wandte er sich zu Alec. »War Daniel darüber informiert?«

»Er konnte nichts wissen, weil er mit mir auf der Jagd war. Wenn er danach sofort nach Hause ritt, müsste er es inzwischen herausgefunden haben. Hoffentlich hält er Mary künftig hinter Schloss und Riegel.«

»Sie hat ein gutes Herz«, verteidigte Jamie ihre Schwester. »Daniel kann ihr nicht grollen – wo sie doch nichts weiter verbrochen hat, als einem kranken Kind zu helfen!«

Alec ignorierte ihre Worte. »Du darfst dich jetzt ins Haus zurückziehen.«

Seine Gefühlskälte bedrückte sie, obwohl sie mittlerweile daran gewöhnt sein müsste. Vier Tage und vier Nächte war er nicht daheim gewesen, und sie hatte ihn kein bisschen vermisst. »Ich bin noch nicht bereit, hineinzugehen«, entgegnete sie, worauf Gavin und Marcus zusammenzuckten. Hingegen wirkte Alec weniger erstaunt als resigniert. »Vorher muss ich dir eine Frage stellen«, fuhr Jamie fort.

Er seufzte ungeduldig. »Marcus, schick ein paar Männer los, sie sollen McPherson bis zur Grenze folgen. Also, was willst du wissen, Frau?«

»Ob deine Jagd gut verlaufen ist.«

»Ja.«

»Du hast also Angus' Angreifer gefunden.«

»Aye.«

»Und?«

»Was – und?«

»Musstest du jemanden töten?«

Eine so lächerliche Frage hatte er noch nie gehört. Jamie sprach im Flüsterton und warf Gavin einen unsicheren Blick zu.

Alec wusste nicht, was er von seiner Frau halten sollte. Anscheinend empörte sie sich über ihn. Aber er fand ihre Gedankengänge einfach zu unlogisch, um sich damit zu befassen. Trotzdem erschien sie ihm reizvoll wie eh und je. Die viertägige Trennung war ihm wie eine halbe Ewigkeit vorgekommen. Als er sich das eingestand, wurde seine Laune noch schlechter. Sie trug immer noch ihre englische Kleidung – diese Sünde hatte er sofort bemerkt. Und sie war offenbar so eigensinnig wie zuvor. Vielleicht noch mehr. »Sechs oder sieben«, erwiderte er in hartem Ton. »Möchtest du erfahren, wie ich sie umgebracht habe?«

»Nein, du unmöglicher Mensch! Mich interessiert nur die Anzahl. Waren es sechs oder sieben?«

»Wie soll ich mich an so etwas erinnern?«, rief er ungehalten. »Ich musste kämpfen und hatte was anderes zu tun, als die Leichen zu zählen.«

»Das hättest du aber tun müssen. In Zukunft werde ich dich darum bitten. Wenigstens diesen Gefallen kannst du mir erweisen.«

»Warum verlangst du das?«

»Weil ich nur mehr acht Shillings besitze.«

Er hatte keine Ahnung, wovon sie redete, aber das überraschte ihn nicht. Er wusste nie, was sie meinte. Aber angesichts ihrer bleichen Wangen fiel ihm immerhin ein, dass sie jede Art von Blutvergießen hasste. Offenbar wollte sie nicht, dass er jemanden tötete. Bei diesem amüsanten Gedanken musste er lächeln. Vermutlich hatte er nicht nur sechs oder sieben Mann umgebracht, sondern doppelt so viele. Es war ein wilder Kampf gewesen. Doch das verriet er Jamie nicht.

»Du lächelst, Alec. Bedeutet das vielleicht, dass du wieder einmal zu scherzen beliebst?«

»Ja«, log er.

Skeptisch schaute sie ihn an, dann raffte sie ihre Röcke und eilte ins Haus.

»Alec, was glaubte sie denn, was bei der Begegnung mit unseren Feinden geschehen würde?«, fragte Gavin.

»Ich habe keinen blassen Schimmer.«

Gavin unterdrückte ein Grinsen. »Übrigens, Franklin ist unseren Leuten entgegengeritten, die sich auf dem Heimweg von Gillebrids Burg befanden. Sie müssten spätestens morgen Nachmittag hier eintreffen. Ein paar Harolds kommen mit, um dir ihre Aufwartung zu machen.«

»Verdammt, die wollen nur meine Frau angaffen!«, stieß Alec hervor.

»Natürlich«, stimmte Gavin lächelnd zu. »Ihre Schönheit ist bereits Legende – und ebenso interessant wie Angus' wundersame Genesung. Bald wird jeder, der an irgendwelchem Wehwehchen leidet, auf deiner Schwelle kampieren.«

»Wie geht es Angus?«

»Mittlerweile ist er brav und fügsam.«

»Was heißt das?«

»Er möchte sich wieder seinen Pflichten widmen. Deine Frau ertappte ihn, als er seine Hütte verließ. Elizabeth hatte sie um Hilfe gebeten.« Gavin lachte laut auf, ehe er fortfuhr: »Angus' Geschrei drang bis hier herauf, und als ich zu ihm lief ...«

»Er hat Jamie angeschrien?«

»Mit gutem Grund. Sie nahm ihm sein Schwert weg.«

Alec hob die Brauen. »Dann hatte er allerdings einen Grund. Konnte er sich behaupten?«

»Sie erhob kein einziges Mal die Stimme, aber ein paar Minuten später lag er wieder im Bett.«

Alec ging zum Stall, die Hände hinter dem Rücken verschränkt, und Gavin folgte ihm. »Ich traue Harolds Männern nicht, schon gar nicht seinen Bastarden.«

»Du meinst die Zwillinge?«

»Justin wird Ärger machen. Er ist daran gewöhnt, sich einfach zu nehmen, was er haben will.«

»Glaubst du, er würde sich an die Ehefrau eines anderen heranmachen?«

»O ja. Der Mann hat schon mehr Bastarde gezeugt als der englische König.«

»Da er gut aussieht, liegen ihm alle Frauen zu Füßen. Seltsam, dass Philipp, der ihm wie aus dem Gesicht geschnitten ist, einen ganz anderen Charakter besitzt. Er ist viel zu schüchtern, um sich an das weibliche Geschlecht heranzuwagen.«

»Ihm traue ich auch nicht über den Weg«, murmelte Alec, und Gavin lächelte.

»Deine Lady scheint dir viel zu bedeuten.«

»Sie ist mein Eigentum. Niemand außer mir darf sie beleidigen.«

»Hier im Haus hat sie's nicht leicht. Die Aufgabe, die du ihr zugebilligt hast, hilft ihr zwar ein wenig, aber Edith macht ihr das Leben ziemlich schwer. Sie widerspricht jedem Befehl, den Jamie erteilt. Und Annie redet nicht einmal mit deiner Frau. «

Alec gab keine Antwort, denn er sah Jamie die Eingangsstufen herablaufen. »Wohin willst du?«, rief er.

»Zum Schmied!« Sie bog um eine Ecke und verschwand.

Seufzend schüttelte er den Kopf. »Das dumme Ding rennt in die falsche Richtung.«

Kichernd berichtete Gavin: »Sie hat mich gebeten, ihr noch mehr Aufgaben anzuvertrauen. Natürlich kann ich ihr nicht gestatten, schwere Arbeit zu leisten, zum Beispiel Steine zu schleppen. Aber in der Küche ...«

»Wovon redest du?«, unterbrach Alec seinen Stellvertreter, der verwirrt die Stirn runzelte.

»Du hast ihr doch erlaubt, einige Veränderungen in der Küche vorzunehmen.«

»Mag sein, in einem schwachen Augenblick. Aber sie kann nicht länger als eine Stunde gebraucht haben, um ihre neuen Regelungen zu treffen ...«

»Eine Stunde?« Gavin brach in schallendes Gelächter

aus. »Du wirst Augen machen. Nun, vielleicht bist du sogar angenehm überrascht.«

Vater Murdock eilte mit wehender schwarzer Kutte auf den Laird zu. »Alec, kann ich kurz mit dir sprechen?« Sofort versuchten sich Alec und Gavin in den Windschatten des Priesters zu stellen. Der Gestank, den er verströmte, trieb ihnen das Wasser in die Augen. Aus Hochachtung vor dem alten Mann erwähnte Alec nichts davon. Gavin war weniger taktvoll. »Großer Gott, Vater, was hast du denn angestellt? Du riechst wie ein Saustall.«

Der Geistliche war nicht beleidigt. Lachend nickte er. »Ja, mein Junge, ich stinke abscheulich, aber ich fühle mich so wohl wie seit Jahren nicht mehr. Jamie gab mir eine Salbe für meine Brust, und jetzt bin ich meinen Husten beinahe los.«

Er trat einen Schritt vor, und Alec hielt die Stellung, aber Gavin wich hastig zurück. »Genug von meinem Gesundheitszustand«, fuhr der Priester fort. »Es geht um wichtigere Dinge. Deine Frau hat mir alle ihre Münzen gegeben, Alec.« Er zeigte dem Laird eine Hand voll Münzen. »Damit wollte sie Ablassgebete kaufen, und ich hatte nicht das Herz, ihr zu sagen, dass wir hier nichts mit diesem Geld anfangen können.«

»Sie sorgt sich viel zu sehr um ihre Seele – eine typisch englische Marotte.«

»O nein, sie fürchtet nicht um ihr eigenes Seelenheil, sondern um deines.«

Gavin überspielte seinen Lachreiz mit einem lauten Hüsteln. »Ich zähle sieben Shillings.«

»Acht«, verbesserte ihn Vater Murdock. »Sie erklärte mir, einer soll gegen Gedächtnislücken helfen. Was sie damit meint, weiß ich nicht.«

»Die Frau ist einfach nur dumm«, erwiderte Alec.

»Nein – fürsorglich. Was soll ich mit den Münzen machen?«

Alec zuckte die Achseln. »Leg sie in das Kästchen auf dem Kaminsims.«

»Wie du willst. Da wir gerade von deiner lieben kleinen Frau sprechen – würdest du ihr erlauben, eines der oberen Zimmer zu benutzen? Sie bat mich, dich zu fragen.«

»Ich habe nichts dagegen. Wozu braucht sie einen Raum im Oberstock?«

»Sie möchte ihn als Schlafzimmer einrichten.«

»Verdammt.«

»Reg dich nicht auf!«, entgegnete der Priester besänftigend.

»Da wäre noch etwas – darf sie ausreiten? Natürlich würde sie das Kincaid-Gebiet nicht verlassen. Dann hätte sie eine Beschäftigung. Ich glaube, sie vermisst dich sehr, wenn du nicht daheim bist.«

Diese letzte Bemerkung glättete die Falten auf Alecs Stirn. »Selbstverständlich vermisst sie mich. Sag ihr, sie kann ausreiten, wenn sie einen Begleiter mitnimmt, Vater.«

»Denkst du, sie könnte fliehen? Sie hat zwar Heimweh, aber ...«

»Diese Frau findet nicht mal aus einem Zimmer heraus, wo's nur eine einzige Tür gibt. Nein, sie wird nicht versuchen, nach England zurückzukehren. Doch sie würde sich verirren. Sie hat keinen Orientierungssinn.«

Die Augen des Priesters funkelten, »Ja, sie hat so viele Fehler wie ein klarer blauer Himmel.«

»Du widersprichst dir selbst, Vater«, warf Gavin ein. »Ein klarer blauer Himmel hat keine Fehler.«

»Für einen Blinden schon.« Murdock starrte den Laird

eindringlich an. »Wenn du deine Frau so minderwertig findest, werde ich mich gern um eine Annullierung deiner Ehe bemühen, Alec.«

»Das wirst du nicht!« Alec hatte nicht beabsichtigt, in so heftigem Ton auf den lächerlichen Vorschlag des Geistlichen zu antworten. Nun war er dem alten Mann in die Falle gegangen, denn er hatte zugegeben, wie viel Jamie ihm bedeutete. »Ich hab's satt, über Weiber zu reden«, murmelte er. »Gavin, könntest du meine Frau daran hindern, einen weiteren Krieg anzuzetteln, während ich mich um andere Dinge kümmere?«

»Sie hat sich nach Helena erkundigt«, bemerkte der Priester mit ruhiger Stimme.

Langsam wandte sich Alec zu ihm. »Und?«, fragte er ausdruckslos.

»Wusstest du, dass man ihr sagte, du hättest Helena getötet?«

Alec schüttelte den Kopf, und Gavin stieß hervor: »Wann hat sie denn diese üble Klatschgeschichte gehört?«

»Bevor Alec ins Haus ihres Vaters kam.«

»Wollte sie wissen, ob das Gerücht der Wahrheit entspricht?«

»Nein, sie versicherte, sie hätte nie daran geglaubt. Sie bezweifelt auch, dass Helena Selbstmord begangen hat. Nach Jamies Meinung war es ein Unfall. Sie hat ein weiches Herz, Gavin, und ist fest vom lauteren Charakter ihres Mannes überzeugt.«

Alec nickte. »Nein, sie hält nichts von Klatsch und Tratsch.« Stolz schwang in seinen Worten mit. »Sie ist eine seelengute Frau.«

»Aye, das ist sie«, bestätigte Gavin.

»Natürlich kann sie auch sehr eigensinnig sein«, gab Vater Murdock zu bedenken. »Dauernd drängt sie mich,

ich solle ihr irgendwelche Aufgaben übertragen. Vermutlich möchte sie ein richtiges Familienmitglied werden, Alec. Sie beginnt dich zu lieben, mein Junge. Geh behutsam mit ihr um.«

Alec war zwar skeptisch, was Jamies Liebe betraf, aber er grinste.

»Und du solltest ihre Bemühungen um die Küche loben«, fuhr der Priester fort. »Was hältst du von den Veränderungen? Die sind sehr nützlich, das geben auch die Männer zu, obwohl sie anfangs gemurrt haben.«

»Wovon redest du?«

Murdock warf Gavin einen raschen Blick zu. »Von der Küche. Du hast Jamie doch gestattet, das Gebäude zu verlegen.«

»Was habe ich?«, schrie Alec.

Hastig wich der Geistliche vor dem Zorn seines Lairds zurück. »Sie sagte, du hättest ihr erlaubt, einige Neuerungen im Küchenbereich einzuführen. Niemals würde dieses liebe Mädchen lügen. Vielleicht hast du es vergessen ...« Er hörte auf, die Herrin zu verteidigen, als Alec zum Haus stürmte. »Er wirkte ziemlich überrascht, Gavin.«

»Überrascht? So kann man's auch nennen. Bleib lieber in Jamies Nähe, bis das Donnerwetter vorüber ist, Vater. Jetzt wird er gerade das Loch in der hinteren Wand bemerken ...«

Alecs Wutschrei hallte durch den Hof, und Murdock flüsterte: »Er hat's gesehen. Oh, Allmächtiger, steh uns bei! Da kommt Jamie!« Er raffte den Saum seiner Kutte und eilte zu ihr. »Warten Sie, Mädchen!«

Besorgt drehte sie sich zu ihm um. »O Vater, Sie sollten nicht so schnell laufen, ehe Sie von Ihrem Husten kuriert sind.«

Aufgeregt packte er ihren Arm. »Gerade hat Alec das Loch in der Rückwand entdeckt.«

Sie lächelte sanft. »Das war nicht zu vermeiden.«

Offensichtlich ahnte sie nicht, in welcher Gefahr sie schwebte. »Gehen Sie mit mir in die Kapelle. Dort warten wir, bis Alec die Erklärungen seiner Soldaten gehört hat. In ein bis zwei Stunden wird er sich beruhigen. Dann können Sie …«

»Vater, Sie sollten auf den Verstand Ihres Lairds vertrauen. Sobald die Umbauten beendet sind, wird er ihren Nutzen erkennen. Außerdem wird er mich nicht anschreien. Er hat versprochen, nie die Geduld mit mir zu verlieren. Bitte, machen Sie sich keine Sorgen. Am besten rede ich sofort mit Alec. Ich habe keine Angst vor ihm.«

»Gerade Ihre mangelnde Angst beunruhigt mich.« Er wusste zwar, dass Alec sich niemals an ihr vergreifen würde. Aber sein Geschrei konnte ihre empfindsame Seele verletzen. Seufzend bekreuzigte sich Vater Murdock, als Jamie seine Hand getätschelt hatte und in die Halle ging. Er fühlte sich zu schwach in den Knien, um ihr zu folgen.

Jamie wappnete sich gegen den Ärger ihres Mannes. Verwirrt hielt sie inne. Alec saß am Kopfende der Tafel, lauschte dem Krieger, der neben ihm stand und Bericht erstattete, und wirkte nicht sonderlich erzürnt – eher müde. Einen Ellbogen auf die Tischkante gestützt, hatte er seine Stirn in die Hand gelegt. Alle Soldaten, die sich an den Umbauarbeiten beteiligten, waren anwesend. Offenbar warteten sie, bis sie an die Reihe kamen, um sich über Jamie zu beklagen. Sie runzelte ihre Stirn, um ihnen zu zeigen, was sie von ihrer Loyalität hielt, dann ging sie auf ihren Mann zu. Als er den Kopf hob, erstarrte sie. O ja, er war wütend. Seine Kinnmuskeln zuckten wieder. Überflüssigerweise erinnerte ihn auch noch der Wind, der durch die Maueröffnung hereinwehte, an die Aktivitäten seiner Gemahlin. Schweigend musterte er sie.

»Ich würde es dir gern erklären . . .«, begann sie.

»Hinaus mit dir!« Er schrie nicht, aber der rüde Befehl kränkte sie trotzdem.

»Alec, du hast versprochen, nie die Geduld mit mir zu verlieren.«

Jetzt brüllte er. »Geh mir aus den Augen, bevor ich . . .«

Sie nickte, rannte zum Kamin, nahm eine Münze aus dem Kästchen und verließ die Halle so würdevoll, wie sie es unter diesen demütigenden Umständen fertig brachte. Edith und Anne standen beim Eingang und kicherten, als sie an ihnen vorbeieilte.

Erst als sie den Stall erreichte, fing sie zu weinen an. Sie befahl Donald, ihre Stute zu satteln, und er widersprach nicht. Nachdem er ihr geholfen hatte aufzusteigen, fragte er, ob er auch Alecs Hengst bereitmachen sollte. Wortlos schüttelte sie den Kopf.

Vater Murdock erwartete sie im Hof. Sie zügelte Wildfeuer und reichte dem Priester die Münze. »Beten Sie für seine Seele. Er hat mich belogen.«

Murdock griff nach dem Steigbügel. »Wohin wollen Sie, Mädchen?« Taktvoll gab er vor, ihre Tränen nicht zu bemerken. »Ich sorge mich um Sie.«

»Ich reise ab. Er hat es mir befohlen, und es ist meine Pflicht zu gehorchen. Wie komme ich nach England?«

Er war so verblüfft, dass er in die Richtung zeigte, nach der sie sich erkundigt hatte.

»Ich danke für Ihre Freundlichkeit, Vater«, flüsterte Jamie und ritt davon.

Ungläubig starrte er ihr nach.

Sicher wird er meinem Mann sofort Bescheid geben, dachte sie. Doch das spielte keine Rolle. Alec würde ihr nicht folgen und froh sein, dass er sie endlich los war. An der Zugbrücke fürchtete sie, von den Wachtposten aufgehalten zu werden. Aber als sie erklärte, sie erfülle die Wünsche des Lairds, ließ man sie sofort passieren.

Und dann erlaubte sie Wildfeuer, schnell wie der Wind dahinzugaloppieren. Jamie schluchzte verzweifelt, achtete nicht auf den Weg, wusste nicht, wie lange das Pferd querfeldein gerast war, als es endlich in einem Wäldchen anhielt.

Und da entdeckte sie den Jungen. Er trug keine Kincaid-Farben. Sie hoffte, er würde sie nicht entdecken. Niemand sollte sie in Tränen aufgelöst sehen, nicht einmal ein Kind.

Doch er war zu beschäftigt, um hinter sich zu schauen. Angespannt starrte er in ein Gebüsch zu seiner Rechten, und sie fragte sich, was ihn so faszinieren mochte.

Plötzlich schrie er auf und wich zurück, als ein riesiger Eber zwischen den Zweigen hervorstürmte. Jamie spornte instinktiv ihre Stute an und ritt zu dem Jungen. Er wirbelte herum, als er die Hufschläge hörte, und streckte ihr die Hände entgegen. Atemlos betete sie um die Kraft, die sie benötigen würde, wenn sie das Kind zu sich in den Sattel zog. Der Allmächtige zeigte sich gnädig. Eifrig sprang der Junge hoch, klammerte sich an ihren Arm, und sie zerrte ihn auf ihren Schoß.

Nervös sprengte Wildfeuer weiter, und der wilde Eber gab die Verfolgung bald auf. Doch die Stute war immer noch verängstigt. Sie bäumte sich auf, warf Jamie und das Kind ab. Es landete direkt auf ihr, rollte rasch zur Seite, erhob sich und half ihr auf die Beine.

»Sind Sie verletzt?«, fragte der Junge auf gälisch.

»Ich werde wohl nur ein paar blaue Flecken kriegen«, antwortete sie in derselben Sprache und merkte, dass ihr Kleid an der Schulter zerrissen war.

Sie standen inmitten einer kleinen Lichtung, und Jamie zitterte am ganzen Körper. »Wir sind mit knapper Not davongekommen«, meinte sie. »Hattest du auch solche Angst?«

Er nickte grinsend. »Aber wir haben's dieser Bestie gezeigt, was?«

»Aye, und wie!« Jamie fand ihn bezaubernd. Er hatte langes rotes Haar, das sich um ein Engelsgesicht kräuselte, und Sommersprossen auf der Nase. »Ich bin Lady Kincaid. Und wie heißt du?«

»Das verrate ich lieber nicht. Ich hätte nicht ins Kincaid-Gebiet laufen dürfen.«

»Hast du dich verirrt?«

Der Junge schüttelte den Kopf. »Werden Sie mich verpetzen?«

»O nein. Was machst du hier?«

Er zuckte die Achseln. »Ich wollte nur ein bisschen jagen. Mein Name ist Lindsay.«

»Und wie heißt dein Clan?«

»Lindsay. Sie sprechen gälisch, Lady, aber Sie reden anders als wir. Und Sie tragen keine Kincaid-Farben.«

»Ich bin Engländerin.« Er riss die Augen auf, und sie fügte hinzu: »Alec Kincaid ist mein Mann. Wie alt bist du?«

»In diesem Sommer werde ich neun.«

»Deine Mutter wird dich sicher suchen.«

»Mein Vater. Bestimmt macht er sich Sorgen. Ich muss nach Hause. Mylady, Sie haben mir das Leben gerettet. Dafür muss Vater Sie belohnen.«

»Nein. Aber du wirst mir versprechen, nie mehr allein auf die Jagd zu gehen!«

»Ja, ich gebe Ihnen mein Wort.«

»Soll ich dich nach Hause begleiten?«

»Dort würde man Sie festhalten, weil wir in Fehde mit den Kincaids leben«, erklärte er in beiläufigem Ton.

»Dann sei bloß vorsichtig!«, mahnte sie. »Beeil dich! Ich glaube, da kommt jemand.«

Das Kind verschwand zwischen den Bäumen, und wenig später ritt Alec auf die Lichtung. Er zügelte seinen Hengst und war bei Jamies Anblick so erleichtert, dass er reglos im Sattel saß und sie nur anstarrte.

Weil sie den Kopf gesenkt hielt, sah er ihr Gesicht nicht. Aber er erinnerte sich nur zu gut an die Angst in ihren Augen. Sogar Tränen waren ihr gekommen, als er sie vorhin angeschrien hatte. Er würde sich entschuldigen müssen, und das konnte er nicht besonders gut. Trotzdem wollte er es versuchen. Und dann entdeckte er die Blätter in ihrem Haar, den Riss in ihrem Kleid. »Verdammt, was ist geschehen?«, stieß er hervor. »Hat jemand ...?« Er sprang vom Pferd und lief zu ihr.

»Es ist nichts passiert.«

»Lüg mich nicht an!« Besorgt nahm er sie in die Arme.

»Du hast mich belogen.«

»Nein.«

»Oh, doch. Du hast die Geduld mit mir verloren, trotz deines Versprechens.«

»Und du hast die hintere Mauer meines Hauses aufreißen lassen.«

»Du sagtest doch, ich dürfte neue Regelungen in der Küche treffen. Im Winter müssen Frieda und Hessie und die anderen Dienerinnen durch den Schnee waten, um dein Essen zu holen. Deshalb fand ich es nur vernünftig, eine neue Küche zu bauen, die ans Haus grenzt.«

»Ich bin aus einem ganz anderen Grund wütend auf dich.«

»Warum?«

»Weil du Angst vor mir hattest. Dachtest du, ich würde dich schlagen?«

»Nein.« Sie schmiegte sich an ihn. »Ich war nur traurig. Ein Ehemann sollte seine Frau nicht so anbrüllen.«

»In Zukunft werde ich mich zusammenreißen. Aber ich werde dieses Versprechen immer wieder vergessen.«

»Damit muss ich mich wohl abfinden – obwohl dein Geschrei eine Kiefer fällen könnte.«

Grinsend legte er das Kinn auf ihren Kopf. »Vater Murdock sagte, du wolltest nach England reiten. Hattest du das wirklich vor?«

»Du hast mich doch hinausgeworfen.«

»Ich habe dich nur aus der Halle gewiesen, nicht aus Schottland.«

»Vielleicht wollte ich nur für eine Weile allein sein. Es fällt mir so schwer, mich hier einzuleben. Daheim in England gibt es Leute, die mich mögen. Ich bin es nicht gewöhnt, als minderwertig zu gelten. Deine Soldaten haben sich über mich beschwert, nicht wahr? Sie können mich genauso wenig leiden wie du.« Plötzlich brach sie in Tränen aus. »Warum bist du mir überhaupt nachgeritten?«

»Jamie, die Soldaten haben dich verteidigt. Sie sind dir treu ergeben.« Als sie zu ihm aufschaute, nickte er, um seine Worte zu bekräftigen. »Und ich bin dir gefolgt, weil du zu mir gehörst. Versuch nie wieder, mich zu verlassen, denn sonst würdest du das Ausmaß des Zorns erst kennen lernen, zu dem ich fähig bin. Und jetzt hör zu weinen auf.« Vorsichtig zupfte er die Blätter aus ihrem Haar. »Warum siehst du so schrecklich aus?«

»Ich bin vom Pferd gefallen. Wildfeuer fürchtete sich vor dem Eber und ...«

»Was?«, rief er bestürzt.

»Es ist ja nichts passiert. Alec – wenn ein Mann und seine Frau nach einem Streit Versöhnung feiern, pflegen sie sich zu küssen.«

»Und eine Frau pflegt die Farben ihres Mannes zu tragen. Aber wenn du gar nichts anhast, werde ich mein Wort nicht brechen.« Jamie verstand nicht, was er meinte, fand aber keine Gelegenheit, darüber nachzudenken, weil er seinen Mund auf ihren Hals presste und sie auszuziehen begann.

»Alec! Doch nicht am helllichten Tag ...«

»Du wolltest doch geküsst werden.«

»Ja, aber nicht das ...«

Während er das Kleid von ihren Schultern streifte, flüsterte er ihr all die sinnlichen Dinge ins Ohr, die er mit ihr tun wollte, und ihr Widerstand erlahmte. Er umfasste ihre nackten Brüste, strich aufreizend mit den Daumen über die harten Knospen. »Jetzt werde ich dir zeigen, wie minderwertig ich dich finde. Deinen ganzen minderwertigen Körper werde ich mit Küssen bedecken.«

Sofort ließ er diesen Worten die Tat folgen, bis sie in süßer Qual aufstöhnte. Da legte er hastig seine Kleider ab, hob Jamie hoch, und sie schlang die Beine um seine Taille. Tief drang er in sie ein. »Verlass mich nie wieder!«, flüsterte er. »Versprich es!«

»Ja – ja«, hauchte sie atemlos, »ich verspreche es ...« Überwältigt von heißem Entzücken, klammerte sie sich an seine Schultern. Und als sie sich der Schwelle ihrer Erfüllung näherte, schrie sie den Namen ihres Mannes.

Nachdem auch er Befriedigung gefunden hatte, blieb er noch lange in ihr, wollte das intime Zusammensein auskosten bis zur Neige. Zum ersten Mal in seinem Leben verstand er die Bedeutung des Wortes Glück, aber er wehrte sich gegen diese Gefühle. Sie würden ihn schwächen, verletzlich machen ...

Bei diesem Gedanken löste er sich von Jamie und stellte sie auf die Beine. Abrupt kehrte er ihr den Rücken und hob seine Sachen auf.

»Alec?«, wisperte sie. »Habe ich dir missfallen?«

»Ganz im Gegenteil«, erwiderte er tonlos.

Die nächste Frage stellte sie erst, als beide angezogen waren. »Warum runzelst du dann die Stirn, wenn du mit mir zufrieden bist?«

»Weil du dachtest, du wärst minderwertig. So was Lächerliches darfst du dir nie mehr einbilden, Frau.«

»Du bist es doch, der immer wieder erklärte, ich sei unwichtig.«

»Das sagte ich nur, um dich zu ärgern«, entgegnete er lachend.

»Ach, du ...« Erbost wandte sie sich ab und ging zu Wildfeuer. Kincaid war der unmöglichste Mann auf der Welt. Merkte er denn nicht, wie gern sie gehört hätte, er würde sie mögen – wenigstens ein bisschen. Sie stieg in den Sattel, und da erinnerte sie sich plötzlich, dass Alec ihr das Versprechen abgenommen hatte, ihn nie wieder zu verlassen. Also machte er sich doch etwas aus ihr. Sie sah zu ihm hinüber, wollte ihm ins Gesicht schreien, was sie dachte. Aber beim Anblick seines arroganten Grinsens besann sie sich anders. Er weiß nicht, dass er mich mag, überlegte sie. Und wenn ich ihn darauf hinweise, wird er nur wieder böse.

Er schwang sich in den Sattel und ritt zu ihr. »Pass mal auf!«, befahl er und zeigte mit dem Daumen über seine Schulter. »Da oben ist das Kincaid-Gebiet. Und da unten liegt England. Nur damit du nie wieder die falsche Richtung einschlägst. Alles klar, meine Liebste?«

Sie lächelte. »Völlig klar.«

In Zukunft konnte er sie anschreien, so viel er mochte. Das war ihr gleichgültig. Und die widersprüchlichen Züge in seinem Wesen störten sie auch nicht mehr. Soeben hatte er sie seine Liebste genannt, und nur das zählte.

13

Alec zog die Stirn in Falten, als sie zum Stall zurückkehrten, und Jamie strahlte vor Freude. Verwundert beobachtete Gavin das Paar, dann wandte er sich zu dem Priester, der neben ihm auf der Eingangstreppe des Hauses stand. »Sie wird ihn noch ganz wahnsinnig machen.«

»Das bezweifle ich«, erwiderte Vater Murdock. »Jedenfalls ist sie eine erstaunliche Frau. Wie ich höre, hat sie einen McPherson gewarnt, sie würde ihn erdolchen.«

»Ja, das war sehr mutig von ihr, aber eine leere Drohung.«

»Warum glaubst du das?«

»Sie kann unmöglich einen Dolch werfen.«

»Du bist genauso wie der Laird, Gavin, voller Vorurteile. Aber ihr schätzt Lady Jamie alle beide falsch ein. Wenn sie sagt, sie kann eine Klinge in die Kehle eines Mannes werfen, dann kann sie's auch. Und sie kann noch mehr – viel mehr, als du und Alec ihr zutraut.«

Sie schauten zu, wie der Laird seine Frau vom Pferd hob. Dabei hielt er sie länger fest als nötig. Und als sie einander so seltsam ansahen, wollten weder der Priester noch der Soldat die Aufmerksamkeit der beiden auf sich lenken. Grinsend gingen sie davon.

Wäre Donald nicht erschienen, um Wildfeuer zu übernehmen, hätte Alec seine Frau geküsst. Sie lächelte ihm zu, dann wandte sie sich zum Haus. Obwohl wichtige Aufgaben auf ihn warteten, rief er ihr nach, nur um sich noch nicht von ihr trennen zu müssen: »Was hast du vor?«

»Mein Kleid ist zerrissen. Ich muss mich umziehen. Aber vorher möchte ich Kerzen holen.«

Er wollte sie begleiten, aber das verhinderte Donald. »Kann ich mit dir reden, Alec?«

»Worum geht es?«

»Ich behellige dich nur ungern mit einer solchen Kleinigkeit, aber ich weiß nicht, wie ich die Stute Ihrer Ladyschaft behandeln soll. Das störrische Biest frisst nichts und wird sich bald ein Bein brechen, weil es ständig versucht, aus seiner Box rauszukommen. Drei Latten hat Wildfeuer schon zertrümmert.«

»Bring sie in eine andere Box«, riet Alec.

»Das habe ich bereits versucht.«

Alec hörte, wie Hufe gegen eine Trennwand im Stall hämmerten. Er ging zu der Stute hinein und führte seinen Hengst am Zügel mit sich. Als er die Stute streichelte, beruhigte sie sich sofort. »Jetzt ist alles wieder in Ordnung.«

»Weil dein Rappe in ihrer Nähe ist«, bemerkte Donald, der seinem Laird gefolgt war. »Sobald sie ihn sieht oder wittert, wird sie ganz sanft. Sollen wir die beiden mal zusammenbringen?«

»Er würde sie töten.«

»Daran zweifle ich. Und wenn sie nicht bald zu fressen anfängt, wird sie krank.«

Alec beschloss, sofort auf den Vorschlag seines Stallmeisters einzugehen. Wenn der Hengst zu heftig über Wildfeuer herfiel, würden sie eingreifen.

Sobald der große Rappe Wildfeuers Box betreten hatte, trottete er zu ihrem Futtertrog und begann zu fressen. Die Stute ignorierte er. Ärgerlich winselte sie angesichts dieser

Invasion in ihre Domäne. Aber der Hengst zeigte ihr sofort, wer hier der Herr war, indem er ein gellendes Wiehern ausstieß. Vergeblich versuchte sie sich in der schmalen Box aufzubäumen. Schließlich gab sie klein bei, stellte sich neben den Rappen an den Trog und versuchte nur noch einmal, ihn wegzuschieben.

»Mein Pferd ist genauso besitzergreifend wie ich«, meinte Alec grinsend. Als ihm einfiel, dass Jamie ein Schlafzimmer im Oberstock beziehen wollte, wurde er ernst. »Und die Stute ist anscheinend vernünftiger als ihre Herrin.«

Nein, das würde er nicht zulassen. Sie musste in seinem Bett schlafen und sonst nirgends.

Jamie ahnte nichts von den Sorgen ihres Mannes. Soeben hatte sie erkannt, dass sie die falsche Richtung eingeschlagen hatte. Nach einer netten Unterhaltung mit dem Schmied beschloss sie, die Bewohner der anderen Hütten an der hinteren Burgmauer kennen zu lernen.

»Die werden jetzt alle zu Mittag essen«, meinte der Schmied.

»Glauben Sie, ich kann in jede Hütte schauen, Henry?«

»Natürlich, Mistress«, erwiderte der kahlköpfige Mann. »Sie werden sich sofort geehrt fühlen, wenn Sie Interesse zeigen.«

Langsam stieg Jamie den steilen Hang hinauf, hielt inne, um duftende Wildblumen zu pflücken, und ging dann weiter. Als sie ein Geräusch hinter sich hörte, glaubte sie, jemand würde ihr folgen. Sie drehte sich um und wollte ihn begrüßen, sah aber niemanden. Vielleicht war es nur der Wind, dachte sie.

Zuerst schaute sie in die Hütte des Steinhauers. Sie wanderte von einer Tür zur anderen. Am Ende der Häuserreihe lag die Gerberei. Jamie blieb vor dem offenen Eingang stehen. Plötzlich spürte sie einen heftigen Stoß im Rücken und taumelte über die Schwelle. Verwirrt von diesem unerwarteten Angriff sank sie auf die Knie, und die Tür fiel hinter ihr zu.

Die Hütte hatte keine Fenster, pechschwarzes Dunkel hüllte Jamie ein. Fluchend tastete sie den festgestampften Erdboden ab, um die Blumen zu suchen, die ihren Fingern entglitten waren. Schließlich gab sie es auf, erhob sich und wischte den Staub von ihrem Rock. Sie nahm an, der Wind hätte die Tür bewegt, von der sie in den Raum geschleudert worden war. Sicher würde Alec über ihre Ungeschicklichkeit lachen.

Die Gefahr, in der sie schwebte, wurde ihr erst bewusst, als sie Rauch roch. Sie versuchte die Tür zu öffnen, aber es gelang ihr nicht. Da geriet sie in Panik. Mit aller Kraft hämmerte sie gegen das Holz und rief nach Alec. Der kleine Raum verwandelte sich in ein Inferno, bald stand das ganze Dach in Flammen. Jamies Schreie gingen in ein schwaches Husten über. Der Teil des Deckenbalkens fiel ihr vor die Füße, und sie wich zurück, starrte fasziniert auf die Blütenblätter einer wilden Rose, die sich in der Hitze kräuselten. Verwundert hob sie den Kopf, als sie ein leises Gelächter zu hören glaubte. Nein, es musste das Knistern der Feuersbrunst gewesen sein ...

Die Flammen züngelten immer näher heran, dichte Rauchschwaden füllten die Hütte. Jamie konnte sich nicht mehr auf den Beinen halten und brach zusammen. Der Erdboden fühlte sich wunderbar kühl an ihrer Wange an. Sie weigerte sich zu glauben, dass sie sterben musste. Alec würde rechtzeitig zur Stelle sein, um sie zu retten. Er hatte doch versprochen, sie zu schützen.

Lieber Gott, schick ihn zu mir, flehte sie. Er darf nicht allein zurückbleiben, er braucht mich, und er muss mir doch noch sagen, dass er mich liebt...

Verdammt, wo steckte er denn? Plötzlich wurde sie wütend. Wenn er sie aus der brennenden Hütte befreit hatte, würde sie ihm unmissverständlich klar machen, was sie von seiner Saumseligkeit hielt.

Der Zorn raubte ihr die letzten Kräfte, ihre Sinne begannen zu schwinden. Sie schloss die Augen, versuchte noch einmal zu beten.

Alecs Schreckensschrei drang durch den schwarzen Rauch und die Nebel in ihrem Gehirn. Jamie brachte ein schwaches Lächeln zustande und flüsterte: »Danke, lieber Gott...«

Am Fuß des Hangs hatte Alec ihren Ruf gehört und sofort die Flammen entdeckt, die aus der Gerberei schlugen. Er stürmte hinauf, gefolgt von Gavin. Ein Balken lehnte an der Tür. Gavin beförderte ihn mit einem Fußtritt zur Seite, der Laird riss die Tür aus den Angeln und warf sie zu Boden. »Jamie!«

Rasch hob er sie hoch und trug sie aus der brennenden Hütte, ehe die Wände einstürzten. Atemlos bettete er sie ins Gras, kniete mit Gavin neben ihr nieder.

Jamie öffnete die Augen, blickte in das besorgte Gesicht ihres Mannes und lächelte unter Tränen. Auch seine Augen waren feucht. Sicher vom Rauch, dachte sie und berührte seine Stirn. »Ich habe doch versprochen, dich nie wieder zu verlassen«, flüsterte sie heiser.

»Ich würde dich auch niemals gehen lassen.« Seine Stimme klang wie welkes, trockenes Laub, auf dem herumgetrampelt wurde. »Bist du verletzt?«

»Nein. Ich wusste, du würdest mich retten.«

»Wieso wusstest du das?«

»Weil du mich magst, Alec Kincaid.«

Er schluckte, dann nickte er, stand auf und hob sie wieder hoch. »Sie ist unversehrt«, erklärte er den Soldaten, die angstvoll den Hang heraufgelaufen waren. Einige schleppten Wassereimer herbei, um das Feuer zu löschen.

»Es hat ziemlich lange gedauert, bis du zu mir gekommen bist, Kincaid«, beklagte sich Jamie, während Alec sie zum Haus trug.

»Unsinn, ich bin wie der Teufel gerannt«, erwiderte er grinsend.

»Also bin ich doch nicht so unwichtig für dich?«

Er antwortete erst, als sie die Halle erreichten. »Nein, das bist du nicht.«

Sie wusste, dass er sich zu keinen weiteren Zugeständnissen bereit finden würde. Trotzdem war sie überglücklich. Ein Schritt nach dem anderen, dachte sie und erinnerte sich, dass sie dem Priester versichert hatte, sie könne einen riesigen Bären aufessen. Einen Bissen nach dem anderen. Genauso würde sie Alec Kincaid erobern. Bei diesem Gedanken musste sie lachen. Warum hatte sie so lange gebraucht, um zu erkennen, dass es gar nicht so schwierig sein würde?

»Wie können Sie so fröhlich sein, Lady Kincaid?«, fragte Gavin. »Ich zittere vor Wut.«

»Ich freue mich, weil mir soeben etwas sehr Bedeutsames klar geworden ist. Nicht ein Biss nach dem anderen, sondern ein Kuss nach dem anderen. Mehr will ich nicht dazu sagen.«

»Der Rauch muss deinen Geist verwirrt haben«, meinte Alec.

»Warum ärgern Sie sich, Gavin?«, fragte Jamie und schaute über Alecs Schulter hinweg in das Gesicht seines

Stellvertreters. »Sie glauben doch nicht im Ernst, dass ich schuld an meinem Missgeschick bin?«

Ehe der Soldat antworten konnte, wandte sie sich an ihren Mann. »Es war der Wind. Der warf mir die Tür in den Rücken.«

»Wir wissen, dass Sie nichts dafür konnten, Mylady. Die Tür …« Abrupt verstummte Gavin, als er einen Blick von Alec auffing.

»Was war mit der Tür, Gavin?«, fragte Jamie.

»Sie – sie hat geklemmt.«

»Ja, allerdings«, stimmte sie zu.

»Gavin, bestell ein Bad für Jamie!«, befahl der Laird. »Dann geh zu den Hütten hinauf und verhöre die Dienstboten. Sicher wird irgendjemand eine wichtige Erklärung abgeben können.« Er trug seine Frau hinter den Wandschirm und ließ sie behutsam auf das Bett gleiten. »Nach dem Bad legst du dich für den Rest des Tages hin.«

»Warum?«

»Weil du dich erholen musst.«

»Ich bin schon erholt.«

Seufzend schüttelte er den Kopf. »Du solltest bittere Tränen vergießen, statt mich so süß anzulächeln.«

Sie saß auf der Bettkante, das Gesicht schmutzig, das Haar zerzaust, die Ruß geschwärzten Hände im Schoß gefaltet. Trotzdem erschien sie ihm wunderschön. Dienerinnen brachten die Wanne und mehrere Eimer voll heißem Wasser in die Halle. Jamie dankte ihnen lächelnd, redete alle mit Namen an und erkundigte sich, wie es ihren Familien ging. Zu Alecs Verblüffung kannte sie auch die Namen der Ehemänner und Kinder. Er war tief beeindruckt. Offenbar besaß sie ein hervorragendes Gedächtnis. Und ihre Fragen bewiesen den Frauen, wie viel ihr an ihnen lag, welchen Anteil sie am Leben des Personals nahm.

Und die Dienerinnen zeigten ihr die gleiche Zuneigung. Sogar Hessie, die mürrische Alte, grinste ihre Herrin an. »Werden Sie den Männern bald wieder Anweisungen geben können, Mylady? Ich meine, wegen der Umbauarbeiten ...« Sie verstummte und warf dem Laird einen ängstlichen Blick zu.

»Er hat das Loch schon gesehen, Hessie«, wisperte Jamie.

»Und ich werde mich bald wieder um alles kümmern ...«

»Das erledige ich«, fiel Alec ihr ins Wort.

»Wirklich?«, rief sie erfreut.

»Gavin wird die Arbeiten beaufsichtigen, nachdem ich ihm alles erklärt habe. Das Loch in der Wand wird zugenagelt, bis der Gang fertig ist.«

»Was für ein Gang?«

»Ich möchte nicht, dass die Küche direkt an die Halle grenzt, sonst würden die Dünste hier hereindringen. Stattdessen benutzen wir weiterhin die alte Küche, und ich lasse einen überdachten Gang bauen, der sie mit dem Haus verbindet. Zufrieden?«

»O ja!« Jamie strahlte vor Freude. »Sehen Sie, Hessie, ich habe Ihnen ja gesagt, dass der Laird ein Einsehen haben wird. Alle Mitglieder seines Clans sind ihm wichtig. Weißt du, Alec, ich habe Hessie gesagt, die Dienstboten müssten dir genauso viel wert sein wie deine Soldaten.«

Seine Antwort überraschte sie. »Natürlich sind sie das. Und Hessie weiß es auch. Du hättest es ihr nicht erst versichern müssen.«

Beglückt verneigte sich die alte Köchin und eilte mit den anderen Dienerinnen davon.

»Nimm jetzt dein Bad, Frau«, befahl Alec, »bevor der Wind das Wasser in Eis verwandelt.«

Er lächelte, bis er um die Trennwand herumgegangen war, dann runzelte er die Stirn und wanderte vor dem Kamin umher, während er versuchte, die ungeheuerliche Tatsache zu begreifen. Jemand hatte einen Mordanschlag auf seine Jamie unternommen. Wäre er nicht rechtzeitig zur Gerberei gelaufen und ein paar Minuten länger im Stall geblieben …

»Alec? Niemand hat was gesehen.«

Der Laird wandte sich zu seinem Stellvertreter. »Nicht so laut, Gavin. Jamie darf uns nicht belauschen …«

»Aber sie hört alles!«, rief sie hinter dem Wandschirm hervor.

Ärgerlich winkte er Gavin zu sich heran. »Du sollst nichts hören, Jamie!«

»Das lässt sich nicht verhindern. Merkst du jetzt, wie unvorteilhaft dieser Schlafplatz mit seiner mangelnden Privatsphäre ist? Ich habe mit Vater Murdock besprochen, dass ich eine der oberen Räume als Schlafzimmer einrichten möchte. Hat er es schon erwähnt?«

»Du hättest mit mir darüber reden sollen.«

»Du warst beschäftigt!«, schrie sie.

»Ihre Stimme klingt wirklich nicht so, als wäre sie soeben durch eine Flammenhölle gegangen, was, Gavin?«

»Sie ist viel stärker, als wir glauben«, erwiderte der blonde Mann leise, in der Überzeugung, seine Herrin würde nichts hören.

»Natürlich ist sie das«, bestätigte sie.

»Jamie!«, brüllte Alec.

»Ich verspreche dir, meine Ohren zu verschließen, wenn du einsiehst, dass wir nach oben übersiedeln sollten.«

»Wir?«

»Wer denn sonst?«

Alec grinste. Also plante sie gar nicht, allein ein Zimmer

zu bewohnen. Niemals hätte er ihr so bösartige Absichten zutrauen dürfen. »Morgen ziehen wir um!«

»Danke!«

»Kümmere dich jetzt um dein Bad, und stör mich nicht mehr!«

Er sprach so schroff er konnte. Aber Jamies Gelächter verriet, dass es nicht schroff genug gewesen war. Enttäuscht ließ er die Schultern hängen, lehnte sich ans Kaminsims und flüsterte: »Was hast du herausgefunden, Gavin?«

»Henry unterhielt sich mit Jamie, dann ging er wieder an die Arbeit. Wie du weißt, ist unser Schmied ziemlich schwerhörig.«

»Er versicherte, er habe niemanden kommen oder gehen sehen.«

»Und die anderen?«

»Die aßen gerade zu Mittag.«

»Irgendjemand muss doch was bemerkt haben.«

»Kein Mensch war am Hang. Alec, warum willst du Jamie nichts verraten?«

»Ich will nicht, dass sie sich Sorgen macht.«

»Es wäre aber besser, wenn sie sich in Acht nähme.«

»Nein, wir müssen auf sie aufpassen. Sobald wir wissen, wer sie umbringen wollte, weihe ich sie ein. Bis dahin darf sie keinen Schritt allein tun. Wenn ich nicht da bin, wirst du sie überallhin begleiten. Oder Marcus übernimmt diese Aufgabe.«

Gavin nickte. »Ich will auch nicht, dass sie sich aufregt, denn sie bedeutet mir sehr viel«, gestand er. »Alec, ich kann diese Niedertracht einfach nicht fassen.«

»Es muss einer von uns sein. Und wenn ich ihn entlarve ...« Alec unterbrach sich, als Jamie in der Badewanne eine englische Ballade zu singen begann. Das obszöne Lied veranlasste ihr Publikum, grinsend die Brauen zu heben. »Sie benimmt sich, als wäre gar nichts Ungewöhnliches geschehen«, bemerkte der Laird kopfschüttelnd.

»Ich verstehe, warum sie nach oben übersiedeln will. Hier habt ihr niemals Ruhe.«

»Ich weiß. Sieh zu, dass vorerst niemand in die Halle kommt.« Alec schlenderte zum Wandschirm.

»Wohin gehst du?«, fragte Gavin.

»Ins Bett.«

»Jetzt? Es ist doch erst Nachmittag.«

Alec verdrehte die Augen. »Würdest du dafür sorgen, dass ich nicht gestört werde?«

Endlich verstand Gavin. Grinsend eilte er zur Tür, um davor Wache zu halten. »Schlaf gut, Alec!«, rief er.

Jamie hatte ihr Bad beendet. Sie erhob sich und wollte aus der Wanne steigen, aber als Alec um den Wandschirm herumkam, schnappte sie erschrocken nach Luft und setzte sich rasch wieder ins Wasser. Sie zog die Knie an, sodass ihre Brüste verdeckt wurden, und beugte sich vor. »Ich habe nichts an!«, erklärte sie überflüssigerweise.

Er hob sie aus der Wanne, legte sie auf das Bett und warf sich über sie, ehe sie genug Zeit fand, um zu erröten. Grinsend sah er auf sie hinab.

»Was denkst du?«, fragte sie verwirrt.

»Du trägst meine Farben.«

»Ich trage überhaupt nichts.«

»Doch! Du liegst auf meiner karierten Decke, ich bedecke deinen Körper, und ich bin mit meinem Kilt und meinem Tartan bekleidet.«

Dem konnte sie nicht widersprechen. »Ich dachte, ich soll mich ausruhen«, bemerkte sie herausfordernd.

»Das sollst du auch.«

»Ich bin aber gar nicht müde.«

»In einiger Zeit wirst du völlig erschöpft sein, das verspreche ich dir.« Mit seinem kräftigen Knie schob er ihre Schenkel auseinander.«

Für ihren Geschmack schaute er ein bisschen zu arrogant drein, aber seine Leidenschaft weckte auch in ihr die bereits vertraute Glut. Rastlos bewegte sie die Hüften unter ihm, und als sie sich an seinen intimsten Körperteil presste, stöhnte er laut auf. Begierig saugte er an ihrer Unterlippe, und sie seufzte, um ihm ohne Worte zu sagen, wie sehr ihr diese Liebkosung gefiel. Mit beiden Händen hielt er ihr Gesicht fest, während er sie ausgiebig küsste. Diesmal wollte er sie ganz langsam lieben, und mochte sie noch so sehr provozieren.

Ihre Lippen waren so weich und nachgiebig. Seine Zunge erkundete ihren Mund, und Jamie stieß sinnliche, kehlige Laute aus, die ihn seine guten Absichten vergessen ließen.

Aufreizend duellierte sich ihre Zunge mit seiner, dann zogen seine Lippen eine feuchte, heiße Spur über Jamies Kinn, ihren Hals und die Brüste. Ungeduldig befreite sie ihn von seinen Kleidern, drehte ihn auf den Rücken und streckte sich über ihm aus. Auf ihre Ellbogen gestützt, sah sie das wilde Verlangen in seinen Augen. »Ich will dich jetzt so nehmen, wie du mich genommen hast«, wisperte sie. »Bitte, Alec! Dein Körper gehört mir genauso wie meiner dir.«

Er pflichtete ihr voll und ganz bei, brachte aber kein Wort hervor, weil ihm die Stimme nicht gehorchte. Doch sie merkte offenbar, dass sie seine Erlaubnis hatte, denn ihr Blick nahm einen triumphierenden Ausdruck an. Alec verstand ihre Absichten, als sie seine Brust mit Küssen bedeckte. Ihre Finger vollbrachten ein Wunder, ihr Mund raubte ihm den Atem. Immer tiefer glitt sie hinab, bis sie ihr Ziel erreichte. Er versuchte ihr Einhalt zu gebieten, und da biss sie ganz zart in einen seiner Innenschenkel. Schließlich kapitulierte er und überließ sich seinem heißen Glücksgefühl.

Anfangs stellte sie sich ein bisschen ungeschickt an, aber durch ihren Eifer wirkte ihre Unschuld umso erregender. Die Lider geschlossen, genoss Alec die intimen Küsse. Es war ein süßer Schmerz – es war der Himmel. Erst als er kurz vor dem Höhepunkt stand, übernahm er die Kontrolle – vom Wunsch beseelt, Jamie Erfüllung zu schenken, ehe er seine eigene Begierde stillte.

Er zog sie an den Schultern nach oben, drang in sie ein. Dann drehte er sich mit ihr auf die Seite. Sie schauten einander in die Augen, jeder beobachtete, wie glühende Leidenschaft den Blick des anderen verschleierte.

»Du hast mir so gut geschmeckt«, wisperte Jamie. »War es auch für dich schön?«

»O ja ...« Er stöhnte laut auf, als sie ein Bein um seine Hüften schlang. »Halt ganz still ...«

Jamie wollte es nicht, doch sie empfand so wunderbare Gefühle, wenn sie sich bewegte, dass sie nicht aufhören konnte. Sie schob eine Hand zwischen die beiden Körper, zu der Stelle, wo sie miteinander verschmolzen. Und da passte sich Alec ihrem Rhythmus an, in wilder Ekstase strebten sie dem Gipfel der Lust entgegen. Er besaß nicht die Kraft, noch länger zu warten, spürte die Zuckungen, die Jamies Erlösung von der betörenden Qual ankündigten, und ergoss sich in ihre Wärme.

Danach lagen sie lange reglos nebeneinander. Alec überlegte, ob er seiner Frau sagen sollte, wie glücklich sie ihn gemacht hatte, und er sehnte sich auch nach ihrem Lob. Nein, entschied er dann. Er wünschte sich noch mehr – viel mehr als freundliche Anerkennung. Es war höchste

Zeit, dass Jamie ihre Pflicht erkannte. Das wollte er ihr nicht erklären. Sie musste es von sich aus verstehen.

Es war ihre Pflicht, ihn zu lieben.

Und die Erkenntnis, warum er sich nach ihrer Liebe sehnte, traf ihn wie ein Blitzschlag: Er liebte sie schon längst. Wie um Himmels willen hatte das geschehen können? Sie war die eigensinnigste, launischste, unvernünftigste Frau, die er kannte. Kein anderer möchte sie haben, sagte er sich. Und dann gestand er sich lächelnd ein, dass er log. Alle begehrten sie – aber sie gehörte ihm.

Resignierend seufzte er, schloss die Augen und drückte Jamie an sich. Er spürte ihren Herzschlag, immer noch von heißer Leidenschaft beschleunigt – so wie sein eigener. Auch ihre Sinnenlust gehört mir, dachte er.

Und sein Herz gehörte ihr. Er gähnte laut. Wahrscheinlich würde er diese sonderbare Schwäche für Jamie nie überwinden.

Und dann beschloss er, ihr die Ruhe zu gönnen, die sie jetzt dringend brauchte. Er würde bei ihr bleiben, bis sie einschlief. Das war sein letzter Gedanke, ehe er im Reich der Träume versank.

Nun weiß er, dass jemand seine Frau zu töten versuchte. Bis zum Abend werden alle davon erfahren haben. Man wird die Engländerin gut bewachen. Bestimmt will er ihr Leben nie mehr aufs Spiel setzen.

Er versteht nicht, dass sie noch gar nicht sterben sollte. O ja, ich bin viel klüger als er, und ich würde so gern damit prahlen. Das wage ich natürlich nicht. Deshalb muss ich die Männer im Glauben lassen, sie hätten rechtzeitig eingegriffen. Ich wusste, dass man sie retten, dass das Feuer nicht unbemerkt bleiben würde.

Was ich sehen will, ist seine Qual, nicht seine Trauer. Den

Mord werde ich erst morgen beenden – oder übermorgen, wenn ich meine Wünsche bis dahin bezähmen kann.

Seinen Schrei höre ich immer noch. Er rief ihren Namen, und ich glaube, er hat begonnen, sie zu lieben. Wenn das stimmt, wird die Lektion, die ich ihm erteile, umso süßer sein.

Und wenn sie stirbt, möchte ich sie berühren.

14

Jamie jagte Gavin einen gewaltigen Schrecken ein, als sie lautlos hinter ihn trat und sanft auf seine Schulter klopfte. Er wirbelte herum, wollte der Herausforderung begegnen, doch beim Anblick seiner Herrin entspannte er sich sofort. Verwirrt starrte er auf die Schuhe in ihrer Hand und fasste in Worte, was offensichtlich war. »Ich habe Sie nicht gehört.«

»Tut mir Leid, ich wollte Sie nicht aus der Fassung bringen. Bitte, sprechen Sie leise. Alec schläft.«

»Der Laird?«

»Schreien Sie doch nicht so! Und Sie brauchen auch nicht so ungläubig dreinzuschauen. Alec ist auch nur ein Mensch. Und wenn er seine Ruhe nicht nötig hätte, würde er nicht so tief und fest schlafen, oder?«

Gavin schüttelte den Kopf und bemühte sich, nicht in Gelächter auszubrechen. Bei der letzten Begegnung hatte Alec kein bisschen müde ausgesehen. Da war er auf dem Weg zu seinem Bett gewesen – gewiss nicht in der Absicht zu schlafen. Bald würde er sich einige Spötteleien anhören müssen.

Während Jamie ihre Schuhe anzog, stützte sie sich auf Gavins Arm. »Ich werde Hessie bitten, mir zu helfen, wenn ich das Schlafzimmer oben sauber mache.« Sie ließ seinen Arm los, strich ihre Röcke glatt und wollte an ihm vorbeigehen, doch er versperrte ihr den Weg.

»Ich schicke einen Mann zu Hessie. Er soll sie holen.«

»Der kleine Spaziergang wird mir gut tun.«

»Heben Sie sich Ihre Kräfte lieber für die Arbeit auf«, riet er.

»Einverstanden«, stimmte sie zu, um ihn zu beschwichtigen. Er wirkte ziemlich besorgt, und sie musterte ihn erstaunt. »Fühlen Sie sich nicht wohl? Ihr Benehmen erscheint mir irgendwie seltsam.«

Bevor er antwortete, erlaubte er ihr, seine Stirn zu berühren. »Es geht mir großartig, Jamie. Warum fangen Sie nicht an, das Zimmer in Ordnung zu bringen?«

Sie bedachte ihn mit einem langen prüfenden Blick, ehe sie sich abwandte und die Stufen hinaufstieg. Er blieb ihr auf den Fersen. Diesen merkwürdigen Umstand beschloss sie erst zu erwähnen, als sie vor der dritten Tür stehen blieb. Doch er kam ihr zuvor und platzte heraus: »Ich dachte, ich könnte Ihnen helfen, wenn Sie irgendwelche Möbel wegschaffen möchten.«

Jamie lächelte liebenswürdig. »Wie nett von Ihnen, Gavin! Aber ich habe bereits mit Vater Murdocks Hilfe eine Truhe aus dem Zimmer geschoben, und jetzt finde ich genug Platz für meine Sachen, die demnächst eintreffen werden.«

»Oh, die sind schon da, Mylady«, erinnerte er sich plötzlich. »Heute morgen wurden sie abgeliefert und unten an der Burgmauer abgestellt. Soll ich sie heraufbringen lassen?«

»Ja, bitte. War auch ein Sessel im Wagen?«

»Die Sachen wurden nicht mit einem Wagen gebracht. Der könnte die steile Straße nie bewältigen. Vier Packpferde haben alles hergeschleppt, turmhoch beladen. Und da ist auch ein merkwürdiger Sessel ...«

»Mein Schaukelstuhl. Früher gehörte er meiner Mama. Papa saß immer sehr gern darin, und es ist wirklich lieb von ihm, mir diesen Sessel zu schicken.«

»Ein Stuhl, in dem man schaukeln kann?«

Sie nickte. »Ein teures Erinnerungsstück. Bis an mein Lebensende werde ich ihn dann der nächsten Generation vererben.«

Er überlegte, welcher Narr einen so unvernünftigen Stuhl ersonnen haben mochte, hütete sich aber, diesen Gedanken auszusprechen. Als Jamie Staub zu wischen begann, ließ er sie allein. Er hatte sie nur die Treppe hinaufbegleitet, um sicherzugehen, dass sie im Oberstock nicht von ihrem geheimnisvollen Feind erwartet wurde. In der Halle traf er Marcus und erklärte: »Ich muss mit dir reden.«

»Aye?«

Der zweite Befehlshaber führte Marcus zu einer Stelle, von wo aus er die Türen am Balkon im Auge behalten konnte. Niemand würde unbemerkt nach oben oder unten gehen.

»Du wirst zwei Soldaten unterhalb des Fensters postieren.«

»Unter welchem Fenster?«

»Jamie arbeitet im dritten Zimmer. Zwei Männer sollen vor der Tür Wache halten, zwei unter dem Fenster.«

Marcus runzelte die Stirn. »Darf ich wissen, warum?«

»Natürlich!«, fauchte Gavin. »Die Leute werden unsere Herrin beschützen.«

Allmählich verlor Marcus die Geduld. »Was hat das zu bedeuten?«

»Hast du es denn nicht gehört?«

»Was?«

Seufzend berichtete Gavin, was geschehen war. »Ich trat den Balken von der Hüttentür weg, und es gelang uns in letzter Sekunde, Jamie aus den Flammen zu retten.«

»Wer kann diesen Anschlag verübt haben?«

»Niemand wurde gesehen. Alec möchte, dass wir beide für Jamies Schutz sorgen.«

»Hat er mich ausdrücklich erwähnt?« Marcus hob die Brauen, als könnte er das nicht glauben.

»Ja. Er weiß deine Loyalität zu würdigen. Zweifelst du daran?«

»Ich gab ihm keinen Grund, an meiner Treue zu zweifeln. Aber ich habe nicht verhehlt, dass mir seine Heirat missfällt – mag er dazu gezwungen worden sein oder nicht. Deshalb beschämt mich seine Wertschätzung ...«

Marcus verstummte, als Alec herankam. »Wo ist meine Frau?« Er schrie so laut, dass Gavin überzeugt war, die Wachtposten an der unteren Burgmauer mussten es hören.

»Sie macht das dritte Zimmer im Oberstock sauber.«

»Ist sie allein?«

»Ich sah mir den Raum genau an, bevor ich sie verließ. Niemand kann unbemerkt hinaufgehen.«

Alec nickte. »Ihr zwei bleibt bei ihr, bis ich zurückkehre. Und sie darf keinen Schritt ohne eure Begleitung tun. Verstanden?«

»Sicher wird sie sich fragen, was das soll«, wandte Marcus ein. »Sie ist Engländerin – also nicht dumm.«

Sein scherzhafter Ton überraschte Gavin mehr als Alec. Der Stellvertreter stimmte zu: »Ja, sie wird sich wundern.«

»Dann soll sie sich eben wundern!«, stieß Alec hervor. »Sagt ihr einfach, ich hätte es so angeordnet. Verdammt, die Frau dürfte keine Hausarbeit verrichten.«

»Es ist ihr Wunsch«, erwiderte Gavin. »Und sie muss was tun, um ihre überflüssigen Energien loszuwerden. Offenbar hast du ihr was von deiner Kraft abgegeben, Alec. Du siehst ziemlich mitgenommen aus, falls du mir diese

Bemerkung gestattest. Hattest du diesen langen Schlaf tatsächlich nötig?«

»Er hat geschlafen?«, fragte Marcus entgeistert.

»Eure Belustigung gefällt mir nicht«, schimpfte Alec. »Und wenn ihr noch lange so albern grinst, schlage ich euch windelweich. Dann werdet ihr viel länger schlafen als ich, das schwöre ich euch.« Mit dieser Drohung verschaffte er sich wieder den angemessenen Respekt. »Ich gehe jetzt zu Angus. Bald bin ich wieder da.«

Seine Stimmung war so stürmisch wie der auffrischende Wind, während er den Hang hinabeilte. Das Geschrei, das aus Angus' Hütte drang, verriet ihm, dass der Krieger so ähnlich gelaunt war.

Elizabeth öffnete dem Laird die Tür und lächelte, unbeeindruckt vom Wutanfall ihres Mannes.

»Das Zusammenleben mit einem Wilden scheint dir nichts auszumachen, Elizabeth«, meinte Alec.

»Deine Frau hat mich gewarnt. Sie prophezeite, es würde nicht einfach sein, ihn zu betreuen, und ich muss ihr recht gehen. Er hat sich tatsächlich in einen zornschnaubenden Bären verwandelt«, erklärte sie laut genug, sodass Angus es verstand. »Aber sobald die Fäden aus seiner Brust gezogen sind, wird er zu jammern aufhören.«

»Sprich nicht so respektlos von mir!«, brüllte Angus vom Bett herüber. »Der Laird will mich besuchen und hat sicher keine Lust, sich dieses dumme Weibergewäsch anzuhören.«

Sie verdrehte die Augen, dann wandte sie sich zu ihrem Mann. »Darf ich ihm einen Becher Wein anbieten?«

Mürrisch nickte Angus. »Ich könnte auch einen vertragen.«

Dieser Hinweis blieb unbeachtet. Elizabeth füllte für Alec einen Becher mit dunklem Rotwein, für ihren Mann einen Kelch mit Wasser. »So, nun lasse ich euch allein«, sagte sie und ging zur Tür.

»Komm her!«, befahl Angus.

Alec lehnte am Fensterbrett und beobachtete, wie sie zum Bett eilte. Angus zog sie zu sich hinab, küsste sie lange und leidenschaftlich und flüsterte ihr etwas ins Ohr. Da ergriff sie mit hochroten Wangen die Flucht.

»Sie ist eine gute Frau«, meinte er seufzend, goss das Wasser auf den festgestampften Erdboden und stand auf, um den Weinkrug zu suchen.

»Den Krug hat sie mitgenommen«, verkündete Alec lachend. »Sie kennt dich besser, als du glaubst.«

Diese Bemerkung schien Angus zu gefallen.

Er bedeutete dem Besucher, ihm etwas von dem Trunk abzugeben. Diesen Wunsch erfüllte Alec, und Angus nahm einen großen Schluck. »Oh, das schmeckt köstlich! Deine Frau redete Elizabeth ein, ich dürfe erst wieder Wein trinken, wenn die Fäden gezogen sind. Nur Gott mag wissen, warum die Lady ihr diese ungeheuerliche Anweisung gegeben hat. Natürlich hält sich Elizabeth daran, und ich bin zu tiefstem Leid verdammt, während die beiden wie Glucken über mir hängen. Hättest du mich lieber sterben lassen, Mann, und mich gerettet vor diesen ...«

»Engeln?«

Grinsend nickte Angus. »Wolltest du etwas Besonderes mit mir besprechen oder dich nur an meinem Unglück weiden?«

»Schließ die Tür. Niemand darf uns belauschen.«

Angus wandte sich ab und gab der Tür einen Tritt. »Offenbar geht es um ernste Dinge. Du machst ein ziemlich grimmiges Gesicht.«

Der Laird schilderte, was Jamie zugestoßen war. »Sie

weiß nicht, dass jemand einen Mordanschlag auf sie verübt hat.«

Sie erörterten die Sicherheitsmaßnahmen, die getroffen werden mussten, bis der Schuldige gefunden war. Angus zählte drei Jahre mehr als sein Herr und war nach dessen Meinung auch um drei Jahre klüger. Er sank in seinen Sessel, legte die Beine aufs Bett, und als sie ihre Pläne geschmiedet hatten, runzelte er die Stirn, genauso finster wie Alec.

Der Laird begann auf und ab zu gehen, und da wusste Angus, dass es noch andere Probleme gab. Geduldig wartete er. Mehrere Minuten verstrichen, bis Alec sein Schweigen brach. »Würdest du mir alles erzählen, was du über Helena weißt? Während meiner kurzen Ehe mit ihr warst du hier – und ich nicht ...«

»Aye, du musstest dich um die Geschäfte des Königs kümmern. Ist dir bewusst, dass du zum ersten Mal seit dem Begräbnis den Namen deiner verstorbenen Frau ausgesprochen hast?«

»Ich wollte sie vergessen, doch ...« Mitten im Satz unterbrach sich Alec. »Sag mir alles, woran du dich erinnerst.«

Etwa eine halbe Stunde lang befragte er seinen vertrauenswürdigen Freund, und als er Angus verließ, hatte sich seine Stimmung nicht gebessert. Elizabeth wartete vor der Tür. Er zwinkerte ihr zu, worauf ihr erneut das Blut in die Wangen stieg.

Während er den Hang hinaufstieg, entdeckte er Jamie am Fenster des dritten Zimmers im Oberstock. Sie hätte ihn sehen müssen, aber ihre Aufmerksamkeit galt den beiden Soldaten, die unter ihr an der Hausmauer lehnten. Ihr Lächeln versetzte ihn sofort in gute Laune. Wie schön sie war ... Ein paar Locken hatten sich aus ihrem Haarknoten gelöst und umrahmten das Gesicht. Schmutzflecken zierten ihre Nase und die Stirn. Abends muss sie noch einmal baden, entschied er grinsend.

Einer der Soldaten begann zu sprechen. Interessiert beugte sie sich hinunter, um zu lauschen. Was der Mann seinem Kameraden erzählte, schien sie sehr zu amüsieren. Alec kam näher. Abrupt hielt er inne, als er merkte, dass der Krieger gälisch sprach. Und seine Frau verstand jedes verdammte Wort. Er war zu verblüfft, um ihr böse zu sein.

Der Soldat erzählte gerade die alte Geschichte von dem Schotten, der eine hingestreckte nackte Frau am Straßenrand gefunden hatte und sofort über sie hergefallen war, um sich mit ihr zu vergnügen. Ein anderer Schotte erschien am Schauplatz des Geschehens und beschämte seinen Freund mit dem Hinweis, die Frau sei offensichtlich tot und nur ein verwerflicher Heide könne sich mit einer Toten paaren.

Jamie presste eine Hand auf ihren Mund, offenbar, um ihren Lachreiz zu bekämpfen. Ihre Augen funkelten vor Belustigung. Gespannt wartete sie auf das Ende der Geschichte.

»Tot?«, rief der erste Schotte. »Ich dachte, sie wäre Engländerin!«

Sofort erlosch ihr Lächeln, und sie verschwand vom Fenster, während die beiden nichtsahnenden Krieger schallend lachten. Jamie erschien wieder, einen großen Wassereimer in den Händen. Erwartungsvoll beobachtete Alec, wie sie die schwere Last hob, und machte sich nicht die Mühe, seine Männer zu warnen. Sorgfältig zielte sie und goss die Seifenlauge auf die Köpfe ihrer Opfer. »Oh, bitte, verzeihen Sie mir!«, rief sie, nachdem die beiden die Litanei ihrer Flüche beendet hatten und zu ihr hinaufstarrten. »Ich wusste nicht, dass Sie da unten stehen!«

»Lady Kincaid!«, japste einer der Schotten und entschuldigte sich ebenso zerknirscht wie sein Kamerad für das unflätige Geschrei. Sie liefen an Alec vorbei – vermutlich in der Absicht, sich umzukleiden. Und da hörte er, wie der eine bemerkte, welch ein Glück es doch sei, dass die Herrin die gälische Sprache nicht beherrsche. Hätte sie die zotige Geschichte verstanden, wäre sie sicher tief beleidigt. Da musste der Laird laut lachen und zog damit endlich die Aufmerksamkeit seiner Frau auf sich. Sie lächelte ihn an. »Du scheinst in bester Stimmung zu sein. Hast du dich lange genug ausgeruht?«

Natürlich musste sie seinen Nachmittagsschlaf erwähnen. Sein Gelächter verstummte. Eifrig dachte er sich einige Bemerkungen aus, die er in Jamies Gegenwart machen würde, natürlich auf gälisch. Und sie würde sich nicht rächen können, sonst müsste sie ihre Sprachkenntnisse zugeben.

Verdammt, stets hatte sie zugehört, wenn in ihrer Anwesenheit gälisch gesprochen worden war. Und er hatte seine Männer auch noch angewiesen, ihr Englisch zu verbessern, damit Jamie sich leichter eingewöhnte.

»Warum grinst du, Alec?«, fragte sie und beugte sich noch weiter aus dem Fenster.

»Pass doch auf, du dummes Ding! Gleich wirst du runterfallen!«

Sie wich zurück. »Besten Dank für deine Besorgnis. Verrätst du mir jetzt, was dich so belustigt?«

Um sie herauszufordern, begann er die eben gehörte Geschichte zu erzählen, doch sie unterbrach ihn. »Diesen uralten Witz kenne ich. Die Frau ist tot, und sie war Schottin.«

Ehe er widersprechen konnte, verließ sie das Fenster.

Sie traf ihn am Fuß der Treppe, wo er verwirrt auf das Gepäck starrte, das man inzwischen ins Haus gebracht hatte. Ein eigenartiger Sessel, so breit wie zwei kräftige Krieger, krönte den Stapel. »Was ist das für ein Zeug?«

»Meine Sachen«, erklärte Jamie. »Ein Teil kommt ins Schlafzimmer, der Rest wird hier in der Halle aufgestellt.«

»Diese Unordnung gefällt mir nicht.« Er griff nach einem Wandteppich und hielt ihn hoch, um das Muster zu betrachten.

Jamie riss ihm den Gobelin aus der Hand. »Schau nicht so finster drein!« Sie sprach im Flüsterton, weil Gavin und Marcus die Szene beobachteten. »Ich dachte, wir hängen diesen Teppich über den Kamin.«

»Was zum Teufel soll das darstellen?«, knurrte er.

»Das konntest du nicht erkennen, weil du den Teppich verkehrt gehalten hast.« Sie eilte zu Gavin und reichte ihm das kostbare Stück. »Bitte hängen Sie ihn an die Wand, so gerade wie eine Lanze. Und versuchen Sie, ihn dabei nicht anzuschauen. Es soll eine Überraschung werden.«

Gavin lächelte über ihre Begeisterung. »Haben Sie das Bild selbst gestickt, Mylady?«

»Du lieber Himmel, nein! Das war Alices und Agnes' Werk. Die beiden haben mir den Teppich zum Geburtstag geschenkt.« Forschend musterte sie ihn, dann warf sie einen Blick auf Marcus. »Alec, ich finde, wir müssten meine Zwillingsschwestern mit Gavin und Marcus bekannt machen. Ich glaube …«

»Du wirst keine Ehen arrangieren, Jamie«, unterbrach er sie.

»Sehen Ihnen die Zwillinge ähnlich, Jamie?«, fragte Gavin.

»Nein, sie sind viel hübscher.«

Verwundert riss er die Augen auf. »Dann muss ich diese Ladies unbedingt kennen lernen.«

»In ihrem Wesen gleichen sie Mary«, murmelte Alec.

»Das macht nichts.« Nachdem ihm diese unbedachte Bemerkung herausgerutscht war, floh Gavin zum Kamin, verfolgt von Alecs Gelächter.

»Gavin, wenn du überall herumerzählst, dein Laird habe am helllichten Tag geschlafen, sorge ich dafür, dass du beiden Schwestern begegnest.«

»Hast du etwa geschlafen?«, rief Gavin.

Sogar Marcus stimmte ein, als die beiden lachten. Bis jetzt hatte Jamie den dunkelhaarigen Soldaten nicht einmal lächeln sehen. »Was erheiterte euch denn so?«, fragte sie.

»Nicht so wichtig«, entgegnete Alec, und sie starrte ihn misstrauisch an.

»Wolltest du soeben andeuten, meine Schwestern wären deiner Freunde unwürdig?« Herausfordernd stemmte sie die Hände in die Hüften.

»Nicht einmal einem Ziegenbock würde ich die zwei aufbürden.« Er ignorierte ihren Wutschrei und fuhr fort: »Ich lehne es ab, Tiere grausam zu behandeln. Wie du sicher schon bemerkt hast, benutze ich nicht mal die Peitsche, wenn ich ausreite, und ...«

»Willst du meine Familie beleidigen?«

Statt zu antworten, setzte er das schiefe Grinsen auf, das sie so gerne mochte, und nun musste auch sie lachen. Der Mann war ein hoffnungsloser Fall. »Du benimmst dich schändlich, Kincaid. Außerdem kennst du meine Familie nicht gut genug, um dir ein Urteil erlauben zu können. Doch das wird sich bald ändern.« Sein Lächeln erstarb, und sie fügte in honigsüßem Ton hinzu: »Ich werde sie alle bitten, uns einen langen, langen Besuch abzustatten.«

»Und was soll das sein?« Gavin sprang von dem Stuhl herab, auf den er gestiegen war, um den Wandteppich aufzuhängen.

»Treten Sie zurück, dann werden Sie's erkennen!«, entgegnete Jamie.

»Großer Gott, Alec, weißt du, wen ich soeben aufgehängt habe?«

»Das ist William, unser geliebter Eroberer«, erklärte Jamie. »Wie man mir sagte, ein naturgetreues Porträt. Ein hübscher Mann, nicht wahr?«

Drückendes Schweigen senkte sich herab. Gavin und Marcus schauten den Laird erwartungsvoll an, und der starrte ungläubig auf seine Frau.

Marcus war der Erste, der sich von seiner Verblüffung erholte. »Er war fett.«

»Nicht fett, sondern stattlich«, wurde er von Jamie verbessert.

»Um Himmels willen, was ist das für ein gelbes Ding über seinem Kopf?« Gavin wich noch einen Schritt zurück.

»Ein Heiligenschein«, erwiderte sie.

»Haben sie den Mann heilig gesprochen?«, erkundigte sich Marcus.

»Es ist noch nicht amtlich, aber es kann nicht mehr lange dauern, bis die Kirche seine Heiligkeit anerkennt.«

»Warum?« Marcus sprach aus, was auch die beiden anderen Männer dachten.

Jamie freute sich über das Interesse ihres Gemahls und seiner Soldaten. Ausführlich erläuterte sie, dass William die englische Lebensart ganz allein geändert hatte, und sprach in allen Einzelheiten über die Beziehung zwischen

Lehnsherrn und Vasallen. Als sie ihren Vortrag beendete, erwartete sie, mit Fragen bestürmt zu werden. Aber niemand schien Wert auf weitere Informationen zu legen. »Glaubt Ihr, dieses System könnte auch hier funktionieren?«, wollte sie wissen.

»Bei uns gibt's das schon seit ein paar hundert Jahren, Jamie«, entgegnete Alec.

»Soeben haben Sie die schottischen Clans beschrieben, Mädchen«, ergänzte Gavin und versuchte Jamies Enttäuschung über die Reaktion ihres Mannes mit einem Lächeln zu mildern.

»Nimm den Wandteppich runter, Gavin«, befahl der Laird.

»Alec, das kannst du doch nicht ernst meinen!«, klagte Jamie. »Meine Schwestern haben viele Stunden lang daran gearbeitet. Es war ein Geburtstagsgeschenk für mich, und ich möchte es immer vor Augen haben.«

Vater Murdock war in die Halle gekommen und hatte die letzten Worte gehört. Ein Blick auf die Wand über dem Kamin verriet ihm den Grund für Alecs sichtliches Missvergnügen. Offenbar braute sich ein Streit zusammen. Um zu verhindern, dass Jamies Gefühle verletzt wurden, mischte er sich hastig ein. »Alec, sie wollte dich sicher nicht beleidigen, als sie in diesem Haus das Bild deines Feindes aufhängen ließ.«

»Natürlich wollte ich ihn nicht beleidigen«, bestätigte Jamie. »Aber er stellt meine Geduld auf eine harte Probe. Dies ist auch mein Heim, also sollte er mir erlauben, es in meinem Sinn zu schmücken.«

»Nein«, widersprach Alec.

Jamie und der Priester starrten ihn vorwurfsvoll an, Marcus und Gavin grinsten.

Entschlossen kehrte Jamie ihrem Mann den Rücken.

»Vater, würden Sie helfen, den Stuhl in der Halle aufzustellen? Oder hast du dagegen auch etwas einzuwenden, Alec?«

Murdock inspizierte das Möbelstück. »Mit dem stimmt was nicht, Jamie. Er hat geschwungene Kufen an den Beinen.«

»Es ist ein Schaukelstuhl, Vater, und sehr bequem. Sie müssen ihn unbedingt ausprobieren.«

»Vielleicht ein andermal.« Misstrauisch entfernte er sich von dem seltsamen Gebilde.

Seufzend nahm Alec den Stuhl von dem Gepäckstapel und stellte ihn vor den Kamin. Dabei versuchte er, nicht zu Williams hässlichem Gesicht hinaufzuschauen, das ihn angaffte. »So, Frau. Bist du jetzt glücklich?«

Seine Stimme klang so mürrisch, dass sich Vater Murdock erneut bemüßigt fühlte, einzugreifen: »Dieser riesige Stuhl würde mich beinahe verschlucken.«

»Papa saß immer nach dem Essen darin. Er nahm meine Schwestern auf den Schoß und erzählte die wunderbarsten Geschichten.« Ein sanftes Lächeln verklärte Jamies Gesicht bei diesen schönen Erinnerungen. Wehmut schwang in ihren Worten mit, und Alec musterte sie verwirrt. Hatte sie sich absichtlich oder unabsichtlich ausgeschlossen?

»Und wo hast du gesessen? Auf einem Knie neben Mary oder auf dem anderen neben einem Zwilling?« Bei der Vorstellung von vier kleinen Mädchen, die auf den Knien ihres Vaters eine Gute-Nacht-Geschichte hörten, musste er lachen. Mary, Agnes und Alice hatten vermutlich alle gequengelt, und es war Jamies Aufgabe gewesen, sie zu beruhigen.

»Eleanor und Mary saßen auf dem einen Knie, die Zwillinge auf dem anderen.«

»Eleanor?«

»Papas älteste Tochter. Sie starb, als ich sieben war. Wieso runzelst du die Stirn, Alec? Habe ich dich geärgert?«

»Du hast mir wie so oft keine direkte Antwort gegeben. Ich habe gefragt, wo du gesessen hast.« Er begann die Dinge zu verstehen, wollte sich aber vergewissern.

»Ich stand neben dem Schaukelstuhl. Oder vor Papa. Warum ist das so wichtig?«

Für ihn war es belanglos. Für Jamie musste es umso wichtiger gewesen sein. »Hast du nie auf dem Schoß deines Papas gesessen?«

»Für mich war da kein Platz.«

Also hatte sie als Außenseiterin gegolten. Der beiläufige Ton, in dem sie sprach, konnte nicht darüber hinwegtäuschen. Inständig wünschte Alec, er könnte den gefühllosen Baron verprügeln. Nun verstand er, was in Jamies Kindheit geschehen war. Um die Wertschätzung ihres Papas zu erringen, hatte sie zahllose Pflichten übernommen und sich unentbehrlich gemacht. Schließlich war er von ihr abhängig geworden, und das hatte sie mit Liebe verwechselt.

Dasselbe versuchte sie jetzt in ihrer Ehe. Je mehr Pflichten er ihr aufbürdete, desto mehr würde sie ihm bedeuten. Ja, genau das bildete sie sich ein. Aber er wollte verdammt sein, wenn er ihr gestattete, sich mit harter Arbeit ein frühzeitiges Grab zu schaufeln. Er beschloss, das Thema vorläufig nicht weiterzuverfolgen und ihr erst einmal beizubringen, was es heißt, geliebt oder gebraucht zu werden – oder beides zusammen. Instinktiv wusste er, dass es nicht genügen würde, ihr einfach nur zu sagen, wie viel er für sie empfand. Er musste es beweisen. »Niemand wird je in diesem grässlichen Stuhl sitzen, Frau.«

»Möchtest du's nicht versuchen? Oder hast du Angst davor?«

»Pah!« Der Stuhl knarrte unter seinem Gewicht. Alec begann zu schaukeln, erwartete jeden Augenblick nach hinten zu kippen, und als das nicht geschah, musste er grinsen. Eigentlich saß man recht bequem in diesem Ding. »Also gut, Frau. Wenn du dem Hohn und Spott gewachsen bist, mit dem meine Krieger dieses Möbelstück überschütten werden, darfst du es behalten.«

»Und William?«

»William soll zum Teufel ...«

»Vielleicht sollte man ihn ins Schlafzimmer hängen«, schlug Vater Murdock hastig vor.

»Das ist das letzte Gesicht, das ich vor dem Einschlafen sehen will!«, schimpfte Alec. »Wenn er unbedingt irgendwo hängen muss, bring ihn in den Weinkeller, Jamie.«

Sie öffnete den Mund, um zu protestieren, aber der Priester ergriff ihre Hände und flüsterte: »Einen Bissen nach dem anderen, mein Mädchen.«

Der Laird warf ihm einen durchdringenden Blick zu, ging zum Tisch und schenkte sich einen Becher Ale ein. Vater Murdock folgte ihm und zog Jamie hinter sich her. »Ich werde etwas Wasser trinken ... Weißt du, was entsteht, wenn du Wasser mit Ale mischst, Alec?«

»Verwässertes Ale.«

»Und man kann das eine nicht mehr vom anderen trennen, was?«

»Natürlich nicht. Worauf willst du hinaus, Vater?«

»Du möchtest doch, dass Jamie sich hier eingewöhnt.«

»Klar, das wird sie auch.«

»Willst du sie ändern? Soll sie eine andere Frau werden?«

»Sie gefällt mir so, wie sie ist«, gab Alec zu.

Jamie wusste das Kompliment zu schätzen, obwohl es

durch den mürrischen Tonfall ihres Mannes etwas beeinträchtigt wurde.

»Du möchtest also nicht, dass sie eine Schottin wird?«

»Gewiss nicht. Sie ist Engländerin, dagegen kann man nichts machen. Aber sie wird sich an all das Neue gewöhnen.«

»Das wirst du auch.«

Nach einer kleinen Pause bat Alec: »Würdest du mir erklären, was du damit meinst, Vater? Allmählich wird mein Geduldsfaden so dünn wie verwässertes Ale.«

»Jamie hängt an ihren Traditionen, so wie du an deinen. Ließe sich beides nicht auf friedliche Weise verschmelzen? Ein hübscher Wandteppich, der unseren König Edgar zeigt, würde sich an Williams Seite großartig ausmachen. Was hältst du von dieser Idee?«

Alec hielt gar nichts davon – seine Frau dafür umso mehr, wie ihm ihr Lächeln verriet. Da er sie nicht kränken wollte, sprach er seine Meinung nicht aus und stimmte dem Priester widerstrebend zu. »Aber er muss größer sein als William.«

Jamie war zu glücklich über sein Zugeständnis, um mit ihm über die Größe von Wandteppichen zu streiten. Sie persönlich fand zwar, König Edgars Bild dürfte nur halb soviel Platz einnehmen wie William. Aber sie würde sich wohl oder übel mit zwei gleich großen Porträts abfinden müssen. Einen Heiligenschein sollte Edgar allerdings nicht kriegen. »Danke, Alec.«

Um seine Nachgiebigkeit nicht zu übertreiben, befahl er: »Marcus, nimm William von der Wand. Dort darf er erst wieder hängen, wenn Edgar fertig ist. Bald werden die Soldaten zum Abendessen hereinkommen. Und wenn sie diesen Kerl anschauen müssen, wird ihnen schlecht.«

Vater Murdock zeigte seine Erheiterung erst, nachdem

der Laird die Halle verlassen hatte, zwinkerte Jamie zu, dann schlenderte auch er hinaus und pfiff ein fröhliches schottisches Lied vor sich hin. Er konnte es kaum erwarten, bis sich das nächste Gewitter zusammenbrauen würde.

Jamie stieg die Treppe hinauf und bemerkte, dass Gavin und Marcus ihr folgten. Als sie fragte, ob sie nichts anderes zu tun hätten, schüttelten sie die Köpfe. Und so erteilte sie ihnen den Auftrag, einen Teil ihres Gepäcks ins Schlafzimmer zu bringen. Sie fand es äußerst seltsam, dass diese beiden bedeutsamen Soldaten einfache Dienstbotenarbeit verrichten wollten.

Später kehrte sie in die Halle zurück und sah Edith mit Annie am Kamin stehen. Die beiden starrten auf den Schaukelstuhl und wandten sich dann zu Jamie, die ihnen ein Grußwort zurief.

Annie lächelte, bis sie Ediths finstere Miene bemerkte, und zog ebenfalls die Stirn in Falten. Nach Jamies Meinung musste die ältere Frau die unbeugsamste aller Schottinnen sein. Ihre strenge Erscheinung wirkte keineswegs einnehmend. Niemals löste sich ein Strähnchen aus der geflochtenen Haarkrone, kein einziger Fleck verunstaltete das karierte Kincaid-Kleid. In der Pflege ihres Aussehens war Edith genauso gründlich wie in ihrem Hass gegen die neue Herrin.

Und die neue Herrin hatte allmählich die Nase voll. »Was ist Ihnen denn zugestoßen?«, fragte Edith spöttisch. »Sind Sie in einen Eimer mit Spülwasser gefallen?« Marcus war hinter Jamie stehen geblieben. Nun trat er vor und schrie Edith an: »Wage es bloß nicht, so mit der Gemahlin deines Lairds zu reden!«

Seufzend klopfte Jamie ihm auf die Schulter, und als er sich zu ihr umdrehte, bat sie um die Erlaubnis, mit seiner

Schwester nach ihrem eigenen Gutdünken zu verfahren. Bereitwillig stimmte er zu, und sie gingen in die Mitte der Halle. »Annie, verlassen Sie das Haus. Edith, Sie bleiben, wo Sie sind.« Offenbar mangelte es ihrer Stimme an Autorität, denn Edith folgte dem Mädchen zur Tür. Doch die harte Stimme ihres Bruders hielt sie sofort zurück.

Jamie dankte ihm und fragte, ob sie allein mit Edith sprechen dürfe. Niemand sollte Zeuge dieser Unterredung werden.

Nun mischte sich Gavin ein, der am Fuß der Treppe stand und Edith erbost musterte. »Keiner von uns wird sich entfernen.«

Da Jamie nicht mit den Soldaten streiten wollte, eilte sie zu Marcus und wisperte ihm etwas zu. Mit unbewegter Miene nickte er, und sie wandte sich wieder zu seiner Schwester. »Seit ich hier bin, behandeln Sie mich wie eine Aussätzige. Das habe ich jetzt endgültig satt.« Edith lachte ihrer Herrin ins Gesicht, und Jamie fuhr mit etwas schärferer Stimme fort: »Sie wollen also nicht versuchen, mit mir auszukommen?«

»Ich sehe keinen Grund, mit Ihresgleichen auszukommen.«

»Marcus!«

»Ja, Mylady?«

»Wenn ich Alec bitte, Edith noch heute von hier wegzuschicken – wird er es tun?«

Die Schottin schnappte nach Luft, und ihr Bruder antwortete: »Ja, das wird er tun.«

»Und wohin soll ich gehen?«, fragte Edith. »Marcus, du kannst doch nicht ...«

»Schweigen Sie!« Weder Marcus noch Gavin hatten Jamie jemals in diesem Ton sprechen hören.

Erbost ballte Edith die Hände, und Jamie hoffte, ihre

Gegnerin so in Wut zu bringen, dass sie vollends die Beherrschung verlor und endlich verriet, was ihr an der Frau des Lairds nicht passte.

»Ich bin hier die Herrin, Edith«, fügte Jamie kühl und hochmütig hinzu. »Und wenn ich wünsche, dass Sie aus dem Clan verstoßen werden, wird es geschehen.«

»Marcus würde das niemals zulassen.«

»Doch, das würde er«, entgegnete Jamie und hasste die schrecklichen Worte, die sie gebrauchte. »Er ist Ihr Bruder und Vormund, und Alec ist sein Laird, dem er stets die Treue halten wird. Aber Sie sind niemandem treu.«

»Doch!«

»Vielleicht waren Sie dem Laird früher treu ergeben, als seine Frau noch Helena hieß. Vater Murdock erzählte mir, Sie hätten ihr sehr nahe gestanden.«

»Niemals werden Sie Helena ersetzen können.«

»Das habe ich bereits getan.«

Diese lässig ausgesprochenen Worte brachten Edith um den letzten Rest ihrer Selbstkontrolle. Schreiend stürzte sie sich auf die Herrin.

Jamie hatte mit einem solchen Angriff gerechnet. Sie war kleiner als Edith, aber stärker, packte sie an den Handgelenken und zwang sie in die Knie. Marcus und Gavin eilten herbei, um einzugreifen, aber Jamie befahl ihnen, sich herauszuhalten.

Plötzlich verbarg Edith ihr Gesicht in Jamies Rockfalten und brach in Tränen aus. »O Gott, ich wollte Sie schlagen! Es tut mir so Leid! Als ich sah, wie Sie mit Vater Murdock Helenas Truhe aus dem Zimmer da oben schafften, war ich so verzweifelt. Sie ist angefüllt mit ...«

»Ich wollte Helenas Eigentum nicht wegwerfen, und ich brachte die Truhe nur in einen anderen Raum.«

»Ihre Babysachen liegen darin«, erklärte Edith, als hätte sie Jamies Erklärung nicht gehört. »Sie hat so eifrig an den winzigen Kleidchen genäht.«

»Also hat sie sich ein Kind von Alec gewünscht?«, fragte Jamie sanft.

»Bitte, sagen Sie, dass Sie mir verzeihen, Mylady!«, schluchzte Edith. »Ich hatte nicht vor, Ihnen wehzutun.«

»Das haben Sie ja auch gar nicht getan. Mir tut es auch Leid.«

»Was tut Ihnen Leid?« Edith kniete immer noch am Boden, das Tränen überströmte Gesicht emporgewandt, und Jamie zog ein Tuch hervor, um ihr die Wangen abzuwischen.

»Dass ich gelogen habe. Aber Sie waren mir so feindlich gesinnt, und da musste ich eine kleine List anwenden, um Ihre Aufmerksamkeit zu erringen.«

»Sie wollen mich gar nicht wegschicken?«

Jamie schüttelte den Kopf und half der Schottin auf die Beine. »Sie sind ein wichtiges Mitglied dieses Clans, und ich würde Alec niemals bitten, Sie zu verstoßen. Und ich habe auch gelogen, was Helena betrifft. Ich habe ihren Platz nicht eingenommen.«

»Sie sind Alecs Frau.«

»Das bedeutet keineswegs, dass wir alle vorgeben müssen, sie hätte nie existiert.«

»Der Laird tut aber so.«

»Helenas Tod war sehr schmerzlich für ihn.«

»Ich hatte eher das Gefühl, dass er keine allzu große Trauer empfand. Die beiden waren nicht lange verheiratet, Mylady. Die Zeit reichte nicht einmal aus, um Helenas Tochter ...«

»Was?«, rief Jamie verblüfft. »Vater Murdock sagte mir, die Ehe habe nur zwei Monate gedauert.«

»Alec war ursprünglich mit Annie verlobt, aber König Edgar besann sich anders, denn Annie ... Nun ja, sie wurde nicht schnell genug erwachsen, und Helena hatte eben erst ihren Mann verloren. Kevin starb im Kampf für seinen König, und sie trug sein Kind unter dem Herzen.«

Jamie schwankte, und Marcus stützte sie am Ellbogen. »Ist Ihnen schlecht, Mylady?«

»Nein, ich bin nur wütend. Wie lange war Helena mit Kevin verheiratet?«

»Sechs Jahre«, antwortete Edith.

»Erzählen Sie von diesem Kind.«

»Helena wartete auf Alecs Rückkehr, nach der er sofort wieder aufbrechen wollte, um das kleine Mädchen zu holen. Es wurde von Kevins Mutter betreut.«

»Niemand in diesem Haus erzählt mir etwas!«, schrie Jamie empört. »Meine Mutter ging mit mir schwanger, als sie meinen Stiefvater heiratete. Und wenn Sie glauben, ich würde zulassen, dass dieses Kind ...« Sie holte tief Atem, um sich zu beruhigen, dann wandte sie sich lächelnd zu den Soldaten. »Edith und ich haben unseren Streit beigelegt, und ich wäre Ihnen beiden dankbar, wenn Sie Alec unser undamenhaftes Benehmen verschweigen würden. Das würde ihn nur in Verlegenheit bringen – nicht wahr, Edith?«

Die Schottin lächelte, und ihre Augen füllten sich wieder mit Tränen. Jamie führte sie zum Tisch, und sie setzten sich. »Wie heißt das Mädchen?«

»Mary Kathleen«, erwiderte Edith. »In Kevins Adern floss irisches Blut.«

»Meine Schwester heißt auch Mary. Und wie alt ist das Kind?«

»Drei Jahre. Seit der Geburt habe ich es nicht mehr gesehen. Ich hörte, Kevins Mutter sei vor drei Monaten gestorben. Jetzt kümmert sich eine entfernte Verwandte um Mary.«

Mühsam bezwang Jamie ihren Ärger. Edith sah aus, als wollte sie wieder in Schluchzen ausbrechen. Doch ihre Herrin fand keine Muße, um sie zu trösten. Ihre Gedanken überschlugen sich, eifrig schmiedete sie Pläne. »Wir haben viel zu besprechen, meine Liebe. Doch bringen Sie erst einmal Ihr Haar in Ordnung.«

Dieser Vorschlag erfüllt seinen Zweck. Die Schottin sprang auf und betastete ihre Zopfkrone. »Ist es zerzaust?«

»Nur ein wenig.« Jamie verkniff sich ein Lächeln.

Hastig knickste Edith und rannte aus der Halle.

»Sie haben einen schweren Tag hinter sich, Mylady«, meinte Gavin. »Erst mussten Sie gegen ein Feuer kämpfen, dann gegen eine störrische Frau.«

»Eigentlich war es erst ein großer Eber, dann Alec, dann das Feuer und zuletzt Edith«, verbesserte sie ihn lächelnd.

»Ein Eber?«, schrie Gavin. »Sie haben mit einem Eber gekämpft?«

»Das war nur ein Scherz«, gab sie zu und schilderte, was geschehen war. »Es war also kein richtiger Kampf. Kennen Sie diesen Jungen? Er heißt Lindsay.«

Gavin musste sich setzen, ehe er antworten konnte. »Wir kennen seinen Clan.«

»Mein Gott!«, rief Marcus.» Sein Vater ist ein mächtiger Laird.«

»Und sehr grausam«, ergänzte Gavin, dann schrie er erschrocken auf. »Sie hätten getötet werden können, Mylady.«

»Mach dir keine Vorwürfe, Gavin«, mahnte Marcus. »Alec hat sicher schon ...«

»Ich habe ihm nicht alles erzählt«, gestand Jamie. Deutlich zeigten die Männer, was sie davon hielten, und sie bat: »Schaut nicht so finster drein! Ich versprach dem Jungen, ihn nicht zu verraten, und ich sehe keinen Grund, Alec in Kenntnis zu setzen. Er würde sich nur Sorgen machen. Sie werden doch schweigen, Gavin? Marcus? Ich habe Ihr Wort?«

Beide Krieger nickten, obwohl sie natürlich nicht beabsichtigten, ihr Versprechen zu halten. Aber sie wollten Jamie vorerst besänftigen.

»Ist sonst noch etwas vorgefallen, das Sie zu erwähnen vergessen haben, Mylady?«, fragte Gavin gedehnt.

»Lassen Sie mir noch etwas Zeit. Der Tag ist noch nicht zu Ende.«

Gavin lächelte, und – wundersamerweise – Marcus ebenfalls.

»Die letzten Stunden waren gewiss nicht langweilig«, seufzte sie. »Marcus, wissen Sie, wo Mary Kathleen ist?« Als er nickte, erkundigte sie sich: »Sehr weit weg von hier?«

»Drei Reitstunden.«

»Dann brechen wir am besten sofort auf.«

»Wie bitte, Mylady?« Verwirrt wandte sich Marcus zu Gavin und schien zu bezweifeln, dass er seine Herrin richtig verstanden hatte.

Jamie war bereits hinter dem Wandschirm verschwunden. »Sie bringen mich doch hin, Marcus?«, rief sie. »Um die Wahrheit zu gestehen – wenn ich mir den Weg beschreiben ließe und die Reise allein anträte, würde ich mich sicher verirren.«

»Warum wollen Sie denn dorthin?«

»Um meine Tochter zu sehen.« Das war eine Lüge, denn Jamie wollte das Mädchen nicht nur besuchen. Doch das musste sie vorläufig verschweigen, da sich die Soldaten sonst weigern würden, ihr zu helfen. Bald würden sie ohnehin herausfinden, was sie plante.

Sie würde Mary Kathleen nach Hause holen, denn da gehörte das Mädchen hin.

15

Alecs Geduld näherte sich dem Ende. Er schrieb seine schlechte Laune der Tatsache zu, dass die Kampfübungen an diesem Nachmittag nicht zufrieden stellend verliefen. Es war eine mühselige Aufgabe, die unerfahrenen jungen Krieger auszubilden.

David, Laird Timothys zweitgeborener Sohn, trug die Hauptschuld an Alecs Missvergnügen. Der Bursche machte einfach keine Fortschritte. Zum drittenmal wurde er mitsamt seinem Schwert zu Boden geschlagen. Um der Demütigung die Krone aufzusetzen, benutzte Kincaid dazu nur den Handrücken, und Davids Waffe flog durch die Luft. Die Klinge hätte sich ins Bein eines anderen Soldaten gebohrt, wäre dieser nicht blitzschnell zur Seite gesprungen.

»Ich sollte dich auf der Stelle umbringen!«, brüllte Alec den Jungen an. »In einer richtigen Schlacht würdest du keine fünf Minuten überleben, wenn du nicht endlich lernst, überlegt zu handeln. Und halt um Himmels willen dein Schwert fest!«

Ehe der flachsblonde Krieger auf die Kritik antworten konnte, zerrte Alec ihn auf die Beine und packte ihn an der Kehle. Vielleicht lässt sich ein bisschen Verstand in diesen Holzkopf hineinwürgen, dachte er. Und als sich Davids sommersprossiges Gesicht puterrot färbte, wusste Kincaid, dass ihm die ungeteilte Aufmerksamkeit seines Schülers galt.

»Alec?«, rief einer der Soldaten, und ehe sich der Laird zu ihm wandte, schleuderte er David erneut zu Boden und bemerkte die plötzliche Stille. Ohne seine Erlaubnis hatten sie die Übungen unterbrochen und starrten den Hang hinauf. Ohne sich umzudrehen, ahnte er, dass Jamie für diese Störung verantwortlich war. Nur sie vermochte die normalerweise disziplinierten Leute dermaßen zu verwirren.

Er glaubte, auf alles vorbereitet zu sein, aber der Anblick seiner Frau, die auf Wildfeuer den Hang herabgaloppierte, nahm ihm dann doch den Atem. Sie ritt ohne Sattel, das lange Haar flatterte hinter ihr her, und er wagte nicht, sich zu bewegen – aus Angst, sie würde vom Pferd fallen und sich den eigensinnigen Hals brechen.

Gavin und Marcus folgten ihr. Am Rand des Exerzierfelds zügelte sie die Stute. Mit einer arroganten Geste winkte Alec sie zu sich. Eigentlich wollte er sie tadeln, weil sie die Kampfübungen beeinträchtigte. Aber es fiel ihm schwer, ihr böse zu sein. Wie eine Königin saß sie auf dem Pferderücken, und er musterte sie voller Stolz. Als er dann den Bogen und den Pfeilköcher entdeckte, die an ihrer Schulter hingen, verflog der letzte Rest seines Ärgers, und er verkniff sich ein Grinsen.

Ohne sichtbar an den Zügeln zu ziehen, gehorchte Jamie ihrem Mann, lenkte Wildfeuer zu ihm und brachte sie mit leichtem Schenkeldruck zum Stehen.

»Was treibst du denn da?«, fragte er.

»Ich reite aus.«

»Mit Pfeil und Bogen?«

Sie nickte. »Man muss stets auf alles vorbereitet sein. Vielleicht kann ich ein wenig jagen.«

»Du würdest nicht einmal unsere Stallwand treffen. Wie willst du da auf ein bewegtes Ziel schießen?«

»Du solltest deiner Frau etwas mehr zutrauen.« Jamie nahm den Bogen von der Schulter und zog einen Pfeil aus dem Köcher. Es war höchste Zeit, den Mann eines Besseren zu belehren. Weiter unten am Hang hatte sie eine braune, an einem hohen Heuballen befestigte Tierhaut entdeckt, in der etwa fünfzehn Pfeile steckten. Sie zeigte auf das Ziel. »Erlaubst du mir zu jagen, wenn ich meine Schießkünste beweise?«

Marcus hüstelte und versuchte offensichtlich, sein Gelächter zu überspielen. Strafend starrte Jamie ihn an, während sie auf die Antwort ihres Gemahls wartete.

»Ich werde nicht zulassen, dass du dich vor meinen Männern lächerlich machst«, erklärte Alec, um sie in Wut zu bringen, und erreichte den gewünschten Erfolg. Sie starrte ihn an, als wollte sie ihn erwürgen.

»Ich werde mich keineswegs lächerlich machen!« Er besaß die Kühnheit zu grinsen. Ärgerlich zischte sie: »Sei so nett und geh mir aus dem Weg! Du kannst später lachen!«

Alec nickte und trat ein paar Schritte beiseite. Als Jamie einen Pfeil auf den Bogen legte, rannten die Soldaten los, um in Deckung zu gehen. Offensichtlich hielten sie von Lady Kincaids Talenten ebenso wenig wie der Laird.

Wildfeuers Kopf versperrte ihr die Sicht, und so streifte Jamie die Schuhe ab und stellte sich auf den Pferderücken. Anmutig wie eine Tänzerin balancierte sie, zielte und schoss den Pfeil ab. Als Alec zu ihr geeilt war, um sie festzuhalten, saß sie bereits wieder auf der Stute und lächelte ihn an. »Warum guckst du so böse?«

»So etwas wirst du nie wieder wagen, Frau!« Sein Geschrei erschreckte Wildfeuer, und sie versuchte durchzugehen. Aber er hielt sie am Zügel fest, und sie beruhigte sich sofort wieder. Dabei war ihm nicht entgangen, dass

Jamie weder das Gleichgewicht verloren noch Angst gezeigt hatte.

»Was habe ich denn gewagt?« Sie schien tatsächlich nicht zu wissen, was ihn erzürnte.

Er holte tief Luft und versuchte sich zu fassen. Als sie auf Wildfeuers Rücken balanciert hatte, war ihm beinahe das Herz stehen geblieben. »Du hättest dich umbringen können«, stieß er zwischen zusammengebissenen Zähnen hervor. »Und wenn dich jemand tötet – dann nur ich! Stell dich nie wieder auf dein Pferd!«

»In dieser Stellung bin ich oft und gern geritten, Alec. Wenn Wildfeuer über ein Feld galoppierte, stand ich immer wieder auf ihr.«

»O Gott ...«

»Es ist wahr. Soll ich's dir zeigen?«

»Nein!«

»Brüll nicht so! Du machst Wildfeuer Angst.«

»Ich möchte lieber dir Angst machen, Frau. Versprich mir, dass du nie mehr solchen Unsinn treibst!«

»Also gut, ich gebe dir mein Wort«, seufzte Jamie. »Bist du jetzt zufrieden?«

»Ja.«

»Dann nimm bitte deine Hand von meinem Knie. Du tust mir weh.«

»Weißt du eigentlich, in welcher Gefahr du geschwebt hast?«

Statt zu antworten, fragte sie: »Hast du dieses Zucken im Kinn schon lange, Alec?«

Wütend presste er die Lippen zusammen.

»Der Pfeil steckt weit weg von den anderen!«, verkündete der junge David, hob eifrig Jamies Schuhe auf und reichte sie ihr. Sie dankte ihm und schlüpfte hinein.

»Natürlich ist mein Pfeil weit weg von den anderen.«

»Sie wussten also, dass Sie danebenschießen würden?«

»Mein Pfeil steckt genau in der Mitte. Hol ihn mir, bitte.«

David rannte den Hang hinab, zu der Tierhaut. »Es stimmt!«, jubelte er. »Sie hat genau in der Mitte getroffen!«

Jamie beobachtete nur ihren Mann. Auf den Beifall der Soldaten achtete sie nicht. Doch seine Reaktion enttäuschte sie. Er hob nur eine Braue.

»Gavin, nehmt noch zehn weitere Leute mit!«

Sofort kehrte der Stellvertreter des Lairds zum Stall zurück.

»Jamie, du hast etwas vergessen«, bemerkte Alec, als sie ihm die Zügel aus der Hand nehmen wollte.

»Oh ...« Errötend beugte sie sich hinab und küsste seine Stirn.

Er verbarg seinen Ärger nicht. »Ich meine, dass du deinen Sattel vergessen hast.«

»Den mag ich nicht. Er ist ganz neu, und wenn ich länger drinsitze, bekomme ich steife Knochen.«

»Marcus, bring ihr einen meiner alten Sättel. Warum hast du mir verschwiegen, dass du auf dem bloßen Pferderücken reiten kannst, Jamie?«

»Weil ich dachte, du würdest es undamenhaft finden.«

Über diese alberne Erklärung musste er lachen. Du würdest mir niemals undamenhaft erscheinen. Eigentlich hätte ich wissen müssen, was für eine gute Reiterin du bist. Beak erzählte mir, niemand außer dir sei imstande, die Stute zu meistern. Doch es fiel mir schwer, das zu glauben, denn später behauptete er, du seiest ein schwaches Mädchen, das sich gern verhätscheln lässt, und würdest deine Zeit in der Kirche oder am Nähtisch verbringen.«

»Das sagte er nur, um mich zu schützen. Er dachte, wenn du mich für schwach und unfähig hältst, würdest du mehr Rücksicht auf mich nehmen.«

Alec grinste. »Küss mich nie wieder so wie vorhin, Frau.« Sie nahm an, dass er nicht vor seinen Männern liebkost werden wollte. Doch da fügte er hinzu: »Sondern so ...« Er zog sie an den Schultern zu sich herab und drückte leidenschaftlich seine Lippen auf ihre. Jamies Sinne schwirrten, und sie hörte nicht, wie die Soldaten das Eheglück ihres Lairds bejubelten. Aber er hörte es. Widerstrebend löste er seinen Mund von ihrem. »Jetzt hast du genug von meiner kostbaren Zeit vergeudet.«

Sie lächelte, dann wurde ihre Aufmerksamkeit auf die Reiterschar gelenkt, die den Hang herabsprengte. »Warum muss ich so viele Leute mitnehmen?«

»Die gehen auch gern auf die Jagd.« Alec hob sie vom Pferd, und Marcus warf ihm einen alten Sattel zu. Jamie hielt die Zügel, während ihr Mann den Sattelgurt unter dem Bauch der Stute straff zog. Dann half er ihr aufzusteigen. »Ich wünsche dir einen angenehmen Ritt.«

»Ich werde nicht mit leeren Händen zurückkommen«, verkündete sie.

»Das weiß ich.«

Sie hinterging ihn nur ungern, aber sie musste ihn im Glauben lassen, dass sie es nur auf Jagdbeute abgesehen hatte. Wenn sich sein anfänglicher Zorn gelegt hat, wird er sicher ein guter Vater sein, dachte sie.

Sie ritt mit den Männern davon, und an der Zugbrücke wandte sie sich zu Marcus. »Welche Richtung?«

»Nach Westen, Mylady.«

Wildfeuer befand sich bereits im vollen Galopp, als Marcus sie einholte und Jamie bedeutete, ihm zurück zur Brücke zu folgen. Er war höflich genug, ihren mangelnden

Orientierungssinn nicht zu erwähnen. Aber Gavin machte es großen Spaß, sie deshalb zu necken. Jamie grollte ihm nicht. Sie war hochzufrieden mit den beiden Kriegern, weil sie dem Laird nichts über das Ziel des Ausflugs verraten hatten.

Alec redete sich ein, unbesorgt zu sein. Aber nach dem Abendessen ging er rastlos vor dem Kamin auf und ab. Seine Frau war noch immer nicht zurückgekommen. Trotzdem bestand kein Grund zur Aufregung. Marcus und Gavin würden gut auf Jamie aufpassen, und sie würde jeden Augenblick die Halle betreten.

Die Zeit ihrer Abwesenheit hatte er gut genutzt. Er war zu Helenas Clan geritten. Dabei hatte er interessante Tatsachen über die Frau erfahren, die in der Ehe mit ihm unglücklich genug gewesen war, um sich das Leben zu nehmen.

Nach seiner Rückkehr führte er eine Unterredung mit Vater Murdock. Der Priester staunte, weil es dem Laird jetzt nichts mehr ausmachte, über seine tote Frau zu sprechen. Seit dem Begräbnis hatte er Helenas Namen nicht erwähnt. Alecs Fragen verwirrten ihn noch mehr, aber es stand dem alten Mann nicht zu, sich zu erkundigen, worauf sein Herr hinauswollte.

Als Jamie in der Halle erschien, war Alec so erleichtert, dass er sie böse anstarrte, was sie ihm mit einem sanften Lächeln vergalt. Und da merkte er, dass sich ihr Rock bewegte. Ein schmutziges kleines Gesicht spähte zwischen den Falten hervor. Marcus und Gavin standen links und rechts von ihrer Herrin, beide starrten auf das Kind hinab.

Sie holte tief Atem und ergriff Mary Kathleens Hand. »Komm, jetzt musst du deinen Vater kennen lernen.«

Aber das wollte Mary Kathleen nicht. Alecs Größe schüchterte sie ein.

»Er wird dich von ganzem Herzen lieben«, versicherte Jamie und führte die Kleine zum Kamin.

Alec hatte keine Ahnung, was das alles bedeuten sollte. Das bloßfüßige Kind trug seine Farben, also musste es zu einem Kincaid gehören. Der schlechtsitzende Überwurf bedeckte die schmalen Schultern und war unter dem Kinn verknotet. Honigblonde Locken umgaben die runden Wangen. »Wer ist das?«, fragte er.

»Deine Tochter.«

Jamie ignorierte die Verblüffung ihres Mannes. »Begrüße deinen Papa, Mary Kathleen.«

Das kleine Mädchen schaute ihn immer noch ängstlich an und wickelte sich eine goldene Locke um einen winzigen Finger. Jamie beugte sich hinab und flüsterte ihr etwas zu. Damit wollte sie Mary beruhigen und Alec gleichzeitig eine Gelegenheit geben, sich von seiner Überraschung zu erholen.

»Sie ist Helenas Tochter«, erklärte Gavin.

»Jetzt ist sie meine Tochter«, wurde er von Jamie verbessert, und sie erlaubte dem Kind wieder, sich in ihren Rockfalten zu verkriechen. »Es ist ganz einfach, Alec. Als du Helena geheiratet hast, bist du Mary Kathleens Vater geworden. Du wolltest sie hierher holen, erinnerst du dich? Nun bin ich deine Frau und demzufolge Marys neue Mutter. Leider haben wir bis jetzt unsere Pflichten gegenüber unserer Tochter vernachlässigt.«

»Der Laird hat gut für Helenas Kind gesorgt«, warf Marcus ein.

»Vor drei Monaten starb Marys Großmutter. Wusstest du, dass das Kind einer entfernten Verwandten übergeben wurde, der es nur auf dein Geld ankam? Nur ungern gebe ich zu, dass es sich um eine Engländerin handelt. Deine Tochter hat blaue Flecken am Rücken und an den Beinen. Hätte ich sie in dieser Obhut gelassen, würde sie spätestens in einem Monat sterben.«

Nein, das alles hatte er nicht gewusst. Reglos stand er da, die Hände hinter dem Rücken verschränkt, und musterte das unschuldige Gesicht, das von Jamies Rockfalten halb verhüllt wurde. Schließlich befahl er: »Komm her, Mary.« Als die Kleine den Kopf schüttelte, musste er lachen. »Großer Gott, sie ist erst seit wenigen Stunden mit dir zusammen, Jamie, und dein Eigensinn hat bereits auf sie abgefärbt.« Entschlossen ging er auf Mary zu und hob sie hoch.

»Sei vorsichtig, Alec!«, mahnte Jamie. »Sie hat Rückenschmerzen.«

Er flüsterte dem Kind etwas zu und lächelte, als es nickte.

»Kannst du sie zum Sprechen bringen?«, fragte Jamie. »Zu mir hat sie noch kein Wort gesagt. Glaubst du, dass sie stumm ist?«

»Sorg dich nicht. Wenn sie will, wird sie schon reden – was, Mary?«

Das kleine Mädchen nickte wieder.

»Sie trug Kevins Farben«, berichtete Gavin. »Wenn er dieses schmutzige Kleidchen gesehen hätte, würde er sich pausenlos im Grab umdrehen.«

»Wer hat sie umgezogen?«, wollte Alec wissen.

»Ich«, antwortete Jamie. »Dabei entdeckte ich die blauen Flecken. Und da wusste ich, dass ich Mary hierher bringen musste.«

»Nein, Frau, das wusstest du schon, als du meinen Tartan für sie mitnahmst.«

»Ja«, gab sie leise zu.

»Das hast du also gemeint, als du sagtest, du würdest nicht mit leeren Händen von der Jagd zurückkommen.«

Seine Stimme klang keineswegs böse, aber sie wusste nicht, was er dachte. »So ist es.« Als er Mary wie einen Hafersack unter seinen Arm klemmte, rief Jamie erschrocken: »So geht man nicht mit einem kleinen Kind um! Sie ist erst drei!«

Aber Mary schien diese rüde Behandlung nicht zu stören. Sie kicherte sogar.

»Was geschah, nachdem du die blauen Flecken bemerkt hattest?«, fragte Alec.

»Ich wurde wütend und warf die schmutzigen Sachen auf den Boden. Diese Beleidigung fügte ich der grässlichen Engländerin mit Absicht zu.«

»Und ich spuckte darauf«, verkündete Marcus. »Vor Zeugen, Alec.«

»Gut.«

»Das bedeutet – Krieg«, erinnerte Marcus seinen Laird.

»Zwei Kriege«, betonte Gavin. »Du vergisst Helenas Familie, Marcus. Ihr Clan wird sich einmischen.«

Alec schüttelte den Kopf. »Der wird sich drum kümmern. Was glaubst du, warum Annie hierher kam, als Helena meine Frau wurde? Die Familie hat beide Schwestern grausam misshandelt. Das wusste der König natürlich.«

»Deshalb hast du sie so bald nach dem Tod ihres ersten Mannes geheiratet?«, fragte Jamie. »Um sie zu schützen?«

»Ja.« Lächelnd wandte er sich zu seiner Frau. »Du hast unsere Tochter nach Hause geholt, und dafür danke ich dir.«

Die tiefen Gefühle, die sie in seinem Gesicht las, überwältigten sie beinahe, und ihre Augen füllten sich mit Tränen. Sie wäre in Schluchzen ausgebrochen, hätte Alec in diesem Moment nicht so getan, als wollte er Mary fallen lassen. Und so schrie Jamie, statt zu weinen.

Vater und Tochter lachten schallend, dann befahl Alec: »Frau, du musst Mary baden. Sie stinkt wie Murdock. Marcus, irgendjemand soll Edith und Annie holen. Sicher wollen die beiden ihre Nichte kennen lernen.«

Gerührt nahm sie ihm das Kind ab. »Du erkennst sie also als deine Tochter an?«

»Selbstverständlich.«

Sie war zu bewegt, um zu antworten, und so konnte sie nur lächeln. Als sie das Kind hinter die Trennwand bringen wollte, um es zu baden, kamen Angus und Elizabeth in die Halle. Sie stellte den beiden ihre neue Tochter vor, die schüchtern ihr Gesichtchen an die mütterliche Schulter presste.

Elizabeth erbot sich, beim Bad zu helfen, und Jamie stimmte zu. Dann hörte er, wie Angus den bevorstehenden Besuch des Königs erwähnte. Erschrocken wandte sie sich zu ihrem Mann. »Der König kommt zu dir?«

Verwundert über ihr Entsetzen, hob er die Brauen. »Ja.«

»Edgar?«

»Wir haben nur diesen einen schottischen König.«

»Wann wird er eintreffen?«

»Morgen. Wie gefällt dir das, Jamie?«

»Er ist bekannt für seine Grausamkeit!«, platzte sie heraus.

Alle Anwesenden blinzelten entgeistert. Alec erwiderte: »Edgar ist bekannt für seine Güte.«

Das allgemeine zustimmende Gemurmel beruhigte Jamie ein wenig. »Vielleicht hätte ich diese Geschichten nicht glauben sollen.«

»Was für Geschichten?«, fragte Alec.

»Als Edgar seinen Vorgänger entthronte, blendete er ihn angeblich, um sich weitere Schwierigkeiten zu ersparen.« Die anderen schwiegen, wechselten bedeutsame Blicke, und Jamie fuhr hastig fort: »Ich weiß, ich hätte diesen furchtbaren Klatsch niemals ernst nehmen dürfen.«

»Diese Geschichte stimmt zufällig«, entgegnete Gavin. »Aber er hat jenen Mann nicht getötet.«

»Aye, der lebt immer noch«, warf Marcus ein. »Trotzdem hat Edgar eine schwere Sünde begangen«, meinte Jamie empört.

»Der englische König ist noch viel schlimmer«, behauptete Alec.

»Du solltest nicht schlecht über Henry sprechen.«

»Schlecht? Soeben habe ich ihn gelobt«, erwiderte er grinsend und wurde mit einem vorwurfsvollen Blick bestraft. »Aber etwas anderes scheint dir noch größeres Kopfzerbrechen zu bereiten.«

»Doch, ganz bestimmt.«

»Muss ich vor ihm niederknien?«

»Wenn du willst . . .«

»Werde ich König Henry dann nicht untreu?«

»Wohl kaum.« Nach Alecs Ansicht ließ Jamies politische Bildung ziemlich zu wünschen übrig. »Edgar ist immerhin Henrys Schwager.«

Erleichtert atmete sie auf. »Warum hast du mir nicht gleich gesagt, dass die beiden gute Freunde sind? Nun habe ich mir ganz umsonst Sorgen gemacht.« Sie trug Mary hinter den Wandschirm, gefolgt von Elizabeth, ehe Alec auf ihre Dummheit hinweisen konnte.

»Warum lässt du sie im Glauben, Edgar und Henry wären gute Freunde?«, fragte Gavin.

»Sie soll sich nicht aufregen und glücklich sein. Das wollen wir doch alle?«

Lächelnd nickte Gavin. »Aye.«

»Was für ein hübsches, liebes Kind!«, rief Elizabeth entzückt, als die kleine Mary Kathleen in der Wanne saß.

»Das sollten wir ihr so oft wie möglich sagen«, meinte Jamie. »Niemals darf sie den Eindruck gewinnen, dass sie nicht hierher gehört.« Nach dem Bad bürstete sie dem kleinen Mädchen das Haar und zog ihm ein sauberes weißes Nachthemd an, das Edith zur Verfügung gestellt hatte.

Während Mary zu Abend aß, ging Edith mit Annie nach oben, um ein Schlafzimmer für die neue Hausbewohnerin herzurichten. Sie sollte den Raum neben jenem bewohnen, den der Laird und seine Frau beziehen würden. Jamie wollte in der Nähe des Kindes bleiben für den Fall, dass es nachts aufwachte und schrie. »Alle Mütter haben einen leichten Schlaf«, erklärte sie. »Wir wissen instinktiv, wann unsere Töchter uns brauchen. Das werden Sie verstehen, wenn Ihr Baby geboren ist, Elizabeth.«

Elizabeth hatte nicht das Herz, die Begeisterung ihrer Herrin mit dem Hinweis zu dämpfen, deren Mutterschaft habe erst vor einem halben Tag begonnen. »Angus kann sich kaum noch gedulden, bis die Fäden aus seiner Brust gezogen werden. Er erwartet Sie drüben am Tisch.«

»Setzen Sie sich zu ihm, dann wird er nicht so laut schreien.«

»Wird's ihm wehtun?«

»Überhaupt nicht. Er wird nur jammern, weil ihm das alles lästig ist.«

Elizabeth eilte zu ihrem Mann, und Alec machte gerade ein Feuer im Kamin. Er hörte die Schritte seiner Frau, drehte sich um, und da wurde ihm Mary in die Arme gedrückt. »Du fürchtest dich doch nicht mehr vor mir, Kleines?«, fragte er auf gälisch.

Lächelnd schüttelte sie den Kopf, und als er sie auf seine Schultern setzte, kreischte sie vor Vergnügen. Aber Jamie schrie erschrocken auf, und er stellte Mary sichtlich zerknirscht auf den Boden. »Ich kenne mich nicht so gut mit Kindern aus«, gestand er.

»Du wirst es schon noch lernen.«

Er musste Marcus und Gavin eine ganze Weile entrüstet anstarren, bis ihr respektloses Grinsen endlich erstarb. Dann führte er Mary zum Schaukelstuhl. Er setzte sich hinein, nahm sie auf den Schoß und befahl ihr, einzuschlafen. Der Stuhl stimmte sie genauso misstrauisch wie ihren Vater, und sie musste erst einmal beruhigt werden.

Inzwischen kümmerte sich Jamie um Angus, und der Laird überlegte, was er nun tun sollte. Vielleicht wäre eine Gute-Nacht-Geschichte angebracht, und so schilderte er eine seiner schönsten Schlachten. Mary Kathleen lauschte fasziniert. Auch Gavin und Marcus zeigten Interesse an den blutrünstigen Ereignissen, rückten Schemel zum Kamin und bekundeten ihre Anerkennung durch leise Grunzlaute.

Jamie hörte Alecs Stimme im Hintergrund, achtete aber nicht auf seine Worte. Erbittert beschwerte sich Angus, weil sie ihm vorerst nicht gestattete, die Armschiene abzunehmen.

»Sie können zwar jetzt schon die Finger bewegen, Angus, doch das bedeutet noch lange nicht, dass der Knochen zusammengewachsen ist. Diesen Verband müssen Sie noch einen guten Monat tragen, und damit basta. Die Wunde in der Brust ist gut verheilt, nicht wahr, Elizabeth?«

»O ja, und wir sind Ihnen beide sehr dankbar, Jamie.«

Erst als Elizabeth ihren Mann anstieß, stimmte er widerwillig zu: »Aye, das sind wir.«

Jamie unterdrückte ein Lächeln. Sie hatte bereits erkannt, welch goldenes Herz sich hinter Angus' Bärbeißigkeit versteckte. Sie trug ihre ärztlichen Gerätschaften hinter die Trennwand, dann war es an der Zeit, Mary ins Bett zu bringen. Das Kind hatte einen anstrengenden Tag hinter sich. Doch als sie es auf Alecs Knien sitzen sah, brachte sie es nicht fertig, diese zauberhafte Szene zu stören. Er erzählte Mary eine Gute-Nacht-Geschichte – nein, er erzählte Mary, Marcus und Gavin eine Gute-Nacht-Geschichte. Und jetzt gesellte sich auch Angus hinzu. Die Erzählung schien die ausgewachsenen Männer genauso zu faszinieren wie die Dreijährige.

Zärtlich betrachtete Jamie ihren Gemahl. Wie sehr sie ihn liebte ... Nie hätte sie ihm soviel Feingefühl zugetraut. Natürlich würde er energisch bestreiten, eine solche Eigenschaft zu besitzen, dachte sie lächelnd. Wie würde er sich verhalten, wenn sie ihm endlich ihre Liebe gestand? Würde er erkennen, dass auch solche Empfindungen zu einer Ehe gehörten und sie ebenfalls lieben lernen?

Wie hatte sie jemals glauben können, die Schotten wären den Engländern unterlegen? Beschämt über ihren Irrtum, schüttelte sie den Kopf und trat näher, um die Geschichte zu hören, die das Publikum dermaßen fesselte.

Aber nicht alle waren begeistert. Das merkte Jamie, als sie Elizabeths entsetztes Gesicht sah. Und dann vernahm sie Alecs Worte. »Der gewaltige Schwertstreich trennte ihm den Arm ab ...«

»Was erzählst du dem armen Kind?«, kreischte sie.

»Nur eine Geschichte. Warum?«

»Welche denn?«, fragte sie und riss Mary von seinem Schoß.

»Ich schildere den Kampf mit den Northumberländern.«

»In allen Einzelheiten«, ergänzte Elizabeth.

Jamies Ärger verflog, als sie echte Verwirrung in Alecs Augen las. »Deine Tochter wird sich mit Albträumen herumplagen.«

»Die Geschichte hat ihr gut gefallen«, protestierte er. »Gib mir Mary zurück, sie soll auch noch das Ende hören.«

»Aye, er muss das Ende erzählen«, bestätigte Gavin.

»Nein, jetzt bringe ich sie ins Bett.« Wider Willen musste Jamie lachen. »Ich fasse es einfach nicht, dass du diesem kleinen Mädchen solche Schauergeschichten zumutest, Alec«, fügte sie hinzu und stellte fest, dass weder ihr Mann noch seine Soldaten begriffen, warum sie Anstoß an seinem Schlachtenbericht nahm. »Gib Mary einen Gute-Nacht-Kuss.« Sie hielt ihm seine Tochter hin und beobachtete, wie er einen Kuss auf die zarte Stirn drückte. »Geh jetzt schlafen«, wisperte er. »Morgen erfährst du den Schluss der Geschichte.«

Als Jamie das Kind auf den Boden stellte, rannte es zum Kamin und streckte sich dort auf einer der Schilfmatten aus.

»Glaubt sie etwa, sie soll dort schlafen?«, rief Alec verwundert.

Jamie eilte zu ihrer Tochter und nahm sie auf die Arme. »Offensichtlich. Da siehst du, wie sie behandelt wurde! Sie hatte nicht einmal ein Bett. Können wir heute auch oben schlafen, Alec? Ich möchte in ihrer Nähe sein.«

Er runzelte die Stirn. In der Nacht brauchte er seine Frau selber. Und, verdammt noch mal, sie müsste ihn genauso brauchen. Nachdenklich betrachtete er seine Tochter, deren Kopf auf Jamies Schulter lag. Sie fühlte sich sichtlich wohl in Jamies Armen. Bald würden die blauen

Flecken verblassen, und die Schäden, die ihre Seele durch die Grausamkeit der Pflegemutter genommen haben mochte, würde Jamie beseitigen. Aye, seine Frau würde Mary Kathleen glücklich machen – so glücklich wie ihn.

Jamie liebte ihn, das verriet ihr Blick. Vielleicht hatte sie diese Tatsache noch nicht zur Kenntnis genommen. Nun, wenn er sie sanft mit der Nase darauf stieß, würde sie ihr Schicksal hinnehmen. Er selbst war ja auch dazu bereit. Der Allmächtige musste ihm Jamie geschickt haben. Hätte ihm jemand vor wenigen Monaten prophezeit, er würde einmal eine eigensinnige Engländerin lieben – er wäre in Gelächter ausgebrochen, und dann hätte er den unverschämten Kerl niedergeschlagen.

Natürlich musste auch er ihr sagen, dass er sie liebte. Die Falten auf seiner Stirn glätteten sich. Das wollte er schon in dieser Nacht tun. Auf gälisch.

Angus unterbrach die Gedanken des Lairds. »Möchtest du heute Abend noch mit mir reden, Alec?«

»Nein, Angus. Bring Elizabeth nach Hause. Wir werden unsere Pläne morgen besprechen.«

Gavin wartete, bis Angus und seine Frau die Halle verlassen hatten und Jamie mit dem Kind nach oben gegangen war. Dann fragte er: »Weißt du schon, wer Jamie zu töten versucht hat?«

Ehe der Laird antworten konnte, beschwerte sich Marcus: »Du hast uns beide nicht in deine Pläne einbezogen, Alec.«

»Dazu hatte ich noch keine Zeit. Hast du die Schlafzimmer gründlich durchsucht, Gavin?«

Der Soldat nickte. »Alle Türen wurden bewacht. Edith wartet in Marys Zimmer. Sie möchte Jamie um die Erlaubnis bitten, bei dem Kind schlafen zu dürfen – falls es in der Nacht brüllt.«

»Die Krieger stehen immer noch unterhalb des Fensters, Mylord«, fügte Marcus hinzu.

»Du musst noch zwei hier unten postieren, am Fuß der Treppe. Niemand soll nach oben gehen.«

»Weißt du, wer der Schuldige ist?«, fragte Gavin noch einmal.

»Ich bin mir fast sicher.« Alecs Gesicht nahm einen grimmigen Ausdruck an. »Morgen stellen wir dieser Person eine Falle. Bis jetzt habe ich in die falsche Richtung geschaut. Und wenn ich Recht habe, muss der Priester Helenas Grab segnen.«

»Ich – verstehe nicht ...«, stammelte Marcus.

»Wenn ich Recht habe, war sie keine Selbstmörderin«, erklärte der Laird. »Sie wurde umgebracht.«

Er hütet sie wie einen kostbaren Schatz. Dieser Narr! Glaubt er wirklich, er kann mich aufhalten?

Ich bin zu schlau für Kincaid. Der Augenblick ist gekommen, wo ich ihn erneut herausfordern muss. Morgen werde ich das Biest töten.

Das Kind wird warten müssen – ein Vergnügen nach dem anderen. Der Allmächtige möge mir die Kraft geben, meine Freude zu verbergen.

16

Jamie schlief tief und fest, als Alec endlich das Zimmer betrat, das sie von nun an bewohnen würden. Sie sah schön und friedlich aus. Ich dürfte sie nicht wecken, dachte er, während er sich zu ihr legte und sie in die Arme nahm.

Ihre Beine waren in die zerwühlte Decke geschlungen, das Nachthemd hatte sich bis zu den Hüften hinaufgeschoben. Golden schimmerte ihre Haut im schwachen Kerzenlicht. Alec küsste behutsam ihren Hals, und sie seufzte wohlig, ohne zu erwachen. Als er ihr das Hemd auszog, wehrte sie sich nicht. Er küsste ihre geöffneten Lippen, ihre Brüste.

Ein Schauer weckte sie. Doch sie fror nicht. Mit jedem Kuss wurde ihr wärmer. Mit seinen Händen, seinem Mund und seiner Zunge liebkoste Alec ihre Brüste.

Was für ein sanfter Liebhaber er ist, dachte sie verwundert. Ich könnte dahinschmelzen in seinen Armen... Seine Finger umkreisten ihren Nabel, glitten nach unten und streichelten das weiche Kraushaar zwischen ihren Beinen.

Ihr Körper war bereit für ihn, und ihr leises Stöhnen verriet, dass sie sich ebenso nach ihm sehnte, wie er sie begehrte. Seine Zunge reizte die seidige Haut ihres Bauchs, und als sie genug von dieser süßen Folter hatte, umfasste sie seinen Kopf und zog ihn nach oben.

»Ich brauche dich so sehr, Jamie«, flüsterte er.

»Nimm mich – sofort, Alec! Lass mich nicht länger warten.« Wieder stöhnte sie, während seine Finger zu noch intimeren Zärtlichkeiten übergingen. »Hör auf, mich zu quälen! Oder ich zahle es dir mit gleicher Münze heim.« Ihre Hand wanderte hinab, um die Drohung wahr zu machen, und Alecs Atem stockte.

»Jetzt kann ich mich auch nicht mehr gedulden.« Er legte sich zwischen ihre Schenkel, drang kraftvoll in sie ein und missverstand ihren Entzückungsschrei. Bestürzt hielt er in seinen Bewegungen inne. »Habe ich dir wehgetan?«

»Nein! Wage es bloß nicht, aufzuhören, sonst sterbe ich!«

»Ich auch ...« Obwohl sein Körper nach der Erlösung schmachtete, ließ er sich Zeit, um auch Jamie zu befriedigen. Ein leidenschaftlicher Kuss verschloss ihr die Lippen, und Alec wünschte sich, von ihrem Feuer verzehrt zu werden.

Jamie glaubte, er würde sie zu den Sternen empor tragen. Zitternd klammerte sie sich an den geliebten Mann, der ihr soviel Freude zu schenken vermochte. Bald spürte sie die ersten Erschütterungen ihres Höhepunkts und überließ sich ihrer eigenen Lust.

»Du wirst immer besser im Bett, Frau«, murmelte er, als sie danach eng umschlungen nebeneinander lagen.

»Du sagtest doch, du würdest mit mir üben. Aber ich ahnte nicht, dass es so oft geschehen würde.«

Lächelnd flüsterte er auf gälisch in ihr Ohr: »Ich weiß, jetzt verstehst du mich nicht, Jamie. Aber ich muss es dir in meiner Muttersprache gestehen. Ich liebe dich von ganzem Herzen.«

Er fühlte, wie sie sich versteifte, und als sie von ihm wegrücken wollte, hielt er sie fest. »Ich liebe dich, weil du so süß und gut bist – und so aufrichtig. Nie könnte ich eine Frau lieben, die mich zu täuschen versucht. Aber dir vertraue ich voll und ganz.« Da schien sie zu versteinern, und er musste sich sehr beherrschen, um nicht zu lachen. »Gute Nacht, Jamie«, wünschte er ihr auf englisch.

»Was hast du gerade gesagt?«, fragte sie und bemühte sich, einen möglichst beiläufigen Ton anzuschlagen.

»Gute Nacht.«

»Nein – davor.«

»Das war nicht so wichtig.«

»Hast du es ernst gemeint?«

Er zuckte die Achseln, und sie verlor beinahe die Geduld. Aber sie wollte sich die Überraschung nicht verderben lassen, die sie ihm bereiten würde, wenn sie vor Edgar kniete und ihr Treuegelübde auf gälisch ablegte.

Unbehaglich erinnerte sie sich an Alecs Erklärung, er würde sie auch wegen ihrer Aufrichtigkeit lieben. Jetzt saß sie in ihrer eigenen Falle.

Plötzlich kam ihr der Verdacht, er könnte schon Bescheid wissen. Seine Augen funkelten so merkwürdig.

»Warum schaust du mich so an, Alec?«

»Weil du die Stirn runzelst, als müsstest du all die schwierigen Probleme von England lösen.«

»Ich habe an ein eher kleines Problem gedacht.«

»Sag mir, was es ist.«

Jamie schüttelte den Kopf. »Morgen werde ich es lösen. Vertraue mir.«

»Natürlich vertraue ich dir, Frau.«

»Tatsächlich?« Sie lächelte zufrieden.

»O ja. Ehrlichkeit und Vertrauen sind die rechte und die linke Hand – beide gleich bedeutsam. Was ist denn? Du runzelst ja schon wieder die Stirn.« Mühsam verbarg er seine Belustigung, dann entschied er, dass er sie für diese

Nacht genug gepeinigt hatte. »Es ist spät geworden, Jamie. Sicher bist du erschöpft nach diesem langen Tag und solltest jetzt ...«

»Schlafen«, vollendete sie den Satz mit einem abgrundtiefen Seufzer.

»Nein, du solltest deinen Gemahl beglücken.«

»Das habe ich doch soeben getan, oder?«

»Du musst immer noch viel lernen. Aber du genießt den Vorteil, mit einem äußerst geduldigen Mann verheiratet zu sein.«

»Ich habe einen unersättlichen Mann, Kincaid. Weißt du, wie oft wir heute ...?«

»Soll ich vielleicht auch noch unsere ehelichen Vergnügungen zählen?«

Jamie küsste ihn lachend, und sie vereinten sich ein zweites Mal, sehr sanft und zärtlich. Dabei glaubte sie immer noch Alecs gälische Liebeserklärung zu hören, und sie nahm sich vor, ihm am nächsten Tag ebenfalls zu gestehen, was sie empfand – auf gälisch.

Wieder genossen sie gemeinsam die Erfüllung ihrer Lust, dann breitete Alec die Decke über beide Körper, und wenig später schliefen sie.

In dieser Nacht erwachte er nur einmal, als sich die Tür öffnete. Er griff nach seinem Schwert, doch da sah er, wie Mary Kathleen auf das Bett zulief. Sie rannte zu Jamies Seite herum, und er flüsterte: »Stör deine Mutter nicht. Sag mir, was los ist.«

Zögernd hielt sie den Saum ihres Nachthemds hoch. »Ich bin ganz nass«, wisperte sie. Tränen rollten über ihre Wangen.

Er zog ihr das Hemd über den Kopf und warf es auf den Boden. »Jetzt bist du nicht mehr nass.«

Jamie hörte die leisen Stimmen, stellte sich aber schlafend. Sie wusste, dass ihr Mann weinende Frauen hasste. Und so unterdrückte sie das Schluchzen, das in ihrer Kehle aufstieg, während sie durch ihre gesenkten Wimpern beobachtete, wie er seine Tochter in die Arme nahm und hin und her wiegte. Später trug er das schlafende Kind zur Tür und übergab es einem Soldaten. Beinahe hätte sie ihm nachgerufen, ein guter Vater müsse sein Kind selbst ins Bett bringen, statt diese Aufgabe einem seiner Krieger zu überlassen. Doch dann fiel ihr ein, dass Alec splitterfasernackt war. Edith würde sterben, wenn sie aufwacht und ihn so sieht, dachte sie und drehte sich auf den Bauch, um ihr Kichern zu ersticken.

Ihr Mann kehrte ins Bett zurück und schmiegte sich an sie. Zufrieden seufzte sie auf. Sie konnte den nächsten Morgen kaum erwarten. Welch ein wunderbarer Tag stand ihr bevor …

Es wurde der schlimmste Tag ihres Lebens.

Zunächst ließ sich alles recht gut an. Jamie und Edith schmückten die Halle mit Blumen, breiteten neue Schilfmatten am Boden aus, und der hochlehnige Stuhl, auf dem Edgar Platz nehmen sollte, wurde blitzblank poliert.

Aber Gavin und Marcus stellten Jamies Geduld auf eine harte Probe. Wann immer sie sich umdrehte, stand einer der beiden Riesen vor ihr. »Habt ihr denn gar nichts zu tun?«, fragte sie.

Diesen Wink mit dem Zaunpfahl verstanden die Soldaten nicht. »Heute haben wir frei«, erklärte Gavin.

Natürlich glaubte sie ihm nicht. »Warum lauft ihr ständig hinter mir her?«

Es blieb ihnen erspart, mit einer Lüge antworten zu müssen, denn Mary Kathleen packte Jamies Rock. Das kleine Mädchen trug ein Kleid in den Kincaid-Farben, das die Familie des Schmieds zur Verfügung gestellt hatte. Jamie nahm ihre Tochter auf die Arme, küsste sie und wisperte ihr ein paar gälische Koseworte ins Ohr.

»Darf ich sie in Frances' Hütte bringen?«, rief Edith, die inzwischen innige Freundschaft mit ihrer Herrin geschlossen hatte.

»Frances?«

»Die Frau des Schmieds. Sie hat mehrere Paar Schuhe, die Mary probieren soll.«

»Sag ihr, ich weiß ihre Großzügigkeit sehr zu schätzen.«

Edith schüttelte den Kopf. »Da wäre sie beleidigt. Es ist ihre Pflicht, uns zu helfen.«

Was sie von dieser Eröffnung halten sollte, wusste Jamie nicht. Aber sie übergab der Schottin das Kind – ein schwieriges Unterfangen, weil es sich mit aller Kraft an die Mutter klammerte. Erst als Edith ihm den Zweck des Besuches in der Schmiede erklärte, folgte es ihr bereitwillig. »Ich werde Frances sagen, du freust dich über ihren Beistand!«, rief sie über die Schulter, dann stieß sie mit Marcus zusammen.

»Warum läufst du dauernd hier herum?«, fauchte sie ihren Bruder an. »Und was treiben die Soldaten oben am Balkon? Haben sie nichts zu tun?«

»Heute haben sie alle frei«, erwiderte er, und Edith musterte ihn genauso ungläubig wie Jamie.

Alec kam gerade rechtzeitig in die Halle, um die ungeheuerliche Behauptung seines Kriegers zu hören, und er sah auch die skeptisch gerunzelte Stirn seiner Frau. »Jamie, in ein paar Minuten wird der Clan eintreffen, mit ein paar Harolds. Du musst ...«

»Wir empfangen Gäste?«, schrie sie. »Jetzt?«

»Ja.«

Aufgeregt wollte sie an ihm vorbeistürmen, aber er hielt sie fest, zog sie an seine Brust und küsste sie. »Ich mag es nicht, wenn du die Stirn runzelst. Worüber machst du dir denn schon wieder Sorgen?«

»Ich muss mich umziehen.«

»Wozu? Ob dein englisches Zeug sauber oder schmutzig ist, spielt keine Rolle. Die Leute werden es so oder so verabscheuen.«

Darauf antwortete sie nicht, doch er merkte ihr an, dass sie eher belustigt als verärgert war. Auf gälisch flüsterte er ihr zu, dass er sie liebe, küsste sie noch einmal und dann bedeutete er Marcus und Gavin, ihm an den Tisch zu folgen. Er sah, wie Jamie sich kraftlos an das Kaminsims lehnte und ihn anstarrte. »Wolltest du dich nicht umkleiden?«, rief er. Abrupt kehrte sie ihm den Rücken und eilte die Stufen hinauf. Dabei murmelte sie etwas Unverständliches vor sich hin, und er grinste.

Wie leicht er mich dazu bringen kann, meine Pflichten zu vergessen, dachte sie. Nur ein Kuss – und schon bin ich ganz durcheinander ...

Doch nun musste sie Alec aus ihren Gedanken verdrängen und die Überraschung vorbereiten.

Sie zog sich aus und schlüpfte in ein knöchellanges cremefarbenes Hemd. Dazu brauchte sie nur zwei Minuten, aber den Tartan um ihren Körper zu wickeln, war etwas langwieriger. Der schmale Stoff, etwa zwölf Fuß lang, ließ sich einfach nicht richtig drapieren. In ihrer Verzweiflung öffnete sie schließlich die Tür und bat einen Soldaten, Vater Murdock zu holen.

Wenig später erschien der Priester und klopfte an. Ungeduldig zerrte sie ihn ins Zimmer und warf die Tür hinter ihm zu.

Alec hatte die keuchenden Atemzüge des alten Mannes gehört, der ächzend die Treppe hinaufgestiegen war, und ihn im Zimmer seiner Frau verschwinden sehen. Wozu um Himmels Willen brauchte sie Murdock, überlegte er. Dann beschloss er, später darüber nachzudenken – sobald es seine Zeit erlaubte. Trotzdem behielt er die Tür im Auge. Als der Geistliche wieder herauskam, grinste er breit.

»Vater Murdock?«, brüllte Alec. »Was hast du in meinem Schlafgemach getrieben?«

Der Priester antwortete erst, als er den Tisch in der Halle erreichte. »Ich habe deiner Frau geholfen.«

»Wobei?«

»Das kann ich dir nicht sagen. «Trotz der düsteren Miene seines Lairds lächelte Vater Murdock immer noch. »Sie möchte dich überraschen. Gönn ihr die Freude. Du willst doch ihre Gefühle nicht verletzen, indem du es schon vorher herausfindest.«

Da schwang die Schlafzimmertür auf und zog Alecs Blick wie magisch an. Er merkte nicht, dass er aufgestanden war. Mit großen Augen starrte er die Vision an, die strahlend an den sichtlich vergnügten Soldaten vorbeiging, und verspürte so heißen Stolz, dass er kaum atmen konnte.

Endlich trug sie seine Farben, und ihr Anblick erfüllte ihn mit einem unbändigen Glücksgefühl.

»Sie konnte den Stoff nicht richtig falten, und deshalb ließ sie mich rufen«, erklärte der Priester. »Und dann lobte sie meine geschickten Hände. Ist sie nicht ein bildhübsches Mädchen?«

Jamie wusste, dass ihr die ungeteilte Aufmerksamkeit der Soldaten galt. Sie straffte die Schultern und hielt die Arme etwas vom Körper ab, um nicht versehentlich die

Tartanfalten aus ihrem Gürtel zu ziehen. Ehe sie den Treppenansatz erreichte, knickste sie förmlich vor ihrem Mann, dann stieg sie anmutig die Stufen hinab, den Saum des langen Hemds gerafft. Er eilte ihr entgegen, wollte sie umarmen, aber sie wich zurück. »Rühr mich nicht an!«

»Was?«

»Und schrei nicht so! Du kannst mir sagen, dass du mit meiner äußeren Erscheinung zufrieden bist, aber vor der Ankunft des Königs wirst du die Falten meines Tartans nicht durcheinander bringen, und damit basta! Nun – gefalle ich dir?«

»Ja.«

Da musste sie lachen. Alec war gewiss kein Mann, dem die Komplimente mühelos über die Lippen kamen. Er schien nicht einmal zu wissen, was von ihm erwartet wurde.

»Allein werde ich diese Falten nie so hinkriegen.«

»Auch das werden wir üben«, versprach er.

Jamie errötete erst, als Vater Murdock fragte, was sie denn sonst noch üben würden. »Vielleicht könnten Ihnen meine Erfahrungen von Nutzen sein«, schlug er eifrig vor.

»Es – ist eine persönliche Angelegenheit«, platzte Jamie heraus, »und dabei können wir Ihre Hilfe nicht brauchen. Aber vielen Dank für das Angebot.«

Alec grinste teuflisch. »Komm mit mir, Jamie. Die Gäste halten sich draußen bereit, um dich kennen zu lernen.«

»Ein Gast ist schon drinnen!«, rief eine fremde Stimme vom Eingang her.

Jamie wollte dem Mann entgegengehen. Doch dann besann sie sich auf ihre Pflichten und trat an die Seite des

Lairds, der die Brauen zusammenzog. Offenbar hielt er nicht allzu viel von dem Neuankömmling, mit dem er sie jetzt bekannt machen musste.

»Ich konnte es nicht erwarten, deine Frau zu sehen, Alec. Und so hat mich meine Ungeduld ins Haus getrieben.«

Der Laird legte einen Arm um Jamies Schultern. »Das ist Harolds Sohn Justin.«

»Es freut mich sehr, Ihre Bekanntschaft zu machen.« Sie lächelte, um den Eindruck zu erwecken, sie meinte es ernst. In Wirklichkeit freute sie sich ganz und gar nicht. Der blonde Mann musterte sie mit einem Blick, den sich nur ein Gemahl angesichts seiner Frau erlauben durfte.

»Das Vergnügen ist ganz auf meiner Seite, Mylady«, erwiderte Justin.

Sie nickte, dann forderte sie ihn höflich, aber bestimmt auf, zu den anderen zurückzukehren. »Alec und ich werden bald zu Ihnen kommen.«

Ihr Vorschlag wurde rüge ignoriert. Justin blieb stehen und fuhr fort, sie anzustarren.

»Wollten Sie noch etwas sagen?«, fragte sie.

»Nein – nein, Mylady«, stammelte er verlegen. »Ich wundere mich nur über Ihren ungewöhnlichen Akzent.«

»Ein englischer Akzent, Justin – für die meisten schottischen Ohren so angenehm wie das Scharren eines rostigen Nagels auf Eisen.«

Marcus hustete laut, um seine Erheiterung zu überspielen, und Gavin musste Justin den Rücken kehren.

Doch der ungehobelte Gast ließ noch nicht locker. »Wie ich höre, heißen Sie Jamie.«

»So ist es.«

»Ein schöner Name.«

»Ein Männername!«, fauchte Jamie, die sich nicht länger bemüßigt fühlte, ihre Wut zu zügeln. Wie der Kerl auf ihren Busen gaffte! Am liebsten hätte sie ihn gegen das Schienbein getreten. Was hielt eigentlich ihr Mann von dieser Unverschämtheit? Sie wandte sich zu ihm und sah ihn seltsamerweise lächeln.

Gavin beendete die unerfreuliche Szene mit der Bemerkung, man müsse nun die Tische im Hof aufstellen, und Alec nickte. »Die Diener sollen anfangen, das Essen aufzutragen. Jamie und ich werden in ein paar Minuten hinausgehen. Marcus, führen Sie Justin nach draußen. Anscheinend ist er unfähig, aus eigener Kraft einen Fuß vor den anderen zu setzen.«

Sobald sein Arm von ihren Schultern geglitten war, eilte sie zum Wandschirm, um ihren Dolch aus der Truhe zu nehmen und in den Gürtel zu stecken. Justin versuchte ihr zu folgen, streckte eine Hand nach ihr aus, und sie schlug darauf – in tiefster Verlegenheit, weil alle Soldaten zuschauten. »Sie sind nicht zufällig mit Laird McPherson verwandt?«, fragte sie.

»Nein, Lady Kincaid«, antwortete Justin verwirrt. »Wie kommen Sie darauf?«

»Ihre Manieren erinnern mich an diesen Laird.«

Was sie damit ausdrücken wollte, schien er nicht zu wissen. Alec verstand es umso besser. Sein lautes Gelächter folgte Jamie hinter die Trennwand. Der Dolch lag nicht an der Stelle, wo sie ihn verwahrt zu haben glaubte. Einige Minuten lang suchte sie danach, dann gab sie es auf.

Alec kam zu ihr, umarmte sie lächelnd und missachtete ihre Bitte, auf die Tartanfalten zu achten. Begierig küsste er sie, und ihr Widerstand schmolz dahin. Bereitwillig ging sie auf das aufreizende Spiel seiner Zunge ein, fühlte seine wachsende Erregung. Nur ungern ließen sie sich vom lebhaften Stimmengewirr im Hof an ihre Pflichten erinnern.

Schließlich ließ Alec seine Frau zögernd los. »Weißt du, warum ich dich soeben geküsst habe?« Als sie den Kopf schüttelte, erklärte er: »Damit du nicht vergisst, zu wem du gehörst.«

Sie hob die Brauen. »Und weißt du, warum ich deinen Kuss erwidert habe?«

Weil er zu ihr gehöre, wollte sie kontern, doch das gestattete ihr arroganter Gemahl nicht. »Weil's dir gefallen hat.« Grinsend ordnete er die Falten in ihrem Gürtel, und sie musste ihm zubilligen, dass er diese Kunst vollendet beherrschte. Sie glättete ihr Haar, straffte die Schultern und ging um die Trennwand herum.

»Jamie?«

»Ja?«

»Vater Murdock wird dich hinausbegleiten. Ich komme später zu dir.«

Er wartete, bis sie das Haus verlassen hatte, dann winkte er die beiden Soldaten zu sich, die auf dem Balkon Wache hielten. »Bleibt immer zehn Schritte hinter eurer Herrin.« Sie eilten zum Ausgang, um den Befehl auszuführen, und er rief ihnen nach: »Schickt Colin zu mir!«

»Harolds Stellvertreter ist auch hier?«, fragte Gavin.

Alec nickte. »Er will uns Neuigkeiten mitteilen.«

»Deine Frau war nicht sonderlich entzückt von Justins Benehmen, was?«

»Ich hatte nie gedacht, dass sie ihn anziehend finden würde«, log der Laird.

Colin musste vor der Tür gewartet haben, denn er eilte bereits in die Halle. Offenbar konnte es der grauhaarige

Mann nicht erwarten, Kincaid die wichtige Botschaft zu überbringen.

Während einer hitzigen Debatte über die eventuelle Vereinigung aller Hochländerclans vergaß Alec alles andere. Er behauptete, dies sei unmöglich, und Colin versicherte ebenso vehement, es sei durchaus zu machen.

Alec weigerte sich, den Mann zu entlassen, ehe er dessen Zustimmung errungen hatte. Und falls Colins vorgerecktes Kinn ein Urteil erlaubte, war er ebenso fest entschlossen, den Laird zu überzeugen.

Als Jamie in die Halle stürmte, gönnte Alec ihr nur einen kurzen Blick und wandte sich dann wieder zu seinem Gast. Doch sie klopfte beharrlich auf seinen Arm und lächelte Colin an. »Bitte, verzeihen Sie, Sir, dass ich Ihr Gespräch unterbreche.«

»Du musst dich gedulden, Frau«, erklärte Alec. »Diese Sache kann nicht warten.«

»Bist du unfähig, das Problem allein zu meistern?«

»Das habe ich nicht gesagt.«

»Dann kümmere dich darum.« In ruhigem Ton ersuchte er den Soldaten, fortzufahren.

Gavin und Marcus schauten sie mitfühlend an. Sie nickte ihnen zu, dann lief sie erbost zum Ausgang.

Der Laird sah, wie sie vor der Tür stehen blieb und die Waffen begutachtete, die an der Wand hingen. Er bemühte sich, Colin seine ganze Aufmerksamkeit zu schenken. Doch das misslang ihm, als Jamie eine lange Keule vom Haken zu nehmen versuchte. Offenkundig war ihr die Waffe zu schwer, denn sie landete krachend am Boden.

Davon ließ sich Jamie nicht entmutigen. Inzwischen hatten sich alle Augenpaare auf sie gerichtet. Niemand gab einen Laut von sich, während sie die Keule nach draußen schleifte.

Alec blinzelte verwirrt. Wozu mochte seine Frau dieses Ding brauchen? Die Antwort auf diese Frage traf ihn wie ein Blitzschlag. Justin! Er sprang auf, und sein Wutschrei übertönte beinahe die gellenden Stimmen, die aus dem Hof hereindrangen. Von drei Soldaten gefolgt, rannte er hinaus. Auf den Eingangsstufen hielt er verblüfft inne.

Der Priester stand sichtlich aufgeregt neben Jamie, und vor ihren Füßen lag bäuchlings der künftige Laird Harold und versuchte vergeblich, auf die Beine zu kommen. »Fassen Sie mich nie wieder an!«, schrie Jamie. »Das nächste Mal schlage ich doppelt so kräftig zu! Geben Sie mir Ihr Wort, bevor ich Sie aufstehen lasse.«

»Mylady!«, würgte Vater Murdock hervor. »Er versteht nicht ...«

Anscheinend glaubte sie, er wollte ihr sagen, Justin verstehe ihre Sprache nicht. »Oh, doch, er weiß, warum ich ihn geschlagen habe«, entgegnete sie auf gälisch. »Er weiß es sehr gut!«

»Aber Jamie – Mädchen ...«, flehte der Priester.

Der Mann am Boden wagte es, wütend statt zerknirscht dreinzuschauen. Er brauchte viel zu lange, um seine Lektion zu lernen, entschied Jamie. »Wie konnten Sie sich erdreisten, mich anzufassen? Ich bin Alec Kincaids Frau, Sie Narr! Und zufällig liebe ich diesen Mann mit einer Leidenschaft, die Sie niemals begreifen werden.«

»Mylady?«, mischte sich Gavin ein.

»Halten Sie sich da raus, Gavin!«, befahl sie, ohne den Soldaten aus den Augen zu lassen, den sie mit ihrer Keule am Boden festhielt. »Alec hat mich angewiesen, dieses Problem allein zu lösen. Ich hatte Justin versprochen, ihn zu bestrafen, und genau das tat ich.«

»Es ist nicht Justin«, sagte Alec, der hinter seine Frau getreten war.

Ungeduldig drehte sie sich zu ihm um. »Das ist nicht der rechte Zeitpunkt für dumme Witze. Dieser ungezogene, freche Junge packte mich und gab mir einen Kuss. Sieh doch, was er mit meinen Tartanfalten gemacht hat!«

»Du hast Philip niedergeschlagen – nicht Justin.«

»Nein, das ist ...«

»Justins Bruder.«

»Philip?«

Langsam nickte Alec und sah keineswegs so aus, als wollte er scherzen. Jamies Magen krampfte sich zusammen. »Ich begreife nicht ...«, wisperte sie. »Dasselbe Gesicht ...«

»Die beiden sind Zwillinge.«

»O Gott ...«

»Eineiige.«

Am liebsten wäre sie im Erdboden versunken. Die Zuschauermenge, die sich inzwischen ringsum versammelt hatte, setzte Lady Kincaids Demütigung noch die Krone auf. »Warum hast du mir nichts gesagt?«, flüsterte sie. »Jetzt habe ich den Falschen bestraft.« Sofort ließ sie die Keule fallen und bemühte sich, ihr Opfer auf die Beine zu stellen. Aber Philip lehnte ihre Hilfe ab. »Es tut mir so Leid«, entschuldigte sie sich. »Niemand teilte mir mit, dass Sie einen Zwillingsbruder haben.« Vorwurfsvoll starrte sie ihren Mann an. »Für diese Unterlassungssünde muss ich dir noch ein Ablassgebet kaufen, Alec.«

»Sie wollten mich nicht niederschlagen?« Vorsichtig wich Philip vor ihr zurück.

»Wenn Sie lange genug stehen bleiben, werde ich Ihnen erklären, wie es dazu gekommen ist«, versprach sie.

Er musterte sie misstrauisch, aber dann unterbrach er seinen Rückzug.

»Ich kenne Sie gar nicht, Sir«, beteuerte sie. »Warum

sollte ich Sie also angreifen? Mein Zorn galt Ihrem Bruder.«

»Sie wollten Justin niederschlagen?«, stieß er hervor.

Eigentlich hatte sie beabsichtigt, Justin windelweich zu prügeln, doch das wollte sie seinem Bruder nicht verraten. Philip erweckte nicht den Eindruck, als hätte er ein solches Geständnis zu schätzen gewusst. Wahrscheinlich merkt er nicht, was für ein verwöhnter, eigensüchtiger Junge sein Zwilling war, und fühlte sich für dessen Schutz verantwortlich. Dafür bewunderte sie ihn, wenn sie auch fand, dass seine Fürsorge einem Unwürdigen galt. »Ja, ich wollte ihn niederschlagen«, gab sie zu. »Sie müssen doch wissen, dass er die Manieren eines Schweins hat, Philip.«

»Bringt Justin zu mir!« Alecs Gebrüll lenkte Jamies Aufmerksamkeit wieder auf ihren Mann.

»Du sagtest, ich solle dieses Problem meistern, und ...«

»Jetzt kümmere ich mich darum.«

»Wie denn?«, fragte sie unbehaglich. »Du willst dem Jungen doch nicht ernsthaft wehtun?«

»Hat der dich angefasst, Jamie?«

»Nun ja, aber nur ganz kurz, und es war nur ein flüchtiger Kuss ...«

»Ich bringe den Bastard um.« Alec schrie nicht mehr, aber sein Tonfall jagte kalte Schauer über Jamies Rücken. Nervös zerrte sie die Falten ihres Tartans aus dem Gürtel.

Wenige Minuten später befand sie sich in einer geradezu lächerlichen Lage. Sie stand vor Justin und verteidigte sein Leben. »Alec, er ist doch noch ein halbes Kind, und die Kincaids bringen keine Kinder um. Seien Sie still, Justin!«, befahl sie, als der Junge lauthals gegen ihre Wortwahl zu protestieren anfing.

»Sie sind in der Tat ein dummer Junge, sonst hätten Sie sich nicht getraut, meinen Mann herauszufordern. Alec, bitte lass ihn noch ein Weilchen auf dieser Erde bleiben, damit er bessere Manieren lernen kann.«

Anscheinend war sie den Tränen nahe, und deshalb besann er sich anders. Zustimmend nickte er, und Jamie fühlte sich vor Erleichterung ganz schwach in den Knien. Doch sie konnte nur eine Sekunde lang aufatmen, denn er sprang vor, packte Justin und schleuderte ihn in hohem Bogen durch die Luft. Schreiend landete der Junge in einer Staubwolke.

»Alec, du hast versprochen ...«

»Ich werde ihn nicht töten, Jamie, aber ich handle doch sicher in deinem Sinn, wenn ich ihm Manieren beibringe.«

Diese Erklärung fand den Beifall der Zuschauer. Nicht einmal Colin Harold erhob Einwände. »Wenn du ihn zu Brei schlägst, müsste ich den Rest des Tages damit verbringen, ihn zusammenzuflicken, Alec. Da ist es mir schon lieber, du schubst ihn nur ein bisschen herum.«

Alec lief zu Justin, packte ihn am Nacken und zog ihn hoch. »Hast du's ernst gemeint, Jamie?«

»Was?« Warum in Gottes Namen grinste er jetzt, fragte sie sich.

»Dass du mich liebst.«

Plötzlich merkte sie, dass sie beide gälisch sprachen. »Sie haben meine Überraschung verdorben!«, warf sie Justin vor, ohne zu berücksichtigen, dass er kaum Atem holen, geschweige denn um Verzeihung bitten konnte.

»Vor allen Leuten hast du deine Liebe beteuert, Frau!«, rief Alec. »Streite es jetzt nicht ab!«

»Lass erst den Jungen los!«, verlangte sie.

»Vorher musst du antworten.«

»Ja, ich liebe dich. Bist du jetzt glücklich?«

Mühelos stieß er Justin zu Boden. »Sehr glücklich.«

»Ich sage, Justin hat sie nicht angerührt!«, schrie Philip und lenkte wieder die allgemeine Aufmerksamkeit auf sich.

Empört schnappte Jamie nach Luft und hob die Keule auf. Alec packte sie und riss sie an sich, wobei die restlichen Tartanfalten den Kampf aufgaben. Der Überwurf wäre zu Boden gefallen, hätte sie ihn nicht festgehalten.

»Hat irgendjemand diesen Angriff beobachtet?«, fragte Alec die versammelte Menge.

Die beiden Soldaten, die für Jamies Schutz verantwortlich waren, traten vor, und einer erklärte: »Wir waren Zeugen.«

Alecs Brauen zogen sich zusammen. »Und ihr habt nichts unternommen?«

»Das wollten wir«, entgegnete der jüngere Krieger, »aber du sagtest, wir sollten einen Abstand von zehn Schritten halten.«

»Alec, warum hast du deinen Männern befohlen, mir zu folgen …?« Jamie unterbrach ihre Frage, als er ihre Schulter drückte. Offenbar mochte er dieses Thema jetzt nicht erörtern.

»Als wir um eine Ecke bogen, sahen wir, wie Justin die Lady packte«, fuhr der ältere Soldat fort.

Alecs Kinnmuskeln zuckten. »Und?«

»Er verlieh seiner Bewunderung für Lady Kincaid Ausdruck, und wir hörten ihn beteuern, ihre violetten Augen würden jeden Mann in die Knie zwingen. Da Laird Harold dein Verbündeter ist, dachte ich, einer von uns müsste dich holen, Mylord, ehe wir …«

»Er *war* sein Verbündeter!«, brüllte Philip.

»Regen Sie sich nicht auf«, bat Jamie. »Ich wollte Alec

holen, damit er ein ernstes Wort mit Ihrem Bruder redet. Aber mein Mann war beschäftigt.«

»Und so hast du stattdessen eine Keule geholt«, ergänzte Alec.

Sie glaubte, eine gewisse Belustigung in seinem Blick zu lesen, war sich aber nicht sicher. »Was blieb mir denn anderes übrig? Ich musste mich doch wappnen, und so brauchte ich eine Waffe, die ihn viel nachdrücklicher in die Knie zwingen konnte als meine violetten Augen. Und als er dann wieder auf mich zukam ...«

»Sie haben Schande über meinen Bruder und mich gebracht!«, rief Philip.

»Nein, das hat Justin ganz allein vollbracht«, entgegnete Jamie.

Das Gesicht des jungen Mannes lief dunkelrot an. »Mein Vater wird von diesen Beleidigungen erfahren, Kincaid, das schwöre ich dir.«

Harolds Söhne stürmten zum Stall, und die Menge machte ihnen bereitwillig Platz. Colin, Harolds vertrauenswürdiger Stellvertreter, folgte ihnen nicht und wandte sich zu Alec. »Deine Bedingungen?«

»Er hat eine Woche Zeit.«

Colin nickte, und Jamie wartete, bis der alte Soldat sich entfernt hatte. Dann fragte sie ihren Mann: »Wer hat eine Woche Zeit?«

»Justins Vater.«

»Was soll er in dieser Woche machen?«

»Er wird versuchen, meinen Zorn zu besänftigen.«

»Und wenn ihm das misslingt?«

»Dann gibt es Krieg.«

Sie hatte geahnt, dass er dieses furchtbare Wort aussprechen würde. Und das alles war ihre Schuld. Erst am Vortag hatte Vater Murdock bemerkt, er habe immer geglaubt, das Hochland wäre ein friedlicher Ort. Bis zu ihrer, Jamies Ankunft. Nun kämpften die Kincaids mit den McPhersons, weil sie das kranke Baby kuriert hatte. Und sie waren nahe daran, auch gegen die Fergusons ihre Waffen zu erheben, weil Daniel ihnen die kalte Schulter zeigte, seit Mary Zuflucht bei ihrer Schwester gefunden hatte. Dazu kam noch die Sorge um Mary Kathleens Verwandte. Wahrscheinlich marschierten sie bereits auf das Kincaid-Gebiet zu. Justins Vater würde sich ebenfalls auf die Liste der Feinde setzen. Wenn das so weiterging, würde in einer Woche kein einziger Kincaid-Krieger am Leben sein.

Zum ersten Mal seit dem Tod ihrer Mutter verspürte sie das Bedürfnis, sich gründlich auszuweinen. »Ich muss zu Mary Kathleen gehen«, flüsterte sie.

»Dann wirst du meine Überraschung verderben.«

Ihre Augen füllten sich mit Tränen. »Ich hatte auch eine wunderbare Überraschung für dich. Die ist jetzt ruiniert.«

Der Priester eilte herbei und klopfte ihr ungeschickt auf die Schulter. »Aber, aber, Mädchen! Der Tag ist doch noch gar nicht vorbei. Bald wird der König eintreffen und ...«

»Vielleicht kommt er gar nicht.« Mit dieser Bemerkung wollte Gavin seine Herrin beruhigen, denn er hatte gesehen, wie entsetzt sie über die Ankündigung von Edgars Besuch gewesen war.

»Oh, verdammt!«, rief sie. »Dann würde mein Plan endgültig ins Wasser fallen. Wo ist eigentlich Edith? Ich wollte sie bitten ...«

»Edith und Annie packen ihre Sachen«, erklärte Alec. »Marcus, du solltest dich auch fertig machen.«

»Warum packen sie denn?«, wollte Jamie wissen.

»Sie reisen ab.«

»Wohin?«

»Marcus bringt Annie und Edith zu den Bracks«, berichtete Gavin. »Das sind entfernte Verwandte.«

Jamie betupfte sich mit ihrem Tartan die Augen. »Ein familiärer Besuch?«

»Nein, sie werden bei den Bracks leben.«

»Das verstehe ich nicht. Edith und ich sind Freundinnen geworden. Und Annie ist Helenas Schwester. Du kannst dich nicht von ihnen abwenden. Willst du deine Entscheidungen nicht noch einmal überdenken?«

»Nein.« Seine Miene wirkte wie versteinert, und sie schaute Marcus an.

»Aber sie kommen doch zurück?« Verlegen nickte der Krieger, und Jamie teilte ihrem Mann mit: »Ich gehe jetzt ins Haus. Und wenn du mir deine Soldaten nachschickst, werde ich erneut eine Keule schwingen. Ich möchte ein paar Minuten allein sein.«

Da er keine Gefahren sah, nickte er. Diese Mühe hätte er sich sparen können, denn Jamie stieg bereits die Eingangsstufen hinauf. »In der Halle warten Gäste!«, rief er ihr nach. Krachend fiel die Tür ins Schloss. Er seufzte und wandte sich zu seinen Soldaten, um ihnen neue Befehle zu geben. Das wollte er möglichst schnell hinter sich bringen und seiner Frau folgen. Ihre Tränen hatten ihn tief bestürzt. Wenn er die Falten ihres Tartans ordnete, würde sich ihre Laune vielleicht bessern, und dann konnte er sie sicher veranlassen, ihre Liebeserklärung zu wiederholen.

Jamie sah vier große Soldaten am Eingang stehen. Sie trugen keine Kincaid-Farben. Ein fünfter lehnte am Kaminsims und forderte seine Freunde auf, ihr Platz zu machen. Sie knickste, und der Krieger winkte sie mit einer gebieterischen Geste zu sich. Sie hatte keine Lust, mit ihm zu reden, aber die Gesetze der Höflichkeit verlangten, dass sie sich zumindest vorstellte, und so ging sie zu ihm.

Der grauhaarige Soldat hatte sich bereits bedient. In einer Hand hielt er einen Weinkelch, in der anderen ein üppiges Stück Käse. Sie zwang sich zu einem Lächeln, knickste ein zweites Mal, und da fiel ihr Tartan zu Boden. Das war zu viel für ihre Nerven. Tränen begannen über ihre Wangen zu rollen. Beschämt hob sie den Überwurf auf, und vielleicht hätte sie ihre Fassung wiedergewonnen, wäre der Blick des Kriegers nicht so freundlich und mitfühlend gewesen.

»Liebe Lady, was betrübt Sie denn so?« Seine Stimme klang auch sehr nett, und er musste etwa so alt sein wie ihr Papa. Diese Erkenntnis machte alles noch schlimmer, weil sich jetzt auch noch Heimweh zu ihrem Kummer gesellte. »So schlimm kann es doch gar nicht sein«, fügte der Fremde hinzu.

»Wenn Sie wüssten, welche Schande ich den Kincaids angetan habe, würden Sie vermutlich auch weinen«, platzte Jamie heraus. »Die Kriege, die ich entfesselt habe, kann ich schon gar nicht mehr zählen.« Als er die Brauen hochzog, nickte sie bekräftigend. »Es stimmt, und wenn ich ein Feigling wäre, würde ich mich für den Rest meiner Tage im Bett verkriechen.«

»Vielleicht kann ich Ihnen helfen.«

»Das kann niemand außer dem König, und wenn er von all diesen Problemen erfährt, lässt er mich wahrscheinlich auspeitschen.« Plötzlich verspürte sie das überwältigende Bedürfnis, diesem netten Mann ihr Herz auszuschütten, und damit hatte sie es so eilig, dass sich ihre Stimme überschlug. »Wissen Sie, ich wollte alles richtig machen, aber was in England als richtig gilt, ist hier falsch. Man darf nicht danke sagen, denn das ist eine Beleidigung. Und wenn man einem Baby das Leben rettet, behaupten die Leute, man habe es entführt! Und ...«

»Langsam, liebe Lady«, fiel der Soldat ihr ins Wort. »Erzählen Sie mir alles von Anfang an. Wenn Sie Ihre Sorgen mit mir geteilt haben, werden Sie sich besser fühlen. Und ich würde Ihnen wirklich gern helfen, in diesem Land besitze ich beträchtlichen Einfluss.«

Er schien es aufrichtig zu meinen, und so schilderte sie zunächst die Ereignisse, die zur Fehde mit den McPhersons geführt hatten. »Ich habe das Baby geheilt, also hätte sein Vater mir dankbar sein müssen, statt mich anzuklagen.«

»Das sollte man meinen.«

»Aber er ritt beleidigt heim. Und jetzt darf sich kein Kincaid auf McPhersons Land wagen. Zu den Fergusons können wir auch nicht mehr reiten, weil ich Daniels Frau bei mir aufgenommen habe.«

»Und deshalb hat der Kincaid mit einem Krieg gedroht?«

»Noch nicht, aber er denkt drüber nach. Und wenn er meine Schwester nicht besser behandelt, werde ich dem König erzählen, was für ein wildes Temperament Daniel hat.«

»Und was glauben Sie, wird der König dann tun?«

»Ich nehme an, er wird ein ernstes Wort mit Daniel reden und ihn auf die Pflichten gegenüber seiner Gattin hinweisen.«

»Also haben Sie volles Vertrauen zu König Edgar?«

»O ja!«, beteuerte Jamie. »Ich kenne ihn zwar noch nicht, aber Alec würde nur einem guten König die Treue halten.«

Der Soldat lächelte. »Offenbar haben Sie vorteilhafte Geschichten über Edgar gehört.«

»Keineswegs. Man behauptet, er sei ein Ungeheuer … Aber nur in England«, fügte sie hastig hinzu, als sie die gefurchte Stirn des Kriegers sah. »Jetzt weiß ich, dass das nur Gerüchte sind, die jeder Grundlage entbehren. Niemals würde Alec einem Ungeheuer Treue schwören.«

»Sie sind Kincaid also loyal ergeben?«

»Alec und Edgar.« Sie fragte sich, warum der Mann dieses Thema so beharrlich verfolgte. »Aber wenn Edgar von den Problemen erfährt, die ich hervorgerufen habe, will er mich ganz gewiss erwürgen.«

»Ganz im Gegenteil! Ich denke, er wäre sehr verständnisvoll.«

»Niemand kann so verständnisvoll sein. Den Krieg mit Mary Kathleens Familie habe ich noch gar nicht erwähnt. Man wird mir vorwerfen, ich hätte das Kind gestohlen.«

»Und das haben Sie nicht getan?«

»Doch. Ich warf den Tartan dieser Leute zu Boden, und Marcus spuckte darauf. Das Kind wurde misshandelt. Alec und ich sind jetzt seine Eltern. Und mein Mann rechnet ganz fest damit, dass der König auf unserer Seite stehen wird.«

»Wer ist diese Mary Kathleen?«

»Helenas Tochter.«

»Und sie wurde misshandelt?«

»Allerdings. Sie ist erst drei Jahre alt und konnte sich nicht wehren. Gavin meinte, ihr Vater Kevin würde sich im Grab umdrehen.«

»Gewiss wird der König auf Ihrer Seite stehen«, verkündete der grauhaarige Soldat. »Und jetzt erzählen Sie mir bitte, warum während meiner Ankunft so ein Wirbel im Hof herrschte.«

»Justin küsste mich, und um mich zu rächen, schlug ich

ihm mit einer von Alecs Keulen in die Kniekehlen.« Als der Krieger verwundert blinzelte, fügte Jamie hinzu: »Sicher hätte Ihre Lady genauso gehandelt. Keine Ehefrau will von einem anderen Mann angefasst werden.«

»Ich bin nicht verheiratet.«

»Aber wenn Sie's wären?«

»Ja, dann hätte meine Frau das Gleiche getan.«

»Sie sind sehr freundlich, Sir.«

»Weiß Alec, dass Sie Justin geschlagen haben?«

»Ja. Das heißt, nein – es war nicht Justin, den ich niederschlug, sondern Philip. Kein Wunder, dass mir dieser Irrtum unterlief! Alec teilte mir erst hinterher mit, dass Harolds Söhne eineiige Zwillinge sind.«

»Nachdem Sie Philip niedergeschlagen hatten?«, fragte er lächelnd.

»Sir, das ist nicht komisch, sondern bitterernst.«

»Verzeihen Sie, Mylady. Und was geschah dann?«

»Alec warf Justin durch die Luft und ...« Plötzlich brannten wieder Tränen in Jamies Augen. »Dann wurde mir auch noch bewusst, dass meine schöne Überraschung verdorben war. Ich wollte nämlich vor Edgar knien und mein Treuegelübde auf gälisch ablegen. Alec wusste nicht, dass ich diese Sprache beherrsche. Und vorhin hörte er, wie ich Justin auf gälisch anschrie. Und jetzt weiß er es. Voller Stolz legte ich seine Farben an – wenn ich auch keine Ahnung habe, wie man dieses Tuch faltet. Und dabei hatte ich mir alles so schön ausgemalt – wie ich vor meinem König knien und wie ich ihm dann sagen würde, dass ich ihn liebe ...«

»Ihren König?«

»Nein, Sir, meinen Alec. Meinen König ehre ich, meinen Gemahl liebe ich.«

»Sicher wird Alec den Schaden beheben, den Sie angerichtet haben. Warum zeigen Sie mir nicht, wie Sie Ihr Gelübde vor dem König ablegen wollen?«

Diesen Vorschlag fand Jamie etwas eigenartig, aber sie wollte den freundlichen Mann, der ihr so geduldig zugehört hatte, nicht kränken. »Ja, vielleicht könnte ich ein bisschen Übung gebrauchen – falls er mir zuzuhören geruht, ehe er mich auspeitschen lässt.« Sie kniete nieder und senkte den Kopf. »Soll ich die Hand auf mein Herz legen oder nicht?«

»Ich glaube, das ist dem König egal«, erwiderte der Soldat.

Jamie schloss die Augen und sprach ihr Gelöbnis, dann half ihr der Krieger auf die Beine.

»Und jetzt werde ich Ihren Tartan in Ordnung bringen, Mylady.«

Dankbar lächelte sie ihn an.

Und Alec lehnte am Türrahmen und beobachtete grinsend, wie der König von Schottland die Tartanfalten durch Jamies Gürtel zog. Er hätte ihr sagen müssen, wer der Mann war, den sie angejammert hatte. Aber er brachte es nicht übers Herz, sie in neue Aufregung zu versetzen. Als ihr Tartan wieder richtig saß, hob sich ihre Stimmung sofort. Sie entdeckte ihren Mann, lächelte ihn strahlend an und lief zu ihm. Dicht vor ihm blieb sie stehen und wisperte auf gälisch: »Ich liebe dich, Alec.«

»Ich liebe dich auch, Jamie.«

Er wollte sie in die Arme nehmen, doch sie wich rasch zurück. »Wir haben Besuch.«

»Ich muss also bis später warten?«

»Allerdings. Du …« Sie schluckte verlegen. »Du hast alles gehört?«

»Fast alles«, gab er zu. »Jetzt schaust du nicht mehr so unglücklich drein.«

»Dazu habe ich auch keinen Grund. Dein König ist ein sehr gütiger Mann.«

Verblüfft schnappte er nach Luft. »Du hast die ganze Zeit gewusst, wer er ist?«

»Glaubst du wirklich, ich wäre ihm mit meinen Problemen auf den Pelz gerückt, wenn ich es schon nicht die ganze Zeit gewusst hätte?«, wisperte Jamie. »Nein, ich merkte es erst, als ich vor ihm kniete.« Er lachte, und sie ermahnte ihn. »Du darfst ihm nicht sagen, dass ich darauf gekommen bin.«

»Warum nicht?«

»Es würde seine Gefühle verletzen.«

»So?«

Sie nickte. »Er glaubt, meine zarten Gefühle zu schonen, und wir dürfen ihn nicht enttäuschen.«

Sie verneigte sich und verließ das Haus, ehe er über ihre lächerliche Bemerkung spotten konnte. Dann rief der König nach ihm und verlangte seine volle Aufmerksamkeit.

»Glauben Sie, ich würde Sie zum Kampf fordern, weil Sie mich zu dieser Heirat gezwungen haben, oder Ihnen danken?«

»Natürlich danken Sie mir. Und Henry wird uns beiden den Krieg erklären, wenn er merkt, welch ein Juwel er uns geschenkt hat.«

Beide lachten, und Alec meinte: »Lange werden wir nicht darauf warten müssen. In ein bis zwei Wochen wird meine Frau wahrscheinlich einen Krieg gegen England heraufbeschwören. Zeitweise dachte ich sogar, sie wäre Henrys Geheimwaffe.«

Schallendes Gelächter drang aus der Halle, und Jamie überlegte, was die beiden so erheitern mochte. Sicher der schändliche Witz von der toten Engländerin ...

Nachdem die Tür hinter ihr ins Schloss gefallen war,

lehnte sich Jamie kraftlos dagegen. Ihre Wangen brannten vor Scham, als sie sich an ihr offenherziges Gespräch mit dem König erinnerte. Sie hatte ihm verraten, in England würde er als Ungeheuer gelten – und sogar vor seinen Augen geweint … Und er war so verständnisvoll gewesen. Tiefe Dankbarkeit erwärmte ihr Herz.

Gavin lief zu ihr. »Jamie, was machen Sie ganz allein hier draußen?«

»Warum wollen Sie das wissen? Darf ich nur mit Eskorte aus dem Haus gehen?«

»So ist es«, bestätigte er, ehe er sich eines Besseren besinnen konnte.

»Hat Alec diesen Befehl erteilt?«

Statt zu antworten, wechselte er das Thema. »Jamie, eine Ihrer Küchenmägde hat sich die Hand verbrannt. Würden Sie nach ihr sehen?«

Sofort vergaß sie ihre Frage. »Oh, die Ärmste! Führen Sie mich zu ihr, Gavin!«

Die nächsten beiden Stunden verbrachte sie bei der verletzten Frau. Die Verbrennung war nicht allzu schlimm, und Jamie genoss einen ausgedehnten Besuch bei der Familie ihrer Küchenmagd. Gavin wich ihr nicht von der Seite. Auf dem Rückweg zum Haupthaus verkündete sie: »Ich würde gern frische Blumen auf Helenas Grab legen. Würden Sie mich hinbegleiten?«

Er stimmte zu, und beim Stall trafen sie Marcus, der gerade sein Pferd sattelte. Gavin informierte ihn über Lady Kincaids Absichten, dann setzten sie ihren Weg fort.

Langsam stiegen sie den Hang hinauf, und Jamie pflückte die schönsten Blumen, die sie fand. Gavin geleitete sie am geweihten Friedhof vorbei, zu Helenas letzter Ruhestätte.

»Waren Sie hier, als Helena starb?«, fragte sie.

»Ja.«

»Wie ich höre, soll sie Selbstmord begangen haben. Vater Murdock sagte, sie sei von einer Klippe gesprungen.«

Gavin nickte und zeigte zu einer Felswand links von Helenas Grab. »Dort ist es geschehen.«

»Wurde sie dabei beobachtet?«

»Ja.«

»Wer hat sie gesehen? Vielleicht Sie ...?«

»Jamie, müssen wir darüber reden?«

Sie kniete vor Helenas Grab nieder und entfernte die welken Blumen. »Ich versuche nur, das alles zu verstehen. Würden Sie es albern finden, wenn ich Ihnen einen geheimen Gedanken anvertraue? Ich glaube, Helena wünscht, dass ich es verstehe.«

»Ja, das würde ich vermutlich albern finden.« Gavin bemühte sich, möglichst unbefangen zu sprechen. »Da hat schon jemand Blumen auf das Grab gelegt«, fügte er hinzu, um wieder einmal ein anderes Thema anzuschneiden.

»Das habe ich getan – vorgestern.« Sorgfältig schmückte sie den mit Gras bewachsenen Hügel mit frischen Blüten.

»Warum glauben Sie, Helena würde es wünschen, dass Sie das alles verstehen?«

»Eines Tages wird Mary Kathleen fragen, wie ihre Mutter gestorben ist. Wie soll ich's ihr erklären, wenn ich es selbst nicht weiß?«

Gavin ließ sich neben ihr auf ein Knie nieder und spielte geistesabwesend mit einer wilden Rose. »Was gibt es da zu verstehen? Helena war verzweifelt ...«

»Haben Sie ihr das angesehen?«

Er schüttelte den Kopf. »Ich kannte sie nicht gut genug, um so etwas zu merken. Und ich gebe zu – ich war sehr überrascht, als ...«

»Vater Murdock war genauso überrascht. Sie erschien ihm recht zufrieden. Und sie freute sich auf die Ankunft ihrer kleinen Tochter. Wenn sie Alec fürchtete oder hasste, hätte sie ihn wohl kaum aufgefordert, ihr Kind hierherzuholen.«

»Sie dachte vielleicht, sie habe keine andere Wahl.«

Jamie stand auf und ging auf die Klippe zu, von der Helena herabgestürzt war. »Es könnte ein Unfall gewesen sein. Warum wurde sie von allen Leuten als Selbstmörderin gebrandmarkt?« Ein Schauer überlief sie, und sie rieb sich die Arme, um das plötzliche Frösteln zu bekämpfen. »Bei meiner ersten Begegnung mit Alec hatte ich ein bisschen Angst vor ihm. Doch ich brauchte nur einen knappen Tag, um festzustellen, welch ein edler Mensch er ist. Und da wusste ich, dass er gut für mich sorgen würde. Das gleiche muss auch Helena empfunden haben.«

Gavin war ihr gefolgt. »Mag sein. Aber eins müssen Sie bedenken – sie kannte ihn kaum. Kurz nach der Hochzeit wurde er weggerufen.«

»Starb sie schnell?«, wisperte Jamie.

»Nein. Sie landete hier auf diesem Felsvorsprung.« Er wies auf eine zerklüftete Steinkante. »Sie brach sich das Rückgrat, und zwei Tage später starb sie, ohne noch einmal die Augen zu öffnen. Ich glaube, sie litt keine Schmerzen.«

»Sie muss ausgerutscht sein«, beharrte Jamie.

Wieder versuchte er, das Thema zu wechseln. »Wir sollten jetzt zurückgehen, Mylady. Alec wird schon nach Ihnen suchen. Nachdem der König nicht mehr da ist …«

»Edgar ist schon abgereist?«

»Ja, während Sie die Blumen gepflückt haben.«

»Oh, ich habe mich gar nicht von ihm verabschiedet.«

»Bald wird er wiederkommen. Er liebt Alec wie einen

Sohn und besucht ihn regelmäßig …« Ein plötzliches Geräusch erregte Gavins Aufmerksamkeit. Als er sich umdrehte, traf ihn ein großer Stein an der Schläfe. Er taumelte nach hinten, sah grelle Lichter, dann nichts mehr.

Erschrocken schrie Jamie auf. Ein zweiter Stein flog heran, prallte auf ihre Stirn und hinterließ eine tiefe Schnittwunde. Verzweifelt versuchte sie Gavin zu erreichen. Er war auf den Fels gefallen, und sie fürchtete, er könnte über die Kante rutschen. Schwankend eilte sie zu ihm, packte ihn und wollte ihn in Sicherheit bringen. Auf einmal spürte sie einen stechenden Schmerz in ihrer Schulter, und sie schrie wieder auf. Mit aller Kraft umklammerte sie die Taille des Kriegers, doch er war zu schwer für sie. Sie wusste, dass sie beide abstürzen würden, glaubte sich aber zu erinnern, dass der Hang zur Linken weniger steil abfiel. Oder zur Rechten? »Bitte, lieber Gott, hilf uns!«, keuchte sie und hoffte verzweifelt, die richtige Entscheidung zu treffen, als sie sich nach links bewegte. Langsam rutschte sie mit Gavin zu ihrem Ziel.

Unheimliches Gelächter klang auf und folgte ihr, während sie sich über den zerklüfteten Felsvorsprung wälzte. Spitze Steine schnitten ihr schmerzhaft ins Fleisch. Endlich erreichte sie das Ende der Felsenkante. Inzwischen war das geisterhafte Lachen näher gekommen. Blut rann über Jamies linkes Auge und behinderte ihre Sicht. Sie wischte es mit dem Handrücken weg und zerrte Gavin über den Felsenrand. Aufatmend schickte sie ein stummes Dankgebet zum Himmel. Hier fiel der Hang tatsächlich flacher ab. Sie schob Gavin unter den schützenden Felsenüberhang und warf sich über hin. Als er leise stöhnte, presste sie eine Hand auf seinen Mund.

Lange Minuten verstrichen, ehe sie merkte, dass das hässliche Gelächter verstummt war. Und irgendwann spürte sie ein qualvolles Pochen in ihrem linken Oberarm. Sie hob die rechte Hand, um den Schmerz wegzureiben, und da berührte sie einen Dolchgriff, der aus ihrer Schulter ragte. Jemand hatte ihren eigenen Dolch auf sie geworfen.

Wenig später hörte sie, wie jemand ihren Namen rief. Doch sie antwortete erst, als sie die Stimme erkannte.

»Marcus! Hier sind wir!« Sie bemühte sich zu schreien, doch die namenlose Erleichterung schwächte ihre Stimme.

»Mein Gott, Mylady, was ...« Marcus beugte sich über die Felskante herab und starrte in Jamies blutüberströmtes Gesicht. »Geben Sie mir Ihre Hand!«

»Vorsichtig – rutschen Sie nicht zu nahe an den Rand. Irgend jemand hat Gavin und mich angegriffen. Schauen Sie sich erst mal um, und stellen Sie fest, ob noch Gefahr besteht.«

Er gehorchte, und als er sich wieder zu ihr wandte, erschrak sie über seine grimmige Miene. »Gavin ist verletzt«, erklärte sie, als er eine Hand zu ihr herabstreckte. »Wenn ich ihn loslasse, stürzt er in die Tiefe. Oh, wenn Alec bloß da wäre ... Ich möchte Sie bitten, ihn zu holen – aber andererseits will ich nicht, dass Sie uns allein lassen ...«

»Ich werde hier bleiben und um Hilfe rufen.«

Diese Idee erschien ihr großartig. »Ja, tun Sie das. Ich halte Gavin inzwischen fest.«

Marcus Stimme dröhnte in ihren Ohren. Plötzlich begann sich alles um sie zu drehen, und sie konnte nicht mehr klar denken. Die Augen fielen ihr zu und blieben geschlossen, bis jemand an ihren Händen zog. Sie hob die Lider, schaute nach oben und in das Gesicht ihres Mannes. »Alec«, flüsterte sie und brachte ein dünnes Lächeln zustande. »Bitte, bau keine Kiste für mich ...«

»Was?«

»Du wolltest doch eine für Angus bauen.«

»Aber niemals für dich, Liebste ...«

»Ich bin so froh, dass du da bist.«

»Ich auch. Kannst du die Beine bewegen, mein Schatz? Lass Gavin los und ...«

»Gavin?«

»Ja – Gavin.«

Sie starrte in das Gesicht des Mannes, auf dem sie lag, und da erinnerte sie sich an alles. »Er wurde von einem Stein getroffen, fiel auf den Felsvorsprung und wäre beinahe hinabgestürzt. Aber ich hielt ihn fest, und dann zog ich ihn zum flacheren Hang ...«

»Ja, ja, schon gut«, wurde sie von Alec unterbrochen. »Lass ihn jetzt los.«

»Du musst ihn zuerst hinaufholen.«

Er kannte sie gut genug, um ihr nicht zu widersprechen, und so kletterte er ein Stück den Hang hinab, hob den bewusstlosen Krieger hoch und warf ihn über seine Schultern, dann stemmte er ihn nach oben, bis Marcus seinen Kameraden bei den Händen packen und auf die Felskante zerren konnte.

Nun kniete Alec neben Jamie nieder. Seine Augen wirkten seltsam verschleiert, und sie erkannte, dass sie ihm wieder einmal großen Kummer bereitet haben musste. »Alles ist wieder gut«, flüsterte sie. »Ich sagte doch, ich würde dich nicht verlassen.«

Er konnte kaum fassen, dass sie ihn zu trösten versuchte.

»Nein, niemals wirst du mich verlassen«, bestätigte er liebevoll. »Jetzt bringe ich dich nach Hause.«

»Vorsicht – der Dolch in meiner Schulter ...«

Da seine Miene keinen besorgten Ausdruck annahm,

hoffte sie, die Wunde wäre nicht so schlimm, wie sie befürchtet hatte.

»Die Klinge steckt nicht in der Schulter, sondern im Oberarm«, erklärte Alec. »Du hattest Glück, die Klinge durchstieß nur das Fett.«

»An mir ist kein Fett!«, protestierte sie und beobachtete, wie er einen Streifen von seinem Tartan riss, ahnte aber nicht, was er beabsichtigte. »Oh, es wird schrecklich wehtun, wenn …«

Sie beendete den Satz nicht. Alec hatte den Dolch aus ihrem Arm gezogen und den Stoffstreifen um die Wunde gewickelt, ehe Jamie genug Zeit oder Kraft fand, um zu schreien. »Nun, hat's wehgetan?«

»O ja!«

»Sei ganz ruhig, Liebes. Ich musste das möglichst schnell erledigen, sonst wärst du ganz krank geworden vor Sorge um die Entfernung dieser Klinge.«

Sie wusste, dass er Recht hatte. »Sicher glaubst du, alles wäre meine Schuld. Aber ich habe diese Waffe nicht auf mich selbst geschleudert.«

»Natürlich nicht.« Alec erhob sich und nahm seine Frau auf die Arme. »Das habe ich nie bezweifelt, aber es ist nett von dir, dass du mich daran erinnerst.« Er stemmte sie hoch, und sie warf einen Blick in die Tiefe. Als er fühlte, wie sie sich anspannte, überlegte er, ob er sie bitten sollte, in die andere Richtung zu schauen. Doch dann fand er es besser, sie gar nicht erst auf die Gefahr hinzuweisen.

»Autsch, du tust mir weh!«, klagte sie und kniff die Augen zusammen.

»Gleich hast du's überstanden.«

Sie fühlte, wie sie sanft nach oben gezogen wurde, und öffnete wieder die Augen. Marcus hielt sie in den Armen.

Wenig später war Alec auf den Felsvorsprung geklettert und übernahm Jamie wieder. Seine kraftvollen Muskeln wirkten so tröstlich. Seufzend lehnte sie den Kopf an seine Schulter. »Warum hast du nicht gefragt, ob ich den Angreifer gesehen habe?«

»Weil ich weiß, wer es war.« Vorsichtig trug er sie den Hang hinab, gefolgt von Marcus.

»Ich glaube, ich auch. Aber du musst den Namen nennen.« Sie erkannte, dass dieser Vorschlag keinen Sinn ergab, und wie Alecs grimmige Miene verriet, wollte er dieses Thema vorerst auch gar nicht erörtern. »Wer war der Zeuge?«, wisperte sie.

»Welcher Zeuge?«

»Wer hat beobachtet, wie Helena in die Tiefe gestürzt ist?«

»Annie.«

Zwei Stunden später saß Jamie im Bett in der großen Halle. Der Wandschirm war entfernt worden, die Mitglieder des Clans standen in kleinen Gruppen beisammen. Sie hatte Alec erklärt, wie er ihre Wunden verarzten und welche Salbe er benutzen sollte. Den Verband um den Oberarm musste er zweimal anlegen, ehe sie sich damit zufrieden gab.

Inzwischen war Gavin zu sich gekommen. Heftige Kopfschmerzen peinigten ihn. Jamie verbot seinen Kameraden, ihm Ale einzuschenken. Statt dessen verordnete sie ihm Wasser und kalte Umschläge. Seine Qualen müsse er eben erdulden, befahl sie vom Bett aus, und damit basta.

Ihr Gesicht verzerrte sich kein einziges Mal, während ihre Wunden versorgt wurden. Nicht Tapferkeit, sondern Eitelkeit war ihr Beweggrund. Vor den Verwandten wollte sie nicht wehleidig erscheinen. Vater Murdock erleichterte ihr die Tortur. Er saß neben ihr auf dem Bett und hielt ihre

Hand, als Alec seine Aufgabe so behutsam wie möglich erfüllte. Nachdem das Werk vollbracht war, holte man die kleine Mary Kathleen. Beim Anblick der Verbände am Kopf und am Oberarm ihrer Mutter begann sie zu weinen. Alec besänftigte sie, indem er sie aufforderte, Mama einen Kuss zu geben. Das tat die Kleine sofort und wurde von Jamie mit der Beteuerung belohnt, jetzt gehe es ihr gleich viel besser. Wenig später schlief das Kind an ihrer Seite ein.

Sie sah, wie Marcus dem Laird zunickte, und rief: »Ihr habt sie also gefunden?«

Niemand antwortete, und Alec ging zur Tür.

»Bring Annie zu mir!«, bat sie ihn. »Ich möchte sie fragen, warum …«

Entschieden schüttelte er den Kopf. »Ich höre mir draußen an, was sie zu sagen hat.«

»Und danach?«

»Dann werde ich beschließen, was mit ihr geschehen soll.«

Der Priester drückte ihr die Hand, als sie zu protestieren versuchte. »Überlassen Sie das ihm, Mädchen. Er ist ein barmherziger Mann.«

»Ja – obwohl er es nicht eingesteht. Annies Geist ist verwirrt. Sicher wird er das berücksichtigen.«

Grausiges, unmenschliches Gelächter füllte die Halle, und Jamie klammerte sich bestürzt an Vater Murdock. Annies Worte trafen sie wie Peitschenhiebe und wirkten noch unheimlicher durch den monotonen Singsang ihrer Stimme. »Ich werde deine Frau sein, Kincaid. Ich! Ganz gleich, wie lange es dauert. Es ist mein Recht. Helena nahm dich mir weg. Damals habe ich dich herausgefordert, Alec. Und ich werde es wieder tun.« Abermals erklang ein schauriges Lachen. Immer wieder werde ich töten – bis du deine Lektion gelernt hast. Es ist mein Recht, den Platz an deiner Seite einzunehmen und ...«

Die plötzliche Stimme erschreckte Jamie. Sie versuchte aus dem Bett zu steigen, aber Gavin, der an dessen Fußende stand, donnerte: »Bleiben Sie, wo Sie sind, Mylady!« Wie ein gebieterischer Racheengel richtete er sich auf, doch die Wirkung dieser Pose wurde sofort beeinträchtigt, als er sich stöhnend an den Kopf griff. »Oh, ich hätte Sie nicht anschreien dürfen – aber Alec will nicht, dass Sie ihm folgen.«

»Sie hätten nicht schreien sollen, weil es in Ihren Schläfen dröhnt, sobald Sie Ihre Stimme erheben.«

»Das auch«, gab er zu. Ächzend brach er zusammen, und sie argwöhnte, er hätte das nur getan, um ihr Mitleid zu erregen und ihre Aufmerksamkeit von den Ereignissen vor dem Haus abzulenken.

»Ich vertraue meinem Mann«, erklärte sie ihm. »Und Sie brauchen mir nichts vorzuspielen, nur um mein ungeteiltes Interesse zu wecken.«

»Kann ich einen Becher Ale haben?«

»Nein.«

»An diesem Bett herrscht zu viel Gedränge«, verkündete Alec vom Eingang her.

Jamie lächelte und wartete, bis er zu ihr kam und sie küsste. Dann fragte sie: »Hast du alles geregelt?« Er nickte nur, und sie fuhr fort: »Du warst ihr versprochen, nicht wahr?«

»Edgar wollte die beiden Clans vereinen, um Frieden zu stiften. Und zuerst war ich mit Annie verlobt.«

»Aber sie ist viel jünger ...«

»Nur ein Jahr jünger als du, Jamie.«

»Mir kommt sie immer noch wie ein Kind vor. Und nachdem Helenas Mann gestorben war, besann sich der König anders?«

»Ja. Sie war schwanger, und er wollte ihr zu einem schönen Zuhause verhelfen.«

Verständnisvoll nickte Jamie. »Auch sie wollte dich nicht verlassen«, bemerkte sie lächelnd. Er begriff ihre Freude erst, als sie sich zu Vater Murdock wandte. »Morgen müssen Sie Helenas Grab segnen. Und wir lassen eine Totenmesse für sie lesen. Der ganze Clan soll daran teilnehmen, Alec.«

»Möchten Sie, dass sie noch einmal bestattet wird – in geweihter Erde?«, fragte der Priester.

Sie schüttelte den Kopf. »Wir erweitern den geweihten Bereich des Friedhofs, dann wird er auch Helenas Grab einschließen. Und wenn es einmal so weit ist, werden Alec und ich an ihrer Seite ruhen. Das wäre doch angemessen, Mylord?«

»Allerdings«, stimmte Alec belustigt zu.

»Und du wirst in der Mitte liegen, Kincaid«, neckte sie ihn, »für alle Ewigkeit zwischen deinen beiden Gemahlinnen gefangen.«

»Gott steh mir bei!«, murmelte er.

»Das hat der Allmächtige bereits getan«, meinte Vater Murdock. »Er hat dir zu deinen Lebzeiten zwei gute Frauen geschenkt. Und unser Schöpfer besitzt auch einen gewissen Humor.«

»Wie das?«, fragte Gavin, der stöhnend am Boden saß.

»Das süße Mädchen, dem Alecs Liebe gehört, stammt aus England. Und wenn das eine besondere Finte unseres himmlischen Herrn ist, dann weiß ich nicht ...«

»Du meine Güte, er redet schon genauso wie die Lady!«, rief Gavin und lachte, was er sofort bereute, denn sein Kopf begann erneut zu dröhnen.

Jamie entdeckte Edith am anderen Ende der Halle und

sah, wie bedrückt die Frau war. »Du wolltest sie doch nicht wirklich wegschicken, Alec?« Als er den Kopf schüttelte, bedeutete sie ihrer Freundin, näher zu kommen. »Du wirst uns nicht verlassen, meine Liebe. Mein Mann sagte das nur, um Annie zu einem weiteren Mordanschlag auf mich zu veranlassen.«

»Zu einem weiteren ...«, wiederholte Alec. »Du wusstest also, dass das Feuer ...«

»Nein. Ich erriet es erst, als ich Annie vorhin lachen hörte. Während ich in der brennenden Hütte festsaß, glaubte ich ein ähnliches Gelächter zu hören.« Unwillig runzelte sie die Stirn. »Es war gar nicht nett von dir, mich als Köder zu benutzen.«

»Der Angriff auf der Klippe war keinesfalls geplant. Gavin sollte bei dir bleiben, und Marcus hatte den Befehl, auf Annie aufzupassen ...«

»Es ist meine Schuld!«, fiel Edith dem Laird unglücklich ins Wort. »Ich wusste nicht, dass du Annie eine Falle stellen wolltest, und dachte, sie wäre krank. Nachdem sie gehört hatte, dass wir von hier weggehen sollten, legte sie sich ins Bett. Und in meiner Aufregung bemerkte ich nicht, wie sie sich davonschlich.«

»Nein, Schwester.« Marcus trat an Ediths Seite. »Ich bin schuld daran, und ich übernehme die volle Verantwortung.«

»Ich bat dich doch, die Pferde zu satteln«, wandte sie ein.

»Niemand trägt die Schuld an alldem«, erklärte Jamie. »Edith, du willst doch hier bleiben? Ich möchte nicht auf deinen Beistand verzichten – bis du einen Ehemann gefunden hast.«

»Ich hatte niemals vor, dich aus dem Haus zu weisen, Edith«, beteuerte der Laird. »Aber Annie sollte glauben, ich würde euch beide verstoßen, weil sie Helenas Schwester ist – und weil du eine enge Freundin meiner verstorbenen Frau warst. Als ich euch die Abreise befahl, gab ich als Begründung an, ich wollte nicht mehr von euch an die Tote erinnert werden.« Lächelnd fügte er hinzu: »Du musst dich doch gewundert haben, warum Mary Kathleen nicht einbezogen wurde.«

Edith schüttelte den Kopf. »Ich war viel zu durcheinander, um klar zu denken.

»Verzeih dem Laird, dass er dir soviel Kummer bereitet hat«, bat Jamie ihre Freundin.

»Natürlich. Jetzt verstehe ich alles.«

»Würdest du Mary in ihr Zimmer bringen?«, fragte Jamie, weil sie ahnte, wie nahe Edith daran war, die Fassung zu verlieren. Sie wartete, bis die Schottin das Kind die Treppe hinauftrug. Dann fragte sie ihren Mann: »Was wirst du mit Annie tun?«

Er blieb ihr die Antwort schuldig.

Alec benahm sich unmöglich. Fast eine Woche lang wollte er Jamie nicht aus dem Bett lassen. Er erwartete, dass sie die Tage ebenso verschlief wie die Nächte. Und seltsamerweise gelang es ihr, seinen Wunsch zu erfüllen.

Die täglichen Besuche ihrer Schwester förderten Jamies Genesung. Mary half ihr, den Wandteppich mit Edgars Bildnis zu sticken, und übernahm diese Aufgabe schließlich allein, als sie feststellte, dass Jamie nicht die nötige Geduld dafür aufbrachte.

Beim ersten Wiedersehen nach längerer Zeit verkündete Mary, Daniel habe noch nicht mit ihr geschlafen. Diese Neuigkeit beunruhigte Jamie mehr als die Betroffene selbst. Aber als sie die Freuden des ehelichen Intimlebens pries, erwachte auch Marys Neugier.

»Er hält sich eine Geliebte. Aber er schläft jede Nacht in meinem Bett.«

»Du musst diese Frau hinauswerfen«, riet Jamie.

»Dann würde er mir böse sein. Mittlerweile mag ich sein Lächeln viel zu sehr, um ihn zu erzürnen. Seit ich nicht mehr heule, ist er viel netter zu mir. Der Mann verabscheut Tränen. Allmählich beginne ich ihn zu mögen.«

Dieses Geständnis entzückte Jamie. »Dann bitte ihn doch, mit dir zu schlafen.«

»Das verbietet mir mein Stolz. Aber ich habe einen Plan.«

»Welchen?«

»Ich möchte ihm sagen, er darf seine Geliebte behalten, wenn er auch mit mir ...«

»Du kannst deinen Gemahl doch nicht mit einer anderen teilen!«

Hilflos hob Mary die Schultern. »Ich würde so gern Daniels Liebe gewinnen.« Sie begann zu weinen, ausgerechnet in dem Augenblick, wo Alec die Halle betrat. Sobald er merkte, in welchem Zustand sich seine Schwägerin befand, machte er kehrt und eilte wieder hinaus.

»In der Tat, die Männer verabscheuen Tränen«, stimmte Jamie ihrer Schwester zu. »Sag Daniel, er soll seine Geliebte behalten ... Hör erst mal zu, ehe du protestierst. Und dann füge ganz beiläufig hinzu, er müsse wohl mit dieser Frau üben, ehe er es wagen könne, mit dir zu schlafen.«

Als Alec in die Halle zurückkehrte, hörte er die beiden Schwestern schallend lachen.

Zwei Tage lang ließ sich Mary nicht in Kincaids Haus blicken, und Jamie machte sich große Sorgen. Am dritten Tag erschien ihre Schwester endlich, mit glückstrahlendem Lächeln.

Jamie wollte keine Einzelheiten hören, aber Mary bestand darauf ganz genau zu erzählen, welch wunderbarer Liebhaber ihr Mann sei. Währenddessen kamen Alec, Daniel, Marcus und Gavin in die Halle und wollten in die Unterhaltung einbezogen werden. Sofort wechselten die beiden Frauen das Thema.

In dieser Nacht liebten sich Alec und Jamie. Er erlaubte ihr nicht, die Initiative zu ergreifen, so wie sie es wollte, denn er fürchtete, ihre Kräfte wären noch nicht wiederhergestellt. Letzten Endes musste er jedoch zugeben, er sei zwar stärker, sie besitze aber mehr Durchhaltevermögen.

Am nächsten Morgen verließ er die Burg, um einen Auftrag seines Königs zu erfüllen. Erst in einer Woche sollte er heimkehren. Jamie nutzte seine Abwesenheit, um eine weitere Veränderung im Haushalt vorzunehmen. Das Bett mitsamt der Plattform wurde aus der Halle entfernt. Hinter dem Wandschirm befand sich jetzt eine Durchreiche. Zunächst rebellierten die Soldaten gegen diesen englischen Brauch, aber als sie erkannten, dass sie dadurch schneller zu ihrem Ale kommen würden, führten sie klaglos alle Befehle aus.

Bei der Ankunft des Lairds standen sie in Reih und Glied bereit, um Jamie wieder einmal zu verteidigen. Er saß am Kopfende der Tafel, und seine Kinnmuskeln zuckten, während sie ihm die Notwendigkeit einer Durchreiche erklärte. Es fiel ihm schwer, diese Neuerung hinzunehmen, doch Jamie war sehr zufrieden mit ihm, weil er sie kein einziges Mal anschrie. Dieser Verzicht kostete ihn große Kraft. Das merkte sie ihm an, und sie hatte Mitleid mit ihm. Deshalb zuckte sie mit keiner Wimper, als er tonlos bat, sie solle ihn ein paar Minuten in Ruhe lassen.

Dass sie ihm nicht grollte, erkannte er sofort, denn sie nahm keine Münze aus dem Geldkästchen auf dem Kaminsims. Sie hatte eine subtile Methode entwickelt, um ihm ihren Ärger zu zeigen, indem sie kein Wort sagte, ihn nur anstarrte und sich dann einen ihrer Shillings holte. Jeden Abend legte Vater Murdock diese Münzen in das Kästchen zurück, aber das wusste Jamie nicht.

Die Eingewöhnung verursachte ihr immer noch Schwierigkeiten. Eines Abends hielt der Priester neun Shillings in der Hand.

Als sie mit Mary Kathleen das Haus, verließ, stieg ihre Schwester gerade vom Pferd und platzte heraus: »Ich habe furchtbare Neuigkeiten! Andrew ist auf dem Weg hierher!«

»Andrew?«

»Der Mann, mit dem du verlobt warst. Wie konntest du ihn so schnell vergessen, Jamie?«

»Ich habe ihn nicht vergessen.« Jamie reichte ihr das Kind und zwang sich zur Ruhe. »Warum kommt er? Und wie hast du es herausgefunden?«

»Ich hörte, wie Daniel mit einem seiner Krieger sprach. Alle Hochländerclans wissen Bescheid. Andrew und sein Heer müssen ihre Gebiete durchqueren.«

»O Gott, er kommt mit einem Heer? Warum denn nur?«

Mary stellte ihre Nichte auf den Boden und wisperte: »Wegen der Leihgabe. Erinnerst du dich an die Münzen, die er Papa geborgt hat?«

»Wie könnte mir das entfallen? Papa hat mich an Andrew verkauft ... O Mary, ich kann mich vor meinem Clan nicht demütigen lassen. Gütiger Himmel, Alec wird sich bemüßigt fühlen, Andrew zu töten!«

Mary nickte. »Das hat Daniel auch gesagt.«

»Weiß er, warum Andrew hier ist?«, fragte Jamie entsetzt.

»Ja. Andrew musste einen Grund für seine Reise ins Hochland angeben, sonst wäre er nicht so weit gekommen und immer noch am Leben. Du hast doch gemerkt, dass die Schotten die Engländer nicht besonders mögen?«

»Verdammt, wem könnte das entgehen?«

»Sprich nicht so undamenhaft!«

»Ich kann nicht anders, wenn ich aufgeregt bin ... Glaubst du, Alec hat es auch schon erfahren?«

Mary zuckte die Achseln. »Mein Mann behauptete, alle Schotten wüssten es, wenn Fremde anrücken.«

»Ich darf das nicht zulassen. Sonst trüge ich die Verantwortung für einen Krieg zwischen England und Schottland.«

»England? Alec wird nur Andrew und dessen Heer umbringen.«

»Und du meinst, König Henry würde es nicht merken, wenn einer seiner Barone verschwunden ist?« Jamie riss ihrer Schwester die Zügel aus der Hand und schwang sich aufs Pferd.

»Was hast du vor?«, rief Mary.

»Ich werde Andrew suchen und vernünftig mit ihm reden. Wenn ich verspreche, ihm das Geld zu schicken, gibt er seinen Plan sicher auf.«

»Es ist bald dunkel. Deshalb wollte Daniel mir nicht erlauben, hierher zu reiten.«

Jamie lächelte. »Trotzdem bist du gekommen?«

»Natürlich, ich musste dich doch warnen. Ich dachte, du willst dich für einige Zeit verstecken.«

»Es war sehr tapfer und uneigennützig von dir, mir Bescheid zu geben. Aber du müsstest wissen, dass ich mich niemals verstecke.«

»Ich hatte es gehofft, und ich finde, du solltest Andrew lieber nicht suchen. War ich wirklich tapfer?«

Jamie nickte. »Versprich mir, niemandem zu verraten, wohin ich geritten bin.«

»Einverstanden.«

»Und pass inzwischen auf Mary Kathleen auf.«

»Was soll ich Alec sagen?«

»Gar nichts.«

»Aber ...«

»Am besten weinst du, dann wird er dir keine Fragen stellen. Wahrscheinlich bin ich zurück, ehe jemand meine Abwesenheit bemerkt. Und jetzt zeig mir den Weg.«

»Einfach nur bergab.« Mary bekreuzigte sich, als sie ihre Schwester davongaloppieren sah. Vater Murdock schlenderte heran und meinte, Lady Kincaid habe es aber sehr eilig. Wisse Lady Ferguson zufällig, wohin das Mädchen wolle?

Prompt brach Lady Ferguson in Tränen aus. Sie hielt das Versprechen, das sie ihrer Schwester gegeben hatte, und verriet auch Alec nicht, wohin Jamie ritt. Das war nicht nötig. Mary Kathleen plauderte alles aus, was sie gehört hatte.

Sobald ihre Mutter aus dem Blickfeld verschwunden war, rannte die Kleine in die Halle, kletterte auf Alecs Schoß und nahm einen großen Schluck von seinem Ale, ehe er sich's versah. Sofort entriss er ihr den Becher und gab ihr Wasser. Dann fragte er geistesabwesend, wo denn Mama sei.

Mary Kathleen lehnte sich an Papas Brust und spielte mit ihren Zehen und seinem Gürtel, während sie das belauschte Gespräch fast wortwörtlich wiederholte.

Seiner Tochter zuliebe schrie er erst, als er das Haus verlassen hatte. Sobald Mary sein Gesicht sah, musste sie ihr

Schluchzen nicht mehr vortäuschen und bekam einen hysterischen Anfall.

Vater Murdock tat sein Bestes, um die arme Frau zu trösten, doch er bemühte sich vergeblich. Nachdem Alec mit einigen Soldaten aufgebrochen war, kreischte Mary immer noch wie ein festgebundenes Huhn. Der Priester floh in seine Kapelle, wo er um Ruhe und Frieden betete, vor allem aber flehte den Herrn an, Daniel möge kommen und seine Frau holen.

Alec folgte Jamies Spur. Als sie nach Osten bog, atmete er auf. Sie befand sich im Ferguson-Gebiet.

»Hat sie sich anders besonnen?«, schrie Marcus.

»Nein, sie hat sich nur verirrt!«, rief Alec über die Schulter. »Gott sei Dank!«

Fünfzehn Minuten später holte er Jamie ein und zwang sie, anzuhalten, indem er sie von seinen Kriegern umzingeln ließ. Mann und Frau starrten einander an, und es dauerte sehr lange, bis das Schweigen gebrochen wurde. Verzweifelt überlegte Jamie, welche plausible Erklärung sie abgeben sollte. Und Alec fragte sich, was für Lügen sie ihm auftischen würde. Schließlich sagte sie: »Du hast mich gebeten, dich eine Weile in Ruhe zu lassen.«

»Ja.«

Sie lenkte ihr Pferd an die Seite seines Hengstes und wisperte: »Ich will Andrew zur Vernunft bringen. Sicher hat dir meine Schwester alles erzählt.«

»Nein, deine Tochter.«

Verwundert hob sie die Brauen. »In Zukunft darf ich nicht mehr so freimütig vor Mary Kathleen sprechen. Natürlich konnte ich nicht ahnen, dass sie bei ihrer grausamen Pflegemutter so gut Englisch gelernt hat ...«

»Vor allem wirst du in Zukunft keine Dummheiten mehr machen.«

»Bitte, sei mir nicht böse, Alec.«

Er umfasste ihren Nacken und küsste sie. »Warum bist du nicht zu mir gekommen, als du gehört hast, Andrew sei auf dem Weg zu uns?«

»Weil ich mich schämte. Er hat Papa Geld geliehen. Und du solltest nicht den Eindruck gewinnen, mein Vater hätte mich verkauft ...«

»Das alles hat nichts mit meinen Gefühlen für dich zu tun. Ich werde den Bastard bezahlen. Komm jetzt, Frau. Je eher wir diese leidige Sache überstanden haben, desto besser.«

Jamie wagte nicht zu widersprechen, fragte sich aber, wie er Baron Andrew bezahlen wollte. Alec saß auf einem ungesattelten Hengst, und an seinem Gürtel hing kein Geldbeutel. Nur ein Schwert. »Rechnest du mit Schwierigkeiten?«, fragte sie.

Er gab keine Antwort, und sie wurde mit ihren Sorgen allein gelassen, als sie ihm folgte. Er hat Recht, dachte sie. Ich hätte sofort zu ihm gehen sollen. Eheleute müssen alle ihre Probleme miteinander teilen. Und es ist so wunderbar, dass ich mich jederzeit an Alecs starke Schulter lehnen kann ...

Bis sie Andrews Lager erreichten, schwiegen sie. Jamie versuchte vorauszureiten, aber der Laird packte ihr Pferd am Zügel und zog es zu sich heran. Er hob eine Hand, und die Soldaten postierten sich sofort zu beiden Seiten des Paares.

»O Alec«, jammerte Jamie, »warum musstest du so viele Krieger mitnehmen?« Als er die Antwort erneut schuldig blieb, seufzte sie: »Nun, wenigstens sind es unsere vertrauenswürdigsten Leute, die meine Schande für sich behalten werden.«

Er grinste, hob erneut die Hand, und Jamie beobachtete verblüfft, wie mehrere Lairds mit ihren Clans zwischen den Bäumen hervorkamen. Sie bildeten einen großen Kreis, in dessen Mittelpunkt sich Andrew und seine Männer befanden.

Die englischen Soldaten zogen die Schwerter, und Alec bedeutete den Schotten, den Kreis zu verkleinern und gleichzeitig vorzurücken. Sobald die Engländer das Ausmaß des gegnerischen Heeres erkannten, warfen sie die Waffen weg. Andrew kam auf Jamie zu.

Sie hatte vergessen, wie klein er war. Hatte sie ihn jemals für hübsch gehalten? Sie erinnerte sich nicht. Jedenfalls erschien er ihr jetzt völlig reizlos. Mit seinem kurzgeschnittenen Haar sah er wie ein kleiner Junge aus. Nein, er gefiel ihr ganz und gar nicht. Ein Glück, dass Alec sie vor der Ehe mit diesem Kerl bewahrt hatte ...

Als Andrew noch dreißig Schritte entfernt war, hielt Kincaid wieder eine Hand hoch. Der Baron begriff den stummen Befehl und blieb stehen.

»Jedem, der sich auf unser Land wagt, werden die Füße abgeschnitten.«

Alecs Drohung schien Andrew allen Wind aus den Segeln zu nehmen. Der Engländer wich ein ganzes Stück zurück, ehe er seine Fassung wiedergewann. Angstvoll wanderte sein Blick zwischen dem Laird und dessen Frau hin und her. »Das lässt du doch nicht zu, Jamie?«

Sie lächelte Alec an. »Mit deiner Erlaubnis würde ich gern antworten.«

»Das darfst du.«

»Andrew!« Ihre Stimme war klar und kalt wie ein wolkenloser Wintermorgen. »Mein Mann tut, was ihm beliebt. Aber manchmal gestattet er mir, ihm zu helfen. Und ich werde ihm meine Hilfe auch dann anbieten, wenn er beschließt, dir die Füße abzuhacken.«

»Du bist eine Barbarin geworden!«, schrie der Baron. In seiner Wut vergaß er die Gefahr, in der er schwebte. »Er hat dich in eine Schottin verwandelt!«

Obwohl sie wusste, dass er sie beleidigen wollte, konnte sie ihre Belustigung nicht verbergen, und ihr Gelächter hallte von den Berghängen wider. »Andrew, ich glaube, dieses Kompliment hat deine Füße gerettet.«

»Sagen Sie, was Sie wollen!«, brüllte Alec, um den Verlauf der Dinge zu beschleunigen und Jamie in die Arme nehmen zu können und ihr zu beteuern, wie sehr er sie liebte, wie stolz er auf sie war.

Der donnernde Befehl erfüllte seinen Zweck. Stotternd erklärte Andrew, was es mit der Leihgabe auf sich hatte, und Jamie senkte beschämt den Blick. Nun wussten alle Clans, dass sie von ihrem Vater verschachert worden war. »Wirst du ihn töten?«, flüsterte sie ihrem Mann zu.

»Nein, und das weißt du auch. Es würde dir missfallen, Frau, und ich möchte dich glücklich machen. Ich gebe ihm mein Schwert, dessen Wert ...«

»Keinesfalls darfst du ihm diese prächtige Waffe überlassen«, unterbrach sie ihn, »sonst vergesse ich meine Würde und mache eine Szene, an die du noch lange denken wirst. Jahrelang wird man davon reden, das schwöre ich dir.«

Sie hörte ihn seufzen. »Aye, du hast gewonnen. Gib mir deinen Dolch.«

Jamie gehorchte und beobachtete, wie er die Klingenspitze benutzte, um einen der kostbaren Rubine aus seinem Schwertgriff zu lösen. Dann reichte er ihr den Dolch wieder und schleuderte das Juwel vor Andrews Füße. »Für Lady Kincaids Schulden!«

Ein weiterer Edelstein traf die Schulter des Engländers. Jamie drehte sich um und sah, wie Laird McPherson sein Schwert in die Scheide zurücksteckte. »Für Lady Kincaids Schulden!«, bellte der alte Mann und warf ihr einen kurzen Blick zu.

Daniel Fergusons Juwel prallte gegen Andrews Wange. »Für Lady Kincaids Schulden!«

»Alec? Warum ...?«

»McPherson bezahlt für die Rettung seines Kindes, Daniel für den Schutz, den du Mary beim Überfall der Räuber gewährt hast. Der Smaragd, den der Baron gerade hält, stammt von Harold. Du wurdest von seinem Sohn beleidigt und hast trotzdem sein Leben verteidigt.«

Ein fünfter Stein landete auf Andrews Scheitel. »Für die Schulden!«, schrie eine tiefe Stimme.

»Wer ist das?«, fragte Jamie.

»Lindsays Vater«, erwiderte Alec. »Du dachtest, ich wüsste nichts von dem Eber?«

Sie war zu verblüfft, um zu antworten. Ein weiterer Stein fiel vor Andrews Füße, und Alec erklärte: »Laird Duncan. Seine Frau wünscht, dass du ihr bei der Niederkunft beistehst, und er bezahlt im Voraus.«

»Ich bin überwältigt«, wisperte sie. »Soll ich ihnen danken?«

»Sie danken dir, Jamie. Jeder würde sein Leben für deinen Schutz geben. Dir ist das Unmögliche gelungen, Liebste. Du hast tatsächlich unsere Clans vereint.«

Jamie schloss die Augen, um ihre Tränen zurückzuhalten, und ihre Stimme zitterte vor Rührung. »Ihr habt Andrew zu einem reichen Mann gemacht.«

»Ich bin viel reicher, denn ich habe dich.« Als er eine Träne über ihre Wange rinnen sah, wandte er sich sofort ab und befahl dem Engländer: »Reiten Sie heim, Baron! Und wenn Sie das nächste Mal einen Fuß ins Hochland setzen, werden Sie von unseren Schwertern durchbohrt.«

Der Jubel aller Clans begleitete diese Worte, während Andrew niederkniete und seine Schätze einsammelte. Alec zog seine Frau auf den Rücken seines Hengstes hinüber, und sie schmiegte sich an ihn.

Entgeistert starrte Baron Andrew auf das Vermögen in seinen Händen. Als er den Kopf hob, war kein Schotte mehr zu sehen.

Jamie lächelte glücklich. Sie verstand die merkwürdigen Gebräuche der Hochländer immer noch nicht ganz und würde wahrscheinlich zwanzig bis dreißig Jahre brauchen, um sich daran zu gewöhnen. Aber sie würde mit Freude und Liebe lernen, sich »einzunisten«.